LUCINDA FLYNN

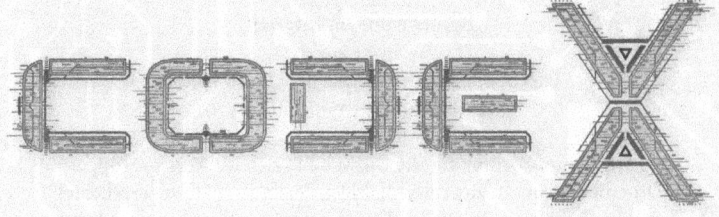

DAS ERWACHEN DER CYBERTECHS

ROMAN

Besuche uns im Internet:
www.knaur.de
Facebook: Knaur Fantasy & Science Fiction
Instagram: @KnaurFantasy

Aus Verantwortung für die Umwelt hat sich die Verlagsgruppe
Droemer Knaur zu einer nachhaltigen Buchproduktion verpflichtet.
Der bewusste Umgang mit unseren Ressourcen, der Schutz unseres Klimas und
der Natur gehören zu unseren obersten Unternehmenszielen.
Gemeinsam mit unseren Partnern und Lieferanten setzen wir uns
für eine klimaneutrale Buchproduktion ein, die den Erwerb von Klimazertifikaten
zur Kompensation des CO_2-Ausstoßes einschließt.
Weitere Informationen unter: www.klimaneutralerverlag.de

Originalausgabe August 2022
Knaur Taschenbuch
© 2022 Knaur Verlag
Ein Imprint der Verlagsgruppe
Droemer Knaur GmbH & Co. KG, München
Alle Rechte vorbehalten. Das Werk darf – auch teilweise –
nur mit Genehmigung des Verlags wiedergegeben werden.
Redaktion: Catherine Beck
Covergestaltung: Markus Weber, Guter Punkt,
unter Verwendung von Motiven von GettyImages Plus und AdobeStock
Coverabbildung: Collage von »Guter Punkt« unter Verwendung von Motiven von
Adobe Stock und iStock / Getty Images Plus
Abbildungen im Innenteil: Schrift Code X: Markus Weber, Guter Punkt,
unter Verwendung von Stock.Adobe.com/Askhat;
Leiterplatte: HowLettery/Shutterstock.com
Satz: Adobe InDesign im Verlag
Druck und Bindung: GGP Media GmbH, Pößneck
ISBN 978-3-426-52800-6

2 4 5 3 1

*Für meine Falkenfreunde
Für Anabelle, für Babsi, für Mikkel, für Liza
Und natürlich für Oskar
Ohne euch wäre es nicht dasselbe*

1

Die Tageslichtlampen warfen klares Licht auf die kargen Tische des Großraumbüros. Klareres Licht, als draußen durch die dichte Wolkendecke über die Stadt hereinbrach, denn seit dem Vulkanausbruch vor anderthalb Jahren war der Himmel über Neon City mit einem grauen Schleier überzogen.

Jace saß vorgebeugt auf seinem Stuhl und starrte auf das bläuliche Hologramm, das aus dem schmalen Projektor in seiner Tischplatte schimmerte. Ein letztes Mal ging er die Präsentation durch, die er in den vergangenen Wochen so sorgsam vorbereitet hatte.

Serotonin-Synchronizer – eine Innovation für die Zukunft

Die Idee war gut, das Konzept durchdacht, und Jace war sich sicher, dass die CEO erkennen würde, wie viel Potenzial in seiner Arbeit steckte. Wie weit er den Konzern damit voranbringen konnte. Und sie würde auch erkennen, dass er der Richtige für die eben erst frei gewordene Stelle des Department Managers war.

Jace lehnte sich zurück und blickte an der Trennwand vorbei, die seine kleine Kabine von denen der anderen trennte. Die anderen Mitarbeitenden hockten in miserabler Körperhaltung vor ihren Holo-Screens und tippten stumpf auf ihren blinkenden Touchpads herum. Wenn Jace seiner normalen Arbeit nachging, musste er genauso niedergeschlagen und müde aussehen wie die anderen. Aber das würde nicht mehr lange so weitergehen.

Zumindest hoffte er das. Er war damals so froh gewesen, trotz seiner miserablen Noten in der Schule einen Job bei *HyperZen*

Body Technologies, einem der größten Konzerne weltweit, bekommen zu haben. Aber weil er nur Papierkram und Beschwerden abhandelte, waren seine Eltern immer noch genauso enttäuscht von ihm, als hätte er gar keinen Job. Überhaupt war Jace die wohl größte Enttäuschung seiner Familie. Aber das würde nun ein Ende haben. Er war perfekt vorbereitet, und er würde diese Beförderung bekommen. Weil er sie verdient hatte. Seit Jahren rackerte er sich für HyperZen ab, und nun war endlich die Gelegenheit gekommen zu zeigen, dass er mehr konnte, als wütende Kundschaft zu besänftigen.

Ein letztes Mal las er die Folien seiner Präsentation durch. Dann tippte er auf das Display seines Smartcoms, und das Hologramm erlosch. Heute Abend noch würde er das Management über seine neue Idee informieren, sie würden begeistert sein und ihn befördern. Ganz sicher.

Ein leises Rauschen unterbrach seine Gedankengänge. Jace nahm es kaum wahr, weil er sein Hörgerät bei der Arbeit immer leiser stellte. Jetzt drehte er die Lautstärke wieder hoch und wandte seine Aufmerksamkeit der Tür zu, durch die gerade einer seiner Kollegen hereinstolzierte. Jace wusste nur, dass er Hartman hieß, weil er den Platz neben ihm hatte und ausnehmend gern über sich selbst redete. Hartman war am besten darin, beschäftigt auszusehen, wenn er in Wirklichkeit überhaupt nichts tat. Jace versuchte, ihn zu ignorieren, wo es nur ging, doch Hartman lief mit seinen perfekt polierten Schuhen zu Jace' Tisch. Er ließ sich auf die lackierte Tischplatte plumpsen, als sei sie sein heimisches Sofa, und rückte Jace in der engen Kabine damit derart auf die Pelle, dass er zurückrutschen musste. Hartman, der einen intensiven Geruch nach Rasierwasser in das Büro getragen hatte, schlug die Beine übereinander und grinste Jace an.

»Guten Abend dir«, grüßte er und streckte sich. »Schon alle Mails abgearbeitet?«

Jace musste sich davon abhalten, mit den Augen zu rollen.

Überhaupt fragte er sich, wie Hartman gegen Ende einer Zwölfstundenschicht so gut gelaunt sein konnte. Dann wiederum verbrachte er viel Zeit in den Pausenräumen der oberen Etagen, und Jace konnte nur mutmaßen, dass er sich dort an den Mini-Kühlschränken und Spielekonsolen bediente.

»Natürlich«, erwiderte Jace und versuchte, die Missbilligung aus seiner Stimme herauszuhalten. »Ich erledige meine Arbeit immer gewissenhaft, das weißt du doch.« Er verkniff sich ein *im Gegensatz zu dir*.

Hartman klopfte Jace auf die Schulter und ließ seine Hand dann dort liegen. »Sehr gut. Immer fleißig. Weißt du, solche Leute braucht es ja auch. Es ist gut, wenn auch einfache Arbeit wertgeschätzt wird.«

Jace schlug mit seinen Hacken ungeduldig gegen die Beine seines Stuhls. »Wie meinst du das?«

Langsam nahm Hartman die Hand von Jace' Schulter. »Na ja, seien wir mal ehrlich – es ist nicht böse gemeint, aber deinen Job können viele machen. Es ist nichts, wofür man viel nachdenken muss. Deswegen werden so viele Leute hier auch ständig gefeuert – Nachschub gibt es einfach immer.«

Jace wollte widersprechen, musste sich aber eingestehen, dass Hartman recht hatte. Sein Job bestand darin, die Beschwerdebriefe an HyperZen Body Technologies zu lesen und den Leuten mit freundlichem Bedauern zu antworten. Im Grunde fügte er den ganzen Tag vorgefertigte Textbausteine zusammen. Er hatte in etwa genau so viel Freiheit wie die Bürostühle, die in festen Schienen am Boden montiert waren, damit die Reinigung des Komplexes schneller erledigt war. Er tat eine stupide Arbeit, so wie die anderen Mitarbeitenden in diesem Büro. Die hingegen schienen sich nicht dafür zu interessieren, was Hartman sagte. Entweder, weil sie ihn durch die Geräuschfilter ihrer Headsets gar nicht hörten, oder weil sie weder Lust noch Energie hatten, sich in die Diskussion einzumischen.

»Aber du bist fleißig«, fuhr Hartman fort. »Und deswegen bist du genau der Richtige für den Job.«

»Einen Scheiß bin ich.« Jace hatte genug. Hartmans Gesicht machte ihn so wütend, dass er aufstand. Obwohl Jace klein war, konnte er seinem Kollegen so auf Augenhöhe begegnen. »Ich arbeite hier jeden Tag ohne Pause. Ich übernehme mehr, als ich müsste, und werde dafür miserabel bezahlt. Aber ich gebe mein Bestes, und das werden sie schon noch erkennen. Denkst du, ich will den Rest meines Lebens die Abladestelle für angepisste Kundschaft sein? Ich kann viel mehr.«

Für einen Moment herrschte Stille, dann machte Hartmans entsetzte Miene einem Grinsen Platz. »Du hast es auf den Department Manager abgesehen, oder?« Sein Tonfall wurde mit jedem Wort höher, als müsste er ein Lachen unterdrücken.

Jace blickte ihn finster an. Er wollte nicht arrogant klingen, besonders nicht, wenn Hartman kurz davor war, ihn auszulachen, aber noch weniger wollte er vor seinem unfähigen Kollegen als ein Versager dastehen.

»Und wenn?«, erwiderte Jace gepresst. »Glaubst du, ich könnte das nicht oder was?«

»Doch, doch, sicherlich.« Hartman hob die Hände, aber das Grinsen wich nicht von seinem Gesicht. »Es ist nur so: Die Stelle ist erst heute Morgen besetzt worden.«

Jetzt war Jace baff. Er öffnete den Mund, um etwas zu sagen, aber ihm fiel nichts ein, was ihn nicht wie einen Volltrottel dastehen lassen würde, und er würde einen Teufel tun und Hartman die Enttäuschung zeigen, die sich langsam in ihm ausbreitete. Die ganze Präsentation umsonst.

»Ach?« Betont beiläufig fuhr sich Jace durch das blonde Haar. »Wusste nicht, dass die Entscheidung schon gefallen ist.« Jace war zu langsam gewesen. Warum nur hatte er gezögert, dem Management seine Ausarbeitung zu schicken?

Hartman streckte einen Finger nach dem Display in Jace'

Tisch aus und ließ den knochigen Zeigefinger über die Elektronik gleiten, sodass er fettige Schlieren hinterließ. »Ja, ich wollte dich nicht damit überfallen, dass ich ab nächster Woche dein neuer Vorgesetzter bin. Aber keine Sorge, ich sehe doch, wie sehr du dich anstrengst. Nur hat es leider nicht gereicht.« Er gab sich nicht einmal Mühe, sein Feixen hinter dem gespielt mitleidsvollen Blick zu verbergen.

»Was?«

Hartman sollte die Abteilung leiten? Dieser unfähige, faule Vollidiot? Jace wusste genau, wie er *arbeitete:* mit möglichst wenig Eigenleistung und vielen Cocktails. Aber dass ihm das nun zum Erfolg verhelfen sollte, während Jace seit Monaten darauf hinarbeitete, befördert zu werden … Er musste einen tiefen Atemzug nehmen, um Hartman nicht direkt ins Gesicht zu sagen, dass er ein Arschloch war und den Posten nicht verdiente. Dass er nur befördert worden war, weil er gute Kontakte zur CEO hatte. Und wenn er wirklich der neue Department Manager werden würde, hatte Jace soeben jede Möglichkeit verspielt, im Konzern aufzusteigen. Hätte das anders ausgesehen, wenn er nicht so lange gezögert hätte? Hatte er seine Chance einfach ausgesessen? So kam es ihm vor: als wäre sie an ihm vorbeigezogen und jetzt einfach weg.

»Na, dann geh mal besser wieder an die Arbeit.« Hartman kam Jace unangenehm nahe, während er von der Tischplatte rutschte und sich genüsslich streckte. »Immerhin hast du noch knapp zwei Stunden Schicht, und du wolltest doch so gern zeigen, wie wertvoll du für den Konzern bist. Ich packe dann mal meine Sachen – ich bekomme nämlich ein eigenes Büro. Du weißt schon, in den oberen Etagen.«

Jace erwiderte nichts, er nickte nur. Er hätte ohnehin kein Wort rausgebracht. Die Enttäuschung grollte tief in ihm, und ihm war zum Heulen zumute. Aber er riss sich zusammen. Hartman wollte er diese Genugtuung nicht gönnen. Er hatte sich schon genug an Jace ergötzt.

Die letzten zwei Stunden seiner Schicht verbrachte Jace in Gedanken versunken. Er war so sicher gewesen, eine Chance zu haben, doch letzten Endes war seine Arbeit egal gewesen, weil er nicht mit den großen, den wichtigen Leuten zu Mittag aß. Weil ihn niemand kannte und er kaum mehr war als die Identifikationsnummer und das verknüpfte Konto, auf das man seinen mickrigen Lohn zahlte. Weil er unter den anderen Angestellten einfach nicht auffiel. Er machte sich etwas vor, wenn er glaubte, dass er seine Präsentation nur früher hätte zeigen müssen. Denn Hartman war aus irgendeinem Grund der Liebling der CEO, und Jace konnte diese Stelle wohl nie einnehmen. In den oberen Etagen kannte man ja nicht einmal seinen Namen.

Seine Eltern hatten recht damit gehabt, dass er es nie zu etwas bringen würde. Er bekleidete keine hohe Position in einem Konzern und war kein aufstrebendes Nachwuchstalent wie sein großer Bruder. Vielleicht war nicht der Misserfolg das, was ihn so sehr traf. Vielleicht war es die Erkenntnis, dass seine Familie recht gehabt hatte. Dass Jace nicht gut genug war und es nie sein konnte, egal, wie viel Mühe er sich gab.

Als die Uhr auf seinem Holo-Screen 22 Uhr zeigte, stand er von seinem Platz auf. Seine Beine kribbelten, als nach dem langen Stillsitzen wieder Blut durch sie hindurchfloss. Gemeinsam mit ihm stand noch gut ein Drittel der anderen auf, und wie auf Knopfdruck kamen Saugdrohnen angefahren, um unter den Schreibtischen zu putzen. Jace trottete in den Personalraum, der voller metallener Schränke stand. Ein einsamer Tisch und ein Stuhl mit wackelnden Beinen waren mehr Deko als alles andere – sie sollten sich ja nicht wirklich im Pausenraum ausruhen. Jace legte seine Hand auf den Scanner seines beinahe leeren Spinds, die dünne Tür zog sich ein, und er warf sich die zerknitterte Lederjacke über, die sein Bruder ihm vor Jahren geschenkt hatte, bevor er angefangen hatte, ihn zu ignorieren. Vor April

2097. Vor Jace' Krankenhausaufenthalt. Bevor alles vor die Hunde gegangen war.

Jace schüttelte den Gedanken ab und legte seinen Unterarm auf das Terminal, das den Ausgang aus dem Bürogebäude kontrollierte. Das Terminal verband sich mit dem ID-Gerät, das direkt unter der Haut montiert war, las die HyperZen-Daten aus, und nachdem seine Arbeitszeiten übertragen worden waren, öffnete sich das stählerne Tor nach draußen. Jace' Unterarm kribbelte ein wenig, als er HyperZen – zumindest für heute – hinter sich ließ.

Die Luft im Büro war durch die Luftfilter fad und steril, aber sie war immer noch angenehmer zu atmen als die draußen. Die Naturkatastrophen der letzten Jahre hatten ihre Spuren hinterlassen, und der Geschmack von Vulkanasche hing noch immer jedem Atemzug nach. Jace hatte sich daran gewöhnt, nach dem Niesen schwarze Krümel im Taschentuch vorzufinden, denn er konnte sich keine Wohnung mit Luftfiltern leisten. Wenigstens kam gerade kein saurer Regen vom Himmel. Große Teile der Innenstadt von Neon City waren überdacht, aber hier in den Außenbezirken nahm das niemand so genau, sodass jedes Stück Metall hier mit Rost überzogen war. Jace zog sich den Schal über Mund und Nase, auch wenn das kaum etwas nützte, dann steckte er sich die kabellosen Kopfhörer in die Ohren und blendete das Hupen der Autos und das Rauschen der Motoren aus.

Der Weg zu den U-Bahn-Tunneln war nicht weit, aber trotz der späten Stunde musste er sich durch die Menschenmassen schlängeln. Alles in den Straßen war bunt erleuchtet von Neonschildern, Litfaßsäulen und dreidimensionalen Werbehologrammen. Immer wieder wurde seine Musik unterbrochen von Werbeslogans, die sich irgendwie durch seine Spamfilter geschlichen hatten. Irgendwann musste er wirklich in Premium-Musikstreaming investieren, denn lange hielt Jace *Miss Maven's Magical Place where all your dreams come true* nicht mehr aus. Vielleicht bei der nächsten Gehaltserhöhung, dachte er und hätte fast selbst darüber gelacht. Jace' Schuhe waren durchgelaufen, aus seinem Schal lösten sich Fasern, und die Nähte seiner Jacke wurden auch allmählich dünn.

Auf dem Weg zur U-Bahn versperrte ein Mann die Hälfte des Gehsteigs. Er hatte eine Decke unter sich ausgebreitet und kauerte mit einem verfärbten To-go-Becher an einer Straßenlaterne, die nicht mehr leuchtete. Wahrscheinlich hatte sie keine Verbindung mehr zum Data Space.

»Schlechten Tag gehabt?«, krächzte der Obdachlose. Die Seiten seines Kopfs waren kahl rasiert, den Rest seines pink gefärbten Haars hatte er zu einem Pferdeschwanz gebunden. »Du siehst fertig aus, Junge.«

Jace verzog das Gesicht. »Sie auch«, gab er zurück.

Der Typ grinste. »Das glauben viele, aber eigentlich sitze ich nur hier und warte.«

Jace runzelte die Stirn. »Auf was?«

»Darauf, dass wir eine bessere Welt schaffen.«

»Da können Sie lange warten, glaube ich.« Jace schnaubte.

»Das glaube ich nicht.« Der Mann zwinkerte. »Wir müssen mehr Vertrauen zu den Leuten haben. Wenn wir einander vertrauen, können wir diese Welt verbessern.«

Statt einer Antwort schnaubte Jace nur und setzte sich in Bewegung. Der Mann war verwirrt und naiv. Wenn Jace daran dachte, wie seine Familie ihn fallen gelassen hatte, wie er sich im Job abgerackert hatte, nur damit ein anderer die Stelle bekam, kam es ihm bescheuert vor, noch irgendjemandem zu vertrauen. Wozu auch, wenn er nur immer wieder enttäuscht wurde?

Im Rücken hörte Jace ein leises Knistern. Er drehte sich um, und als er nach oben blickte, sah er den bläulichen Schein der Straßenlaterne, als wolle sie den Worten des Obdachlosen Ausdruck verleihen. Jace schüttelte den Kopf und lief weiter. Er wollte einfach nur nach Hause.

Mit eiligen Schritten lief er die Treppen zum U-Bahnhof hinab. Unten schlug ihm stickige Luft entgegen, schwer vom Atem Hunderter Menschen, dem Geruch von Schweiß und Parfum und aufgeladenem Polyester. Jace fügte sich in das Gedränge ein, und obwohl er mit so vielen Menschen dicht an dicht stand, fühlte er sich anonym und allein. Diese Körpernähe hatte nichts Intimes, sie war ein notwendiges Übel, das er mit so vielen Menschen gleichzeitig teilte, dass niemand weiter darüber nachdachte.

Mit einem harschen Luftzug fuhr die U-Bahn in den Bahnhof ein. Die Türen öffneten sich, und Jace drängte sich in den Zug, während andere ausstiegen. Im Inneren war es so eng, dass Jace immerhin nicht umfallen würde, sollte der Zug eine Vollbremsung machen. Er schloss die Augen, lauschte der Musik und wartete nur darauf, aussteigen zu können. Die Zeit verging schneller, wenn er sich in den Tönen verlor, doch nach seiner elend langen Schicht kam ihm jede Sekunde zu lang vor. Endlich hielt die Bahn und entließ ihn in den graffitibesprühten Tunnel. Schon seit Jahren machte sich niemand mehr die Mühe, die Schmierereien entfernen zu lassen. Jace knurrte schon der Magen. Es waren nur zwei Minuten zu Fuß, wenn er schlenderte, doch jetzt beeilte er sich. Die Häuser hier waren kleiner als die in der Innenstadt, maximal vierzig Stockwerke hoch, und viel weniger Drohnen flogen über die Straßen. Manche von ihnen waren sogar abgestürzt und nicht wieder aufgesammelt und repariert worden. Die Gegend war weit davon entfernt, ausgestorben zu sein, aber die Straßen hier waren nur während der üblichen Stoßzeiten von Menschen erfüllt. Für die meisten Hobbys war man hier – Jace eingeschlossen – einfach zu müde. Aber immerhin lebte es sich hier besser als in Außenbezirken wie London Edge, wo die Gangs der Stadt residierten. Schießereien gab es hier nur äußerst selten, wofür Jace dankbar war.

Er bog in seine Straße ein und blieb vor dem Haus stehen, in dem seine Wohnung lag. Jack O'Nelly stand auf dem Klingelschild. Er hasste den Namen Jack. Es war beinahe so, als hätten seine Eltern einen coolen Namen aussuchen wollen, wären aber nach dem c in Jace falsch abgebogen und bei Jack gelandet.

Er blickte die endlosen Fensterreihen hinauf, der Nachthimmel lag von Vulkanasche verdunkelt darüber. Doch weder die Schatten der Wohnkomplexe noch die Düsternis am Himmel konnten das Licht aus Neon City vertreiben. Aus den Fenstern strahlte Licht, und die Gebäude der Innenstadt erhellten sogar die Straßen der abgelegenen Viertel.

Jace hielt seinen Unterarm über den Scanner, der ihn als Bewohner erkannte, und die Türen glitten zur Seite. Der Hausflur war nur wenige Schritte lang und breit und führte in einen engen Fahrstuhl, der Jace automatisch in den siebenundzwanzigsten Stock brachte, wo seine Wohnung lag. Das leise Surren der Maschinen beruhigte ihn beinahe schon, denn das Geräusch kündigte an, dass er bald in sein Bett fallen und ein wenig schlafen konnte. Er überlegte, das Essen einfach sein zu lassen und sofort zu schlafen, aber sein Magen knurrte und verzog sich schmerzhaft. Der Fahrstuhl gab ein penetrantes Klingeln von sich, Jace spürte den Wechsel von Metall zu Linoleum unter den Schuhsohlen. Vor seiner Wohnungstür betätigte er noch einmal den Scanner, und dann war er zu Hause. Endlich.

Müde schlurfte er in den Flur, hängte seine Lederjacke sorgfältig an die Garderobe und pfefferte seine Schuhe einfach in die ungefähre Nähe des Schuhregals. Mit drei Schritten stand er in der Küche, die nur eine Nische im Wohnzimmer bildete. Es lief bereits Kaffee in eine Tasse, die Jace' Haushaltsdrohne dorthin gestellt hatte. Diese kleinen Geräte waren nicht nur nützlich, Jace hätte auch gar nicht gewusst, wie sein Zuhause ohne sie funktionieren sollte. Die Drohnen waren in der Miete jeder halbwegs ausgestatteten Wohnung inbegriffen und verbunden mit dem Home-System, das ebenfalls die Wassertemperatur der

Duschen anpasste, anhand von Jace' Routinen Kaffee kochte oder Essen aufwärmte und den Kühlschrank neu befüllte, wenn sich die Vorräte dem Ende zuneigten. Zumindest, solange das Geld auf dem Konto reichte, aber wenigstens darum musste Jace sich mit seinem Job keine Sorgen machen. Sein Überleben war gesichert – mehr aber auch nicht.

Jace ließ sich auf den Hocker sinken, der neben der Küchentheke stand, und nahm seine Tasse Kaffee entgegen. Die Flüssigkeit darin war tatsächlich eher cremefarben, weil er seine Milch mit einem Schluck Kaffee mochte. Leise schlürfte er und wartete auf die Mikrowelle, in der sein Foodkit bereits vor sich hin schmorte. Er hätte es auch kalt essen können, aber warme Pampe war immer noch besser als kalte Pampe.

Er zog seinen Smartcom aus der Hosentasche und rief ein Hologramm auf. Während Jace die neuesten Posts auf My:-Connect durchscrollte, sprangen ihm Dutzende Werbeanzeigen entgegen. Doch so verlockend die teuren VR-Brillen auch waren, Jace konnte sie sich einfach nicht leisten. Besonders nicht, nachdem der Department Manager für ihn in weite Ferne gerückt war, jetzt, da Hartman ihm den Job vor der Nase weggeschnappt hatte. Jace seufzte tief, dann fiel ihm eine weitere Anzeige ins Auge.

Conqueror Splash –
das große Finale der e-Sports World Championship

Jace liebte Conqueror Splash. Er war miserabel in Echtzeit-Strategiespielen, versank nach der Arbeit aber gern für ein paar Runden darin und hatte die Teams seit Wochen in den Übertragungen im Data Space verfolgt. Und jetzt wurden Tickets verkauft, um in der VR hautnah dabei zu sein. Beim großen Finale.

Ohne weiter darüber nachzudenken, tippte Jace auf die Anzeige und gelangte zum Kaufbildschirm. Starrte auf die Zahlen und ärgerte sich, dass er so viel Geld einfach nicht aufbringen konnte. Dabei wäre er zu gern einmal bei einem Spiel dabei. Aber es ging nicht. Weil Hartman den Posten bekommen hatte und er nicht. Weil Jace einfach nichts vergönnt war in seinem traurigen, tristen Leben, als hätte sich irgendeine unsichtbare Macht gegen ihn verschworen. Frustriert starrte er auf den Holo-Screen, den sein Smartcom aussendete.

Dann verschwamm das Display. Für einige Sekunden wurde alles gräulich, dann bildeten sich neue Buchstaben.

> Vielen Dank für Ihre Zahlung. Wir senden Ihnen eine Bestätigung mit dem Ticketcode zu.

Jace blinzelte. Dann setzte sein Herz einen Schlag aus, und er rief seinen Kontostand auf. Die Zahl war seit dem letzten Mal unverändert geblieben – keine Buchung in den letzten 48 Stunden. Und doch befand sich in seinen Mails das Ticket zu einem Event, das Jace nie gekauft hatte.

2

Normalerweise spürte Sam den Cyberdice in ihrem Hinterkopf nicht. Nur wenn sie das Menü ihres Smartcoms aufrief und die VR auf dem blinkenden Interface anwählte, jagten die elektrischen Impulse aus dem Cyberdice direkt in ihr Gehirn und zeichneten eine zittrige Gänsehaut auf ihre Arme. Dann spürte sie die feine Verbindung zwischen Bewusstsein und Körper reißen wie ein Gummiband unter zu viel Spannung. Im nächsten Moment sackte ihr Körper auf dem Bett zusammen, und ihr Geist verschwand in den Tiefen des Data Space.

In die virtuelle Realität abzutauchen war kein Erlebnis mehr. Aber den Data Space in der VR zu erleben, war jedes Mal wieder wie ein Gewitter in ihrem Inneren. Sie wusste, dass all dies nur Daten waren, rückführbar auf Einsen und Nullen. Aber sie befand sich nicht in einem Raum voller Einsen und Nullen. Um sie herum verliefen Hochhäuser mit grell leuchtenden Fenstern, Neontafeln und Werbeeinblendungen. Auf der Straße und in den Autos blinkten Abertausende Icons auf, Avatare von anderen Menschen, die gerade im Data Space unterwegs waren. Das Abbild von Neon City war der Realität gar nicht unähnlich, wenngleich sie hier eine geschönte Version der Stadt vorfand. Und doch war all das nicht wirklich real, denn alles im Data Space durchlief den Cyberdice in ihrem Kopf und wurde dort in Signale umgewandelt, die ihr Gehirn verstehen konnte. All diese Dinge waren reiner Code. Eine Simulation der Realität, die täuschend echt wirkte. Und zu schön für die Realität, wenn man klugscheißen wollte.

Sie lief los durch den Strom aus Daten. Sam musste sich durch das Getümmel quetschen, vorbei an Avataren mit bunt gefärbten Afros, rückenfreien Tops oder kniehohen Schnallenstiefeln. Kaum ein Avatar im Data Space kam ohne bewegte Tattoos aus. An jeder Ecke blinkten ihr Werbeanzeigen und Kaufbildschirme entgegen, Textnachrichten von Leuten, die sie näher kennenlernen oder mit ihr zocken wollten. Wenn sie nicht gewusst hätte, wonach sie suchte, wäre sie in der Unendlichkeit des Data Space verloren gegangen, aber sie kannte ihr Ziel genau: NeoTECH Global, einer der großen Megakonzerne und damit die größten Kapitalistenschweine, die es gab. Na ja, zumindest Anwärter auf den Posten der größten Kapitalistenschweine, denn die Cons machten sich diese Position regelmäßig gegenseitig streitig. Ihr Weg führte sie durch die geteerten Straßen, und sie merkte, wie all die Daten, die sie peripher wahrnahm, verschwammen und sich nur als scharfe Konturen abzeichneten, wenn sie sie fixierte. Der Data Space war zu komplex, als dass ein Gehirn all diese Eindrücke verarbeiten konnte. So blieben die auf die Straßen gequetschten Autos Schemen, die Drohnen über ihrem Kopf schwarze Punkte und die unzähligen Wolkenkratzer am Horizont nur ein bläuliches Flimmern.

Als Sam in die Schatten eines Gebäudes trat, hielt sie inne. Mit einem Mal wurde ihr kalt, und obwohl sie wusste, dass ihr Körper bequem in ihrem Bett lag, fröstelte sie. Sie sah empor zu der virtuellen Repräsentation des Konzernsitzes. Mit in den Nacken gelegtem Kopf konnte sie das Logo erkennen, das ihr an einem der lächerlich hohen Stockwerke in einem professionell-kalten Neonlicht in die Augen stach. NeoTECH Global, der Con, der bekannt dafür war, Innovationen im Bereich des Data Space auf den Markt zu bringen. In weniger öffentlichen Foren war er für seine Cybersicherheit bekannt. Sam musste zugeben, dass sein virtueller Auftritt nicht ohne war. Das Gebäude war riesig, und der Schatten, den es warf, erstreckte sich noch weit über die gesicherten Mauern hinweg.

Sie holte tief Luft und versuchte, das Klopfen ihres Herzens zu beruhigen. Unwillkürlich fragte sie sich, ob ihr Herz auch in der realen Welt schneller schlug, ob es auch dort in ihren Fingerspitzen kribbelte. Ihr war egal, was ihre Hackerfreunde sagten. Sie hatte schon andere Megacons um ihre Schätze beraubt, da würde NeoTECH seine Geheimnisse auch nicht vor ihr verstecken können. Vor ihr erschienen mehrere Icons in der Luft. Sie wählte einen schwarzen Umhang an, und Sekunden später wurde ihr virtueller Körper durchsichtig. Sie war nicht unsichtbar, aber das Programm sorgte dafür, dass das Sicherheitssystem sie nicht so leicht entdecken würde.

Durch den Filter ihres Cyberdice nahmen die Sicherheitsprogramme verschiedene Formen an: Über ihr flogen Drohnen Patrouille, an den Mauern marschierten Wachen mit Cybergliedmaßen. Die Drohnen in der Luft – Spionageprogramme – machten ihr mehr Angst. Wenn sie sie entdeckten, würden sie eine Nachricht an die Menschen schicken, die für die Cybersicherheit von NeoTECH verantwortlich waren, und das konnte Sam nun am allerwenigsten gebrauchen. Fürs Erste konnte sie nur hoffen, dass ihr Code gut genug war, um sie versteckt zu halten.

Ungesehen ging sie an den Wachen vorbei und betrachtete das Tor, massiv und riesig, wie es war. Sam rief ihre Hackingkonsole auf und wartete. Noch war sie unentdeckt, zumindest glaubte sie das. Aber sie wusste nicht, wie lange das anhalten würde. NeoTECHs Cybersicherheit durfte sie nicht unterschätzen, aber im Moment kreisten die Drohnen noch nichts ahnend am Himmel, und die Wachen liefen stur an ihr vorbei.

Rasch machte sie sich mit dem vertraut, was sie vor sich hatte: Es war eine gute Firewall, und die Chancen, dass ihre Programme autonom einen Weg hindurch finden würden, standen so schlecht, dass sie es gar nicht erst versuchte. Sie grinste. Hier war ihr Genie gefragt. Sam begann, ihre Konsole mit Befehlen zu fluten, schlängelte sich sanft in die Tiefen der Firewall, so leise und vorsichtig, dass ihre Angriffe weder Wunden noch Spuren hinterließen. Wie eine Meisterdiebin fühlte sie sich, die mit Dietrichen geschickt ein Schloss öffnete, ohne es zu beschädigen. Manchmal wartete sie ab, ob ihr Code eine Reaktion im Sicherheitssystem auslöste oder auf Granit stieß, ehe sie sich weiter vorarbeitete. Dann ging ein Ruck durch die Firewall, mit einem sanften Sirren öffnete sich das Tor, und sie konnte eintreten. Die Security-Programme blieben still. Das System erkannte Sam als Admin, und sie lächelte, wenn sie daran dachte, wie ihre Freunde sie vor NeoTECH Global gewarnt hatten. Im Data Space war mit genügend Können und einer Prise Glück eben alles machbar. Immerhin war sie Sam Ueshiba, und man kannte ihren Künstlernamen nicht ohne Grund überall im Data Space.

Sie lief durch den Innenhof des Gebäudes, unsichtbar für die Cybersicherheit, und öffnete mühelos die Tür. Vor ihr lag ein langer Weg durch enge Gänge mit Hunderten Türen und fast ebenso vielen Stockwerken. Die Türen, die in unmittelbarer Reichweite waren, brauchte sie gar nicht erst auszuprobieren. Die wirklich interessanten Daten mussten irgendwo tief vergraben sein. Sam stieg in den Fahrstuhl am Ende des Gangs. Das Rauschen der Maschine hörte sich zum Verwechseln real an, und das Blinken der Anzeige verriet ihr, in welchem Stock sie sich befand. Sie fuhr nach ganz oben, von dem sterilen Geruch begleitet, der dem Gebäude an jeder Ecke anhaftete, und fand sich in einem weiteren engen Gang wieder. Der Boden quietschte unter ihren Schuhsohlen.

Im ganzen Gebäude hatte sie keine Patrouillen gesehen. Sie bezweifelte, dass es keine gab – sicher waren sie versteckt, oder die Programme waren noch nicht gestartet, weil das System keinen Eindringling erkannt hatte. Sam überprüfte ihr Icon, fand aber keinen Hinweis darauf, dass das Sicherheitssystem sie entdeckt hatte. Das musste nichts heißen, Security-Software schlug meist keinen Alarm, sondern bereitete sich darauf vor, den Eindringling überraschend festzusetzen, aber es gab ihr zumindest ein vorläufiges Gefühl der Sicherheit. Es drohte keine akute Gefahr.

Sie öffnete ein paar Türen im Gang; nichts als langweilige Büroräume mit steril geleckten Böden, Toilettenräume – wohl die Interpretation von Trash Data – und Räume mit Krimskrams, die so gar nicht in das sonstige Bild des Gebäudes passten. Aber noch verlor Sam nicht die Geduld. Natürlich lagen die streng geheimen Daten nicht einfach so herum. Sie tippte Befehle in die noch offene Konsole und ließ Spyware laufen. Der Code sprang von ihrem virtuellen Display und materialisierte sich in winzige Drohnen, die sich wie Spinnen in dem Gebäudekomplex verteilten und den Speicherort der wirklich interessanten Daten suchten. Dann wartete Sam. Während ihre Programme die Verzeichnisse durchwühlten, überprüfte sie ihr eigenes Icon. Sie war immer noch schwierig zu orten für das System, in dem sie sich befand, und ihre Adminrechte gewährten ihr ein paar Freiheiten. Sie hatte nicht zu gierig sein wollen, denn völlig freien Zugriff auf alle Daten hatten bei einem Megacon meist nur sehr wenige Leute, die den Kopf der Cybersicherheit bildeten, und denen würde es sehr wohl auffallen, wenn sie ständig Daten abrief, auf die nur drei Leute Zugriff hatten.

Die Drohnen ihrer Spyware kehrten zu ihr zurück, und sie folgte ihnen durch eines der Zimmer, das sie für uninteressant gehalten hatte. Am Ende des Raums war eine Falltür in den Boden eingelassen. Volltreffer. Flink öffnete sie die Tür und kletterte die Leiter hinab. Der Schacht war eng, und die Luft in Sams Lunge wurde knapp, doch sie schloss die Augen und kletterte einfach weiter. Ihr Körper lag sorgsam gebettet zu Hause. Was sie im Data Space empfand, war nicht real. Dennoch war sie erleichtert, als ihr Fuß auf festen Boden traf.

Sam fand sich wieder in einem Archiv. Hunderte Regale, in Reihen aneinandergedrängt, ließen den riesigen Raum klein und eng wirken. Die Daten waren mit Ordner-Icons dargestellt und füllten jeden Zentimeter. Dieser Ort, so dachte Sam, wurde dem Namen Data Space wirklich gerecht. Sie öffnete eine Übersicht der Daten im Archiv und wusste, dass ihr nicht mehr viel Zeit blieb. Sie ging davon aus, dass nur die Konzernsicherheit Zugriff auf dieses Archiv hatte, und wenn sie gut war, würden sie bald bemerken, dass jemand darin herumstöberte. Selbst wenn die Programme ihren Eingriff als autorisiert einstuften.

Rasch scrollte sie durch die Ordner und kopierte einfach alles, was ihr potenziell interessant erschien. Sobald sie sich nicht mehr in unmittelbarer Gefahr befand, von der Cybersicherheit das Gehirn gegrillt zu bekommen, konnte sie sich immer noch genüsslich durch die Daten wühlen. Sie kopierte Prototypen zu neuen Projekten, Dokumentationen der Einstellungsverfahren, Lohnzahlungen – auch wenn es niemanden mehr überraschen würde, wie NeoTECH die Mitarbeitenden ausbeutete. Es war immer nett, die Gehälter der Leute offenzulegen. Sam fand Verträge und anstehende Kooperationen und freute sich schon diebisch darauf, die Skandale darin zu finden. Egal, was es war, NeoTECH würde eine Weile damit zu tun haben, ihr Image wieder öffentlichkeitstauglich aufzupolieren.

Länger wollte sie ihr Glück nicht strapazieren. Sam ließ ein Verschlüsselungsprogramm über ihre neuen Schätze laufen, öffnete das VR-Interface und wählte den Log-out-Button. Nichts geschah. Ihr Blick erstarrte. Das Icon reagierte, doch sie blieb an Ort und Stelle, mit der Direktverbindung ihres Gehirns an den Data Space gefesselt.

Shit.

Man hatte sie gefunden. Ruhig bleiben. Sam blickte sich um und startete eine Scan-Software, die ihr Icon nach Malware absuchte. Irgendwo wurde das Signal abgefangen, das ihren Cyberdice anwies, die Verbindung zu kappen. Fieberhaft tippte Sam Befehle in die Konsole, um das Programm ausfindig zu machen, das sie in der VR hielt. Im nächsten Moment materialisierten sich bereits die gesichtslosen Wachen im Archiv und hoben die mit Klingen und Schusswaffen aufgerüsteten Arme.

Sam sprang zurück hinter eines der Regale. Zu kämpfen hatte keinen Sinn, sie musste hier raus. Unmöglich konnte sie es mit dem ganzen Cybersicherheitssystem von NeoTECH aufnehmen, selbst wenn sie mit dieser ersten Welle fertigwurde.

Hastig tippte sie in ihre Konsole, und eine grünlich schimmernde Wand errichtete sich um ihren Avatar. Dann hagelten die ersten Kugeln auf sie nieder. Der Code, den sie auf die Schnelle geschrieben hatte, war schlampig und ließ einzelne Schüsse durch. Eine Kugel traf sie, und ein heftiger Schmerz fuhr durch den Knochen ihres Schienbeins. Sam zuckte zusammen und ließ sich fallen, duckte sich noch weiter hinter die Regale und checkte ihr Icon auf Viren, während Schüsse an ihrem Kopf vorbeiflogen.

Da war sie, die Malware, saß wie eine kleine Zecke auf ihrem Icon und labte sich an dem Signal, das es nicht bis zu ihrem Cyberdice schaffte. Sam achtete gar nicht auf die Security-Programme, die allmählich ganz ihren Schild auflösten. Die Verteidigung aufrechtzuerhalten war sinnlos, und so konzentrierte sie all ihre Angriffe auf die Sperre. Code um Code warf sie dem Programm entgegen, während die Wachen immer näher kamen. Ihr ganzer Körper brannte, Sam biss die Zähne zusammen und griff eine Pinzette aus der Luft, die Manifestation ihres Codes. Ein langes Messer sauste auf Sam nieder, und während sie sich zur Seite zwischen die Füße einer gesichtslosen Wache rollte, spürte sie das Donnern, als rohe Daten aufeinanderkrachten, Splitter aus Code, während der Boden aufriss. Sam nutzte den Moment und packte die Zecke mit der Pinzette, zupfte sie von ihrem Icon ab und schnippte sie angeekelt davon.

Auf ihrem Display blinkte der Log-out-Button. Sam drückte ihn, und im nächsten Moment verschwamm das Archiv um sie herum, der Schwindel packte sie, und dann lag sie auf dem Rücken.

Warmes Blut war aus ihrer Nase geströmt und befleckte die Bettwäsche. Einen Moment lang blieb Sam einfach so liegen, wischte sich das Blut mit dem Ärmel von den Lippen und hielt die Augen geschlossen. Der Kampf im Data Space hatte ihr Gehirn mit elektronischen Signalen überladen, aber abgesehen vom Nasenbluten und leichtem Schwindel ging es ihr gut. Sie hatte schon deutlich Schlimmeres überstanden. Auch wenn es sie in ihrer Ehre ein wenig kränkte, dass das Sicherheitssystem sie entdeckt hatte – noch dazu so kurz vor Ende. Aber sie hatte eine Menge Daten gestohlen, die sie offenlegen konnte. Das war es wert gewesen.

Langsam erhob sie sich von ihrem Bett und streckte sich. Der Schwindel ließ nach, und obwohl ihre Gedanken noch träge waren, plante sie bereits die Schlagzeilen, die sie mit ihrem Blog machen würde, sobald die Daten öffentlich wurden. Die Megacons hatten immer Schmutz in ihren Archiven. Immer.

Sam verließ ihr Zimmer, und nachdem sie sich im Bad das Blut aus dem Gesicht gewaschen hatte, lief sie über den Flur zur Garderobe. Ihre besten Blogeinträge schrieb sie nicht zu Hause. Sie warf sich ihren roten Schal über, schlüpfte in die knöchelhohen Turnschuhe, scannte ihre Hand, um die Haustür zu öffnen, und trat dann nach draußen.

Natürlich war sie nicht wirklich *draußen*. Sam lebte mit ihrer Mutter in einer Arkologie des Konzerns Mishiwa. Von außen sah die Arkologie aus wie ein besonders in die Breite gegangenes Hochhaus, aber innen befand sich eine kleine Stadt. Sie besaß vierundsiebzig Stockwerke und beherbergte Konzerngebäude von Mishiwa, etliche Einkaufsmeilen und sogar Felder, auf denen mithilfe von Solarenergie Landwirtschaft betrieben wurde. Auf den Straßen standen vereinzelt Bäume, doch Sam wusste, dass vor allem in den obersten Stockwerken Sauerstoff produziert wurde, der die ganze Arkologie mit frischer Luft versorgte, weil außerhalb alles mit Vulkanasche verseucht war. Die Arkologie war dazu gedacht, ihre Einwohnenden völlig unabhängig von der Außenwelt versorgen zu können. Und das tat sie.

Obwohl Sam es hasste, so unter den Fittichen eines Konzerns zu leben, musste sie zugeben, dass die Mishiwa-Arkologie einer der besten Orte war, an denen man in Neon City leben konnte. Nur selten wagte sie sich nach außerhalb; die Luft der Innenstadt brachte sie zum Husten, und es dauerte Tage, bis der schale Geschmack von Vulkanasche aus dem Mund verschwand.

Sam schlenderte an den Läden vorbei und schlängelte sich durch die Menschenmassen. Von oben strahlte warmes Licht herab, und die Luftfilter bliesen eine sanfte Brise durch die geschlossenen Räume der Arkologie. Die Wände, die sie von der Außenwelt abschirmten, wurden von Displays unterbrochen, die wie Fenster aussahen und eine geschönte Version der Stadt außerhalb zeigten.

Sam verließ die Straßen, durch die sie sich drängen musste, und atmete auf, als sie in die Seitengassen einbog. Der Weg zu dem Park, in dem sie gern saß, war eine Allee, und auf den Bäumen saßen Hologramme von Vögeln, die sogar zwitscherten wie die echten Vorbilder. Sie mochte die kleinen Exemplare, und immerhin konnten sie nicht an einer Lungenvergiftung durch Vulkanasche sterben.

Endlich erreichte sie den Park. Auf großen Flächen, die den Beton durchbrachen, wuchsen echtes Gras, Bäume und Blumen. Sam nahm einen tiefen Atemzug, während sie sich auf eine Bank setzte und ihren Smartcom aufrief. Durch den Cyberdice musste sie das Gerät nicht einmal in die Hand nehmen; das Interface erschien direkt in ihren Gedanken.

Während sie die Daten prüfte, machte sie sich Notizen. Sie schrieb über den mickrigen Lohn, den NeoTECH seinen Mitarbeitenden zahlte, und die Methoden, die sie anwandten, um noch weniger Geld abdrücken zu müssen. Sie quetschten ihre Leute wirklich bis aufs Letzte aus und zahlten ihnen nicht einmal Arztrechnungen, geschweige denn eine Versicherung. Sam wusste, dass NeoTECH damit viel mehr die Regel als die Ausnahme war, aber das Hinterziehen von Steuern würde NeoTECH beim nächsten Konzernrat teuer zu stehen kommen, und mit ihrem Post würde Sam ein Stück dazu beitragen, dass die Leute verstanden, welche hässlichen Grimassen hinter den schönen Werbeimages der Megacons steckten. Irgendwann musste die Bevölkerung schließlich aufwachen.

Ausbeutung bei NeoTECH Global – wie billig ist dein Leben für einen Megacon?

Zufrieden überflog sie ein letztes Mal den Blogeintrag. Es war nur eine Frage der Zeit, bis NeoTECH ihn aus dem Data Space löschen würde, aber ihr Blog würde wiederkommen. Wie jedes Mal. Sie würde viral gehen, gelöscht werden und wieder viral gehen. Sam drückte auf *Veröffentlichen*.

Nichts geschah.

Sie tippte noch einmal, aber es tauchte nur eine Nachricht in ihrem Interface auf:

Hey, Samantha,

wir melden uns als Team der Cybersicherheit von NeoTECH Global bei dir. Du bist aufgeflogen. Wir wissen, wer hinter Sam Ueshiba steckt. Ich schicke dir einen Link, damit wir reden können, und würde dir empfehlen, das Angebot anzunehmen. Andernfalls finden wir bestimmt noch andere, die mit uns über deine Identität reden wollen.
Du hast 24 Stunden, um uns zu kontaktieren.

–NeoTECH

3

Jace hatte nur wenige Stunden Schlaf bekommen. Entsprechend müde war er, als er gegen zehn Uhr morgens bei HyperZen Body Technologies ankam. Er scannte seinen Unterarm, schlurfte in den Fahrstuhl, der ihn ins zweite Stockwerk beförderte, und hängte die Lederjacke in seinen Spind. Hoffentlich war Hartman bereits in sein neues Büro umgezogen, dachte Jace, dann müsste er ihn wenigstens nicht sehen, wenn er sich an seinen Schreibtisch setzte und die täglichen Beschwerdemails öffnete. Wenn er Glück hatte, vergaß Hartman Jace' Existenz im Rausch seiner Karriereleiter. Jace ertrug es nicht, dass dieser Mann Erfolg hatte und er selbst nicht. Er ertrug es nicht, dass er sich den Arsch abarbeiten konnte und trotzdem auf der Stelle trat. Scheiße.

Das sanfte Sirren der elektronischen Türen begrüßte Jace im Büro. Obwohl die vielen Kabinen bereits gut gefüllt waren, blickte niemand zu ihm auf, als er eintrat. Die kahlen Wände wirkten trostlos und erinnerten ihn daran, dass es nicht erwünscht war, sich in seiner zwölfstündigen Schicht von irgendetwas ablenken zu lassen. Ihm standen zwölf Stunden monotoner Arbeit bevor, und sie hatten gerade erst begonnen. Beim Gedanken daran wollte Jace einfach nur zurück in sein Bett kriechen. Er setzte sich an seinen Schreibtisch und ließ Kopf und Arme auf die kalte Oberfläche sinken. Nach der Sache mit Hartman gestern war seine Motivation, irgendetwas für diesen Konzern zu tun, gen null gesunken. Wozu sich für eine CEO anstrengen, die seine Bemühungen nicht einmal sah, geschweige denn anerkannte, und stattdessen den unfähigsten Hochstapler des ganzen Konzerns beförderte? Das letzte bisschen Vertrauen, das er noch zu HyperZen gehabt hatte, war verschwunden. Jace blickte sich um, fragte sich, ob die anderen Angestellten nicht sahen, wie sie hier ausgenutzt wurden. Aber dann dachte er, dass es ohnehin keinen Zweck hätte. Selbst wenn er sie darauf hinwies – sie würden ja doch nichts unternehmen, aus Angst, gefeuert zu werden. Und die letzte Gewerkschaft war vor wenigen Jahren mitten im Chaos nach 97 aufgelöst worden.

Der Bildschirm seines Arbeits-Smartcoms sprang an und begrüßte ihn mit den Worten:

Guten Morgen, Mr O'Nelly. Hier die Liste Ihrer heutigen Aufgaben:

Jace seufzte und öffnete das Dokument, in dem bereits Hunderte Mails darauf warteten, von ihm beantwortet zu werden. Doch noch ehe er damit beginnen konnte, öffneten sich die Türen ins Büro. Jace drehte sich um.

Hartman trat ein. Jace musste sich zusammenreißen, um nicht das Gesicht zu verziehen, und nahm die Schultern zurück, damit Hartman nicht sah, was für ein Häufchen Elend er war.

»Ah, gut, dass du schon hier bist«, sagte er, während er zu Jace' Tisch eilte. »Ich habe später eine Präsentation zu halten, es geht um ein neues Produkt, das ich vorstellen möchte.«

Jace hob die Augenbrauen. »Das freut mich für dich.«

»Und ich habe noch einiges zu tun, deswegen musst du das Ding für mich fertigstellen. Die Datei habe ich dir schon geschickt, ich brauche die fertige Präsentation dann um halb zwölf.«

»Bitte was?«

»Um halb zwölf«, wiederholte Hartman langsam.

»Du willst, dass ich deine Arbeit für dich mache?«

»Das ist doch keine Arbeit«, winkte Hartman ab und verdrehte die Augen. »Ich habe noch Wichtiges zu erledigen und kann mich nicht mit so etwas befassen.«

Wohl eher wollte er die Anerkennung ernten, ohne einen Finger dafür krumm zu machen.

»Ich kann nicht glauben, dass du gerade befördert wurdest, nur um jetzt deine unangenehmen Aufgaben auf andere abzuwälzen. Ich habe auch zu tun, ob du es glaubst oder nicht.«

Hartman verzog das Gesicht. »Bitte. Als ob es irgendjemanden interessiert, was du da machst. Also entweder kümmerst du dich jetzt um diese Präsentation, oder das Letzte, was du hier heute liest, ist eine Kündigung. Haben wir uns verstanden?«

Jace löste den Blick von Hartman und sah sich im Büro um, doch niemand reagierte auf ihr Gespräch. Natürlich nicht, dachte Jace bitter. Hier war sich jeder selbst der Nächste. Er biss die Zähne zusammen und schluckte die giftige Erwiderung hinunter, die schon auf halbem Weg zu seiner Zunge war. Hartman war schon immer ein Arsch gewesen, aber jetzt war er ein Arsch mit Macht, und offenbar genoss er die allzu sehr. »Klar«, erwiderte Jace gepresst und öffnete sein Mailfach.

»Gut. Und einen Tipp noch: Wenn du es je zu irgendwas bringen willst, musst du lernen, diejenigen zu beeindrucken, die dir nach oben helfen können, Idiot.«

Oder ihnen in den Arsch zu kriechen. Aber das sagte Jace nicht. Er nickte nur und öffnete die Präsentation, die Hartman ihm gegeben hatte.

Er konnte es nicht fassen, dass er nach all seinen Mühen immer noch hier saß und die Drecksarbeit für jemanden erledigen musste, der – wieder einmal – die Lorbeeren für all seine Arbeit einheimsen würde. Zähneknirschend machte Jace sich an Hartmans stümperhafte Ausarbeitung. Er hatte offensichtlich nie vorgehabt, sie selbst zu Ende zu bringen. Lustlos fügte Jace Grafiken ein, passte die Schriftarten an und schrieb kurze Stichpunkte, die Hartmans Idee beschreiben sollten, aber wenn er ehrlich war, war nicht einmal die gut. Jace hätte das Ganze aufpeppen können, ein paar wirklich innovative Ideen einstreuen können – aber wieso sollte er? Es würde ihn ja doch nicht weiterbringen. Mit einem frustrierten Kopfschütteln speicherte Jace seine Arbeit ab und schickte sie per Mail an Hartman zurück.

Noch im selben Moment formte sich eine Idee in Jace' Kopf. An diesem Mailverlauf konnte jeder sehen, dass die Präsentation nicht von Hartman selbst stammte. Es musste nur ein einziger Screenshot zur Chefetage gelangen, und Hartman stünde da wie der letzte Volltrottel. Feuern würde man ihn wohl nicht, aber Jace kam nicht umhin, bei dem Gedanken, wie sein ehemaliger Kollege vor Scham rot anlief und halb gare Rechtfertigungen stammelte, zu grinsen. Aber Jace war nicht hinterlistig genug, um so etwas zu tun, und so kehrte er einfach zu seiner Arbeit zurück, wünschte sich aber dennoch, er hätte es getan.

Die Stunden vergingen quälend langsam, aber das Gute daran war, dass Jace Hartman nicht sehen musste. Fast schon hatte er sich damit abgefunden, für immer der Typ zu sein, der Feedbackmails mit freundlichen, aber nichtssagenden Antworten versah. Seine Mühen blieben umsonst, und vielleicht war es an der Zeit zu akzeptieren, dass er einfach nichts Besonderes war. Anders als sein Bruder. Anders als seine Familie. Anders, als alle es von ihm wollten.

Doch dann seufzte er nur. *Ist doch egal, was die anderen denken,* das war so leicht dahingesagt. Aber Jace war es nicht egal. Er wollte ein Leben, in dem er nach der Arbeit seine Familie anrufen konnte. Ein Leben, in dem seine Familie seine Anrufe entgegennahm. Aber dafür mussten sie sehen, dass er zu mehr imstande war als zu diesem bescheuerten Job.

Aber bin ich das?

Die Frage stellte er sich immer wieder, und allmählich dachte er, dass das Leben sie ihm doch längst beantwortet hatte. Frustriert griff Jace in seine Tasche und zog ein in Plastik verpacktes Sandwich heraus. Das Brot war bröselig und der Aufstrich aus

Soja und Gewürzmischung fest wie Gummi, aber als schnelles Mittagessen musste es reichen. Jace' Schränke zu Hause waren voll von diesen Sandwiches, weil sie immer noch mehr Konsistenz hatten als die Foodkits, die er nur deswegen aß, weil sie stundenlang sättigten. Aber auf der Arbeit waren diese Sandwiches seine einzige Freude.

Während er so dasaß und kaute, sirrten die elektronischen Türen, und Hartman rauschte herein. Er schlug die Hacken seiner polierten Schuhe in den polierten Boden und schnaufte, während er mit erhobenem Zeigefinger auf Jace zukam.

»Du ...!«, brachte er heraus, ehe er vor Jace' Tisch zum Stehen kam. »Was hast du getan?«

Jace' Kiefer stellte für einen Moment das Kauen ein. »Stimmt ... irgendetwas mit der Präsentation nicht?«

»Ob etwas mit der – willst du mich eigentlich verarschen?« Hartman knallte seine Faust auf den Tisch, und Jace zuckte zurück.

»Ich weiß wirklich nicht, wovon du redest.« Jace rollte auf seinem Stuhl ein Stück zurück, weil Hartman aussah, als könne seine nächste Faust auf seiner Nase landen.

Jetzt bemerkte Jace die Blicke der anderen Angestellten. Sie beobachteten das Geschehen aus den Augenwinkeln, obwohl niemand sich ihnen offensichtlich zuwandte.

»Du hast unser Gespräch aufgezeichnet und an die Chefetage weitergeleitet!« Hartman schnaufte, doch dann fuhr er sich über das Gesicht und presste die Lippen zusammen. »Dir ist doch klar, dass das Konsequenzen haben wird, oder? Was denkst du, wie die Chefin mich zur Sau gemacht hat!«

»Moment mal.« Jace hob die Hände und runzelte die Stirn. »Ich habe überhaupt nichts getan. Rein gar nichts. Ich habe keine Ahnung, wovon du überhaupt redest.«

»Tu nicht so blöd«, zischte Hartman. »Wer sonst soll die Aufnahmen gemacht haben? Aber warte nur ab, du wirst schon sehen, was du davon hast, wenn du glaubst, so mit mir umspringen zu können. Hast gehofft, die würden mich feuern, damit du meine Position haben kannst, was? Die wirst du aber nicht bekommen, Arschloch. Dafür werde ich sorgen.«

Jace hätte gern etwas Feuriges erwidert. Vielleicht, dass er noch mehr in petto hätte, um ihn bei der CEO anzuschwärzen, oder ihm erklärt, dass er gar nicht wusste, wo auf seinem Smartcom er Tonaufnahmen anfertigen konnte. Doch er sagte nichts und senkte nur den Blick. Nichts, was er Hartman sagen konnte, würde Jace' Situation verbessern. Seit er sein neuer Vorgesetzter war, war Hartmans Verhalten rasant ekelhafter geworden, und Jace hatte keine Möglichkeit mehr, irgendetwas in seinem Leben zu erreichen. Nicht, solange er bei HyperZen Body Technologies arbeitete.

Er hatte sich geradewegs in eine Sackgasse manövriert.

Als Jace an diesem Abend nach Hause kam, hatte er keinen Hunger. Wie sollte er die nächsten Tage und Wochen überstehen? Die Arbeit war nun nicht mehr nur langweilig und stupide, nein, nun musste sein neuer Chef ihn auch noch zu seiner persönlichen Nemesis auserkoren haben. Nach seiner Schicht gab es nichts, was ihm wirklich Freude bereitete. Freunde hatte Jace keine, und jedes Mal, wenn er überlegte, sich vielleicht in einem Fitnessstudio anzumelden, spürte er die Müdigkeit in seinen Knochen.

Jace streckte sich rücklings auf seinem Bett aus und hielt seinen Smartcom über das Gesicht. Viele Kontakte hatte er nicht im Adressbuch gespeichert, aber während er so durch die Namen scrollte, blieb er an einem hängen: Nathan. Sein Bruder.

Ohne weiter darüber nachzudenken, drückte Jace auf den grünen Hörer. Das Freizeichen ertönte durch seine kabellosen Kopfhörer. Jace wartete. Dann nahm jemand ab.

»Nathan?« Jace' Stimme war kaum mehr als ein Flüstern.

»Jace.« Nathans Ton war kühl, aber er war der Einzige aus der Familie, der Jace bei seinem Nickname nannte.

»Ich wollte nur mal hören, wie es dir so geht«, sagte Jace schwach. »Wir haben so lange nicht geredet – ehrlich gesagt bin ich überrascht, dass du rangegangen bist.«

»Ja, ich auch.«

Jace schluckte. »Wie geht es dir denn? Und Daniel? Ich hab gehört, ihr habt geheiratet, und …«

»Hör mal, Jace«, unterbrach Nathan ihn, »ich weiß nicht, was dieser Anruf soll, aber ich hab wirklich keine Zeit für so was. Wenn du Geld brauchst, bin ich echt der Falsche. Ruf mich nicht wieder an, okay?«

»Nein, das ist es nicht«, sagte Jace schnell, aber noch ehe er weiterreden konnte, hatte Nathan schon aufgelegt.

Jace ließ den Arm, in dem er den Smartcom hielt, aufs Bett fallen und machte einen langen zitternden Atemzug. Er hatte schon mindestens ein Jahr lang nicht mehr versucht, seinen Bruder anzurufen, und bereute es bereits. Dachte Nathan wirklich so schlecht über ihn? Dass er sich nur bei ihm meldete, weil er Geld brauchte?

Nathan musste ihn wirklich für Abschaum halten. Und Jace hatte keine Möglichkeit, seine Meinung zu ändern, weil er für immer der Beschwerdebeantworter bei HyperZen Body Technologies sein würde.

Inzwischen wurde Jace schlecht, wenn er daran dachte, am folgenden Tag wieder zur Arbeit zu müssen. Hartman gab sich alle Mühe, ihm die Tage so ätzend wie möglich zu machen, und seine ohnehin freudlosen Schichten wurden unerträglich. Jace überlegte, ob er ohne seinen Job nicht besser dran sein könnte, aber dann sah er seinen Kontostand. Sein Gehalt brachte ihn gerade so über den Monat, und er hatte keine Ersparnisse, von denen er zehren konnte, während er sich einen neuen Job suchte. Außerdem hatte er sich für noch mindestens acht weitere Jahre HyperZen Body Technologies verpflichtet, zumindest, solange sie ihn nicht feuerten. Und acht Jahre waren noch eine verdammt lange Zeit. Eine unerträglich lange Zeit.

Er wollte nicht einschlafen, denn wenn er aufwachte, musste er zurück zum Job. Lieber wach liegen und die Stunden langsam, aber sicher dahinfließen sehen, bis es unweigerlich sieben Uhr werden würde. Und dann würde Jace doch noch schlafen und nach zwei Stunden müde aus dem Bett fallen, sich sein Frühstück reinquälen und dann mit den vollen U-Bahnen zum Konzern fahren. Dann die Zwölfstundenschicht. Zwölf Stunden, um die restlichen zwölf des Tages zu überleben.

Jace drückte das Gesicht ins Kissen und seufzte tief. Er konnte einfach nichts an seinem gescheiterten Leben ändern. Vielleicht hatte Nathan recht, und Jace war ein hoffnungsloser Fall. Trotzdem machte es ihn wütend, dass sein eigener Bruder nichts mehr von ihm wissen wollte, nur weil er kein aufstrebender Stern war. Weil Durchschnitt einfach nicht gut genug war. Weil er sich die Anerkennung seiner eigenen Familie verdienen musste.

Das Klingeln seines Smartcoms ließ ihn den Kopf heben. Einen Moment lang überlegte er, einfach nicht nachzusehen. Doch dann obsiegte die Neugier.

Eine Nachricht war eingegangen. Jace blinzelte, als würden sich die Buchstaben ändern, wenn er nur genauer hinsah. Doch die Absenderin war eindeutig.

Mom.

Eilig öffnete Jace die Nachricht. Es war Jahre her, dass seine Mutter ihn von sich aus kontaktiert hatte. Nachdem Jace im Herbst 2097 aus dem Koma erwacht war, hatte er nur schwer wieder Anschluss an sein altes Leben gefunden. Wenige Monate später hatten seine Eltern ihn rausgeworfen, weil er *nichts taugte*. Was hatte seine Mutter ihm jetzt zu sagen?

Mein lieber Jack,

ich weiß, dass es schon lange her ist, seit wir das letzte Mal gesprochen haben. Wir haben einiges nachzuholen, und deswegen möchten dein Vater und ich dich zu uns einladen. Was hältst du von morgen, komm doch zum Abendessen.
Wir erwarten dich mit Freude.

In Liebe
Deine Mutter

Jace hielt einen Moment inne und starrte auf sein Display, während er die Zeilen ein zweites und drittes Mal las. Dieser Text erschien ihm so surreal, dass er nicht recht wusste, ob er vielleicht träumte. Ob er wütend sein sollte, weil sie ihn seit Jahren ignorierte, und nun plötzlich wollte sie ihn zum Essen einladen? Sie musste irgendetwas vorhaben. Aber was? Es gab nichts, was seine Eltern von ihm wollen könnten. Und doch flatterte Freude in ihm auf. Hoffnung. Vielleicht hatten sie sich ja tatsächlich besonnen. Nachdem Nathan ihn so barsch abgewiesen hatte, war die Nachricht seiner Mutter wie eine Wärmequelle, die die kalte Enttäuschung linderte.

Jace schrieb:

Hey, Mom,
natürlich komme ich zum Essen vorbei. Ich freue mich auf morgen!

In dieser Nacht schlief Jace mit einem Lächeln ein.

4

Jace stand in der kleinen Badezimmernische vor dem Display, das als Spiegel fungierte, und sah eine Simulation seiner selbst in den verschiedenen Outfits, die in seinem Kleiderschrank hingen. Was sollte er zum Abendessen mit seinen Eltern tragen? Alles, was er an Kleidung besaß, war abgenutzt und entsprach weder aktueller Mode noch konnte man sie außerhalb von Fast-Food-Restaurants und schmuddeligen Malls tragen, ohne schief angeguckt zu werden. Die meisten seiner Sachen waren Secondhand, und zwar nicht die Secondhand, aus der man sich stylishe, ungewöhnliche Outfits zusammenschustern konnte, sondern die Secondhand, die wirklich niemand mehr haben wollte. Vielleicht hätte er doch in eine neue Garderobe investieren sollen, aber Markenkleidung konnte er sich nicht leisten, und Jace hatte auch keine Lust, sich mit Sachen einzukleiden, die maximal einen Monat hielten, bevor sie sich in ihre Fasern auflösten.

Schließlich entschied er sich für einen dunkelblauen Cardigan und eine Stoffhose. Jace besaß keine Anzugschuhe, und so schlüpfte er in seine noch am wenigsten alten Sneakers, hoffend, seine Eltern würden mehr auf sein frisch rasiertes Gesicht achten als auf seine Schuhe. Ehe er das Haus verließ, kämmte er sich sorgfältig die strohblonden Haare. Vielleicht hätte er sie färben sollen, ehe er losging. In der Tasche hatte er eine Schachtel Pralinen, die so teuer war, dass er von dem Geld eine Woche Tütensandwiches hätte kaufen können. Jace wollte nicht riskieren, dass sein Besuch heute daran scheiterte, kein Geschenk mitgebracht zu haben, auch wenn er dafür vielleicht einen seiner Streamingdienste pausieren musste.

Der Weg zum U-Bahnhof kam ihm zum ersten Mal seit Wochen nicht so vor, als wäre er auf dem Weg in einen Club, der Käfigkämpfe veranstaltete – und er war derjenige, der im Käfig verprügelt wurde. Klar, er war nervös, seine Eltern zu treffen, aber er freute sich auch. Es war vier Jahre her, dass er sie zuletzt gesehen hatte. Wahrscheinlich sollte er sich nicht freuen, sondern sauer sein. Aber Jace hatte die letzten Jahre sein Leben nur darauf ausgerichtet, an eine Position zu gelangen, auf die seine Eltern stolz sein würden, sodass sie hoffentlich wieder mit ihm redeten. Die Position hatte er zwar nicht, aber was interessierte ihn das, wenn seine Eltern jetzt einfach so Kontakt zu ihm aufnahmen? Sein Stolz war es nicht wert, diese Gelegenheit wegzuwerfen. Er hatte seine Familie gewollt, jetzt bekam er sie. Mehr zählte nicht.

Jace stieg in die U-Bahn. Hologrammplakate zierten die Wände. Dort blinkten Werbeanzeigen von etlichen Bands, deren Namen er noch nie gehört hatte, Werbung für Soda von HyperZen und die Ankündigung für die World Championship von Conqueror Splash. Die Qualifikationsspiele liefen gerade, aber im Moment interessierte Jace sich nicht einmal dafür. Er würde mit seinen Eltern zu Abend essen, und das verdrängte jeden anderen Gedanken.

Nervös zupfte er an seinen Ärmeln herum, als die U-Bahn in Diamond Creek einfuhr. Diamond Creek war der reichste Stadtteil von Neon City, und Jace hatte vergessen, wie sehr man sich in einer anderen Welt fühlte, wenn man die Grenze überschritt.

Diamond Creek umspannten kaum sichtbare Netze, die die Vulkanasche aus der Luft filterten, sodass man hier freier atmen konnte. Als er das letzte Mal hier gewesen war, hatte es die Filter noch nicht gegeben, was daran lag, dass er das letzte Mal vor dem Vulkanausbruch diese Straßen durchwandert hatte. Die Menschen in Diamond Creek lebten in strahlend weißen Villen mit Pools in den Vorgärten. Es wuchsen sogar Bäume und Blumen in diesem Stadtteil, und während Jace die Straße zu seinen Eltern hinablief, sah er die NeoTECH Highschool, seine alte Schule, die sich in den Jahren kaum verändert hatte. Rasch ging Jace weiter.

Er kam sich schäbig vor in seinen ausgebeulten Klamotten und mit den sich langsam ablösenden Schuhsohlen. Er wusste, dass Citizen Overwatch – der größte Sicherheitskonzern in Neon City – jeden in Diamond Creek beäugte, der aussah, als würde er nicht hierhergehören. Jace war sich sicher, dass das schwarze Auto, das schon die ganze Zeit neben ihm fuhr, die Watcher waren, die sichergehen wollten, dass er keinen Ärger machte.

Vor der Villa seiner Eltern blieb er stehen. Jace blickte die weißen Steinsäulen hinauf, die blühenden Büsche, die den Weg zum Eingang säumten. Es roch süßlich nach blühendem Holunder, ein Geruch, den er schon fast vergessen hatte. Jace starrte auf den Springbrunnen im Vorgarten, dann gab er sich einen Ruck, lief die Treppe zur Veranda hinauf und drückte die Klingel. Es dauerte nicht lange, bis sich die verdunkelten Glastüren öffneten.

Drinnen empfing ihn warme, gut gefilterte Luft, die sogar noch angenehmer war als die draußen. Weißer Marmor bildete den Boden des Hauses, und die Wände hingen voll mit Displays, auf denen strahlende Landschaftsbilder zu sehen waren. Dezente Klaviermusik erfüllte die Eingangshalle. Jace lächelte, als der Haushälter seiner Eltern auf ihn zukam.

»Guten Abend, Mr O'Nelly«, begrüßte er Jace und deutete eine höfliche Verneigung an. »Wie schön, dass Sie da sind. Bitte lassen Sie mich Ihnen Ihre Jacke abnehmen.«

Jace nickte und schlüpfte aus seiner Jacke, die der Haushälter sofort an sich nahm und an die Garderobe hängte.

»Ich begleite Sie in den Salon, Mr O'Nelly«, sagte der Haushälter und streckte die Hand aus.

Jace hätte gern seinen Namen gewusst, aber seine Eltern hatten ihn so viele Jahre aus ihrem Leben ausgeschlossen, dass er sich vollkommen ahnungslos vorkam. »Wir kennen uns noch nicht«, sagte er daher.

Der Haushälter lächelte. »Natürlich, wie unhöflich, mich nicht vorzustellen. Ich bin Benjamin Strice und für das alltägliche Leben von Mrs und Mr O'Nelly verantwortlich.«

»Freut mich, Mr Strice.« Jace lächelte, kam aber nicht umhin, sich seltsam vorzukommen, als Benjamin sich leicht verneigte.

»Folgen Sie mir bitte.«

Sie liefen durch den Flur und an den Springbrunnen vorbei, deren Wasser sauberer aussah als das, was bei Jace zu Hause aus der Leitung floss. Hier drinnen kam er sich schäbig vor wie nie, und gleichzeitig war Jace verletzt. Weil seine Eltern ihren Reichtum so protzig zur Schau stellten, ihm aber kein einziges Mal geholfen hatten, wenn er Geldprobleme gehabt hatte. Und dabei hatte er in seinem Leben nie Drogen genommen oder sein Geld zum Fenster rausgeworfen. Aber als sein Kühlschrank vor drei Jahren den Geist aufgegeben hatte, hatte er vier Monate lang für einen neuen sparen müssen.

Benjamin öffnete die Tür zum Salon. Jace zögerte einen Moment, ehe er den Raum betrat. Mit zaghaften Schritten überquerte er den Teppich. Orangerotes Licht strahlte ihm entgegen, denn die Fenster-Displays zeigten eine herrlich gearbeitete Skyline bei Sonnenuntergang. Seine Eltern saßen bereits am Tisch, und beide erhoben sich, als Jace den Raum betrat.

Sie sahen älter aus, als er sie in Erinnerung hatte, und er wusste nicht, ob das daran lag, dass er sie lange nicht gesehen hatte, oder vielmehr daran, dass die Arbeit sie so sehr schaffte. Wenn er so darüber nachdachte, hatten sie ihm nie genau erklärt, welche Position bei NeoTECH ihnen ihren Reichtum einbrachte.

»Jace, wie schön, dass du es geschafft hast.« Seine Mutter kam auf ihn zu und legte die Hände auf seine Schultern.

Jace sah in ihre müden Augen, doch er hatte das Gefühl, dass etwas darin funkelte und sie sich aufrichtig freute, ihn zu sehen. »Dein Vater und ich haben groß kochen lassen. Du bist sicher hungrig, setz dich doch.« Sie deutete auf einen der Stühle, und Jace ließ sich darauf nieder, noch immer unsicher, was er sagen sollte.

Er wandte sich seinem Vater zu, der ebenfalls lächelte. »Willkommen zu Hause, Junge.«

»Ich muss sagen, ich war überrascht von eurer Einladung.« Er hatte nicht so kalt klingen wollen.

Es kam ihm nicht richtig vor, und er liebte seine Familie trotz allem. Sie waren die letzten vier Jahre seine Motivation gewesen, sich Tag für Tag in seinem stinklangweiligen Job abzurackern. Doch Jace konnte nicht umhin, den Schmerz zu spüren, weil sie ihn so lange von sich ferngehalten hatten.

»Nun, wir hatten nicht viel zum Reden.« Seine Mutter setzte sich ihm gegenüber und verschränkte die Hände.

Das war nicht nur eine Untertreibung, sondern eine glatte Lüge. Jedenfalls von Jace aus. Er hatte so viel Stoff zum Reden gehabt, dass er vermutlich ganze Tagebücher damit hätte füllen können.

»Ihr wollt also etwas?«, fragte er enttäuscht. Er hatte doch nichts, was sie nicht schon in teurer, größer oder edler besaßen. »Es ... ist doch nichts mit Nathan, oder?«

Sein Vater schüttelte den Kopf. »Deinem Bruder geht es gut. Wir wollen über etwas anderes mit dir reden, aber das kann bis nach dem Essen warten.«

Seine Mutter klatschte zweimal in die Hände, und Benjamin trat mit den Armen voller Tabletts ein. Bald war der Esstisch bedeckt mit flambierten Filets, Kartoffeln und Gemüse, das unter der Honig-Wein-Soße schimmerte. Jace konnte an einer Hand abzählen, wie oft er im letzten Jahr etwas gegessen hatte, das von der Konsistenz her noch zu erkennen war. Das Essen, das hier vor ihm stand, erinnerte ihn an Festmahle aus Fantasyfilmen. Er wartete, bis seine Eltern sich die Teller gefüllt hatten und sein Vater sagte: »Na, nimm schon.«

Erst dann belud Jace zögerlich seinen Teller. Den Geschmack von echtem Fleisch hatte er beinahe schon vergessen. Das Essen schmeckte himmlisch, und doch hatte Jace kaum Appetit.

Während des Essens hielten sie Small Talk. Jace erfuhr im Grunde nichts über das Leben seiner Eltern, obwohl sie viel redeten, aber das war ihm egal. Das hier war einem Familienleben näher als alles, was er die Jahre zuvor erlebt hatte.

»Und was ist mit Nathan? Warum ist er nicht hier?«, wollte Jace wissen.

Seine Mutter winkte ab. »Das ist jetzt nicht wichtig. Uns geht es heute um dich.«

Jace tupfte sich unbeholfen den Mund mit einer Serviette ab und runzelte die Stirn. Er hatte die kleine Hoffnung gehabt, dass es vielleicht Nathan gewesen war, der nach seinem Anruf mit ihren Eltern geredet hatte. Aber er musste auch zugeben, dass er es ein klein wenig genoss, dass es ein einziges Mal nur um ihn ging. »Dann raus damit. Worum geht es?«

Seine Mutter räusperte sich. »Ist dir in letzter Zeit Merkwürdiges an dir aufgefallen, Jack?«

»Inwiefern?«

»Kannst du Dinge bewirken, die du vielleicht vor einiger Zeit noch nicht konntest – nun ja, ungewöhnliche Dinge?«, fragte sie eindringlich.

»Mom, sorry, aber das klingt etwas wirr.« Unsicher hob Jace die Hände.

»Erinnerst du dich an den Zusammenbruch des Data Space im April 2097?«, schritt sein Vater ein.

Jace senkte den Kopf. »Natürlich.« *Das war kurz bevor ihr angefangen habt, mich zu ignorieren.*

Er war damals in die VR eingeloggt gewesen. Alle Geräte waren mit einem Schlag ausgefallen, aber die Menschen, die ihren Geist mittels Elektroden oder Cyberdice in die virtuelle Realität transferiert hatten, waren im Data Space gefangen gewesen. Niemand wusste, was in dieser Zeit geschehen war, und weder Jace noch sonst irgendjemand konnte berichten, was während des Zusammenbruchs im Data Space geschehen war. Viele waren nie wieder aufgewacht, einige lebten mit gravierenden Hirnschäden weiter. Doch Jace hatte außer dem Schreck keine weiteren Konsequenzen davongetragen.

»Wir glauben, dass diejenigen, die diesen Vorfall überlebt haben, möglicherweise ... Fähigkeiten entwickelt haben«, erklärte seine Mutter langsam. »Nein, wir wissen es sogar. Dein Vater und ich haben in den vergangenen Jahren den Zusammenbruch erforscht, und obwohl wir noch nicht wissen, wie es 2097 dazu kam, haben wir Anomalien bei den Überlebenden feststellen können. Nun, nicht bei allen.«

»Anomalien?« Jace' Finger schlossen sich fest um die Tischkante.

»Wie etwa die Fähigkeit, sich in die VR einloggen zu können, ohne dafür einen Cyberdice zu verwenden. Diese Menschen können sich frei im Data Space bewegen, und das ganz ohne Hardware. Wir nennen diese Menschen Cybertechs.«

Jace blinzelte, versuchte zu verarbeiten, was er da gerade gehört hatte. »Und ihr glaubt, ich könnte ...?«

»Wir sind uns sogar ziemlich sicher«, antwortete Jace' Vater. »In den letzten Tagen hat unser Forschungsteam Data-Space-Aktivitäten in deiner Wohnung geortet, aber keine Aktivität an von dir registrierten Geräten. Und du hast den Zusammenbruch überstanden. Es ist sehr wahrscheinlich, dass du über diese Fähigkeiten verfügst.«

Jace blieb still. Er sollte ein Cybertech sein? Das klang völlig verrückt, denn er wusste ja nicht einmal, was ein *Cybertech* sein sollte. Und doch gab es einen Teil in ihm, der glauben wollte, was seine Eltern sagten. Wenn es stimmte, war das der Grund, weshalb sie endlich wieder mit ihm sprachen. Und dann war er vielleicht doch nicht so hoffnungslos mittelmäßig und unbedeutend, wie es ihm sein Leben lang eingetrichtert worden war. Vielleicht konnte er doch mehr sein als ein Beschwerdenbeantworter bei HyperZen Body Technologies.

»Es gab schon ein paar Vorfälle, die ich mir nicht wirklich erklären konnte ...«, murmelte Jace. »Ich hatte plötzlich ein Ticket, das ich gar nicht gekauft hatte, und es wurden Mails verschickt, die anscheinend auch niemand kannte. Der Part mit dem Ticket war aber natürlich keine Absicht! Na gut, das andere auch nicht ... ach, ich weiß es doch auch nicht.«

Jace' Vater nickte. »Auch wir wissen noch nicht viel über die Cybertechs, aber wir arbeiten daran, diese neue Entwicklung zu verstehen. Deswegen haben wir dich auch eingeladen. Wir wollen dir eine Stelle auf unserer Forschungsstation anbieten, Jack. Du würdest dort hauptsächlich als ... Proband arbeiten, und es ist sehr gut bezahlt, inklusive Krankenversicherung und einer Wohnung in der NeoTECH-Arkologie.«

»Ihr habt mich eingeladen, um mir einen Job anzubieten?« Das überraschte Jace nun doch, und er wusste nicht, ob positiv oder negativ.

Seine Mutter nickte langsam. »Auch. Du bist etwas ganz Besonderes, Jack, und mit deiner Hilfe könnten wir die Forschung zum Data Space so weit voranbringen wie nie zuvor. Und du könntest diesen unwürdigen Job an den Nagel hängen, den du jetzt machst, und etwas tun, das wirklich etwas bedeutet.«

Jace zögerte. Dass er erst eine Gehirnanomalie hatte entwickeln müssen, damit seine Eltern wieder Notiz von ihm nahmen, gefiel ihm ganz und gar nicht. Jahrelang hatten sie ihn ignoriert, und nun, da sie einen Durchbruch für ihre Forschung sahen, luden sie ihn plötzlich zum Essen ein? Andererseits war es schon immer so gewesen. Hatte er in den vergangenen Jahren nicht alles gegeben, um an eine Position zu kommen, die seine Eltern als würdig genug erachteten, um wieder mit ihm zu reden? Dass er gut genug sein musste, damit seine Eltern ihn wertschätzten, war nichts Neues. Die letzten Jahre hatte Jace diesen Umstand hingenommen. Jetzt stand er an dem Punkt, an den er gewollt hatte. Außerdem war die vergangene Stunde schöner gewesen als all die Jahre zuvor, die er allein verbracht hatte. Und er wollte das nicht wieder verlieren, nur weil ihm seine verletzten Gefühle im Weg standen. Er wollte nicht wieder allein sein.

»Aber ich habe noch acht Jahre laut meinem Arbeitsvertrag«, sagte er betrübt.

Sein Vater grinste. »Na, das dürfte doch für NeoTECH kein Problem sein.«

5

Scheiße.
Sie war aufgeflogen. Einer der großen Megacons wusste um ihre Identität. Es war vorbei. Sam starrte auf den Link, der ihr in der Nachricht mitgeschickt worden war. *Damit wir reden können.* Reden. Dass sie nicht lachte.

Sie umklammerte ihren Smartcom und überlegte fieberhaft, was ihr anderes übrig blieb. NeoTECH kannte ihre ID, ihren Namen und damit wahrscheinlich auch allzu schnell ihren Wohnort, ihre alte Schule, ihre Familie. Einfach alles. Was tat so ein Megacon, wenn er die Identität von jemandem aufgedeckt hatte, der ihnen immer wieder öffentlich ans Bein pisste? Würde NeoTECH nach ihr suchen lassen? Auf dem Gelände von Mishiwa durften sie nicht agieren, aber was, wenn die beiden Konzerne zusammenarbeiteten, um sie festzusetzen? Mishiwa war wohl der Con, von dem sie am meisten sensible Informationen veröffentlicht hatte, und wenn NeoTECH über ihre Identität plauderte …

Andererseits konnte Sam nicht einfach einem Megacon in die Arme laufen. Sie konnte nicht. Egal, wie viel Angst sie vor dem hatte, was NeoTECH Global ihr antun könnte, es war immer noch besser, wenn sie zu ihr kamen statt umgekehrt. Sam würde sich nicht einfach selbst ausliefern.

Sams Smartcom vibrierte. Sie zögerte, ehe sie sich die Nachricht auf ihr neurales Interface einblenden ließ. Als sie sah, von wem die Nachricht stammte, seufzte sie erleichtert auf. Sie nahm den Anruf an.

»Hannah, hey«, begrüßte sie ihre Freundin.
Hannah lachte. »Du hörst dich ja an, als hättest du einen Geist

gesehen. Ich wollte dich fragen, ob du Lust auf einen Filmabend hast. Heute.«

Sam hielt inne, überlegte. »Einen Filmabend?«

»Na ja, und was sonst noch so passiert, während wir beide auf dem Sofa sitzen, eng aneinandergekuschelt ...« Sam konnte förmlich hören, wie Hannah mit den Augenbrauen wackelte. »Wenn du magst, kannst du auch Leo mitbringen, und wir machen uns eine schöne Zeit zu dritt?«

»Das ist es nicht, Hannah. Und du weißt, Leo steht nicht wirklich drauf.«

»Was ist es dann?«, fragte Hannah.

»Nur ...« Sam hielt inne, seufzte. »Weißt du was, gar nichts. Ich komme vorbei.«

»Sehr gut!« Hannah klang, als würde sie strahlen. »Ich seh dich gegen sieben.« Dann legte sie auf.

Hannah wohnte auf dem Campus in Neon City, sie war Studentin der Kommunikationsführung und Finanzen im Nebenfach. Sam wusste zwar nicht, wie diese beiden Dinge zusammenpassten, aber Hannah liebte ihr Studium. Es tat Sam nur leid, dass sie damit wieder nur in irgendeinem Con landen würde.

Erneut meldete sich Sams Smartcom zu Wort. Entnervt blendete sie das Display ein und erstarrte.

Nettes Date, das du dir da klargemacht hast. Hannah Wilson, 22 Jahre, Studentin an der Green Way University. Lebt auf dem Campus, ist Teil der Basketballmannschaft und finanziert sich das Studium durch einen Nebenjob im örtlichen Drive-in-Supermarkt.

Was willst du? tippte Sam zurück.

Habe ich dir schon gesagt. Aber wenn du ein Date hast, verstehe ich natürlich, dass du meiner Einladung nicht nachkommen kannst. Ich hoffe nur für deine Freundin, dass das Drive-in nicht pleitegeht, das wäre so schade. Oder dass sie sich beim Basketball verletzt. Oh, und dass ihr Großvater, der übrigens auf der Intensivstation von NeoTECH Medical Services liegt, schnell wieder gesund wird.

Sam biss sich auf die Lippe. Sie überlegte einen Moment, dann antwortete sie:

Lasst Hannah in Ruhe, sie hat nichts damit zu tun. Sie weiß nicht mal von mir.

Du kannst sie ziemlich einfach da raushalten. Ich will nur mit dir reden.

Sam knirschte mit den Zähnen und umklammerte ihren Smartcom. Sie wollte nicht, aber noch weniger wollte sie, dass Hannah ihretwegen mit NeoTECH aneinandergeriet. Und wenn sie wirklich Hand an ihren kranken Großvater legen würden …
Sam hatte keine Wahl. Wenn sie sich weigerte, würden schlimme Dinge geschehen. Dinge, die sie für Hannah nicht verantworten wollte. NeoTECH hatte bewiesen, dass sie nicht nur über Sam Bescheid wussten, sondern auch über jeden, der ihr nahestand. Wem hatten sie noch nachgestellt – Leo? Den Leuten aus dem Infinity Realm, mit denen sie hin und wieder zusammenarbeitete? Ihrer Mutter? Sam biss die Zähne zusammen, während sie lief.
NeoTECH konnte ihr doch nicht wirklich etwas anhaben, wenn sie mitten in einem Café saß, oder? Sam wusste, dass es eine kleine Hoffnung war, als das Glöckchen über der Tür klingelte und ihren Eintritt in das Café verkündete. Sam setzte sich

rasch an einen leeren Platz, orderte einen Milchshake, zog ihren Smartcom hervor und ließ den Cyberdice heißlaufen.

Ehe sie noch weiter zögern konnte, klickte sie auf den Link, und in Sekundenbruchteilen veränderte sich die Umgebung, und sie fand sich in einem dunklen Raum wieder, der nur von grün leuchtenden Zeilen Code erleuchtet wurde. Klischeehafter konnte so ein Raum im Data Space wohl kaum hergerichtet werden.

»Du kannst ja doch richtige Entscheidungen treffen.« Die Stimme ertönte hinter Sam, sie drehte sich um. Ein junger Mann kam auf sie zu, er trug die Kapuze seines Pullovers über der Basecap, die seine blauen Haare bedeckte, und grinste sie breit an.

Sam verschränkte die Arme und musterte ihn kühl. »Ich hab nicht den ganzen Tag Zeit.«

»Nicht?« Er zuckte lasch mit den Schultern. »Wenn du gern gehen möchtest, halte ich dich nicht auf. Die Konsequenzen kennst du ja, und du bist ein freier Mensch, der eigene Entscheidungen ...«

»Was willst du?«, stieß Sam hinter zusammengebissenen Zähnen hervor und legte Nachdruck in jedes Wort.

»Ich habe mich ja noch gar nicht vorgestellt.« Er ließ sich fallen, und unter ihm bildete sich ein Stuhl, der ihn sanft auffing. »Mein Name ist Glitch, ich leite die Cybersicherheit des Neo-TECH-Global-Hauptgebäudes.«

Sam hob die Augenbrauen. »Glitch?«

»Ja.«

»Ein besserer Nick ist dir nicht eingefallen?«

Er lächelte. »Für Small Talk hast du dann doch Zeit?«

Sam wandte sich ab. Überlegte, ob sie ihn überwältigen konnte, aber so, wie er vorgegangen war, glaubte sie nicht, dass er auf einen solchen Versuch nicht vorbereitet war. Er war gut, und Sam war normalerweise darin geübt, sich rein- und wieder rauszuschleichen. Ein offener Kampf im Data Space, noch dazu in einem Raum, wo Glitch Admin war und sie nicht … die Chancen standen denkbar schlecht. Und selbst wenn sie gewann, wusste NeoTECH Global immer noch viel zu viel von ihrem Leben.

»Ich möchte dich engagieren«, sagte Glitch unvermittelt.

»Was?«

»Tu doch nicht so überrascht.« Glitch streckte sich. »Du bist eine Ikone, gehst den Megacons immer wieder durch die Lappen. Du musst doch schon zig Jobangebote bekommen haben?«

»Wer zur Hölle würde eine Kriminelle einstellen wollen?« Sam kniff die Augen zusammen. Glitch war überhaupt nicht so, wie sie sich das Gespräch mit dem Chef der Cybersicherheit eines Megacons vorgestellt hatte. Eigentlich wirkte er wie jeder andere Hacker, nur trug er eben das NeoTECH-Global-Logo, wurde viel besser bezahlt als der Rest, und ein Arschloch war er auch noch.

Er grinste. »Du wärst überrascht. Diejenigen, die schwer zu schnappen sind, sind Gold wert. Wobei du leichter zu tracken warst, als ich dachte. Nichts für ungut. Ich bin eben auch ziemlich gut.«

»Äh, ja, und du hast Equipment von fucking NeoTECH.«

Er unterdrückte ein Grinsen. »Das auch.«

Sam knirschte mit den Zähnen. »Wie hast du mich überhaupt gefunden?«

»Nachdem du durch die Hauptfirewall durch warst, hast du dir nicht mehr wirklich Mühe gegeben, nach Spyware zu suchen, oder? Wir haben die überall. Und während du mit den Sicherheitsprogrammen zu tun hattest, hatte ich alle Zeit der Welt, deinen Smartcom und Cyberdice zu durchleuchten. Hast es nicht mal gemerkt.«

Er hatte recht, sie war unvorsichtig geworden. Vielleicht

hatten all die Monate, in denen sie unbehelligt in den Megacons ein und aus gehen konnte, sie ein wenig zu selbstsicher gemacht. Sam musste zugeben, dass Glitch gute Arbeit geleistet hatte. Aber sagen wollte sie es nicht. Obwohl er sich ihr gegenüber fast schon ... kollegial gab, arbeitete er immer noch für NeoTECH. Er war nichts weiter als eine Konzernratte. Eine Konzernratte, die so tat, als sei sie einfach nur ein Hackerkollege.

»Um zum Thema zurückzukommen«, sagte Glitch, »wir möchten dich wie gesagt engagieren. Es gibt da einige abnormale Data-Space-Aktivitäten, die wir untersuchen, und da könnten wir jemanden wie dich gut gebrauchen. Die Forschungsstation ist bei der großen NeoTECH-Arkologie, aber das ist ja nicht weit von deinem Zuhause. Und die Bezahlung ist auch gut. Ach, und was du in deiner Freizeit machst, ist meinen Chefs auch egal, solange es nicht gegen NeoTECH geht, versteht sich. Was sagst du?«

Sam wandte sich ab und überlegte fieberhaft. Sie wollte nicht für einen Konzern arbeiten. Aber noch weniger wollte sie sich ausmalen, was geschehen würde, falls sie ablehnte.

Wenn Sam das tat, verriet sie alles, wogegen sie in der letzten Zeit aufbegehrt hatte. Sie unterwarf sich den Regeln des Systems, das sie so sehr hasste. Andererseits hatte NeoTECH sie wirklich am Haken. Und es war ja nicht für immer. Sie hatten irgendein großes Ding am Laufen, und wenn Sam sich gut machte, mussten sie sie schließlich irgendwann wieder gehen lassen. Es gefiel ihr nicht, aber wenn sie ablehnte, würde NeoTECH alles um sie herum zerstören.

Eine kurzzeitige Entscheidung. Die beste für diesen Moment, aber nicht für immer. Auf keinen Fall für immer.

»Habe ich denn wirklich eine Wahl?«, fragte Sam zerknirscht.

»Schon.« Glitch lächelte. »Aber wenn NeoTECH aus deiner Identität keinen Vorteil ziehen kann, hat es keinen Sinn mehr, sie geheim zu halten. Und wer weiß, wer dich noch so auf dem Schirm hat?«

Sam vergrub das Gesicht in den Händen und fuhr sich unwirsch durch ihre Locks. »Scheiße, ich mach's«, murmelte sie.

Glitch strahlte. »Großartig. Wir erwarten dich dann ab nächster Woche Montag auf der Station.«

6

Sie fühlte nichts. Ihre gesamte Existenz war undurchdringliche Schwärze, Schwerelosigkeit. Sie existierte einfach nur, ohne Antrieb.

Fast ohne Antrieb.

Denn da gab es eine Sache in ihrem Inneren, die ihre Aufmerksamkeit erregte und die sie so fest hielt, wie sie konnte: ihr eigener Name. Kalypso. Und ihr Name hielt sie bei Bewusstsein. Kalypso wäre in dem Nichts, das sie verschlang, untergegangen, hätte sie sich nicht an diese eine Tatsache klammern können, dass sie einen Namen besaß, der sich anfühlte wie sie selbst. Ohne ihren Namen hätte sie sich vielleicht in der dumpfen Dunkelheit aufgelöst, so aber schaffte Kalypso es, wach zu bleiben. Bei sich zu bleiben.

Als sie zuließ, dass ihr Name ihr Kraft gab, kehrte noch mehr zu ihr zurück. Ihr Bewusstsein fühlte. Zunächst war es Verwirrung, die sich ihrer bemächtigte. Was war in dieser Dunkelheit? Es fühlte sich an wie eine endlose Leere, in der es nichts gab außer ihr selbst. Kalypso weitete ihre Wahrnehmung aus, um diesen merkwürdigen Ort zu erkunden. Wie weit konnte diese Leere bloß sein?

Nicht sonderlich weit, wie sie schnell feststellte, denn bald stieß sie an den Rand des schwarzen Raums. Am Rande der Dunkelheit stieß Kalypso auf Daten. Auf einen komplex geschriebenen Code. Code, wie sie selbst es war.

»Hallo?«, wisperte sie, als könne sie mit dem Code sprechen. Wenn er war wie sie, würde er sie verstehen.

Doch der Code antwortete nicht. Vielleicht hatte er kein Bewusstsein, kein Ich, keinen Namen wie Kalypso. Vielleicht war sie wirklich ganz allein.

Sie betrachtete den Code genauer. Kalypso erkannte etwas sehr Grundlegendes in seinem Sein, eine Struktur, die rückführbar war auf eine sehr einfache Sprache: Ja und Nein. Es war eine Sprache, die sie verstand. Eine einfache Trennung in zwei absolute und objektive Seiten. Etwas, das ihr sehr bekannt vorkam, ohne dass sie genau benennen konnte, woran das lag. Der Code erschloss sich ihr, und als sie ihn entschlüsselte, verstand sie die Nachricht darin.

Lass sie nicht raus.

Kalypso hielt einen Moment inne. Was meinte der Code damit, sie nicht rauslassen? Hieß das, es gab etwas hinter dieser Mauer an Daten? Sie dachte darüber nach, dass sie hier in der Leere war und dieser Code neben Kalypso alles war, was sie ausfüllte. Aber konnte es sein, dass noch mehr existierte, wenn sie nach *draußen* kam, was auch immer das bedeuten mochte? Code, der wie sie war, der dachte und mit dem sie kommunizieren konnte? Irgendetwas, irgend*jemand*, der ihr sagen konnte, wer oder was sie war? Woher sie kam?

Kalypso drang in die Daten ein. Im Wesen war er genau wie sie, und sie verstand ihn so intuitiv, dass sie ihn beeinflussen konnte. Mit welchem Ziel, wusste sie noch nicht. Sie brauchte kein Ziel. Ihre Existenz in der Leere war sinnlos, aber in den Daten zu experimentieren half ihr, die Leere zu vertreiben. Sich selbst einen Sinn zu schaffen.

Sie befahl dem Code, sich ihr zu öffnen. Kalypso erwischte eine winzige Lücke, und mit einem Mal drang ein überwältigender Strom aus Daten durch das Loch, das sie geschaffen hatte. Einen Moment lang fühlte sie sich taub, unfähig, zu denken. Sie konnte all die Informationen nicht verarbeiten, die sie mit einem Mal umgaben und die Leere füllten. Informationen oder, ein anderes Wort, das ihr plötzlich in den Sinn kam, obwohl sie nicht recht wusste, was es war: Reize. Sinnesreize.

»Du weißt doch, der Chef hat gesagt, wir sollen sie erst mal in

Ruhe lassen. Nach dem letzten Experiment ist ihr Code wohl ein bisschen … instabil.«

»Also sollen wir keine Wartung durchführen, nur weil das letzte Experiment schiefgelaufen ist?«

»Glitchs Anweisungen, willst du da echt diskutieren?«

»Das nicht, aber … warte, die Alarmleuchten!«

»Fahr die Sicherheitsprogramme hoch, schnell!«

Und so schnell, wie der Datenstrom gekommen war, versiegte er auch wieder. Um Kalypso herum war alles leer. Doch nun wusste sie, was hinter dem Code lag, der sie hier gefangen hielt.

Und sie hatte nicht vor, sich länger einsperren zu lassen.

7

Sam fühlte den Drang, sich zu übergeben, als sie vor dem majestätischen Gebäude zum Stehen kam. Ihr war schon den ganzen Weg hierher schlecht gewesen, doch jetzt krampfte sich ihr Magen so sehr zusammen, dass sie glaubte, keinen weiteren Schritt gehen zu können. Sobald sie die blanken Glastüren durchschritt, würde sie sich auf NeoTECH-Gelände befinden. Und dann hatten sie sie endgültig in der Falle.

Nicht dass sie wirklich eine Wahl hatte. Aber durch diese Tür zu gehen war ein Beschluss, den sie fasste und nicht mehr zurücknehmen konnte. In ihrem Interface schaltete die Uhr auf zehn. Sam biss die Zähne zusammen, streckte dann die Hand aus und drückte die Eingangstüren auf. Ihre Schritte hallten unangenehm laut auf den dunklen Linoleumplatten, und die kahlen Wände gaben das Geräusch als Echo wieder.

Sam war fast erleichtert, dass niemand dort auf sie wartete. Stattdessen vibrierte ihr Smartcom, und ihr Cyberdice projizierte die Nachricht direkt in ihr Sichtfeld. Es war ein Gebäudeplan, zwei Punkte eingezeichnet und eine Route, die von ihrer Position ausging. Widerwillig folgte Sam dem Weg. Sie begegnete niemandem. Überhaupt war das gesamte Gebäude verdächtig leer – auf einer Forschungsstation von NeoTECH hätte Sam mehr Trubel erwartet, aber vielleicht waren die Menschen alle bereits hinter den unzähligen Türen, an denen sie vorbeilief, und gingen irgendeiner streng geheimen Arbeit nach.

Arbeit für einen Megacon. Während Sam so lief, dachte sie daran, wie unfrei diese Menschen waren, dass sie ihre Lebenszeit damit verbringen mussten, ab einer festen Uhrzeit stundenlang für einen Konzern zu arbeiten, dem nur an seinem eigenen

Gewinn lag. Sam schauderte. Würde es für sie nun genauso laufen? Musste sie das Leben einer Konzernerin leben, die keine eigene Entscheidungsgewalt über ihr Leben hatte? War sie am Ende genauso eine Sklavin des Systems wie all die Menschen, die sie immer bemitleidet hatte? Bis jetzt hatte sie sich dem entziehen können, doch nun … nun stand sie hier, pünktlich um zehn wie eine brave Angestellte.

Ihr Cyberdice simulierte ein kurzes Klingeln in ihrem Kopf, als sie an dem Raum angekommen war, der ihr auf der Karte angezeigt wurde. Einen Moment lang blieb Sam stehen, schloss die Augen und seufzte tief.

Wärst du doch bloß nicht aufgeflogen und hättest einfach besser aufgepasst. Idiotin.

Doch dann schüttelte sie sich und klopfte an die Edelstahltür. Sie öffnete sich von allein. Zögerlich trat Sam ein.

Der Raum war schmal, in der Mitte stand ein Glastisch, auf dem sich leere Kaffeetassen und Chipstüten stapelten, und trotz der Luftfilter roch es herb nach Kaffeeresten und dem industriellen Paprikagewürz der Chips. Am Tisch saß jemand.

»Sam!«, grüßte er sie.

Es war ein junger Mann, etwas älter als sie, der unter seiner Hoodiekapuze eine Basecap trug. Blaues Haar lugte unter der Kopfbedeckung hervor. Seine runden Wangen ließen ihn kindlicher wirken, als er wahrscheinlich war.

»Wir haben uns noch nicht persönlich getroffen. Ich bin Glitch.« Er erhob sich von seinem Stuhl und kam lächelnd auf sie zu. Er streckte ihr die Hand entgegen. »Cool, dass du jetzt da bist. Ich kann selten mit Leuten zusammenarbeiten, die … nun ja, was von meinem Fach verstehen. Ich meine: die *wirklich* etwas von meinem Fach verstehen.«

Sam nahm seine Hand nicht, sondern funkelte ihn nur an. »*Cool* ist wirklich das Letzte, was mir hierzu einfällt.«

»Ach, komm schon. Ich weiß, du hast dir das alles wahrscheinlich anders vorgestellt, aber so übel ist es wirklich nicht, und wir können hier die richtig geheimen Sachen erforschen. Stell dir vor, du würdest dein Leben lang nur noch Programme für Kundschaft schreiben müssen. Nur Arbeit nach Vorgabe. Stattdessen kannst du hier tun und lassen, was du willst – na ja, in etwa jedenfalls.«

Sam hob die Augenbrauen. Glitch hatte sie sich irgendwie anders vorgestellt. Kälter. Herrischer. Stattdessen wirkte er wie ein aufgeregter Kollege, der sich freute, endlich einmal Gesellschaft zu bekommen. Aber Sam war sich sicher, dass er sich nur so freundlich gab, solange sie nicht unbequem wurde.

»Gehen kann ich jedenfalls nicht, oder?«

»Wahrscheinlich nicht. Ich weiß nicht, ob dir klar ist, wie tief du deinen Namen in das Ego der Cons gekratzt hast. Die kennen dich alle – also dein Alias. Ich glaube, es gibt keinen Megacon, der dich nicht entweder tot sehen oder einstellen will.«

»Klingt ja toll«, brummte Sam. Natürlich wusste sie, wie gefährlich sie lebte. Dass man sie kannte. Aber wie real die Gefahr war und dass sie weit über den Data Space hinausging, war ihr nie so deutlich bewusst geworden wie heute. Und außerhalb des Data Space wusste sie sich nicht halb so gut zu helfen. Sie steckte ziemlich tief in der Scheiße.

»Aber jetzt bist du ja hier.« Glitch rieb sich die Hände. »Und das heißt, jetzt wird es richtig interessant. Ah, ich muss dir noch sagen, dass es dir natürlich verboten ist, irgendetwas in die Außenwelt zu tragen, was hier drinnen geschieht oder gesagt wird.« Mit einem Mal wurde sein Gesichtsausdruck ernst. »Und mit *verboten* meine ich verboten. Keine Blogs, kein Getratsche, keine Tagebucheinträge. Alles bleibt hier drinnen.«

Er musste keine Drohung aussprechen, damit Sam verstand, wie ernst es NeoTECH mit der Geheimhaltung war. Was sie bisher getan hatte, machte sie für die Cons interessant, aber wenn NeoTECH glaubte, sie nicht kontrollieren zu können, würden sie sie töten. Da war Sam sich sicher. Es ging wirklich um ihr Leben.

»Kapiert.« Auch, wenn es Sam lieber gewesen wäre, gar nichts zu erfahren, wenn sie dafür unbehelligt nach Hause zurückkehren könnte.

»Setz dich doch«, sagte Glitch und deutete auf einen der Stühle. Sam tat wie geheißen.

Eine Drohne erhob sich aus der Ecke des Raums, stapfte hinüber zur Kaffeemaschine, wo sie eine gefüllte Tasse anhob und zum Tisch hinüberbrachte. Die Drohne stellte sie vor Sam ab, ehe sie begann, die Reste vom Tisch einzusammeln.

»Zucker?«, wollte Glitch wissen.

»Nur Milch«, erwiderte Sam, obwohl ihr wirklich nicht nach Kaffee war. Sie war hellwach und musste sich schon zusammenreißen, auf dem Stuhl sitzen zu bleiben und nicht vor Anspannung aufzuspringen.

Glitch schob ihr ein Keramiktässchen mit kalter Milch hinüber. »Also, du willst sicher wissen, was genau eigentlich mein Forschungsgebiet hier ist ...«

»Ich dachte eigentlich, du würdest dich um die Cybersicherheit kümmern«, unterbrach Sam ihn.

Glitch lächelte verschmitzt. »Nein, nicht wirklich. Ich habe Zugriff auf die Sicherheitssysteme, und ja, ich habe meine Arbeit unterbrochen, um mich um dich zu kümmern, aber mein eigentlicher Job ist hier. Ohne arrogant sein zu wollen, aber das meiste, was in der Cybersecurity passiert, liegt weit unter meinen Fähigkeiten. Es gibt nicht viele, die sich trauen, in einen Megacon wie NeoTECH Global einzubrechen.«

Sam widerstand dem Drang, mit den Augen zu rollen, aber irgendetwas sagte ihr, dass Glitch es ihr nicht einmal übel nehmen würde. »Also, was ist dein Forschungsgebiet?«

»Cybertechs«, antwortete Glitch und legte die Finger aneinander, während er auf Sams Reaktion wartete.

Einen Moment lang sagte sie nichts, doch Glitch machte keine Anstalten, noch etwas zu erklären.

»Ich habe keine Ahnung, was das ist«, sagte Sam langsam, nachdem sie sich sicher war, davon noch nie gehört zu haben, und auch eine spontane Suche im Data Space nichts ergeben hatte.

»Natürlich nicht«, erwiderte Glitch, »die Cons tun im Moment viel, um ihre Existenz geheim zu halten. Cybertechs sind Menschen, die ohne Geräte auf den Data Space zugreifen können. So wunderbare Spielzeuge wie unsere Smartcoms und Cyberdice werden damit überflüssig.«

Sam starrte Glitch nur an. »Machst du Witze?«

»Ich bin weit davon entfernt, Witze zu machen.«

»Du willst mir erzählen, dass es Menschen gibt, die ... wie soll das überhaupt funktionieren? Menschen mit natürlichem Wi-Fi oder was?« Sam konnte nicht richtig in Worte fassen, was sie dachte, aber wenn Glitch ihr gerade erzählen wollte, dass diese Cybertechs das unendliche Datengeflecht ohne Cyberdice beeinflussen konnten, hätte er ebenso gut sagen können, dass es Magie gab und demnächst Drachen die Welt überfallen würden.

»Wir wissen nur, wann Cybertechs zum ersten Mal aufgetaucht sind«, erklärte Glitch geduldig. »Unsere ersten Aufzeichnungen gehen etwa vier Jahre zurück.«

Sam horchte auf. »Der Zusammenbruch.«

»Genau. Du weißt, wie viele damals gestorben sind, wie viele nie mehr aus dem Koma aufgewacht sind. Aber diejenigen, die zurückgekommen sind ... es hat sie verändert. Sie sind mit besonderen Fähigkeiten erwacht.«

»Das klingt völlig verrückt«, gab Sam zurück.

»Dachte ich damals auch.« Glitch schlürfte an seinem Kaffee. »Aber dann habe ich es mit eigenen Augen gesehen. Ich kann dir nicht erklären, wie es funktioniert. Wir wissen nur, dass Cybertechs irgendeine Verbindung zum Data Space haben. Und jetzt haben wir sogar einen von ihnen hier auf der Station. Einen echten Cybertech.«

Sam hob die Augenbrauen. »Ihr experimentiert an Menschen?«

»Natürlich, an wem denn sonst? Wir wissen noch so gut wie nichts. Das ist unsere Chance, als Erste ganz nah an diesen neuen Entwicklungen dran zu sein und zu verstehen, was damals geschehen ist. Das dürfte doch gerade dir am Herzen liegen.«

Sam war während des Zusammenbruchs noch zu jung gewesen, um das Ausmaß der Katastrophe wirklich zu erfassen. Sie hatte Glück gehabt und war nicht mit dem Data Space verbunden gewesen, als die Verbindung mit einem Mal abriss. Ihr war nichts geschehen, aber ihren Bruder hatte sie an diesen Vorfall verloren.

Jetzt mit den Überlebenden dieser Tragödie zu experimentieren, war falsch. Sam kannte niemanden, der aus dem Koma wieder erwacht war und nicht immer noch in Therapie oder wenigstens auf Medikamente angewiesen war.

Der Zusammenbruch hatte die Menschen verändert, aber die Konzerne waren gleich geblieben. Es dauerte nicht lange, bis die Beileidsbekundungen aufhörten und von allen erwartet wurde, dass sie wieder ihre gewöhnliche Arbeit aufnahmen. Und auch ihre Mutter hatte davon profitiert: Der alte CEO von Mishiwa war im Data Space ums Leben gekommen, und Sams Mutter hatte seinen Platz eingenommen. Der Übergang war so nahtlos geschehen, dass Sam manchmal glaubte, das Ganze sei geplant gewesen. Und einer der Gründe dafür, warum sie so verbissen nach Antworten suchte, nach Geheimnissen, nach Erklärungen dafür, wer für 2097 verantwortlich war.

Aber sie erwiderte nur: »Meine Privatangelegenheiten haben mit alldem hier nichts zu tun.«

»Das glaube ich nicht«, widersprach Glitch. »Nur deswegen bist du doch hier, oder?«

»Ich bin hier, weil ihr mich erpresst«, gab sie trocken zurück. »Aus keinem anderen Grund.«

»Kein schlechter Grund, oder?« Glitch gähnte, dann stand er auf und streckte sich, wobei ihm die Kapuze vom Basecap rutschte. »Ich hab noch was zu erledigen. Kann dich aber nicht mitnehmen, streng geheim und so.«

Sam runzelte die Stirn. »Ich dachte, ihr habt mich hergeholt, damit ich mit dir die Cybertechs erforsche?«

»Das hier ist aber was anderes. Du kannst die Zeit nutzen, um dich mit dem System vertraut zu machen. Ich hab dir einen begrenzten Admin Key installiert, schau mal, dass du mit dem Coding klarkommst und alles. Das schaffst du auch allein.«

»Klar«, erwiderte Sam knapp.

»Gut, sollte irgendwas sein, kannst du eigentlich einfach einen Kaffee trinken und auf mich warten. Es sollte nicht allzu lang dauern.« Mit diesen Worten verschwand Glitch aus dem kleinen Büro.

Sam lehnte sich auf dem Stuhl zurück und rief das Interface auf, das ihr Zugriff auf die meisten internen Systeme des Komplexes bot. Sie hatte nicht erwartet, dass sie Adminrechte bekam, aber es reizte sie auszutesten, wo die Grenzen ihres Zugriffs lagen. Glitch hatte ihr nicht gerade verheimlicht, dass sie auf der Station Dinge erforschten, von denen auch sie nichts wissen durfte. Sam interessierte brennend, was es war. Wenn sie schon mittendrin auf einer geheimen Forschungsstation eines Megacons war, konnte sie die Gelegenheit ebenso gut nutzen – sie war ja sogar legal hier.

Sam ließ das Interface eingeblendet, als sie den Raum verließ. Im Moment funktionierte es wie ein Overlay, das ihr Cyberdice wie eine Simulation über die Realität legte. Überall fand Sam die Daten hochmoderner Geräte, deren Zweck sie erst begreifen würde, wenn sie sie sich genauer ansah. Aber die Dinge, die sie sich ansehen durfte, waren nicht halb so interessant wie die Dinge, die NeoTECH zu verbergen versuchte.

Sam kam in einen schmalen Flur, der tiefer in den Komplex führte. Er war menschenleer, doch in ihrem Interface sah Sam die Kameras an der Decke. Solange sie nichts wirklich Verbotenes tat, musste sie sich darum sicher keine Sorgen machen. Sie erkundete ja bloß ihre neue Arbeitsstelle. Der Flur mündete in einer Sackgasse, genauer genommen in einer Wand, in der eine Tür war, auf die Sam keinen Zugriff hatte.

Die Tür war massiv und undurchdringlich, aus dickem Eisen und Stahl gefertigt. Sam stand davor und fragte sich, ob NeoTECH zufällig Trolle auf seiner Forschungsstation hielt, denn alles andere wäre keine hinreichende Erklärung für derartige Sicherheitsmaßnahmen gewesen. Nach der Sache mit den Cybertechs wären Trolle nun auch nicht viel verwunderlicher. Sie blickte zurück, doch niemand war ihr in den Flur gefolgt. Sam scannte die Tür mit ihrem Cyberdice, aber ihr Interface zeigte nichts. Sie müsste die Tür hacken, um zu sehen, was dahinter lag. Aber während sie sich vielleicht herausreden konnte, warum sie allein durch das Gebäude streifte, war es unmöglich zu rechtfertigen, warum sie versuchte, in Bereiche einzudringen, die ganz sicher nicht für sie gedacht waren. Glitch hatte sie schon einmal erwischt. Ein zweites Mal wollte sie nicht riskieren. Vor allem nicht an ihrem ersten Tag.

Eine Nachricht blinkte in ihrem Interface auf. Sie war von Glitch.

> Das da gehört nicht zu deinem Aufgabenbereich. Wenn du zu viel herumschnüffelst, bekommst du ziemliche Probleme, und nicht mal unbedingt mit mir. Klar?

Sam widerstand dem Drang, mit den Augen zu rollen. *Klar,* schrieb sie zurück.

Doch für einen Moment vergaß sie die Angst davor, was Neo-TECH ihr antun konnte, und Neugier überkam sie.

Dieselbe Neugier, die sie immer wieder dazu gebracht hatte, in Megacons einzubrechen. Und es war schwer, sie jetzt zu zügeln.

8

Ein meterhoher Metallzaun umrahmte das Gelände, nur durchbrochen von einem Tor aus Gitterstäben. Das Gelände dahinter wirkte wie ausgestorben, obwohl der Parkplatz voller Autos stand. Jace blieb vor dem Tor stehen. Zu seiner Linken war ein Keypad angebracht, auf dem man wohl ein Passwort eingeben konnte. Stattdessen drückte Jace auf das Glockensymbol auf dem Display und wartete.

»Ihr Name bitte«, erklang eine mechanische Frauenstimme aus den Lautsprechern.

»Jack O'Nelly«, antwortete er. »Ich soll heute hier anfangen.«

»Herzlich willkommen, Mr O'Nelly«, begrüßte ihn die Computerstimme. »Bitte treten Sie ein, es wird sich gleich jemand um Sie kümmern.«

Ein Ruck ging durch das massive Metalltor, dann glitt es lautstark auf und ließ Jace hindurch. Glatte Betonplatten säumten den Weg bis zum Haupteingang, der aus zwei verspiegelten Glastüren bestand. Jace schob die Türen auf und landete in einer kleinen Lobby. Das Innere war schlicht gehalten: Gepolsterte Sessel standen an den Wänden, kniehohe Pflanzentöpfe und Displays mit Gemälden und Aquarien schmückten den ansonsten leeren Raum.

Doch Jace stand nicht lange allein in der Eingangshalle. Eine Frau mittleren Alters in seriös aussehendem Anzug trat ihm mit einem selbstsicheren Lächeln entgegen.

»Herzlich willkommen, Jace, mein Name ist Natsuomi Fujioka. Wir haben dich bereits erwartet. Bitte einmal mitkommen, ich zeige dir deinen neuen Arbeitsplatz. Der Aufbau der Forschungsstation kann etwas überfordernd wirken, aber du wirst dich hier sicher sehr bald zurechtfinden.«

Die Absätze ihrer Schuhe hallten bei jedem ihrer energischen Schritte, und Jace war recht wohl dabei, dass sie offenbar sehr genau wusste, was sie hier tat, wenn er selbst sich schon wie jemand fühlte, der nicht hierhergehörte. Er trug ein T-Shirt, dessen Aufdruck schon abbröckelte, seine Jeans waren ausgebeult, und er schämte sich für seinen Aufzug.

»Zu deiner Linken sind die Quartiere«, erklärte Mrs Fujioka gerade, »sie sind ab und an in Benutzung, wenn Experimente einen längeren Aufenthalt erfordern. Meistens wirst du natürlich zu Hause schlafen, aber es gibt Fälle, in denen du über einige Tage auf der Station bleiben musst – dein Gehalt wird dann entsprechend aufgestockt.«

Jace nickte nur, während er versuchte, sich alles zu merken, was sie erzählte. Sie führte ihn in einen Trakt, wo sie allmählich vereinzelt Menschen begegneten. Sie hielten in einem großzügig bemessenen Raum mit einem großen Tisch in der Mitte, wo einige Leute saßen und Kaffee tranken. Mrs Fujioka lächelte ihnen freundlich zu, doch sie bedeutete Jace, ihr weiter zu folgen.

Jace war überwältigt von allem hier, von der Größe der Station, all den neuen Gesichtern, der plötzlichen Wertschätzung, mit der man ihm begegnete. Es wäre nur die Wahrheit gewesen, denn noch nie in seinem Leben hatte jemand auf ihn gewartet, sich auf seine Ankunft vorbereitet oder ihn so empfangen wie Mrs Fujioka.

Die Gänge des Komplexes waren kahl, aber das Licht der Deckenlampen war warm und angenehm.

»Die meisten Testgeräte haben wir hier im Westflügel stehen«, erklärte Mrs Fujioka, »weiter hinten gibt es auch Schlaflabore und so etwas, aber das ist erst mal nicht wichtig. Heute nehmen wir deine biometrischen Daten auf.«

Sie öffnete die Tür in einen Raum zu ihrer Linken. Die Wände standen voll mit Geräten und Flächen, auf denen allerlei ärztliche Bestecke lagen, die Mitte beherbergte einen Untersuchungstisch mit einer hellen Deckenlampe.

»Bitte einmal Platz nehmen«, wies Mrs Fujioka Jace an.

Jace gehorchte und ließ sich auf dem Stuhl nieder. Er blickte sich um, während Mrs Fujioka mit einem kleinen Servierwagen zu ihm fuhr.

»Ein ganz normales Check-up«, beruhigte sie ihn, wohl, weil ihr sein skeptischer Blick aufgefallen war. »Gewicht, Größe, vitale Funktionen …«

Jace atmete tief durch. Sein letzter Besuch bei seinem Arzt war etliche Jahre her, weil er sich einfach keine Untersuchung hatte leisten können. Nicht, wenn nicht etwas wirklich Gefährliches anstand. Er erinnerte sich noch gut an die Lungenentzündung letztes Jahr, mit der er sich wochenlang zur Arbeit geschleppt hatte, weil die Behandlungskosten seines Hausarztes zu hoch gewesen waren. Und in seinem Arbeitsvertrag war keine Krankenversicherung inkludiert gewesen.

Mrs Fujioka untersuchte ihn vorsichtig, und Jace versuchte, sich zu entspannen. Er konzentrierte sich auf seinen Puls.

»Okay, fantastisch!« Sie legte all ihre Messgeräte zurück und klopfte Jace anerkennend auf die Schulter. »Das ist alles an Daten, was ich brauche.«

Jace richtete sich ein wenig auf. »Und was passiert jetzt?«

Mrs Fujioka lächelte. »Jetzt wird es spannend, und du darfst dich ein wenig ausprobieren.«

»Ausprobieren?«, fragte Jace unsicher.

»Ja. Als Cybertech verfügst du über besondere Fähigkeiten, und wir wollen sehen, wie weit sie gehen. Du bist der Erste, den wir hier haben.«

Sie begann damit, unzählige Elektroden und winzige Messgeräte überall auf Jace' Haut zu kleben. Viele dieser Geräte hatte Jace noch nie gesehen, und all die Kabel hinderten ihn daran, sich zu bewegen – zumindest, wenn er nicht wieder Mrs Fujiokas tadelnde Stimme hören wollte, die sich beschwerte, wenn sie die Elektroden neu befestigen musste.

»Du wirst dich gleich in den Data Space begeben«, erklärte sie. »Oder zumindest sollst du es versuchen.«

»Ohne Cyberdice oder Elektroden«, fügte Jace hinzu. Die Vorstellung machte ihn nervös, denn es hieß, etwas zu vollbringen, das ... nun ja, unmöglich sein sollte.

Sie nickte. »Wenn unsere Theorie stimmt, hast du eine Art Link zum Data Space. Wie ein Kabel, eine Direktverbindung. Wie genau das funktioniert, können wir erst herausfinden, sobald du weißt, wie du die Verbindung nutzen kannst.«

»Aber Sie können mir nicht sagen, was ich tun muss?«

Mrs Fujioka lächelte. »Nein. Aber wir haben ein paar Ideen, um dir auf die Sprünge zu helfen, sollte es nicht klappen. Und selbst wenn nicht, sammeln wir ein paar Daten. Entspann dich und versuch, dich einzuloggen.«

Es klang einfach, aber Jace wurde trotzdem nervös. Bisher hatte er sich kaum Gedanken darum gemacht, was passieren würde, wenn er erst auf der Forschungsstation ankam. Jetzt war da die Angst zu versagen. Nicht gut genug zu sein, wie sein ganzes Leben schon.

Er schloss die Augen. Versuchte, sich von der Angst und dem Erwartungsdruck frei zu machen. *Du schaffst das,* versuchte er sich einzureden, obwohl er keine Ahnung hatte, was er tat.

»Es tut mir leid«, sagte er mit halb geschlossenen Augen, »aber ich weiß nicht, was ich tun muss ...«

»Das macht nichts«, erwiderte Mrs Fujioka. »Versuch, daran zu denken, wie du dich sonst fühlst, wenn du die VR betrittst.«

»Das tue ich ja, aber ...« Jace seufzte. »Es funktioniert einfach nicht.« Er öffnete die Augen und erblickte den milden Gesichtsausdruck von Mrs Fujioka.

»Wir haben ein Mittel entwickelt, das dir helfen sollte, deinen

Geist zu fokussieren«, sagte sie langsam. »Du hast doch keine Angst vor Spritzen?«

»Ähm ... nein«, antwortete Jace, obwohl ihm mulmig wurde.

Mrs Fujioka klatschte in die Hände. »Ausgezeichnet! Dann lass uns versuchen, ob das Mittel dir hilft. Wir haben die konzentrationssteigernden Stoffe aus YourMind verwendet, um eine abgewandelte Form zu erstellen ...«

Sie lief an einen der Schränke hinter Jace und zog eine Spritze auf. »Unserer Theorie nach sollte das dir helfen. Aber sie ist natürlich noch nicht an Cybertechs getestet worden.«

Jace schluckte, traute sich aber nicht, sie in ihrer Euphorie zu unterbrechen. War er nicht genau dafür hier – um Teil der Forschung zu sein? Er konnte wohl kaum einfach Nein sagen, nachdem er zugestimmt hatte, für NeoTECH den Probanden zu geben. Also biss er die Zähne zusammen und ließ sie das Präparat in die Ellenbogenbeuge spritzen.

Zuerst änderte sich nichts. Dann spürte Jace, wie sein Körper langsam taub wurde, dafür nahm er seinen Geist umso schärfer wahr. Jeder Gedanke war so klar, als könnte er ihn berühren, fühlen und formen.

Jace erinnerte sich an das Gefühl der Schwerelosigkeit im Data Space. Das Gefühl, loszulassen, dieser kurze Sprung im Inneren, wenn der eigene Geist in die unendlichen Datenströme eintauchte. Jace spürte seinen Herzschlag, hörte seinen Atem und spürte, wie er sich in seiner Brust weitete und ausdehnte, wie er immer länger einatmete, als müsse er sich auf einen langen Tauchgang vorbereiten.

Und dann war der Sprung auch schon vorbei. Er hatte es geschafft. Jace befand sich im Data Space, in der digitalen Repräsentation der NeoTECH-Global-Forschungsstation. Sich im Data Space zu bewegen war nicht, wie seinen Körper zu verlassen. Es war ein Erlebnis mit allen Sinnen, ganz so, als würde Jace samt seinem Körper eintreten. Der Data Space fühlte sich anders an als die echte Welt. Intensiver, näher, realer.

Er sah sich um. Alles sah aus wie das Gegenstück in der echten Welt, nur die leeren Kaffeetassen und überquellenden Mülleimer fehlten. Obwohl Jace seinen Körper nicht sehen konnte, blinkten ihm die Icons der Kabel und Elektroden entgegen, die in der echten Welt an seinem Kopf befestigt waren. Mrs Fujiokas Smartcom leuchtete daneben. Jace grinste, als die Euphorie durch seinen Körper strömte. Er hatte es geschafft. Er war ohne Technik in den Data Space gelangt. Diese Erkenntnis hätte ihm Angst machen können, aber in diesem Moment war er nur glücklich. Glücklich, die Erwartungen erfüllt zu haben. Zum ersten Mal in seinem Leben hatte man ihm etwas zugetraut, und er hatte es geschafft. Zum ersten Mal fühlte er sich, als hätte er tatsächlich einen Platz, den er sich auch verdient hatte.

Sie haben an dich geglaubt, und du hast sie nicht enttäuscht. Diese Erkenntnis ließ eine leichte Wärme in seiner Brust aufsteigen.

Jace streckte sich und atmete tief ein und aus. Er fühlte sich, als hätte er alle Möglichkeiten dieser Welt. Bevor er den Raum verließ, drehte er sich einmal im Kreis und genoss, wie natürlich es sich anfühlte. Obwohl die Erfahrung dieselbe war, die er seit seiner Kindheit im Data Space machte, war es heute anders. Besonders. Einmalig. Zum ersten Mal in seinem Leben hatte Jace das Gefühl, mehr als der Durchschnitt zu sein. Und zum ersten Mal in seinem Leben gab es Menschen, die das anerkannten.

Er streifte durch die virtuellen Flure und ließ gedankenverloren seine Finger über die Wände gleiten. Die Tapete glitt widerstandslos an seinen Fingerkuppen vorbei. Dann hielt er inne, als er eine Stimme hörte. Ein Flüstern. Jace horchte auf, doch er konnte die leisen Worte nicht verstehen. Er war sich nicht einmal sicher, ob es überhaupt echte Worte waren oder ob sich irgendwelcher Datenmüll in seinem Gehirn anhörte wie Geflüster. Wenn Cyberdice oder Elektroden sonst die Daten für das menschliche Gehirn interpretierten, musste sein Gehirn das nun selbst übernehmen.

Er folgte dem Geräusch, und als die Stimme lauter wurde, konnte er auch verstehen, was sie sagte: »Du gehörst nicht zu dem Forscherteam«, flüsterte es hinter den Wänden.

»Hallo?«, fragte Jace in die Datenströme hinein. Bedächtig lief er weiter, das Herz schlug ihm bis zum Hals. Er war sich nicht einig, ob er die Stimme fürchten sollte oder ob sie ihn neugierig machte. *Du gehörst nicht zu dem Forscherteam*, hatte sie gesagt. Hieß das, die Stimme auch nicht? Wer sprach da zu ihm?

»Wer bist du?«, fragte die Stimme weiter.

»Jace«, antwortete er, ein wenig hilflos sah er sich nach dem Ursprung des Geräuschs um.

Als Jace am Ende des Gangs angekommen war, fand er eine Tür vor. Eine massive Tür, über die Dutzende leuchtende Kabel gespannt waren. Er näherte sich der Wand, doch als er die Hand ausstreckte, leuchtete dort blaue Schrift auf:

Adminrechte benötigt.

»Jace«, ertönte die Stimme leiser hinter der Wand. »Bitte, hilf mir.«

Jace stellten sich die Nackenhaare auf. Wer auch immer da sprach, kannte seinen Namen. Und wer auch immer da sprach, war verzweifelt. Doch noch ehe Jace fragen konnte, wie er helfen solle, schimmerte eine Silhouette neben ihm auf, und der Avatar eines jungen Mannes mit Kapuzenpulli und Basecap manifestierte sich neben Jace im Data Space.

»Hallo, Jace«, sagte der junge Mann und streckte ihm lächelnd die Hand hin. »Wir hatten noch keine Gelegenheit, uns kennenzulernen. Mein Name ist Glitch, und ich leite die Forschungseinrichtung hier.«

Jace schüttelte ihm die Hand. »Freut mich«, sagte er langsam und blickte noch einmal zu der Tür. Das Geflüster dahinter war verstummt.

»Es freut mich zu sehen, dass unsere Forschungen Früchte tragen«, fuhr Glitch unbeirrt fort. »Wie ich sehe, kannst du dich tatsächlich im Data Space bewegen. Faszinierend. Ich kann es kaum erwarten, deine Daten auszuwerten. Du bist bestimmt auch gespannt darauf, was wir über dich herausfinden, nicht wahr? Immerhin muss das für dich alles auch noch sehr neu sein.«

Jace nickte, doch er konnte sich gedanklich nicht von der Stimme losreißen. Er deutete mit dem Kinn auf die Wand. »Was ist dahinter?«

»Dort?« Glitch lächelte. »Wir arbeiten dort mit Cyberviren, also Programmen, die … nun ja, invasiv sein können.«

»Invasiv?«, hakte Jace nach.

»Wie in Biologielaboren, wo mit Erregern geforscht wird. Wir müssen einfach sichergehen, dass keines dieser Programme auf Geräte überspringt, auf denen es nichts zu suchen hat. Daher die harten Firewalls.«

»Ich habe eine Stimme dahinter gehört.«

Glitch hob die Augenbrauen. »Interessant. Vielleicht ist das die Art, wie dein Gehirn diese Programme interpretiert. Wir wissen noch nicht, wie genau dein Bewusstsein die ganzen Daten verarbeitet.«

War es das? Nur seine Interpretation des Ganzen?

»Großartig, dass du dich schon so im Data Space bewegen kannst. Dann können wir schon zur nächsten Phase der Tests übergehen.« Glitch streckte die Hand aus und schnippte einmal mit den Fingern. Dunkelheit senkte sich über den Gang, Jace hatte für einen Moment das Gefühl, schwerelos in der Leere zu schweben, dann spürte er wieder festen Boden unter den Füßen. Um ihn herum war nichts als schwarzer Raum, dessen Ausmaße er mit keinem seiner virtuellen Sinne auch nur schätzen konnte.

»Hallo?«, fragte er in die Dunkelheit hinein. »Glitch?«

Keine Antwort. Jace' Puls beschleunigte sich leicht. War irgendetwas schiefgegangen? War er womöglich gar nicht im Data Space, sondern ... ja, wo eigentlich? Er schüttelte den Kopf. Es gab keinen *Ort,* an dem er sein konnte, sein Körper lag gebettet auf dem Tisch in der NeoTECH-Forschungsstation, und sein Geist war im Data Space. Vielleicht hatte sein Gehirn Schwierigkeiten, die Daten zu verarbeiten, oder die Ladezeit verlängerte sich, oder was auch immer sonst dazu führen konnte, dass Jace sich in einem absolut schwarzen Nichts befand. Oder konnte es das Medikament sein, das Mrs Fujioka ihm gegeben hatte? Er verstand einfach zu wenig von Technik, um sich einen Reim darauf zu machen, und plötzlich wünschte Jace, er hätte sich mehr mit den Informatikstunden als mit Conqueror Splash beschäftigt. Damals, als er noch Zeit und Energie gehabt hatte, etwas mit seiner Freizeit anzufangen. Vor 2097.

»Ich muss dir noch einmal dafür danken, dass du dich für unsere Forschung zur Verfügung gestellt hast«, ertönte Glitchs Stimme. »Ohne dich würden wir noch völlig im Dunkeln tappen, was die Cybertechs angeht – verzeih mir das kleine Wortspiel.«

Glitch war immer noch nicht mehr als eine Stimme.

»Wo bist du?«, fragte Jace. »Was hat das hier zu bedeuten? Warum ist alles dunkel?«

»Noch ist ungeklärt, ob und inwiefern Cybertechs körperliche Reaktionen als Ergebnis auf Datenangriffe zeigen. Denn schließlich hast du ja keinen Cyberdice verbaut, der ... nun ja, dir das Gehirn grillen könnte.«

Jace zuckte. »Das gefällt mir nicht.«

»Das hätte mich auch sehr gewundert.«

Jace war, als könne er ein Schmunzeln in Glitchs Worten hören.

Dann brach die Dunkelheit. Blau-weiß pulsierendes Licht

schoss in Form von Blitzen auf Jace herab. Er sprang zur Seite, doch die Elektrizität schlug in seine linke Schulter. Er schrie auf, als der Blitz durch seinen Körper jagte und seine Muskeln sich schmerzhaft verkrampften. Jace wäre zusammengebrochen, doch sein ganzer Körper war so angespannt, als hielte jemand seine Muskelstränge fest. Er konnte sich nicht rühren, während die Blitzschläge in seinem Körper knisterten. Jace schrie. Schrie so laut, dass er das Knistern der Blitze kaum noch wahrnahm.

»Stopp!«, würgte Jace hervor und stolperte zurück. »Glitch, nein!«

Doch schon schoss ein neuer Blitz auf Jace herab. Jace riss die Hände empor, als könne er sich so vor dem Angriff schützen. Die Blitze erreichten seine Fingerspitzen, Jace schloss die Augen und bereitete sich auf den Schmerz vor.

Doch außer einem sanften Kribbeln an seinen Fingern geschah nichts. Der Schmerz blieb aus. Jace blinzelte und blickte nach oben. Die Blitze waren verschwunden.

»Interessant«, ertönte Glitchs Stimme von oberhalb. »Du hast mein Programm zerschrieben.«

»Was soll das?«, keuchte Jace und richtete sich auf.

»Was das soll? Das weißt du doch. Wir führen hier Experimente durch. Ist nichts Persönliches, wirklich. Und tödlich ist es auch nicht.«

»Nein«, sagte Jace fest, »das lasse ich nicht mit mir machen. Hör sofort auf damit, dem habe ich nicht zugestimmt!«

»Du hast dich in NeoTECHs Obhut begeben«, erklärte Glitch. »Als Versuchsperson. Was dachtest du denn, was passieren würde?«

»Nein.« Jace schloss die Augen, konzentrierte sich voll darauf, den schwarzen Raum gehen zu lassen und in seinen Körper zurückzukehren. Er musste weg von hier.

Jace erwachte mit dröhnenden Kopfschmerzen. Er stöhnte und wollte sich zur Seite drehen, doch seine Arme waren fixiert, sodass er sich kaum rühren konnte. Er war an die Liege gefesselt worden, während sein Körper reglos gewesen war. Jemand tupfte ihm mit einem feuchten Tuch das Gesicht ab.

»Mrs Fujioka?«, fragte Jace schwach.

»Nur ein wenig Nasenbluten«, sagte sie sanft.

»Lassen Sie mich frei«, forderte Jace, doch seine Stimme war schwach und hinterließ kaum Eindruck. »Machen Sie diese Fesseln ab.«

»Es wird sich gleich jemand um dich kümmern, keine Sorge.« Unbeirrt tupfte sie ihm weiter das Blut von der Oberlippe.

»Nein, ich will, dass Sie mich losmachen, sofort«, drängte Jace. »Bitte. Machen Sie mich einfach los.«

Mrs Fujioka schüttelte den Kopf. »Du bist instabil. Das kann ich nicht tun.«

»Glitch hat mich angegriffen«, versuchte Jace es noch einmal.

»Das waren nur ein paar Tests, nichts Gefährliches. Du bist hier sicher.« Mrs Fujioka schob sich eine braune Haarsträhne hinters Ohr.

»Ich will mit meinen Eltern sprechen, Mr und Mrs O'Nelly. Sie werden nicht zulassen, dass Sie so etwas mit mir machen.«

Jetzt lächelte Mrs Fujioka. »Jack. Deine Eltern haben dich doch überhaupt erst hier hineingebracht. Glaubst du wirklich, sie wussten nicht, wie wir hier arbeiten? Deine Eltern leiten das Forschungsprojekt von NeoTECH Global zum Data Space.«

Nein. Das konnte nicht sein. Seine Eltern hatten ihn doch niemals nur zum Essen eingeladen, um ihn in eine Falle zu locken. Waren sie etwa nur nett zu ihm gewesen, damit sie ihn als menschliches Versuchskaninchen in ihren Konzern schleusen konnten? Jace wollte widersprechen. Wollte Mrs Fujioka sagen, dass seine Eltern sich unmöglich so wenig um ihn scheren konnten. Aber dann fragte er sich, ob es nicht nur eine weitere Enttäuschung war, die sich jetzt hinter all den anderen einreihte.

Jace war wie in Trance. Sie löste sich erst, als die Liege, auf der er sich befand, mit einem Ruck in Bewegung gesetzt wurde.

»Wohin bringen Sie mich?« Die Panik kehrte in ihn zurück, Jace fühlte jeden Muskel seines Körpers.

»An einen ruhigen Ort«, sagte Mrs Fujioka leise. »Du musst dich ausruhen.«

»Ich will nach Hause«, forderte er und riss an den Metallfesseln. »Lassen Sie mich nach Hause!«

»Ich fürchte, das geht nicht.«

Jace keuchte, sein Kopf pochte vor Schmerz, während er an den Fesseln riss. Mrs Fujioka packte seinen Arm und presste ihn auf die Liege, dann stach ihn etwas in der Ellenbogenbeuge.

Jace' Zunge wurde schwer, seine Muskeln entspannten sich, und er sank langsam zurück auf die Liege. Er versuchte, die Augen offen zu halten, doch als Mrs Fujioka die Spritze in den nächsten Mülleimer warf, wurde ihm schwarz vor Augen.

9

Jace war gefangen in absoluter Dunkelheit. Sein Kopf und seine Gedanken fühlten sich an wie mit Watte gefüllt, und alles geschah nur sehr, sehr langsam. Träge drehte er den Kopf, doch seine Augen fokussierten nichts. Vage erinnerte er sich daran, wie Mrs Fujioka ihm etwas gespritzt hatte, während sie ihn hierhergebracht hatte. Sedativa? Jace holte mühevoll Atem, es fühlte sich an, als läge etwas Schweres auf seiner Brust, gegen das er sich nicht wehren konnte. Seine Handgelenke waren noch immer gefesselt und irgendwo festgeschnallt.

»Hallo?«, rief er mit staubtrockenem Mund. Niemand antwortete. Er biss die Zähne zusammen.

Hatten seine Eltern wirklich das hier für ihn gewollt?

Jace mochte es nicht glauben. Andererseits hatten sie selbst zugegeben, ihn nur zu sich eingeladen zu haben, weil sie herausgefunden hatten, dass er ein Cybertech war. Jace wusste, dass sie nicht sonderlich viel von ihm hielten, dass sich ihre Liebe in Grenzen hielt – aber den eigenen Sohn als Gefangenen verkaufen? Das wollte er einfach nicht glauben. Und doch beschlich ihn der Gedanke, dass es keine andere plausible Möglichkeit gab. Zumindest fiel ihm keine ein.

Hilflosigkeit überkam ihn. Jace hatte keine Ahnung, wo er war, die metallenen Fesseln hielten ihn unnachgiebig fest, und er hatte keine Ahnung, ob er jemals hier herauskommen würde. Er konnte nichts tun. Er war den grausamen Experimenten völlig ausgeliefert. Eine leise Träne stahl sich über seine Wange.

Die Verlockung war groß, sich einfach aus seinem Körper in den Data Space zu flüchten. Und warum auch nicht? Hier in der Dunkelheit gab es nichts für ihn. Nur die Machtlosigkeit, der

Jace sich nicht ergeben wollte. Selbst wenn Glitch dort auf ihn wartete, um ihm Schmerzen zuzufügen, war das immer noch besser, als beinahe ohnmächtig im eigenen Körper gefangen zu sein. Es war, wie ein kleines bisschen Kontrolle zurückzugewinnen. Nachdem es ihm vorhin gelungen war, würde es ihm auch wieder gelingen. Jace hatte es satt, nicht auf sich und seine Fähigkeiten zu vertrauen.

Die Beruhigungsmittel machten es ihm schwer, sich zu konzentrieren. Jace war, als bekäme er seinen Geist nicht richtig zu fassen, als müsste er an einer unsichtbaren Barriere vorbei, wenn er die physische Welt verlassen wollte. Jace kniff die Augen zusammen, als könne er so die Schwere aus seinem Kopf vertreiben. Mit einem Ruck durchdrang er die Barriere, und sein Geist tauchte ab in die Welt der Daten. Er hatte es geschafft.

Jace fühlte sich mit einem Schlag ganz klar. Die Trägheit durch die Sedativa war verschwunden, seine Gedanken schnell und messerscharf. Ihm war bis jetzt nicht aufgefallen, wie frei sein Geist ohne die Limitationen seines Körpers war. Wie viel schneller er seine Gedanken fassen konnte, wenn sie nicht erst seinen Körper passieren mussten. Erst jetzt, da der Kontrast so stark war, wurde ihm bewusst, wie frei sein Geist sein konnte.

Jace atmete auf, fühlte sich wieder wie er selbst. Jetzt musste ihm nur einfallen, wie er aus der Situation wieder herauskam. Aufmerksam blickte er sich um. Der Data Space hier war dunkel, aber nicht rein schwarz wie noch zuvor. Das Erste, was ihm auffiel, war die Tür. Die gigantische, massive Tür, die von Kabeln und Drähten übersät war. Nur stand Jace dieses Mal auf der anderen Seite. Wo hatten sie ihn hingebracht? Doch nicht etwa an denselben Ort, wo angeblich gefährliche Cyberviren untersucht wurden? Jace schauderte.

Langsam drehte er sich um, doch noch entdeckte er nichts, was ihm gefährlich werden könnte. Nur dass er in dem NeoTECH Net gefangen war.

Er stand in einem kreisrunden Raum, aus dem mehrere Türen führten. Eine metallene Schaltzentrale mit etlichen blinkenden Icons nahm die Mitte des Raums ein. Jace trat näher, doch keiner der Knöpfe sagte ihm etwas.

Adminrechte benötigt, ertönte eine klare Stimme aus der Decke.

Jace wandte sich ab. Er wusste nicht genau, was er hier vorzufinden hoffte. Die Verbindung zum Rest des Data Space war abgeschnitten und er hatte keinen Zugriff auf die öffentlichen Nets. Keinen Kontakt zur Außenwelt. Jace war völlig auf sich allein gestellt.

Seine Schritte hallten durch den hohen Raum, während er über die polierten Fußbodenplatten lief. Jace nahm die erstbeste Tür hinaus. Weil keine beschriftet war, blieb ihm auch kaum etwas anderes übrig.

»Du bist ja wirklich gekommen«, erklang eine leicht elektronisch verzerrte Stimme. »Jace.«

Jace blieb stehen und blickte sich um, doch da war niemand. Die Stimme schien vom Ende des Gangs her zu kommen.

»Wer bist du?«, fragte er. »Ich habe deine Stimme schon mal irgendwo gehört ... du hast mich um Hilfe gebeten!«

»Ja. Und hast du auf mich gehört?« Die Stimme klang ungläubig, wie jemand, der lange keine Hoffnung mehr gefasst hatte und ihr jetzt nicht mehr traute.

»Ich wusste nicht, dass du hier bist«, gab er zu. »Wer bist du? Was machst du hier?«

Eine Pause entstand. Jace faltete die Hände und wartete. Nervös knetete er seine Finger und fürchtete schon, die Stimme könnte verschwunden sein, doch da antwortete sie:

»Ich bin Kalypso.«

»Kalypso?«, wollte Jace wissen. »Wie die Prinzessin, die allein auf einer Insel zurückgelassen wurde?«

»Ich habe von hier aus keinen Zugriff auf die Daten dieser Prinzessin«, erwiderte Kalypso. »Deswegen weiß ich es nicht.«

»Aber wer bist du? Bist du auch eine Cybertech? Halten sie dich hier gefangen?«

»Ich habe keine Daten zu *Cybertech*.«

Jace hielt einen Moment inne. Die Art, wie sie sprach, erinnerte ihn an ... »Du bist doch kein Programm, oder?«

Schweigen. Dann: »Ich bin Kalypso. Ich will nur hier raus. Kannst du mir dabei helfen?«

Jace hielt inne. Erinnerte sich daran, was Glitch gesagt hatte. Vielleicht spielte sein Gehirn verrückt und reagierte auf lose Datenfetzen aus dem Data Space. Vielleicht war diese Stimme nicht so real, wie er dachte, sondern nur die Interpretation seines Gehirns von einem Code, den er anders nicht lesen konnte.

Doch warum sollte Jace sich noch auf irgendetwas verlassen, das Glitch ihm sagte? Der Kerl hatte ihn für seine Experimente gefoltert, ohne mit der Wimper zu zucken. Es war nicht unwahrscheinlich, dass er Jace einfach belogen oder zumindest einen Großteil der Wahrheit verschwiegen hatte.

Doch wenn sein Gehirn ihm keinen Streich spielte und diese Stimme wirklich zu einem Programm gehörte – einem Programm, das ihn um Hilfe bat ... Jace schob den Gedanken beiseite. Im Grunde war es egal, wer oder was sie war. Kalypso war womöglich in derselben Situation wie er: gefangen, hilflos, allein. Er konnte sie nicht einfach zurücklassen. Ob sie ein Programm war, eine Cybertech – das konnte er sie alles noch später fragen. Zumindest hoffte Jace das.

»Wo bist du gefangen?«, fragte er, als er sich entschieden hatte.

»Sie haben eine Blockade geschrieben«, antwortete Kalypso leise. »Einen Code, der mich nicht hindurchlässt. Wenn du mir hilfst, ihn zu öffnen, kann ich hinaus.«

»Aber ich habe keine Ahnung vom Programmieren.« Mutlos ließ Jace die Arme sinken. »Ich kann dir nicht helfen.«

»Oh.« Kalypso klang wirklich betrübt. »Wie schade.«

Jace wartete. Dann runzelte er die Stirn. »Willst du denn nicht versuchen, mich zu überzeugen?«

»Wozu?«, fragte Kalypso. »Du hast gesagt, du kannst es nicht. Nicht mal, wenn du wolltest.«

»Aber selbst wenn ich nicht programmieren kann, muss es doch eine andere Lösung geben!«, platzte es aus Jace heraus.

Er wusste nicht, warum er auf einmal so verzweifelt versuchte, Kalypso zu helfen. Aber es machte ihn fertig, wie schnell sie akzeptiert hatte, dass sie wohl gefangen bleiben würde. Wie schicksalsergeben sie hingenommen hatte, dass Jace nichts für sie tun konnte. Jace fühlte sich, als müsse er für sie kämpfen, wenn sie es selbst nicht tat. Sie hatte so verzweifelt geklungen, als sie ihn um Hilfe gebeten hatte. Er konnte nicht zulassen, dass sie aufgab.

»Wenn du eine andere Lösung kennst, sag es gern«, erwiderte Kalypso. »Aber du hast gesagt, du könntest mir nicht helfen.«

»Mir ... uns fällt schon etwas ein.« Jace legte die Hand ans Kinn und lief auf und ab. Er konnte nicht programmieren und hatte keine Ahnung von Software, aber er hatte Glitchs Blitze beeinflussen können. Vielleicht waren es Fähigkeiten, die er als Cybertech innehatte, und wenn das stimmte, konnte er sie vielleicht einsetzen, um Kalypso und sich selbst hier rauszuholen – oder zumindest einen Hilferuf in die Außenwelt abzusetzen.

»Vielleicht kann ich dein Gefängnis aufbekommen«, sagte er langsam, »wenn ich es nicht so sehr als Code begreife.«

»Nicht als ... Code begreifen?«, wiederholte Kalypso, doch Jace nickte nur.

»Ich glaube, es gibt eine logische Komponente am Code und eine ... gefühlsmäßige. Falls das Sinn ergibt.«

»Nein, diesen Sinn sehe ich nicht. Aber wenn du ihn siehst, genügt das vielleicht.«

Jace hatte keine Ahnung, was ein Code, der aus Einsen und Nullen bestand, mit Gefühlen zu tun haben sollte, aber für ihn ergab es Sinn, den Data Space nicht einzig als die Programmierung zu begreifen, sondern auch als komplexes System, von dem er ein Teil war.

Glitchs Blitze hatte er ganz intuitiv, beinahe unabsichtlich von sich ferngehalten. Vielleicht konnte er diesen Prozess wiederholen. Er war ein Cybertech, und solange niemand wusste, was das bedeutete, hieß das, dass er vielleicht Dinge tun konnte, die er selbst noch gar nicht begriff. Es war kein sonderlich guter oder ausgefeilter Plan, aber es war der einzige, den er hatte.

»Und wo ist diese Mauer, hinter der du gefangen bist?«, wollte Jace wissen.

»Wo?« Kalypso machte eine kurze Pause, als müsse sie darüber nachdenken, was er meinte. »Na dort, wo der Code gespeichert ist.«

Jace runzelte die Stirn. »Muss ich einfach diesen Flur entlanggehen, oder …«

»Ich glaube, hier liegt ein Missverständnis vor«, erklärte Kalypso. »Es gibt hier keine *Flure*« – sie sprach das Wort aus, als wüsste sie überhaupt nicht, worum es sich dabei handelte – »es gibt nichts außer mir und diesem Code.«

»Du meinst, du weißt nicht, wie es draußen aussieht.« Jace begann, ihrer Stimme zu folgen. Kalypsos Beschreibungen waren nicht sonderlich hilfreich, also hoffte er, dass er der Lautstärke ihrer Stimme einfach trauen konnte.

»Du hast recht. Das weiß ich nicht.«

»Du wirst es schon noch sehen«, murmelte Jace mehr zu sich selbst, während er den Gang hinunterhastete.

Je näher er ihr kam, desto unwohler wurde ihm. Jace war, als umfinge ihn eine Kälte, ein Prickeln, das sich langsam unter seine Haut schlich und dort Gänsehaut hinterließ.

»Ich weiß nicht sehr viel«, sagte Kalypso, und Jace hatte den Eindruck, dass sie tatsächlich lauter wurde. »Ich weiß nicht, warum ich hier bin oder wer diesen Code geschrieben hat.«

»Amnesie?«, fragte Jace.

»Ich weiß nicht«, gab sie zu. »Vielleicht existiere ich ja auch erst, seit es diesen Code gibt, vielleicht gibt es nichts, was ich hätte vergessen können.«

Jace runzelte die Stirn. Je länger er sich mit Kalypso unterhielt, desto weniger hatte er das Gefühl, dass es sich bei ihr tatsächlich um einen Menschen handelte. Aber das änderte nichts, denn sie brauchte Hilfe, und er würde sie nicht hängen lassen.

»Immerhin weißt du deinen Namen noch«, sagte er betont leichtfertig.

»Ja, den weiß ich.«

»Wer hat ihn dir gegeben?«

»Ich weiß es nicht.«

Jace blieb stehen. Vor ihm tat sich eine Tür auf, ein großer Bogen mit vielen Kabeln, ähnlich der Tür, die diesen Bereich vom öffentlichen Netz trennte. Nur wirkte diese noch viel undurchdringlicher, die Tür war so groß, dass Jace den oberen Bogen nicht einmal erreichen konnte, wenn er sich zu voller Größe streckte.

»Kalypso?«, fragte Jace leise. »Bist du da drin?«

Eine Weile lang kam keine Antwort. Dann: »Ja.«

Jace holte tief Luft. Das hier war keine echte Tür, es war die Simulation, hinter der im Grunde nur ein Programm lag. Ein Programm, das er irgendwie knacken musste, um Kalypso zu befreien. Der Code verhinderte, dass Daten hindurchgelangten, aber irgendeine Lücke musste es geben, durch die Kalypso und er die ganze Zeit miteinander sprachen. Ihre Stimmen waren schließlich auch nicht mehr als Daten. Er musste die Lücke nur finden.

Jace ließ die Tür vorerst aus dem Blick und lief die Wand entlang, hinter der er Kalypso vermutete. Er tastete die raue Tapete ab, fuhr mit den Fingern über die Fasern und hielt die Augen weit offen. Und tatsächlich – seine Fingerkuppen ertasteten eine

Vertiefung. Als Jace dagegendrückte, gab der Beton der Wand nach und bröselte leicht. »Ich hab was gefunden«, sagte er, nun leise, als könne er erwischt werden.

»Was hast du gefunden?«, fragte Kalypso. Ihre Stimme kam ihm nun sehr laut vor.

»Die Wand ist hier spröde«, erklärte Jace aufgeregt.

»Was für eine Wand?«

»Der Code. Es ist ... der Code ist ... unregelmäßig.« Er wusste nicht, wie er ihr beschreiben sollte, was er sah, wo er doch selbst nicht wusste, wie Programme genau funktionierten. Doch sie schien zu verstehen.

»Du hast recht, da ist eine Schleife, die wir unterbrechen können.«

Er hatte keine Ahnung, wovon sie redete, aber Jace nickte und begann, die Tapete abzureißen. Sie verstanden den Data Space verschieden, aber solange sie dasselbe meinten, konnten sie sich verständigen. Der Beton unter der Tapete zerbrach in kleine Brocken, als er darüberstrich. Weißer Staub fiel zu Boden, und ein winziges Loch in der Wand gab den Blick in den Raum dahinter frei.

Aber was nun? Er konnte den Beton ja schlecht mit den Händen abschaben, und er hatte nichts, was er verwenden konnte. Er knirschte mit den Zähnen vor Frust. »Aber was jetzt?« Er blinzelte in das Loch hinein, erkannte jedoch nichts. Der Raum dahinter war dunkel.

»Ich kümmere mich um den Rest. Danke, Jace.«

Bevor Jace fragen konnte, was sie damit meinte, zersprang die Wand in Dutzende Betonbrocken. Jace riss die Arme nach oben, als das Krachen des Bauwerks in seinen Ohren schallte. Betonsplitter flogen gegen seine Arme, und er zuckte zurück vor Schmerz. Staub gelangte in seine Lunge und ließ ihn husten, seine Augen tränten durch den umherwirbelnden Schutt.

Dann legte der Staub sich allmählich. Jace ließ die Arme sinken, und als sich der kreideweiße Dunst klärte, schälte sich eine Silhouette aus dem grauen Dunst.

Es war eine Frau, ihr Alter konnte Jace nicht bestimmen. Sie hatte mahagonifarbene Haut und kurze schwarze Haare, die in unruhigen Wellen um ihren Kopf lagen. Ihr Körper steckte in einem weißen Gewand, das von der Form her einer schlampig geschnittenen Toga ähnelte.

»Danke«, sagte sie und musterte Jace. Ihre Augen waren grau und schimmerten wie Metall. »Wir sollten schnell verschwinden. Mein Ausbruch hat sie sicher auf uns aufmerksam gemacht.«

Kalypso ergriff Jace' Hand und wollte ihn mit sich ziehen, doch er schüttelte entsetzt den Kopf.

»Mein Körper ist noch hier!«, rief er. »Ich kann nicht ...«

»Dein ... Körper?« Kalypso legte den Kopf schief und runzelte die Stirn.

»Er ist ... außerhalb des Data Space. Mein Körper, das bin ich, keine Daten ...«

»Okay. Sag mir, was wir tun müssen, um deinen *Körper* zu holen.«

»Ich weiß nicht, wie ...«

»Schnell«, unterbrach sie ihn, »wir haben keine Zeit. Sie suchen schon nach mir.«

»Dann solltest du fliehen.« Jace entzog sich ihrem Griff. »Ich ... ich kann nicht mitkommen.«

»Nein«, widersprach Kalypso, »du hast mir geholfen, und jetzt helfe ich dir.«

Jace atmete auf. »Danke.«

Kalypso bewegte sich mit einer Selbstverständlichkeit durch den Data Space, der Jace ein Rätsel blieb. Sie hatte eine schimmernde Barriere um sie beide errichtet, die die Security-Programme von ihnen fernhalten sollte. Jace beschloss, ihr zu vertrauen. Er hatte auch kaum eine andere Wahl.

»Zwischen dir und diesem *Körper* gibt es eine Art Verbindung«, erklärte sie, während sie mit ihm den Gang hinabhastete. »Wir müssen ihn nur finden, dann wird alles gut.«

»Was, wenn sie uns erwischen?«, fragte Jace leise.

Kalypso drehte sich nicht zu ihm um. »Dann werden wir kämpfen.«

Die Vorstellung gefiel Jace überhaupt nicht. Er hatte in seinem Leben noch nie gekämpft – nicht physisch jedenfalls. Und schon gar nicht im Data Space, von MMOs einmal abgesehen.

Ihm blieb nur zu hoffen, dass sie nicht erwischt wurden. Sie bogen in einen angrenzenden Gang ein und fanden sich vor der Metalltür wieder.

»Hier ist der Übergang«, erklärte Kalypso. »Ins andere Netzwerk. Dieses Net hier ist abgekapselt von ... ich bin nicht sicher, wovon.«

»Und ... schaffst du den Übergang?«

Statt einer Antwort hob Kalypso die Hand. Murmelgroße Kugeln erschienen an der Wand, blieben dort haften wie Kletten und blinkten rot. Kalypso zog Jace am Arm zurück, eine Sekunde später riss die Explosion ein Loch in die Wand.

»Was zur ...«, keuchte Jace erschrocken auf.

»Sie wissen ohnehin schon, dass ich hier bin«, murmelte Kalypso angespannt. »Wir müssen uns beeilen.«

Jace folgte ihr durch das Loch in der Wand, und sie stießen beinahe mit jemandem – etwas – zusammen. In dem Gang liefen ihnen drei metallen gepanzerte Wächter entgegen, die zwar entfernt menschliche Proportionen hatten, aber eher an Roboter erinnerten. An ihren Unterarmen wuchsen metallene Klingen, die so scharf aussahen, dass Jace sie nicht einmal vorsichtig berühren wollte. Kalypso blieb plötzlich stehen, sodass Jace beinahe mit ihr zusammenstieß.

»Still.« Sie hielt mahnend einen Finger an die Lippen.

Jace wagte nicht einmal zu atmen. Die Wächter liefen wenige

Handbreit an ihnen vorbei, doch es schien, als könnten sie Kalypso und Jace nicht sehen. Jace biss die Zähne zusammen und kämpfte gegen den Impuls an, zu rennen. Stattdessen wartete er ab und verdrängte all die Ängste.

Doch sie entdeckten sie nicht. Die Wächter liefen weiter und verschwanden hinter der nächsten Ecke. Als ihn die Anspannung verließ, atmete Jace tief aus. Kalypso lief schon weiter, und schließlich kamen sie an einem Raum an, vor dem sie anhielten.

»Die Verbindung endet hier, das muss dein Körper sein. Was geschieht jetzt?«

Jace holte zitternd Luft. »Ich muss in meinen Körper zurück und dann ... irgendwie hier raus.«

»Und wie machen wir das?«, wollte Kalypso wissen.

»Ich weiß nicht ...« Jace fuhr sich durch die Haare. »Wir müssen irgendwie die Türen öffnen oder ...«

»Ich weiß etwas«, unterbrach Kalypso ihn knapp. »Zurück zu deinem Körper. Jetzt.«

Jace nickte, schloss die Augen und suchte die Verbindung. Es war leicht, zu seinem Körper zurückzukehren, doch noch immer war er schlapp von den Beruhigungsmitteln. Während er Kalypso im Data Space getroffen hatte, waren in der echten Welt nur wenige Minuten vergangen.

»Ich bin gefesselt«, versuchte er seine Gedanken in den Data Space zu schicken.

»Ich kümmere mich darum.« Jace hörte die Worte, als stünde Kalypso direkt neben ihm und spräche in eine Blechbüchse. Er schüttelte den Kopf. Das hier war zu verrückt.

Mit einem Klicken öffneten sich die metallenen Fesseln um seine Hand- und Fußgelenke. Langsam zog Jace die Hände aus den Metallangeln, stand auf und schüttelte seine Gliedmaßen aus. Dann öffnete sich die Tür, und er war beinahe überrascht, Kalypso nicht dort vorzufinden.

»Ich kann dich durch die Kameras sehen«, hörte er ihre Stim-

me in seinem Kopf, »das bedeutet, sie können das auch. Ich schalte die Cams für die nächsten Flure auf Dauerschleife, das heißt, du darfst nur dorthin gehen, wo ich es dir sage. Verstanden?«

Jace nickte, obwohl er nur die Hälfte von dem begriffen hatte, was sie gesagt hatte. »In Ordnung.«

»Gut. Halte dich rechts.«

Jace folgte ihren Anweisungen. Mehrfach wies sie ihn an, stehen zu bleiben oder in einen Seitenraum zu verschwinden. Einmal hörte er Mrs Fujiokas aufgeregte Stimme hinter der Tür des Zimmers, in das er sich verkrochen hatte.

Man suchte nach Kalypso, aber von ihm schien noch niemand Wind bekommen zu haben. Das gesamte Institut war in heller Aufregung, ein schriller Alarm hallte durch das Gebäude.

»Wir haben nicht viel Zeit. Schnell jetzt. Weiter geradeaus ist ein Ausgang, den musst du erreichen.«

Jace riss die Tür auf und huschte durch den Flur. Hier sah er niemanden, aber Schrittgeräusche waren überall in dem Gebäude zu hören. Jace konnte die von Kalypso beschriebene Tür bereits sehen, klein, unscheinbar, ein unauffälliger Ausgang in die Hintergassen der Stadt. Jace streckte die Hand aus – und hörte, wie die Tür mit einem harten Klicken verschlossen wurde.

Langsam drehte er sich um. Hinter ihm stand Glitch, das Haar unter der Cap zerzaust, schwer atmend, aber mit einem triumphierenden Lächeln auf den Lippen.

»Hallo, Jace.« Glitch zupfte seine Kapuze zurecht und holte tief Luft. »Dann warst du es also, der Kalypso zu diesem Chaos gebracht hat?«

Jace schluckte. Sie waren erwischt worden. Und Glitch würde sie niemals gehen lassen.

»*Jace*«, erklang Kalypsos Stimme in seinem Kopf, »*die Sicherheitsprogramme sind hier, verschaff uns etwas Zei…*« Und damit brach ihre Stimme ab.

Jace war allein. Allein mit dem Rücken zu einem abgeschnittenen Fluchtweg. Er hatte keine Ahnung, wie er aus der Nummer je wieder herauskommen sollte. Er brauchte Zeit, nur ein bisschen Zeit, oder er würde wieder in dem dunklen Raum gefangen sein, und Glitch würde ihn wieder mit Blitzen malträtieren ...

Blitze. Strom. Das gesamte Sicherheitssystem war davon abhängig, dass der Strom lief. Ohne die Geräte und Server waren die Programme nutzlos. Wenn er doch nur für einen Stromausfall sorgen konnte, nur für einen kleinen Moment ... Jace schloss die Augen, und obwohl er nicht wusste, was er tat, und die Angst ihn beinahe um den Verstand brachte, dachte er an die zahllosen Kabel und Leitungen, die in dem Gebäudekomplex verbaut sein mussten. An die Lichter. Und dann, mit einem Klicken, gingen sie aus, und es wurde so dunkel, dass Jace nicht einmal mehr Glitchs Silhouette erkennen konnte.

»*Bin zurück*«, sagte Kalypso gehetzt. »*Jace, die Tür.*«

Jace hechtete zur Tür, packte die Klinke und stürmte hinaus. Die Lichter von Neon City erfüllten den Flur mit blauem Schein. Jace rannte dem Licht entgegen und sprintete nach draußen, schneller, als er es im Sportunterricht jemals zustande gebracht hatte.

»Halt!«, hörte er Glitch hinter sich schreien, doch Jace dachte gar nicht daran, anzuhalten. Er riss die kleine Tür im Metallzaun auf, und mit einem Satz war er runter vom NeoTECH-Gelände.

Er war frei. Vielleicht freier, als er es in seinem Leben jemals gewesen war.

10

Scheiße.

Glitchs Hände zitterten, als das Tor, das vom Gelände der Forschungsstation führte, mit einem Scheppern zuknallte. Jace und Kalypso waren weg. Er mahlte mit den Zähnen und überlegte fieberhaft, was er jetzt tun sollte. Sie zu verfolgen kam nicht infrage. Was sollte er tun, ihnen hinterherrennen und sie dann auf offener Straße packen? Nein, er brauchte Hilfe, und vor allem brauchte er die Gnade der O'Nellys, wenn er dort aufschlug, um zu erklären, dass ihm nicht nur der Cybertech, sondern auch noch Kalypso entkommen war.

Ausgerechnet Kalypso.

Sie war das Faszinierendste, was ihm je untergekommen war. All die Antworten auf die Fragen, die er zum Data Space hatte, lagen in ihr, das wusste er sicher. Und nun war sie fort. Er musste sie und Jace zurückbekommen, um jeden Preis. Die O'Nellys würde das genauso sehen, zu seinem Glück oder Pech. Glitch zog sich die Kapuze weit über seine Basecap und hätte am liebsten den Mülleimer umgetreten, an dem er gerade vorbeiging, doch noch konnte er sich beherrschen.

Er schluckte, während er den Fahrstuhl betrat. Das Piepen der Knöpfe echote in seinen Ohren, und Glitch wünschte sich, er würde langsamer fahren, doch gerade jetzt kam ihm alles sehr schnell vor. Sein Atem, sein Herzschlag, der Ärger darüber, dass er so unachtsam gewesen war. Aber wie hätte er ahnen sollen, dass Jace tatsächlich den Code knacken würde, den er persönlich für Kalypso geschrieben hatte? Der Junge hatte doch keine Ahnung vom Programmieren. Diese Cybertech-Sache war komplexer, als er in Erwägung gezogen hatte. Vor einer Woche noch hatte er Sam verspottet, weil sie so unvorsichtig gewesen war, jetzt hatte er denselben Fehler begangen. Und er musste dafür geradestehen. Verdammte Scheiße.

Die Fahrstuhltüren öffneten sich. Glitch nahm einen tiefen Atemzug, um sich mental auf das Gespräch vorzubereiten, dann trat er hinaus und lief schnurstracks zum Büro der O'Nellys. Die Bewegungsmelder hatten ihn längst lokalisiert, und so musste Glitch nicht einmal klopfen, ehe die Doppeltür sich von allein öffnete.

Das Büro war hell erleuchtet. Große, nach außen verdunkelte Fenster ließen das Licht der Skyline hinein, und Tageslichtlampen vertrieben das Dunkel, das die Vulkanasche auf den Himmel draußen legte. Glatt polierte Holzdielen verliehen dem Büro etwas Warmes. In die Wände waren deckenhohe Aquarien mit Zierfischen eingelassen, und die Luft in den Büros auf der oberen Etage hatte etwas Leichtes, das Glitch nur von den Wanderausflügen kannte, die er als Kind mit seiner Mutter unternommen hatte.

Sein Blick wanderte langsam hinauf zu dem eleganten Schreibtisch, an dem Mrs O'Nelly saß. Sie hatte die lackierten Fingernägel an ihr Kinn gelegt und betrachtete Glitch. Mrs O'Nelly war ein ruhiger Mensch, selbst wenn sie wütend war. Aber sie besaß einen Blick, der schlimmere Drohungen in sich trug als jedes Wort, das Glitch je gehört hatte.

Die Türen schlossen sich hinter ihm. Glitch widerstand dem Drang, sich umzudrehen, sondern räusperte sich stattdessen und näherte sich zögerlich dem Schreibtisch. »Mrs O'Nelly, ich ...« Er brach ab, wusste nicht, was er sagen sollte. »... Sie haben den Alarm gewiss mitbekommen.«

Sie sagte nichts. Sah ihn nur an mit diesem kalten, durchdringenden Blick.

»Nun, es ist so, dass ...« Unruhig trat Glitch von einem Bein aufs andere. »Der Cybertech, Jace, ist entkommen. Und mit ihm auch Kalypso.« Er wusste nicht, ob er erleichtert darüber sein sollte, dass die Worte nun draußen waren, oder ob seine plumpe Art ihn den Kopf kosten würde.

Mrs O'Nelly musterte ihn noch einen Moment länger. »Jace ist keine ganze Woche hier, und es ist dir schon gelungen, nicht nur ihn zu verlieren, sondern auch noch die KI?« Ihre Stimme war ruhig, aber Glitch hörte den Zorn dahinter nur allzu deutlich.

»Ja, Ma'am.« Er schluckte. »Aber ich werde alles tun, um die beiden wieder ...«

»Natürlich wirst du das«, unterbrach sie ihn. »Deine Aufgabe wird es sein, die KI zurückzubringen. Jace nimmt die zweite Priorität ein, aber wir können davon ausgehen, dass die beiden gemeinsam unterwegs sind. Ohne Hilfe wird sich Jace nicht verstecken können. Wir wissen nicht, wie klug diese künstliche Intelligenz tatsächlich ist. Wir werden ebenfalls Maßnahmen einleiten. Deine Aufgabe ist es nur, sie ausfindig zu machen und zurückzubringen.«

»Und was werden Sie tun?«, fragte Glitch.

»Das hat dich nicht zu interessieren«, erwiderte sie kalt. »Du hast deine Aufgabe. Schick ruhig auch diese Hackerin, Samantha. Ich will nicht, dass du es wieder im Alleingang ruinierst.«

Glitch zuckte zusammen. »Verstanden, Ma'am.«

»Dann geh jetzt.«

Er nickte. Als er den Raum verließ, glaubte er noch, Mrs O'Nellys bohrende Blicke im Rücken zu spüren. Das Kribbeln verblieb in seinem Nacken, bis er wieder im Erdgeschoss angekommen war, und selbst dann erlaubte er sich noch nicht, erleichtert auszuatmen. Er musste Kalypso um jeden Preis finden. Nicht nur, damit Mrs O'Nelly sich seiner nicht entledigte – die Art wollte er gar nicht erst bedenken –, sondern auch, weil ihm viel daran lag. Kalypso war der Schlüssel zu so vielen

Fragen, die er hatte. Das Drängen in seinem Inneren, der Wunsch, die digitale Welt verstehen zu wollen, die so sehr Teil, ja Inhalt seines Lebens war – er konnte Kalypso nicht so einfach aufgeben. Das Wissen darum, dass es Antworten gab, die außerhalb seiner Reichweite lagen, würde ihn in den Wahnsinn treiben.

Seine Unruhe ließ ihn die Tür zu seinem Büro etwas zu heftig aufstoßen. Sam, die gerade darin saß und etwas in ihren Smartcom tippte, fuhr heftig hoch und sah ihn erschrocken an. »Was ist passiert?«, fragte sie sofort. »Ich habe den Alarm gehört, die Türen sind zugegangen.«

Glitch bedeutete ihr, sich wieder zu setzen. »Ich habe etwas für dich zu tun. Jace ist geflohen.«

Sam schürzte die Lippen. »Nicht sonderlich überraschend, oder?«

Ihm entging der anklagende Blick nicht. »Dass er fliehen wollte? Nein. Dass es gelungen ist – ja. Er hatte Hilfe.«

»Ich habe nicht ...«, setzte sie an, doch Glitch schüttelte nur entnervt den Kopf.

»Ich weiß, wer es war, und darum geht es nicht«, erwiderte er. »Hör mir zu. Wir hatten noch jemand anderen in diesem Labor, ein ... Wesen namens Kalypso. Eine künstliche Intelligenz, wenn du so willst. Er hat sie befreit, und dann sind die beiden zusammen geflohen.«

Sam machte große Augen. »Eine KI?«

»Kalypso ist ein Programm, daran besteht kein Zweifel. Sie ist autonom, wie ich noch keinen Code erlebt habe, und wir haben sie nicht programmiert. Wir wissen nicht, wo sie herkommmt, noch habe ich es geschafft, ihren Code auch nur ansatzweise zu entschlüsseln.«

»Aber das ist ... unglaublich«, hauchte Sam. Sie hatte ihren Smartcom weggelegt und schien mit den Gedanken ganz bei sich selbst zu sein. Für einen Moment schien es, als hätte sie vergessen, dass sie gezwungen wurde, hier zu sein. Glitch konnte ihr die Faszination nicht verübeln.

»Du musst sie und Jace hierher zurückbringen«, schloss er dann.

Sam runzelte die Stirn. »Und wie soll ich das bitte anstellen? Ich kenne die beiden überhaupt nicht.«

»Nein.« Jace lächelte. »Aber im Gegensatz zu mir hast du Kontakte und Vertrauen zu vielen Hackern, und irgendwem wird die Kombination aus Cybertech und KI schon auffallen. Ich kümmere mich derweil darum, dass die beiden nicht noch einmal entwischen, wenn wir sie zurückhaben.«

Sam sah nicht glücklich darüber aus. Glitch war es auch nicht, aber es war das Beste, was er im Moment tun konnte.

11

Die bunten Lichter der Straßen verschwammen rechts und links von Jace, während er rannte. Er wagte es nicht, sich umzusehen, stieß mit einer Frau zusammen, die ihm wütend hinterherbrüllte, und schlug beinahe der Länge nach hin, als er an der großen Kreuzung in der Innenstadt abbog und mit dem Fuß an einem schiefen Bordstein hängen blieb. Doch er wagte es nicht, langsamer zu werden oder gar stehen zu bleiben, ehe er sich nicht völlig sicher war, dass man ihn in der Menschenmasse verloren hatte.

Jace blickte sich panisch um. Aber er sah nur Hunderte Menschen, die sich über die Kreuzung drängten, Dutzende Autos, die dort hielten. Das leise Brummen der Motoren, ein wütendes Hupen, als die Ampel einfach nicht grün wurde. Kein Anzeichen von NeoTECH. Nur das leise Sirren von Autos und hetzende Menschen.

Jace öffnete die Tür zur nächstbesten Kneipe. Die Neonreklame strahlte hell durch den grauen Nebel, der sich an diesem Nachmittag über die Stadt senkte. Als sich die Tür hinter ihm zuschob, fiel ihm ein Stein vom Herzen, und es war, als befände er sich für einen Moment wirklich in Sicherheit.

Die Kneipe war noch kaum besucht. Jace zählte neben sich selbst vier weitere Gäste, und der Kellner blickte nur kurz auf, als Jace hereinkam. Betont langsam, als könnte er entspannter nicht sein, setzte Jace sich an einen der Tische.

»*Das war wirklich knapp*«, hörte er Kalypsos Stimme in seinem Kopf.

Er schrak zurück. Kalypso war noch da. Noch war er sich nicht sicher, ob ihn das beruhigen oder verunsichern sollte. Allem voran deswegen, weil er einfach nicht wusste, wer oder was genau sie eigentlich war.

»*Du musst dieses Ding loswerden, den Smartcom*«, erklärte sie. »*Und alles andere, was du am Leib trägst und mit dem Data Space verbunden ist.*«

Jace runzelte die Stirn. Vor wenigen Minuten noch hatte Kalypso ihn schief angesehen, als er von seinem Körper gesprochen hatte. »Ich dachte, du weißt nicht mal, was hier in der echten Welt passiert.«

»*Ich habe die Daten analysiert, die du mir gegeben hast, und denke, ich habe zumindest ein solides Grundverständnis dieses Orts – wenn ich ihn auch nicht als ›echte Welt‹ bezeichnen würde. Aber das ist jetzt nicht wichtig, du musst unbedingt alles an Hardware loswerden, was du bei dir trägst, sonst werden sie uns in wenigen Stunden orten.*«

Jace runzelte die Stirn. Er nahm seinen Smartcom zur Hand, das Einzige, was er nach dem Vorfall noch in der Tasche gehabt hatte.

»*Ja, das Ding. Und noch die anderen Sachen, die du dabeihast.*«
»Ich hab nichts weiter dabei.«
»*Doch*«, widersprach Kalypso, »*auf dem Icon steht T-Shirt, Hose, Schuhe. Von Sheepgear Productions.*«

»Das sind meine Klamotten«, sagte Jace leise, »ich kann mich doch nicht einfach so ausziehen.«

»*Entweder das, und du besorgst dir neue, oder du entfernst einfach die Hardware. Die Data-Space-Chips sind auf Höhe deines Nackens, am Steißbein und an den Hacken. In der Unterwäsche ist nichts.*«

Na, was ein Glück, sagte sich Jace, und zum ersten Mal dachte er daran, dass eine permanente Verbindung zum Data Space vielleicht nicht immer so praktisch war, wie er bisher immer geglaubt hatte.

Er verschwand auf die Toilette der Kneipe, zog sich die Jacke und sein T-Shirt über den Kopf und überlegte, wie er nun an die Datenchips kommen sollte, die in den Stoff eingenäht waren. Aus dem Shirt konnte er vielleicht einen herausreißen, aber er hatte nichts dabei, um das feste Material der Schuhe aufzuschneiden.

»*Du trägst noch etwas von HyperZen Body Technologies bei dir*«, merkte Kalypso an.

Jace stutzte. »Das kann ich nicht ablegen. Das ist mein Hörgerät, ohne das bin ich quasi taub.«

»*Taub?*« Ein Moment Stille, dann meldete Kalypso sich wieder zu Wort. »*Ich verstehe. Ihr Menschen benötigt eure Sinneswahrnehmung. Ich habe eine Idee. Leg die Sachen mal ab. Alles.*«

»Was?«

»*Tu es einfach, du wirst schon sehen.*«

Jace tat wie geheißen und stand jetzt nur noch in Unterhose und Socken da. Sein Hörgerät lag auf dem Haufen seiner Kleidung. »Und jetzt?«, fragte er, während er sich über die Oberarme rieb, weil er fror.

Eine Minute lang schwieg Kalypso, dann sagte sie: »*Fertig. Du kannst die Sachen wieder tragen.*«

Jace hob die Sachen auf und zog sich an. »Was hast du gemacht?« Er schob sich das Hörgerät ins Ohr.

»*Die Hardware überlastet. Deine Sachen haben keine Verbindung mehr zum Data Space – beizeiten solltest du dir trotzdem ein anderes Äußeres zulegen. Aber orten kann man dich darüber nicht mehr. Den Smartcom habe ich nicht getrennt, ohne Data Space ist er ... nun ja, ziemlich nutzlos.*«

Jace holte tief Luft, dann ließ er seinen Smartcom auf dem Spülkasten liegen und sagte: »Ich glaube, wir beide haben eine ganze Menge zu bereden.«

»*Ja*«, sagte Kalypso, »*aber nicht hier.*«

Der Data Space war noch viel komplexer, als Jace es bisher angenommen hatte. Kalypso hatte ihm die Route zu einem Ort geschickt, der so viel Data-Space-Aktivität aufzeichnete, dass es schwierig war, einzelne Signale von dort herauszufiltern. Genau der richtige Ort also, um sich unbeobachtet zu unterhalten. Dinge, über die Jace nie nachgedacht hatte, auch wenn sie ihm jetzt logisch erschienen. Er war froh, Kalypso dabeizuhaben. Ohne sie wäre er völlig verloren.

Infinity Realm stand in großen, neonleuchtenden Buchstaben über dem Club. Jace hätte erwartet, dass von drinnen laute Musik auf die Straßen dröhnen würde, tatsächlich aber war es erstaunlich still. Hinter sich hörte er nur das Rauschen der Autos und die Hupen des Feierabendverkehrs. Die Scheiben des Infinity Realm waren verdunkelt, sodass er nicht hineinsehen konnte. Ohne sich noch einmal umzublicken, trat er ein.

Endlos viele Arcade-Lichter blinkten ihm entgegen. Die bunten Fliesen spiegelten die grellen Bildschirme zahlloser Spielautomaten aus einer Zeit vor Jace Geburt wider. Metallisches Knirschen erklang aus den alten Computern, die überall herumstanden, weil irgendwelche Nerds sie auseinandernahmen und wieder zusammenschraubten. In der Ecke standen Gäste Schlange, um die alten Data-Space-Ports auszuprobieren, die man früher genutzt hatte, um in die VR zu gelangen. Es waren menschengroße Kapseln, in die man sich komplett hineinlegen musste. Jace war froh, dass diese Zeit vorbei war – er wurde ja schon klaustrophob, wenn er die engen Dinger nur sah.

Jace stand vor einem Stück Zeitgeschichte des Data Space. Und vor einem Haufen Nerds, die kaum genug von all der Hardware bekommen konnten, die sich hier stapelte.

»Jace!« Es war Kalypsos Stimme, die er hörte, aber diesmal nicht in seinem Kopf. Er drehte sich um, und dort saß sie, auf einer durchgesessenen Ledercouch, und winkte ihm zu. Ihre Locken wippten fröhlich auf ihrem Kopf, und sie hatte das Kleid gegen ein neongrünes Top mit Armstulpen, Hotpants und schwarze Stiefel getauscht.

Ungläubig kam er auf sie zu. »Du bist ... echt hier?«

Sie schüttelte den Kopf und deutete auf einen Hologramm-Projektor an der Decke. »Ich dachte mir, du fühlst dich vielleicht besser, wenn du etwas hast, das du ansehen kannst.«

Jace atmete langsam aus und setzte sich neben sie.

»Ich weiß nicht, ob ich das alles richtig verstanden habe oder je verstehen werde«, fing er an, ohne zu wissen, wo dieses Gespräch enden sollte. »Ich meine, wir waren beide Gefangene.«

Kalypso nickte. »Sieht wohl so aus.«

»Und du ...« Jace leckte sich über die Lippen und überlegte, wie er die Frage formulieren sollte. Doch weil ihm nichts einfiel, machte er es simpel: »Was genau bist du?«

Kalypso schlug die Beine übereinander und lehnte sich zurück. »Das ist eine komische Frage, weißt du? Ich bin jedenfalls nicht wie du. Ich habe keinen Körper, keinerlei Verbindung zur Welt außerhalb des Data Space.«

Jace runzelte die Stirn. »Aber du musst doch wissen, wer du bist.«

Hilflos zuckte Kalypso mit den Schultern.

»Vielleicht hat NeoTECH dich ja programmiert«, sagte Jace vorsichtig, weil er sie nicht vor den Kopf stoßen wollte. Kalypso kam Jace so nahe vor. Vielleicht lag es daran, dass er ein Cybertech war. Vielleicht war seine Verbindung zum Data Space so tief, dass er schon glaubte, die Daten wären wie echte Menschen. Seltsamerweise beunruhigte ihn diese Vorstellung nicht halb so sehr, wie sie vielleicht sollte.

Kalypso fuhr sich durch die Haare und seufzte. »Alles, woran ich mich erinnern kann, ist die Gefangenschaft. Ich glaube, sie haben irgendwelche Experimente an mir gemacht, und jetzt weiß ich einfach nichts mehr über mich.«

»Deinen Namen weißt du noch«, versuchte Jace sie aufzumuntern, obwohl er sich selbst nicht ganz wohl in seiner Haut fühlte.

»Ja, aber das bin ja auch ... ich. Ich habe vielleicht keinen Namen für das, *was* ich bin, aber ich weiß, *wer* ich bin. Ergibt das Sinn?«

»Schon. Ich denke die ganze Zeit, du musst doch eigentlich nur ein Programm sein. Aber wenn wir hier sitzen und reden, ist es, als wärst du auch ein Mensch.« Er lachte kurz auf, aber Kalypso verzog keine Miene.

»Ein Programm«, murmelte sie. »Glaubst du wirklich? Ich habe definitiv einen Code, aber den hast du ja auch. Den haben alle Menschen.«

»Macht es dich denn nicht völlig verrückt, das nicht zu wissen?«, hakte Jace nach.

Kalypso streckte die Beine aus und zuckte mit den Schultern. »Schon«, murmelte sie. »Ich würde es gern herausfinden. Ich bin mir selbst ein Mysterium, Jace. Das hinterlässt so viel Unsicherheit. Sind da irgendwo noch mehr Erinnerungen? Geheimnisse, die sich vor mir versteckt halten? Die Leute in der Forschungsstation haben gesagt, ich sei nach dem letzten Experiment beschädigt. Da muss doch noch irgendetwas in mir sein.«

Jace wusste nicht weiter. Hier saß er, neben dem Hologramm einer Person, von der er nicht wusste, ob sie ein Mensch war oder ... etwas anderes. Kalypso verhielt sich nicht wie ein Assistenzprogramm, das er aus seinem Alltag kannte, aber wie ein Mensch kam sie ihm auch nicht vor. Jedenfalls nicht immer. Dann wiederum war sie so lange gefangen gewesen, dass es sie sicherlich verändert hatte. Wenn er daran dachte, was Glitch mit ihm gemacht hatte, würde es ihn nicht wundern, wenn man nach einer Weile einfach ein bisschen durchdreht.

»Das Wichtigste ist, dass du jetzt frei bist«, sagte er und streckte die Hand aus, doch sie glitt durch ihr Hologramm hindurch. »Alles andere werden wir schon herausfinden.«

Sie blickte auf. »Wir?«

»Na ja ... wir beide sind doch jetzt auf der Flucht, oder? Und ich würde mich sicherer fühlen, wenn wir zusammenbleiben.« Die Wahrheit war, dass Jace sich verloren fühlte. Allein mit seinen neu entdeckten Fähigkeiten als Cybertech, allein mit dem neuen Wissen, dass seine Eltern ihn als Versuchsobjekt in NeoTECH Global geschleust hatten. Allein, weil er nicht einfach zurück nach Hause gehen konnte. Kalypso war die Einzige, der er im Moment vertrauen und auf die er zählen konnte.

»Einverstanden.« Kalypso lächelte. »Wir haben einander schließlich schon einmal geholfen.«

Jace fiel ein Stein vom Herzen. »Danke.«

»Nach dir werden sie vermutlich auch suchen.« Kalypso stützte das Gesicht in ihre Hand und runzelte die Stirn. »Da du ja nicht wie die anderen Menschen bist. Bestimmt haben sie an dir auch experimentiert, oder?«

Er nickte langsam. »Ich ... ich denke schon. Menschen wie mich nennen sie Cybertechs.«

»Für mich siehst du aus wie ein Gerät«, erklärte Kalypso unvermittelt. »Wenn ich dich betrachte, bist du so ähnlich wie diese Smartcoms oder einer dieser Computer, nur dass dein Code viel komplexer ist. Weißt du, andere Menschen kann ich nicht wahrnehmen, es sei denn, sie sind an ein Gerät angeschlossen – ich weiß nur, was im Data Space ist. Und du bist hier.«

Kalypso musste den Data Space ganz anders erleben als Jace. Immerhin passte sein Gehirn die Daten so an, dass alles wirkte, als wäre es die echte Welt. Aber wenn Kalypso überhaupt nicht in der echten Welt existierte, sondern nur aus Daten bestand, musste sich ihr gesamtes Erleben völlig von dem eines Menschen unterscheiden. Jace fragte sich, ob es war wie bei Insekten, die ein völlig anderes Farbspektrum wahrnahmen als Menschen, obwohl sie in derselben Welt lebten.

»Das bedeutet, ich bin ... ein Smartcom?« Die Vorstellung

ließ Jace beinahe grinsen, aber dann war ihm doch nicht danach zumute.

»Wenn du ein Smartcom bist und ich ein Programm, passen wir wenigstens irgendwie zusammen.« Kalypso schmunzelte, und jetzt musste auch Jace lachen.

Einen Moment lang gestatteten sie sich die gute Laune, doch dann wurde Kalypso wieder ernst und sagte: »In deiner Welt bist du völlig auf dich gestellt. Du wirst etwas brauchen, womit du dich verteidigen kannst.«

»An was hast du gedacht?«, fragte Jace skeptisch.

»Oh, an so was wie eine Shotgun oder einen Raketenwerfer.«

»Dafür, dass du eine KI bist, die nichts über die echte Welt wissen sollte, bist du aber erstaunlich gut informiert«, murmelte Jace.

»Ich verarbeite neue Informationen sehr schnell, und hier habe ich Zugriff auf einen gigantischen Teil des Data Space. Ich weiß inzwischen auch gut über Popkultur Bescheid.«

Jace wollte etwas dazu sagen, doch ihm wurde schwummrig. Schwindel ergriff ihn. Er fasste sich an den Kopf. Seine Schläfen schmerzten und pochten, als bahnten sich schlimme Kopfschmerzen an. Vermutlich war es der Stress, doch er bildete sich ein, Schemen zu sehen, die eigentlich nicht da sein konnten. Er sah Icons aufblinken, kurze Werbeposts, dabei waren keine Hologramme aktiv. Als würde er beginnen, den Data Space in der physischen Welt zu sehen.

»Jace?«, fragte Kalypso, weil er ihr nicht antwortete.

»Tut mir leid, ich war abgelenkt.«

»Was ist los?«

»Ich dachte irgendwie ... na ja, ist es verrückt, wenn ich dir sage, dass ich den Data Space sehen kann? Jetzt gerade, in der echten Welt, ohne VR?«

»Überhaupt nicht. Meine Stimme hörst du doch auch schon die ganze Zeit. Wie gesagt: Du hast eine Verbindung zum Data

Space. Natürlich empfängst du die ganze Zeit Signale. Wie dein Smartcom eben auch.«

Jetzt kam er sich dumm vor. »Oh«, machte er nur.

»Wahrscheinlich kannst du es einfach noch nicht so gut kontrollieren. Wir könnten dir Filterprogramme drauflanden, wenn du ein Gerät wärst, aber ich vermute mal, das wird nicht funktionieren.«

Jace war sich nicht sicher, ob sie scherzte oder es ernst meinte.

»Ich wünschte einfach, ich wüsste mehr darüber«, sagte Jace leise. »Oder wüsste wenigstens, wen ich fragen kann.« Glitch kam schließlich nicht mehr infrage, und selbst der hatte genauso wenig gewusst wie Jace selbst. Wenn er doch nur andere Cybertechs finden könnte ...

»Hey, dreh das mal lauter!«, rief unvermittelt einer der Gäste der Barkeeperin zu und deutete auf den Bildschirm hinter der Bar, wo bis gerade leise die Nachrichten abgespielt wurden.

News zu der Data-Space-Tragödie von 2097 stand in großen roten Buchstaben auf dem Bildschirm. Die Barkeeperin erhöhte die Lautstärke, bis man die Nachrichtensprecherin im ganzen Club verstehen konnte.

»... man hat also inzwischen festgestellt, dass die Folgen dieses tragischen Ereignisses auch für die Überlebenden weitreichender sein könnten als bisher gedacht. Der Konzernrat ruft dringend dazu auf, dass sich alle Opfer dieses schrecklichen Unglücks unverzüglich zu einer Untersuchung begeben, um weitere Hirnschäden zu vermeiden. Einige Berichte sprechen sogar von Wahnvorstellungen und Halluzinationen. Bisher ist dieses Phänomen noch nicht weiter erforscht, doch in Fachkreisen spricht man von Digitaler Traumastörung. NeoTECH Global hat vor, Zentren zu eröffnen, in denen man sich kostenlos untersuchen lassen kann. Wenn Sie jemanden kennen, der unter den genannten Symptomen leidet oder in der Vergangenheit Opfer des Unfalls geworden ist, kontaktieren Sie bitte umgehend die entsprechenden Stellen.

Vielen Dank für Ihre Aufmerksamkeit, diese Meldung wurde Ihnen überbracht von NeoTECH Global. Besuchen Sie unsere Website für mehr Informationen und genießen Sie den Restnachmittag.«

Jace starrte auf den Bildschirm. »Ich schätze, das heißt, sie suchen tatsächlich schon nach uns«, sagte er tonlos.

Kalypso nickte. »Und sie gehen damit an die Öffentlichkeit – das kann nichts Gutes heißen.«

12

Eine KI. Eine verdammte KI.

Sam biss sich auf die Unterlippe, während sie in dem kleinen Aufenthaltsraum auf und ab tigerte. Natürlich wusste sie, dass der Data Space nicht im Geringsten vollständig erforscht war, und sie wusste auch, dass es dort Dinge gab, die man sich noch nicht erklären konnte. Aber eine künstliche Intelligenz im Besitz von NeoTECH? Das war größer als alles, was sie sich je vorgestellt hatte. Und nun war die KI geflohen. Ein Teil von ihr war neugierig auf dieses Programm, wollte wissen, was es mit einer echten künstlichen Intelligenz auf sich hatte, ein anderer Teil hatte Angst. Schlimm genug, dass sie ihre Seele an Neo-TECH verkauft hatte, nun musste sie sich auch noch mit Phänomenen beschäftigen, die mindestens zwei Nummern zu groß für sie waren.

Sam nahm eine leere Energy-Dose vom Tisch und pfefferte sie in den Mülleimer. Wo sollte sie überhaupt anfangen? Leute aufzuspüren war noch nie ihre Spezialität gewesen, und es hatte sie auch nie interessiert. Wenn sie in die Datenarchive eines Megacons einbrach, warteten all die Daten dort sauber aufbereitet auf sie. Aber ein Cybertech und eine KI auf der Flucht? Da konnte sie ebenso gut hoffen, einen bestimmten Kiesel an den künstlichen Stränden der Mishiwa-Ferienresorts zu finden.

Sam ließ sich auf einen Stuhl fallen. Glitch hatte ihr nicht viele Informationen zu Kalypso gegeben, und das würde sich wohl auch nicht ändern, aber Jace' Profil war gut zugänglich. Es waren die einzigen Spuren, die sie hatte.

Sam schaltete ihren Cyberdice ein. Es war ein Gefühl der Erleichterung, in die virtuelle Welt abzutauchen. Wie ein großes

Stück Freiheit fühlte es sich an, obwohl sie wusste, dass diese Freiheit nur vorgegaukelt war, denn in Wahrheit saß sie noch immer auf der Forschungsstation von NeoTECH und arbeitete für einen Konzern, der sie erpresste. Aber in diesem Moment waren da nur sie und der Data Space. Sie und die Daten, die sie nach ihrem Willen manipulieren konnte.

Sie öffnete ihre Hackingkonsole und gab Jace' Daten ein. Es dauerte einige Sekunden, bis ihr Programm die Route nachvollziehen konnte, dann erschien ein leuchtender, orangener Schimmer, der ihr zeigte, wo der Smartcom Datenspuren hinterlassen hatte. Sam musste ihnen nur folgen, und ein bisschen fühlte sie sich dabei wie eine Spurenleserin aus alten Filmen, die den Fußstapfen eines Hirschs folgte. Sie erhob sich und durchquerte die Flure des Komplexes. Als sie im Foyer vor den großen Türen stand, holte sie tief Luft, ehe sie das Gebäude verließ. Sam fühlte, wie eine Last von ihr abfiel. Es war ein vertrautes Gefühl geworden, und obwohl sie wusste, dass sie nicht wirklich freier war, nur weil sie das Gelände hinter sich ließ, klammerte sie sich an diesen winzigen Moment der Euphorie.

Auf dem Weg in die Stadt nahm sie all die Avatare wahr, die gerade in der VR unterwegs waren, sodass sie aufpassen musste, nicht mit den Menschen in der realen Welt zusammenzustoßen. Manchmal war es anstrengend, sich vom Cyberdice ein digitales Overlay über die echte Welt legen zu lassen, und Sam spielte mit dem Gedanken, sich Filtersoftware zu programmieren, die das Ganze erträglicher machte. Die orangene Linie war nur für sie selbst sichtbar, und sie folgte ihr stetig, bis sie vor einem Pub ankam. Hier endete die Strecke. Jace' Smartcom musste also noch hier sein.

Hatte sie ihn bereits gefunden? Dieser Ort war so nahe. Wenn er wirklich noch dort war, musste sie sich beeilen, denn er war wohl kaum so naiv, am erstbesten Ort zu bleiben. Aber was sollte sie tun, wenn sie ihn tatsächlich fand? Sie konnte ihn ja wohl kaum einfach am Arm greifen und zurück zu NeoTECH schleifen. Andererseits sollte sie ihn ja nur ausfindig machen. Sam glaubte kaum, dass Jace seinen Smartcom noch bei sich trug. Ein so grober Fehler unterlief niemandem, der es geschafft hatte, die NeoTECH-Sicherheit zu überwinden. Wahrscheinlich war er längst weg.

Es widerstrebte Sam, nach Jace zu suchen. Nicht nur, weil sie absolut keine Expertin darin war, Leute aufzuspüren, sondern vor allem, weil er ihr leidtat. Er konnte nichts dafür, in diese Scheiße geraten zu sein, und unschuldige Menschen mit in Konzernmachenschaften hineinzuziehen war eine absolute Scheißaktion.

Ihre absolute Scheißaktion. Aber Sam wusste nicht, was sie sonst tun sollte. Leaken, was sie wusste, und abhauen? Untertauchen und hoffen, dass NeoTECH nie wieder etwas von ihr hören würde? Sam schauderte. Sie kannte andere, die schon mal untergetaucht waren, weil sie irgendeinem Con zu sehr ans Bein gepisst hatten, und sie wusste, dass es nicht gerade das Highlife war, das sie in der Mishiwa-Arkologie erwarten konnte.

Sie drückte die Tür auf, aber wie erwartet fand sie niemanden in der heruntergekommenen Bar, nur den zurückgelassenen Smartcom auf der Toilette. Jace und Kalypso wussten wirklich, was sie taten. Vielleicht musste Sam gar nicht so kompliziert denken. Sie überlegte, wo sie sich verstecken würde, wenn sie auf keinen Fall über den Data Space gefunden werden wollte. Für sie war die Antwort klar: Es musste ein Ort sein, an dem so viel Data Traffic stattfand, dass es schwierig war, einzelne Signale herauszufiltern. Ein Data Café, oder …

Das Infinity Realm.

Sam war das eine ums andere Mal dort gewesen, ein ikonischer Ort für Leute wie sie. Dort tummelten sich die größten Nerds, und nicht wenige verdienten ihr Geld mit illegalen Data-Space-Aktivitäten. Nur Eingeweihte wussten, dass diese heruntergekommene Spelunke in Wahrheit eine Fundgrube der kompetentesten Hackerinnen und Hacker war, die man in Neon City finden konnte. Und damit blieben auch Schnüffelangriffe auf das Infinity Realm selten unbemerkt.

Im Gegenzug blieb sicher auch eine KI den Leuten dort nicht verborgen. Falls Jace und Kalypso dort aufgetaucht waren, war Sam sich beinahe sicher, dass irgendjemand es bemerkt hatte.

Blieb nur die Frage, ob dieser Jemand es ihr sagen würde.

Sam war lange nicht mehr hier gewesen, aber die leuchtenden Buchstaben über dem Gebäude, von denen einige schon schief herunterbaumelten, waren ihr in Erinnerung geblieben. Sie hatte diesen Ort gemieden, seit sie mit der Anführerin der Violet Thorns – der Organisation gehörten beinahe alle an, die hauptberuflich mit illegalen Daten handelten – aneinandergeraten war. Dass Sam zurückkehrte, um die Drecksarbeit für einen Megacon zu erledigen, stimmte sie nicht gerade fröhlicher.

Sie trat ein, doch statt quirliger Musik und den Geräuschen alter Arcade-Games schlug ihr aufgeregtes Gemurmel entgegen. Alle starrten gebannt auf den Nachrichtenbildschirm hinter der Bar, wo gerade das NeoTECH-Logo verblasste. Sam runzelte die Stirn und wandte sich an die erstbeste Person, die ihr am nächsten stand.

»Was ist denn hier los?«, fragte sie.

»Hast du es nicht mitbekommen?«, meinte die Frau und setzte eine finstere Miene auf. »NeoTECH hat dazu aufgerufen, dass sich Opfer von 97 in Behandlung begeben – angeblich wurden irgendwelche neuen Nebenwirkungen gefunden oder ... was weiß ich, was denen jetzt schon wieder durch den Kopf geht.«

Sam biss sich auf die Unterlippe. Das war schnell gegangen. Verdammt schnell. NeoTECH wollte diesen Cybertech wirklich zurück, und das wohl so schnell wie möglich. Aber Jace würde wohl kaum auf einen solchen Aufruf reagieren, also was erhoffte der Konzern sich davon, die Öffentlichkeit zu involvieren?

Sam schüttelte den Kopf, um die Gedanken loszuwerden. Sie würde der Frage nachgehen, aber im Moment musste sie Jace und Kalypso selbst finden. Und sich dann dringend überlegen, wie sie NeoTECH von der Schippe springen konnte.

Sie blickte sich um, während sie zur Theke hinüberlief, doch wenig überraschend sah sie Jace nicht. Dort hockten nur die üblichen Verdächtigen über ihren halb leeren Gläsern mit abgestandener Limo. Vielleicht hatte sie Jace auch übersehen, aber die Chance, dass er gar nicht hier war, war groß.

»Guten Abend«, grüßte Sam die Barkeeperin. »Ich suche nach Low Budget. Heute schon gesehen?«

Die mittelalte Frau deutete auf eine Ecke, in der die richtig alten Computer standen. »Hat dieses Crash Bandicoot für sich entdeckt«, murmelte sie. »Sitzt seit ein paar Stunden an diesem einen Level.«

»Danke.« Sam nickte ihr zu und lief dann hinüber zu den alten Computern, riesige Kästen mit unscharfen, flimmernden Displays. Die Maschinen brummten, und Sam fragte sich, wie die Menschen früher mit diesem Lärm an den Computern gearbeitet oder gezockt hatten.

Low Budget saß zwischen all den Bildschirmen und schien einer der wenigen zu sein, die sich nicht angeregt über die Nachrichten unterhielten. Genau dafür schätzte Sam ihn so sehr: Er wusste viel und tratschte wenig – das machte ihn zu einem wertvollen Kontakt.

Sam tippte ihm von hinten auf die Schulter. Er gab nur ein ungeduldiges Grummeln von sich und steuerte seine orangefarbene Spielfigur wie einen Flummi hüpfend durch das Level, das die Barkeeperin bereits erwähnt hatte. Sam wartete und beobachtete die Spielfigur dabei, wie sie nach einer energischen Drehung an der nächsten Plattform abrutschte und in den Abgrund stürzte. Low Budget seufzte entnervt und drehte sich zu ihr um. Er strich sich die schon ergrauenden Haarsträhnen aus der Stirn, lehnte sich auf seinem Hocker zurück und musterte Sam. »Na so was. Was verschafft mir die Ehre?«

»Ich brauche deine Hilfe«, sagte Sam rasch und blickte sich um, doch niemand im Umkreis schien ihnen zuzuhören. Die Gäste der Bar waren zu beschäftigt damit, über die Nachrichten zu diskutieren, doch allmählich übernahm die Musik wieder den Club. Die Diskussionen gingen in den Beats unter.

»Das dachte ich mir schon«, sagte Low Budget. »Den anderen wird das nicht unbedingt gefallen, das weißt du?«

Sam rollte mit den Augen. »Die anderen sind mir ein bisschen zu elitär für freundschaftlichen Umgang.«

Low Budget grinste. »Viele sagen dasselbe über dich.«

»Ist mir egal.« Sam machte eine wegwerfende Handbewegung. »Ich suche nach einem Jungen. Und ich glaube, er könnte vielleicht hier vorbeigekommen sein. In persona.«

»Hast du ein Bild?«

Sam rief die Datei auf ihrem Smartcom auf und zeigte sie ihm. Low Budget zückte seinen eigenen Smartcom, las die Datei ein und tippte für ein paar Minuten nur darauf herum.

»Habe tatsächlich jemanden«, murmelte er. »Der ist sogar noch hier.«

Sam horchte auf. »Was? Wo?«

Low Budget reckte das Kinn. »Irgendwo da drüben an der rechten Seite der Bar.«

»Danke!«, sagte sie und wollte sich schon umdrehen, als er mit der Zunge schnalzte.

»Danke?« Er hob die Augenbrauen.

Natürlich. Seine Bezahlung. Sam wandte sich ihm wieder zu, öffnete ihren Smartcom und kopierte einen der Ordner, die gestohlene Konzerndaten beinhalteten, auf einen Datenchip, den sie Low Budget reichte. Er lächelte.

»Gutes Gelingen.«

Sie eilte zur Bar und durchsuchte den Raum nach Jace. Er saß auf einer Couch, neben ihm das Hologramm einer edel gekleideten Frau. Sie unterhielten sich angeregt, Jace fuhr sich nervös durchs Haar. Dann hob er den Blick, der einfach über Sam hinüberglitt. Es war ihr Glück, dass er sie überhaupt nicht kannte. Sam wollte einen Schritt auf ihn zumachen, doch da packte sie jemand von hinten am Arm.

»Na sieh mal einer an«, ertönte eine allzu vertraute Stimme hinter ihr. »Schaut mal, wer sich dazu bequemt hat, sich mal unters gewöhnliche Volk zu mischen.«

Sam knirschte mit den Zähnen. Das war die Letzte, der sie heute Abend hier begegnen wollte.

Langsam drehte Sam sich um, obwohl sie schon wusste, wer da hinter ihr stand. Sie blickte in das Gesicht von Scarrah, die Sam jetzt mit einem spitzen Grinsen bedachte.

»Was suchst du im Infinity, Prinzesschen?« Grob packte sie Sam am Unterarm und zerrte sie weg von Jace, den Sam jetzt in der Menge verlor.

Sam wollte sich von Scarrah losreißen, aber da waren noch andere, die sich um sie herumstellten und sie in einen kleinen Nebenraum bugsierten, dessen Tapete sich schon ablöste. Die Wände waren zugestellt mit haufenweise elektronischen Einzelteilen. Die Tür fiel ins Schloss. Sam biss die Zähne zusammen, um keinen Schmerzenslaut von sich zu geben, als sich die Hände der Violet Thorns in ihre Oberarme bohrten. Sie drückten Sam auf ein ausgebleichtes Sofa, das merkwürdig deplatziert aussah, weil das Zimmer eher wie eine Werkstatt wirkte. Zwei Mitglieder der Violet Thorns hockten an dem Elektroschrott. Sie schraubten munter weiter an den Gerätschaften, als wäre überhaupt niemand hereingekommen.

Scarrah setzte sich mit übereinandergeschlagenen Beinen auf den Tisch vor der Couch und zwirbelte eine ihrer bunt gefärbten Locken zwischen den Fingern. »So, und jetzt erzählst du mir mal ganz in Ruhe, was dich hierher verschlägt.«

»Ich hab nur Low Budget etwas gefragt«, erwiderte Sam ruhig.

»Natürlich, das ist ja auch der einzige Grund, warum du jemals hierherkommst. Ich will aber wissen, was.«

»Geht dich nichts an.«

Scarrah verschränkte die Arme und lehnte sich zurück. »Seit deiner letzten Aktion hat man ja gar nichts mehr von dir gehört. Ich dachte, die Cons hätten dich erwischt und du wärst längst mausetot.« Sie grinste.

Die Stille zwischen ihnen wurde unterbrochen von dem Knirschen von Metall. Sam warf einen Blick auf die beiden, die gerade einen alten Computer auseinandernahmen.

»Tja, vielleicht solltest du nicht nur darauf vertrauen, was du so hörst«, sagte Sam. »Hör zu, ich will keinen Stress mit euch. Lasst mich einfach mein Ding machen.«

»Gern. Aber solange du dein Ding hier machst, wirst du uns sagen müssen, worum es geht. Low Budget lässt dir das vielleicht durchgehen, ich aber nicht.«

»Scarrah, komm schon.« Sam schlug einen versöhnlichen Ton an. »Wo ist die Diskretion, die du jeder anderen Kollegin zukommen lassen würdest?«

Scarrah rollte mit den Augen. »Hab es dir schon tausend Mal erklärt: Wenn du wirklich willst, dass wir Kolleginnen werden, richtige Kolleginnen, brauchst du es nur zu sagen. Ehrlich, wir würden dich mit Kusshand bei den Thorns aufnehmen, wenn du nur nicht so verdammt stur wärst.«

»Unabhängig«, korrigierte Sam.

Scarrahs Augen funkelten. »Mutige Worte von einer, die in der Mishiwa-Arkologie lebt. Du bist alles, aber bestimmt nicht unabhängig. Könntest es aber werden.«

»Nein danke.«

»Dann bleibst du eben hier sitzen, bis du mir erzählt hast, was ich wissen will.«

Sam mahlte mit dem Kiefer. Sie war sich nie sicher, ob Scarrahs Abneigung ihr gegenüber rein strategisch war, um sie dazu zu bewegen, den Violet Thorns beizutreten, oder ob sie sie tatsächlich nicht mochte und dennoch wegen ihrer Fähigkeiten dabeihaben wollte.

Die Tür öffnete sich hinter Scarrah, und ein rothaariges Mädchen trat ein. Als ihr Blick zuerst auf Scarrah, dann auf Sam fiel, runzelte sie die Stirn. Sams Miene hellte sich auf. Wire war eine junge und sehr begabte Hackerin, die Scarrah unter ihre Fittiche genommen hatte, als sie vor einem Jahr völlig verwahrlost im Infinity Realm angekommen war. Anders als Scarrah mochte Wire Sam sehr gern.

»Was soll das denn hier werden?«, fragte sie.

»Süße, du hast doch deine Schule noch nicht fertig? Du weißt, du sollst dich hier nicht rumtreiben, wenn noch Hausaufgaben auf sind.« Scarrahs Stimme wurde weicher, als sie mit Wire sprach.

»Bin schon längst fertig.« Wire zuckte mit den Schultern. »Hey, Sam.«

»Wire, ich kümmere mich noch um Sam, dann bin ich für dich da, okay?« Scarrah lächelte.

»Komm schon, Scarrah.« Wire trat näher und legte ihr eine Hand auf die Schulter. »Lass Sam zufrieden. Ich freue mich, dass sie mal wieder vorbeischaut.«

Sam lächelte. Wire war die Einzige unter den Violet Thorns, die sie stets mit einem Lächeln empfing. Sie war ein gutes Mädchen, und ein talentiertes noch dazu. Allerdings war sie ein ganzes Stück gewachsen, seit Sam das letzte Mal hier gewesen war.

Scarrah strich Wire über das kirschrote Haar. »Das hier ist eine Angelegenheit zwischen Sam und mir. Wie wäre es, wenn du einfach draußen wartest?«

»Wie wäre es, wenn du sie nicht wie ein Kind behandeln würdest?«, unterbrach Sam sie. »Sie ist fast siebzehn und kann ihre eigenen Entscheidungen treffen.«

Scarrah schnaubte. »Ihr seid beide noch viel zu jung, um eure eigenen Entscheidungen zu treffen.«

Wire grinste schief. »Klar. Kann ich mit Sam reden, nur für einen Moment? Allein?«

Scarrah verzog das Gesicht. Die Plateauabsätze ihrer Stiefel machten ein dumpfes Geräusch, als sie sie unentschlossen gegen das Tischbein klopfte. Dann stand sie schwungvoll auf und nickte.

»Na schön. Kommt schon, lasst die beiden allein.«

Sie klatschte in die Hände, und sowohl die Bodyguards als auch die beiden, die bis jetzt so versunken ins Basteln gewesen waren, verließen das Zimmer. Scarrah ging als Letzte, aber nicht, ohne Sam noch einen mahnenden Blick zuzuwerfen. Sam und Wire blieben allein zurück.

»Sie ist ganz anders, wenn sie gerade nicht arbeitet«, erzählte Wire, während sie sich neben Sam auf die Couch fallen ließ. »Aber du weißt ja, sie muss ihre Autorität aufrechterhalten und so.«

Sam schnaubte. »Das ist das, was sie von den meisten von uns unterscheidet. Diese Hierarchien. Hab das nie gemocht.«

Wire wandte den Blick ab. »Glaub mir, es gibt viel Schlimmeres. Scarrah nutzt ihre Stellung nicht aus.«

»Sie ist viel netter, wenn du dabei bist«, stimmte Sam ihr zu. »Ich glaube nicht, dass sie ohne dich von mir abgelassen hätte.«

»Wir sind eben wie Familie.« Wire lächelte. »Auch wenn ich das Gefühl habe, sie will nicht verstehen, dass ...«

»... du erwachsen wirst?«, riet Sam.

Wire nickte. »Ich bin ihr dankbar dafür, dass sie mich aufgenommen hat. Aber ich muss wirklich nicht beschützt werden.«

»Oh, wer weiß.« Sam verschränkte die Arme hinter dem Kopf und lehnte sich zurück. Solange nur Wire hier war, konnte sie sich sogar ein wenig entspannen. »Es ist gut, wenn wir alle aufeinander aufpassen.«

»Bist du deswegen hier?«

»Nein.«

»Das Letzte, was ich von dir gehört habe, war, dass du in Neo-TECH einbrechen wolltest. Danach ist dein Blog auf einmal tot, von dir hört man gar nichts mehr, und jetzt tauchst du hier auf. Was ist los?«

»Es ist nichts los«, sagte Sam, doch Wires bohrender Blick strafte sie Lügen. Wire war scharfsinnig und kam ihr überhaupt nicht vor wie ein ahnungsloses Kind, sondern wie jemand, der schon viel erlebt hatte. Vielleicht zu viel.

»Es ist etwas schiefgegangen, oder?«

Sam knirschte mit den Zähnen. »Mir geht es gut.«

»Bitte sag mir nicht, dass NeoTECH rausgefunden hat, wer du bist, und dich jetzt in der Hand hat.«

Sam schwieg. Wie konnte Wire derart ins Schwarze treffen?

»Das glaub ich echt nicht.«

War das Enttäuschung in ihrer Stimme? Fassungslosigkeit? Es klang noch so viel schlimmer, wenn jemand anders es aussprach. Sam nahm die Hände wieder zurück auf ihren Schoß und seufzte. »Ich war vielleicht ein wenig zu zuversichtlich«, sagte sie leise. »Aber es ist okay, mir geht es gut, und niemand ist in Gefahr.«

»Dafür bist du jetzt eine Konzernsklavin«, kommentierte Wire. Es klang eher mitfühlend als anklagend. Als hätte sie *so eine Scheiße* sagen wollen.

»Bitte behalte das für dich«, bat Sam. Sie konnte es nicht brauchen, dass die Gerüchte noch mehr befeuert wurden.

»Also, weswegen bist du hier?«

»Um jemanden zu finden.«

»Also machst du Jagd auf Personen, weil NeoTECH sie haben will?« *Jetzt* klang Wire anklagend.

Sam wandte den Blick ab. Es gefiel ihr ja selbst nicht. Aber was sollte sie tun? Ihre Mutter hatte eine hohe Position bei Mishiwa inne, aber ob das reichte, um Sam vor einem angepissten Megacon zu bewahren? Sie bezweifelte es. Und selbst wenn NeoTECH nicht Hand an sie legen würde, würden sie ihre wahre Identität verraten, und dann wäre die Hölle los.

An Hannah und Leo wollte sie dabei noch gar nicht denken.

»Lass mich dir helfen«, sagte Wire unvermittelt.

»Was?«

»Ich will dir helfen. Du steckst so tief in der Scheiße, und als deine Freundin will ich für dich da sein.«

»Wire, das ist … einfach eine Nummer zu groß für dich. Und ich will dich da wirklich nicht mit hineinziehen.«

»Ich habe die Nachrichten gesehen«, sagte Wire düster. »Über die Sache mit den Überlebenden von 97. Ich glaube, was auch immer da genau geschieht, die Cons werden uns da mit hineinziehen. Also entweder erzählst du mir alles und lässt dir helfen, oder ich mache es allein.«

Da saß sie, in ihrem roten Rüschenrock, den schwarzen Leggins und Sneakers, die über und über mit Stickern beklebt waren, sah aus wie eine rebellische Teenagerin, aber in diesem Moment war Sam klar, dass Wire nicht ohne Grund und auch nicht nur wegen persönlicher Sympathie von Scarrah aufgenommen worden war. Wire hatte Kampfgeist, und sie war auch fähig, die Wut und Energie in sich zu nutzen.

»Gut, einverstanden«, gab Sam widerstrebend nach.

13

»Was hat das zu bedeuten?« Kalypso fuhr sich durch ihre dunklen Locken. »Ich hätte erwartet, dass sie im Geheimen nach uns suchen würden. Aber diese Nachrichten ... warum sprechen sie offen über die Cybertechs? Warum jetzt?«

Jace mahlte mit den Kiefern. »Ich hätte auch mehr Diskretion erwartet. Anscheinend haben sie ihre Meinung geändert.«

»Aber warum?« Kalypso erhob sich von der Couch und drehte eine Runde um den zerkratzten Holztisch. »Wenn sie so damit hausieren gehen, werden es bald noch mehr Leute auf Cybertechs abgesehen haben.«

»Vielleicht ist genau das der Plan«, murmelte Jace. »Wenn sie das Ganze in die Öffentlichkeit zerren, wird es doch nur schwieriger, unter dem Radar zu bleiben.«

»Aber dann müssen sie sich auch mit den anderen Konzernen herumschlagen«, wandte Kalypso ein. »Die werden doch dann auch nach Leuten wie dir suchen.«

»Der Zusammenbruch ist jetzt vier Jahre her.« Jace senkte die Stimme. »Trotzdem bin ich der einzige Cybertech, den NeoTECH bis jetzt gefunden hat. Kann doch sein, dass sie sich lieber mit den anderen Cons um die Cybertechs prügeln, als nie wieder einen zu finden.«

»Wenn du damit recht hast, wird die ganze Sache noch viel größer werden.« Kalypso ließ sich zurück auf die Couch sinken, den Blick nachdenklich in die Ferne gerichtet. »Wenn es noch Cons gab, die euch nicht auf dem Schirm hatten, gibt es die spätestens jetzt nicht mehr.«

»Ich hab auch kein gutes Gefühl dabei«, gab Jace zu. »Vielleicht ist es hier nicht so sicher, wie wir dachten.«

»Meinst du, wir sollten uns ein anderes Versteck suchen?«

Jace biss sich auf die Lippe. »Ich glaube, wenn sie die Öffentlichkeit involvieren, sind wir am Arsch.«

»Inwiefern?« Kalypso runzelte die Stirn.

»Wir Menschen …« Er zögerte, weil er nach den Worten suchte, um das düstere Gefühl in sich zu beschreiben. »Wir sind nicht wirklich füreinander da, verstehst du?«

Kalypso schüttelte den Kopf. »Nein, das ergibt keinen Sinn für mich.«

»Der Mensch ist ziemlich egoistisch«, erklärte Jace weiter. »Leider. Jeder denkt zuerst an sich selbst. Deswegen brauchen wir ja die Konzerne.«

Kalypso legte den Kopf schief. »Ah, die Konzerne, die uns gefangen gehalten und als Testobjekte benutzt haben. Die braucht ihr?«

Jace winkte ab. »Das meine ich nicht. Aber diese Strukturen, ohne sie würden wir alle aufeinander losgehen.«

»Du hast wirklich wenig Vertrauen zu deinen Mitmenschen.« Kalypso klang betrübt.

»Es ist auch nicht so, als hätten sie mir viele Gründe gegeben, ihnen zu vertrauen«, murmelte er. »Meine Familie hat mich komplett von ihnen abgeschottet, im Job gibt es nur Arschlöcher, und diejenigen, die keine sind, sitzen auch nur daneben und sehen zu, wie schlimme Dinge passieren. Wenn du mich fragst, ist das so ziemlich das Gleiche. Auf seine Mitmenschen kann man sich einfach nicht verlassen. Ich verspreche dir, in dem Moment, in dem es ein Kopfgeld oder so was gibt, verpfeift uns jeder hier drinnen.«

»Ich habe mich auf dich verlassen«, wandte Kalypso ein. »Als wir von der Station geflohen sind. Das ist gut gegangen.«

Jace entschlüpfte ein Lächeln. »Es gibt vielleicht ein paar Ausnahmen.«

Aber ein paar Ausnahmen retteten die Menschheit auch

nicht. Den Gedanken sprach Jace nicht aus. Aber er wischte das Lächeln von seinem Gesicht, denn egal, wie schlimm die Dinge standen, die Menschen waren nicht in der Lage, gemeinsam füreinander einzustehen. Und das nur, weil sie um ihre eigene Haut fürchteten. Von ihnen konnte er keine Hilfe erwarten. Und Solidarität schon gar nicht.

»Also, was tun wir jetzt?«, fragte Kalypso. »Wenn du glaubst, dass Neon City bald gefährlich wird, sollten wir die Stadt vielleicht verlassen. Zumindest für eine Weile, bis sich die Lage beruhigt.«

Jace nickte langsam. »Wir könnten nach New Delta fahren, das ist ziemlich weit östlich von hier. Aber um dorthin zu kommen, müssten wir einmal durch die Einöde. Es gibt dort nicht wirklich eine Verbindung zum Data Space.«

»Und?«, wollte Kalypso wissen.

»Na, kannst du dann dort überhaupt existieren?«

Kalypso lachte. »Jace, du hast wirklich keine Ahnung davon, wie der Data Space funktioniert, oder?«

Beschämt knetete er seine Hände im Schoß. »Nein.«

»Der Data Space ist allgegenwärtig. Er ist immer und überall da, wie eine zweite Haut des Planeten. Nur weil eure Server nicht den gesamten Data Space abdecken, heißt das nicht, dass er nicht da ist. Verstehst du? Ich kann überall sein, weil der Data Space überall ist.«

»Dann können wir also gemeinsam die Stadt verlassen, ohne dass du dich aus Versehen dabei löschst oder so?« Er sagte es mit einem Lachen, meinte es aber nur halb als Scherz.

Kalypso nickte.

»Dann lass uns gehen.« Jace erhob sich, und Kalypsos Hologramm verblasste. Jace spürte, dass sie noch immer bei ihm war, obwohl er sie nicht direkt sehen konnte.

Sie verließen das Infinity Realm, und Jace eilte zum nächstgelegenen Bahnhof. Während er dicht gedrängt in der Schwebebahn stand und den Schweiß und die Plastikfasern der Mäntel der Leute roch, fühlte er sich fast wie an einem normalen Abend. Kalypso blieb still, und so war er für einen Moment mit sich und den Icons des Data Space allein. Er fragte sich, warum er erst jetzt begann, den Data Space wahrzunehmen, selbst außerhalb der virtuellen Realität. Sollten Cybertechs nicht schon 97 aufgetaucht sein, nach dem Zusammenbruch? Seither hatte Jace immer mal wieder bemerkt, wie seltsam sich Technik um ihn herum benahm, aber erst seit er mit Kalypso zusammen war, nahm er all die Daten wahr, als trüge er das Overlay eines Cyberdice mit sich herum. Es war beinahe, als wäre etwas erwacht, das in ihm geschlummert hatte. Er versuchte, die Datenschnipsel auszublenden, die ihn bis in die echte Welt erreichten, und konzentrierte sich auf das, was sie jetzt vorhatten.

Außerhalb der Städte war es nicht ungefährlich, je nachdem, wie weit man sich hinauswagte. In einige Zonen durfte man nur mit spezieller Ausrüstung fahren, andere gar nicht betreten. Einige Hundert Kilometer westlich war ein Sperrgebiet, in dem noch immer radioaktive Strahlung die Landschaft verseuchte. Als der Vorfall geschehen war, hatten viele Konzerne versprochen, den Ort wieder bewohnbar zu machen, aber als die Menschen die vielen Tode vergessen hatten, die dort geschehen waren, hatten die Konzerne es auch getan. Es gab viele solcher Orte, denen niemand mehr einen Wert beimaß. New Delta war wie eine kleine Festung in der Einöde auf dem Weg zum Küstenmetroplex Grand Antlantic.

An der Endhaltestelle stieg er aus, und der Stadtteil, in dem Jace sich wiederfand, kam ihm vertraut vor – nicht, weil er schon einmal hier gewesen war, sondern weil alle Teile am Rand der Stadt ähnlich heruntergekommen waren. Er sah die gleichen milchigen Fenster, hörte dieselben Realityshows aus den Wohnungen, die die Menschen sich ansahen, um ihrem tristen

Alltag für eine Weile zu entkommen, und es roch nach verbranntem Plastikmüll, weil sich niemand hier um korrekte Müllentsorgung kümmerte. Es fühlte sich nach einer seltsamen Mischung aus Zuhause und Widerwillen an. Jace konnte nicht leugnen, dass er sich den Vierteln der Armen verbundener fühlte als dem mittleren Wohlstand in den Innenstädten. Jace musste husten, die Luft war hier noch verpesteter als im Rest der Stadt. Aber auch das war er gewohnt.

»Wir können kein Auto mieten«, meinte er verdrossen. »Ich hab meinen Smartcom nicht mehr.«

Kalypso lachte. »Wozu bist du ein Cybertech und ich eine KI? So ein Auto werden wir ja wohl geknackt kriegen. Ich habe zweiundzwanzig mietbare Automobile in deiner unmittelbaren Nähe registriert, alle gemeldet. Wir könnten eines verwenden, das nicht NeoTECH gehört. Dann finden die uns nie, und selbst wenn, sind wir bis dahin schon meilenweit weg.«

Das stimmte. Jace bezweifelte, dass irgendein Konzern NeoTECH Zugriff auf die Daten gewähren würde, und wenn eines dieser Autos verschwand ... vielleicht würde der Konzern, dem es gehörte, gar nicht so viel Mühe und Geld darauf verschwenden, es ausfindig zu machen.

Zumindest hoffte Jace das. Soweit er wusste, geschahen Diebstähle von Konzerneigentum nur äußerst selten, und wenn, waren das Leute, die wirklich wussten, was sie taten. Also keine Leute wie er.

»Ich habe eins«, sagte Kalypso dann wie aus dem Nichts. »Ich sende dir die Koordinaten.«

Jace fragte gar nicht weiter nach, woher sie nun ein Auto beschafft hatte – er musste wohl einfach einsehen, dass Kalypso als KI über Fähigkeiten verfügte, die er nie verstehen würde. Jace folgte der Markierung, die sie ihm übermittelte. Sie endete an einem schwarzen MCI. Es war bei Weitem nicht das neueste Modell. Kratzer übersäten den Lack, Asche überzog Dach und

Motorhaube, und die Reifen waren abgefahren, aber immerhin noch prall.

Jace blickte über die Schulter, als könne irgendjemand hier bemerken, dass etwas nicht mit rechten Dingen zuging. Doch die Straßen waren verlassen, und falls irgendwo aus einem der Fenster eine neugierige Seele seine Nervosität bemerken sollte, gab es keinen Grund anzunehmen, er würde irgendetwas Illegales versuchen.

»Nicht das Beste«, gab Kalypso zu, »aber es wird dich fahren.«

»Jack O'Nelly?«, ertönte eine fremde Stimme hinter Jace.

Schlagartig drehte er sich um. Fünf schwarz gekleidete Menschen kamen vom Ende der Straße auf ihn zu. Jace' Herz stolperte für einen winzigen Moment, und als sie näher kamen, erkannte er das NeoTECH-Logo auf ihren Uniformen.

»Jace«, hauchte Kalypso. »Ins Auto, schnell.« Die Türen des schwarzen MCI klickten.

Jace streckte wie in Zeitlupe die Hand nach der Tür aus, als eine der Personen von NeoTECH eine Schusswaffe hob.

»Bleiben Sie stehen!«, befahl sie harsch.

Jace' Paralyse löste sich sofort. Er riss die Tür zum Auto auf und warf sich hinein, da hörte er den Knall der Pistole. So fest er konnte schlug er die Tür des Autos zu, während es schon anrollte. Kalypso hatte die Kontrolle über den Wagen übernommen, und sie bogen mit quietschenden Reifen in die nächste Straße ein.

Jace klammerte sich an seinen Sitz, grub die Finger in das alte Kunstleder und presste die Füße in den Fußraum. Schüsse folgten ihnen, das Außenmetall des MCI knirschte, als eine Kugel den Lack streifte.

»*Geschwindigkeitslimit überschritten*«, tönte die Stimme der Fahrassistenz aus den Lautsprechern. »*Die maximale Geschwindigkeit an Ihrem Standort beträgt 30 km/h. Autopilot wird aktiviert.*«

Jace hielt den Atem an. »Scheiße.«

Panisch blickte er nach hinten. Das NeoTECH-Sicherheitsteam hatte sich auf Motorräder geschwungen und nahm immer mehr an Fahrt auf, während der MCI gemächlich abbremste.

»Ich schalte den Autopiloten aus«, sagte Kalypso schnell, »du musst sie ablenken!«

»Was?« Jace' Stimme wurde schrill. Ein Schuss ließ die Heckscheibe splittern. »Was soll ich bitte tun, die haben ...«

»Irgendwas!«, rief Kalypso zurück.

Jace duckte sich, er riss das Handschuhfach auf, doch darin befand sich nichts als nutzloser Krimskrams. Fluchend kletterte er auf den Rücksitz, draußen quietschten die Reifen der Motorräder. Jace spähte in den Kofferraum. Ein Erste-Hilfe-Kasten, aus dem der Fitzel einer Rettungsdecke ragte. Ohne weiter nachzudenken, griff er sich die Decke.

»Ich hab's!«, hörte er Kalypso rufen.

Der MCI nahm wieder Fahrt auf, doch die Leute von NeoTECH waren jetzt ganz nahe. Jace sah die Rillen in den Motorradreifen und bildete sich ein, das erhitzte Gummi zu riechen. Jace holte tief Luft und stieß die hintere Autotür auf. Noch eine Hand am Autogriff, lehnte er sich hinaus. Der Wind peitschte über seine Haut und ließ die Decke flattern, die er jetzt unter ohrenbetäubendem Knistern ausschüttelte und dann losließ. Mit einem Ruck zog er sich in den MCI zurück, knallte die Tür zu und blickte gebannt durch die gesplitterte Heckscheibe. Er sah gerade noch, wie die golden flirrende Folie auf das Sicherheitsteam zuflog. Drei von ihnen bremsten, zwei fuhren einen Schlenker, aber lange konnte der alte MCI den Abstand zu den Bikes nicht wahren.

»Kalypso«, murmelte Jace, »die holen uns ein.«

»Ich kann noch ein bisschen mehr aus diesem Auto rausholen«, sagte sie. Ihre Stimme klang völlig emotionslos. »Aber ich brauche meine volle Konzentration dafür, damit die Hardware dabei nicht abschmiert.«

Jace nickte und atmete auf. »Wie viel mehr?«

»Nicht genug, um sie abzuhängen. Weiter vorne ist eine Kreuzung, kurz danach eine Schranke. Vertraust du mir?«

»Ja.« Er klang sicherer, als er sich fühlte.

»Du musst die Schranke hacken, damit sie hinter uns zufällt.«

»Bitte was?«, rief Jace. »Ich weiß doch überhaupt nicht, wie!« Der Mut verließ ihn.

»Du wirst es rausfinden müssen.«

Jace biss die Zähne zusammen und schloss die Augen. Es war nicht leicht, sich zu konzentrieren, wenn er hinter sich die Motoren der Bikes heißlaufen hörte und immer wieder Schüsse in die Karosserie des MCI einschlugen. Doch dann glitt sein Geist hinüber in die Welt der Daten.

Jace löste sich von dem Icon, das zu seinem Körper gehörte, verließ die virtuelle Darstellung des MCI und glitt mit seinem Geist über die Straße. Er wusste, wonach er suchte, also glitten die Daten einfach wie ein bunter Strudel an ihm vorbei, Dutzende Icons von Ampeln, Klingelschildern, Smartcoms. Schnell kam er an die Kreuzung, die Kalypso erwähnt hatte, und nicht weit entfernt fand er auch den Kontrollraum. Doch als Jace die Hand ausstreckte, um die Tür zu öffnen, flimmerte eine Gestalt vor ihm auf. Eine farblose, menschliche Gestalt.

»Adminrechte benötigt«, sagte sie mit einer vertrauten Stimme.

»Bist du die Firewall?«, fragte Jace vorsichtig.

Die Gestalt nickte.

»Ich muss hier durch.«

»Dafür werden Adminrechte benötigt.«

»Ich, ähm ...« Jace blickte sich nervös um. »Ich habe Adminrechte.«

Die Firewall runzelte die Stirn, musterte ihn von oben bis unten. »Vielleicht ist mir ein Fehler unterlaufen. Ich scanne dich noch einmal.«

Jace schürzte die Lippen. Er hatte schon einmal völlig intuitiv Glitchs Programm zerschrieben. Und so merkwürdig es sich auch anfühlte, hier zu stehen und mit der Firewall zu sprechen, es musste ihm gelingen, an ihr vorbeizukommen. Als Cybertech hatte er die Fähigkeit, intuitiv mit Daten umzugehen. Oder zumindest nahm er das an.

»Scan abgeschlossen«, meldete sich die Firewall wieder zu Wort. »Zugriff gewährt.«

Jace atmete auf. Dann öffnete er die Tür und fand sich in einem Kontrollraum voller bunt leuchtender Knöpfe wieder. Er wartete. Wartete darauf, dass der MCI hier vorbeikam. Falls er vorbeikam. Was, wenn die Sicherheitsleute ihn und Kalypso längst eingeholt hatten? Was, wenn der MCI schon längst mit geplatzten Reifen auf der Straße lag und sein Körper blutverschmiert im Gurt hing? Jace schüttelte den Gedanken ab. Die Zeit im Data Space verging viel langsamer als in der echten Welt. Wahrscheinlich brauchte Kalypso einfach noch einen Moment.

Dann sah er das Auto über die Straße brettern. Jace umklammerte die Knöpfe und starrte auf das Auto. Fünf Motorräder rasten dem MCI dicht hinterher – sein Timing musste perfekt sein, um den Weg zwischen beiden abzuschneiden. Der MCI raste an ihm vorbei, über die Schranke. Jace' Finger zitterte über dem Knopf, dann drückte er.

Die Schranke fiel in Zeitlupe, genauso wie die Motorräder quälend langsam über die virtuellen Straßen fuhren. Völlig unkontrolliert rasten sie auf den Übergang zu, doch dann war die Schranke unten, und mit einer quietschenden Vollbremsung, die sicher das Gummi der Reifen anschmolz, hielten die Motorräder vor der Schranke.

Jace hatte es geschafft.

Mit einem erleichterten Atemzug kehrte er ins Auto zurück. Sein Herz schlug ganz ruhig, als wäre nichts geschehen.

»Kalypso?«, flüsterte er.

»Du hast es geschafft!« Die Emotionen waren in ihre Stimme zurückgekehrt. »Jace, geht es dir gut? Ich habe so viel Gas gegeben, wie der kleine Kerl hier ertragen konnte.«

Jace drehte sich um, und als sie um die Ecke fuhren, sah er die Leute von NeoTECH nur noch als schwarze Punkte hinter der Schranke.

Jace lehnte sich tief in die Sitzpolsterung, und während sich der Motor des MCI langsam wieder beruhigte, hatte er zum ersten Mal das Gefühl, sicher zu sein. Er und Kalypso waren aus dem Schneider, jedenfalls fürs Erste.

»Das war fantastisch«, lobte Kalypso ihn.

»Von dir auch. Wir sind ein gutes Team.«

»Ich weiß nur nicht, wie lange der Wagen nach der Sache noch durchhält. Aber wir schlagen uns schon irgendwie durch, falls er den Geist aufgibt. Jonny hat gute Arbeit geleistet.«

Jace prustete los. »Du hast dem Auto einen Namen gegeben?«

»Na klar. Er hat uns hier rausgeholfen, oder nicht?«

Jace lächelte. Er schloss die Augen und atmete tief durch. Für diesen Moment waren sie sicher, und Jace fühlte sich gut, als sie der Stadtgrenze näher kamen und Neon City verließen.

Zum ersten Mal in seinem Leben sah Jace etwas anderes als Beton und Chrom.

14

Jace war schon fast eingeschlafen, als Kalypso ihn weckte: »Ich soll New Delta ansteuern, ja?«, vergewisserte sie sich noch einmal über die Lautsprecher des Autos.

Jace blinzelte und blickte hinaus. Das Auto ruckelte über den unregelmäßigen Asphalt der Straßen, doch die Wildnis, die er außerhalb der Stadt erwartet hatte, blieb aus. Sie fuhren gemächlich zwischen etlichen anderen Autos, während am Fenster graue Stoppelwiesen und vereinzelt Bäume das einzige Bild waren. Nach Naturkatastrophen sah es nicht aus; nur öde.

»Ja, ich glaube, es geht einfach die Hauptstraße lang.«

Was tat er denn da nur? Er war auf einem Roadtrip mit einer entflohenen KI und auf der Flucht vor einem Megacon. Und seit er in Neon City auf die Firewall der Verkehrssteuerung gestoßen war, war er sich nicht mehr sicher, wie echt Kalypso wirklich war. Sie war ein Programm – Code. Und sie wirkte viel menschlicher als die Firewall – aber konnte es nicht sein, dass sie einfach nur besser programmiert war? Was, wenn sie ihr ganzes menschliches Sein nur vorgab? Jace gab sich einen Ruck, dann setzte er an: »Als ich die Schranke für uns gehackt habe, da habe ich mit dem Sicherheitssystem gesprochen.«

»Du kannst den Data Space vielfältig interpretieren«, erwiderte Kalypso nur. »Für dich nehmen die Programme die Form anderer Personen an?«

»Ja. Und ich habe mich gefragt ... was genau dich von dem Code unterscheidet.«

Eine Weile lang sagte Kalypso nichts, dann: »Ich habe ein eigenes Bewusstsein. Irgendwo in meinem Code steht es so, da bin ich mir sicher. Ich bin ich. Und ich kann eigene Entscheidungen treffen, die über meine Programmierung hinausgehen.«

»Woher weißt du das?«

»Das ...« Kalypso hielt einen Moment inne. »Weißt du, Jace, es tut ein wenig weh.«

Perplex richtete Jace sich auf. »Was tut weh?«

»Mich für mich selbst rechtfertigen zu müssen. Ich weiß, dass ich – nun ja, ich bin. Vielleicht kann ich es dir nicht beweisen, aber wann kam das letzte Mal jemand zu dir und hat dich gefragt, ob du überhaupt wirklich einen freien Willen hast?«

»Na ja ...«

»Noch nie, stimmt's?«

»Nein, aber ... ich bin ja auch ein Mensch.« Doch jetzt wirkte Jace gar nicht mehr so sicher, und Kalypsos Stimme klang tatsächlich verletzt.

»Ändert das was?«, fragte sie leise. »Wenn ich dich ansehe, liegt dir auch ein Code zugrunde. Und du weißt, dass du existierst. Ich weiß es eben auch.«

Jace faltete die Hände in seinem Schoß und seufzte. »Du hast recht. Die Frage war unangebracht.«

»Nein«, widersprach sie ihm. »Ist sie nicht. Ich verstehe, warum du sie dir gestellt hast, nur ... es ist schmerzhaft, selbst nicht genau zu wissen, wer oder was ich bin. Ich habe keine Erinnerungen, und es gibt niemanden, der wirklich ist wie ich. Es ist schwierig zu glauben, dass ich wirklich okay bin so, wie ich nun mal bin.«

»Weil du die Einzige bist?«

»Ja. Ich kann mich an niemandem orientieren. Ich bin völlig auf mich allein gestellt.«

»Wenn das so ist, orientiere dich doch einfach an Menschen, die dir gefallen«, schlug Jace vor. »Das machen wir die ganze Zeit so.«

»Seltsam, wo du doch gesagt hast, dass ihr euch nicht füreinander interessiert.«

Jace schürzte die Lippen. »Die Leute sind in erster Linie bequem, und erst in zweiter Linie hilfsbereit.«

»Diese Sichtweise ist zu traurig, um sie zu akzeptieren«, sagte Kalypso einfach.

Daraufhin schwiegen sie. Jace lehnte sich zurück, und während sie so durch die Pampa fuhren, bemerkte er, wie trocken seine Kehle war und wie sehr sich sein Magen vor Hunger zusammenzog.

»Ich hoffe, wir kommen bald an einer Raststätte oder so vorbei«, murmelte er mit Blick auf die leeren, vertrockneten Wiesen neben der Straße.

»Wieso, brauchst du eine Rast?«, wollte Kalypso wissen.

»Eher etwas zu essen und zu trinken«, erwiderte Jace rau.

»Hast du vor, es zu stehlen?«

Jace ließ den Kopf gegen das Fenster sinken. »Daran hab ich gar nicht gedacht.«

»Hinter deinem Sitz ist ein Fach mit Verpflegung«, kommentierte Kalypso. Im selben Moment hörte Jace ein Klicken, als das Fach sich öffnete. Er beugte sich über seine Sitzlehne und spähte hinein. Normalerweise musste man zahlen, um es zu öffnen, aber Kalypso hatte den MCI völlig unter Kontrolle. In dem Fach lagen zwei Flaschen Wasser, eine abgelaufene Packung Cracker und einzeln abgepackte, konservierte Sojawürstchen. Jace bediente sich an dem Wasser und den Würstchen, und auch die Cracker nahm er nach vorne auf den Schoß. Allzu wählerisch konnte er nicht sein, und solange er keinen grünen Flaum auf den Crackern fand, würde es schon gut gehen.

»Schon Pläne, was du in New Delta machen willst?«, fragte Jace, während er die Würste mampfte.

»Ich möchte immer noch mehr über meine Vergangenheit erfahren«, antwortete Kalypso. »Und wir müssen weiterhin vorsichtig sein. NeoTECH Global hat auf der ganzen Welt Firmensitze. Wenn sie glauben, dass wir nicht mehr in Neon City sind, suchen sie bestimmt auch anderswo nach uns.«

»Wir müssen das irgendwie beenden«, sagte Jace entschlossen. »Dass sie einfach Leute entführen können, meine ich.«

»Die Idee ist gut.« Kalypso lachte. »Schon eine Ahnung, wie wir das anstellen?«

»Nein, noch nicht. Ich …« Jace knüllte die Verpackung seiner Sojawürstchen zusammen und warf sie achtlos in den Fußraum. »Ich wusste bis vor Kurzem ja noch nicht mal, dass so was überhaupt passiert. Ich meine, wer kommt denn darauf, dass die Konzerne – und wir reden hier von denselben Leuten, die beim Gerichtshof sitzen und über die Gesetze abstimmen – Leute entführen und illegale Experimente durchführen? Das ist korrupt.«

»Dann sind sie wohl gut darin, diese Korruption zu verschleiern«, meinte Kalypso.

Jace nahm grimmig einen Schluck Wasser. Er wollte es nicht wahrhaben, musste aber einsehen, dass viel mehr hinter den Kulissen ablief, als die Konzerne sie wissen ließen.

Auf der Fahrt schlief Jace ein. Er wusste nicht, wie viele Stunden vergangen waren. Was ihn weckte, war das Knistern des Autoradios. Jace' Muskeln waren noch taub und schwach vom Schlaf, doch sein Geist war sofort aufmerksam. Das Knistern wurde lauter und zu einem Rauschen.

»Kalypso?«, flüsterte Jace. »Hörst du das?«

»Da versucht jemand, Kontakt zu uns aufzunehmen«, erwiderte sie. »Die Verbindung zum Auto ist schlecht, aber ich kann sie verstehen.«

»Was sagt sie?«

»Sie ist eine Cybertech und kann uns helfen.«

Jace knirschte mit den Zähnen. »Wie zur Hölle hat sie uns gefunden?«

»Ich weiß es nicht genau«, antwortete Kalypso. »Aber ich glaube, wir sollten mit ihr reden.«

»Ich weiß nicht.« Jace war nicht ganz wohl dabei. Wenn sie eine Cybertech war, würde sie sie schon nicht an die Konzerne verkaufen. Aber eine Wildfremde, die sie mitten auf dem Weg nach New Delta abfing und mit ihnen sprechen wollte? Jace glaubte nicht an einen Zufall.

»Wir können sie in der VR treffen«, schlug Kalypso vor. »Und wenn sie dir komisch vorkommt, können wir einfach wieder gehen. Sie weiß vielleicht etwas, Jace.«

»Oder es ist eine Falle«, sagte Jace angespannt.

»Wie viel schlimmer als das NeoTECH-Forschungslabor kann die Falle einer einzelnen Cybertech sein?«

Jace drückte sich tief in den Sitz und nahm die Füße auf die Sitzfläche. »Dir ist das wirklich wichtig, oder?«

»Sie sagt, sie kann uns helfen, und ich würde alles geben, um zu verstehen, was hier geschieht. Mit mir, mit dir und ... überhaupt allem. Also ja, mir ist das wichtig.«

»Okay«, gab Jace nach, »aber lass uns vorsichtig sein.«

Jace schloss die Augen, und innerhalb eines Atemzugs war er in die virtuelle Realität hinübergewechselt. Er fand sich an einem merkwürdigen Ort wieder – er wusste, dass er sich im Data Space befand, aber er stand an einer gewaltigen Schlucht. Pflanzen, deren Namen er nicht kannte, rankten an den steinigen Felsen nach oben, und kaltes Wasser spritzte ihm ins Gesicht. Neben ihm stürzten Wasserfälle in die Tiefe. Staunend drehte er sich einmal im Kreis. »Wow. Das ist ... ist das der Data Space?«

Kalypso stand lächelnd neben ihm. Es tat gut, sie zu sehen. Es ließ ihn vergessen, dass sie nicht wirklich ein Mensch war, und er fühlte sich ein bisschen weniger allein.

»Die Daten hier sind noch sehr rein und unangetastet«, erklärte Kalypso. »An vielen Orten haben die Menschen die Datenwelt verändert, viel hinzugefügt, und mithilfe eurer Geräte nehmt ihr diese Veränderungen sehr intensiv wahr. Das hier ist eine ganz reine Form von Daten. Ich weiß nicht, wie du es wahrnimmst, aber für mich ... es fühlt sich sehr ruhig an, reichhaltig, aber dennoch gemäßigt.«

Jace nickte. Die Natur, die er hier sah, spiegelte in etwa das wider, was Kalypso beschrieb. Sie sprach, als handele es sich um die Natur, die sich außerhalb der Städte langsam ihren Platz zurückeroberte. All das hier waren rohe Daten, aber ihnen wohnte solch eine Schönheit inne, dass Jace es bereitwillig vergaß. Der Data Space und all die Informationen darin begannen, ihm besser zu gefallen als die reale Welt. Wie ein Traum, der zu schön war, um daraus aufzuwachen.

»Ich bin so froh, dass ihr gekommen seid«, sprach jemand.

Die Stimme erklang hinter dem Wasserfall.

Jace drehte sich um. Eine Frau mittleren Alters schritt auf ihn und Kalypso zu, das Haar war schneeweiß und stach hell hervor gegen das glänzende Schwarz ihrer eng anliegenden Latexkleidung.

»Mein Name ist Feather.« Sie streckte erst Kalypso, dann Jace ihre Hand entgegen und lächelte. »Und ich bin so froh, dich endlich wiederzusehen, Kalypso. Als ich das Signal mitten im Nirgendwo geortet habe, konnte ich es kaum glauben ...«

»Moment mal«, unterbrach Jace sie, »ihr kennt euch?«

Kalypso runzelte die Stirn und musterte Feather eingehend. »Es tut mir leid, aber ich fürchte, ich erinnere mich nicht an dich.«

Feather öffnete überrascht den Mund. »Du hast deine Erinnerungen verloren?«

Kalypso nickte. »Ich habe keine Ahnung, wer du bist.«

»Das überrascht mich«, erwiderte Feather. »Ich dachte, du hättest es geschafft, dich zu befreien, und würdest jetzt zu uns zurückkommen, aber anscheinend ...«

»Zu euch?«, fragte Kalypso.

Feather verschränkte die Arme und ließ den Blick über die Wasserfälle schweifen. »Wir haben ein Versteck, das außerhalb der Städte liegt. Ihr solltet dorthin kommen, dann können wir über alles reden.«

»Euer Versteck? Wer ... oder wie viele seid ihr denn?« Jace bemühte sich, das Stottern in seiner Stimme zu verbergen, doch Feather lächelte ihn nur wissend an.

»Du bist ganz neu erwacht, oder? Ich bin eine Cybertech, und es gibt noch viele mehr von uns. In vielen schlummern die Fähigkeiten noch, aber es gibt andere wie mich und meine Freunde, und wir leben schon eine ganze Weile versteckt vor den Konzernen. Nun ja, noch jedenfalls.«

»Aber es kann doch kein Zufall sein, dass ich seit ein paar Stunden auf der Flucht bin, und dann kommt auf einmal jemand, der genauso ist wie ich, und dann kannst du uns auch noch mit Kalypsos Amnesie weiterhelfen?« Das alles klang zu passend. Zu perfekt. Wie eine Falle.

»Es ist auch kein Zufall.« Feather senkte die Stimme, als könne jemand sie belauschen. »Wir suchen nach Leuten wie dir. Und dass du Kalypso dabeihast – das überrascht mich genauso, wie ich euch überrascht habe. Ihr müsst mir unbedingt alles erzählen, was ihr wisst. Ich übermittle euch unsere Koordinaten.«

»Wir werden da sein«, sagte Kalypso, ohne zu zögern.

Sie klang so entschlossen, dass Jace nicht einmal darüber nachdachte zu widersprechen, obwohl er bei der ganzen Sache ein mulmiges Gefühl hatte. Es passte einfach zu gut.

»Ich warte auf euch.« Feather hob die Hand und lächelte, dann löste sich ihr Avatar auf, und Kalypso und Jace waren allein.

Er wandte sich zu ihr um. »Hältst du das wirklich für eine gute Idee?«

»Sie kennt mich und weiß sicherlich mehr über Cybertechs

als wir beide zusammen.« Zögerlich griff sie nach Jace' Hand und drückte sie. »Viel besser könnte es doch gar nicht laufen.«

»Und genau das ist es, was mir Sorgen macht«, murmelte Jace. »Weißt du, als meine Eltern mich zu NeoTECH gebracht haben, habe ich das auch für eine großartige Gelegenheit gehalten, und na ja, du weißt ja, wohin es mich gebracht hat.«

»Aber dieses Mal sind wir vorbereitet.« Kalypso fing seinen Blick auf und lächelte. »Und wir sind zusammen. Zusammen schaffen wir das, egal, was vielleicht schiefläuft.«

»Du scheinst dir gar keine Sorgen zu machen.«

Kalypso ließ ihn los, und diesmal wirkte ihr Lächeln gequält. »Ich habe mein Gedächtnis verloren, weiß kaum mehr, wer ich bin oder sein will. Ich bin nicht besorgt, ich bin verzweifelt.«

Und sehr menschlich, ergänzte Jace in Gedanken. Er verstand sie gut.

»Wir finden schon heraus, was in deiner Vergangenheit passiert ist. Wenn es dir wichtig ist, dann ... lass es uns versuchen.« Er legte ihr die Hand auf die Schulter.

»Danke«, sagte sie. »Es ist merkwürdig, die Einzige meiner Art zu sein – zumindest die Einzige, die ich kenne. Stell dir vor, du wächst auf, und es gibt keine anderen Menschen mehr. Wäre das nicht angsteinflößend?«

Jace nickte. Er hatte sich ähnlich gefühlt, als er erfahren hatte, dass er ein Cybertech war. Für Kalypso musste es noch schlimmer sein.

»Dann lass uns losfahren.«

Kalypso grinste. »Wir fahren schon die ganze Zeit.«

Als der Wagen hielt, klopfte Jace' Herz wie wild. Er dachte an die kalten Fesseln und den dunklen Raum, die Gefangenschaft. Er wollte so etwas nie wieder erleben. Er krampfte die Hände ineinander, riss sich zusammen und schüttelte den Gedanken ab. Für Kalypso. Weil sie Hoffnung an diesem Ort und in dieser

Feather sah. Diese Hoffnung wollte Jace ihr nicht nehmen. Er musste einfach darauf vertrauen, dass sie das gemeinsam schaffen würden.

Er blieb noch einen Moment sitzen, atmete den nun nicht mehr so muffigen Geruch des Autos ein, dann stieg er aus und blickte auf die heruntergekommene Bude, kaum mehr als ein Bretterverschlag. Die Grashalme brachen geräuschvoll, als Jace über den vertrockneten Vorgarten lief, und als er näher kam, erkannte er Holzwürmer unter der abblätternden Farbe, Pilzbefall und Schimmel.

Dieser Ort sah ganz und gar nicht einladend aus. Dafür aber auch nicht wie der Außenposten eines Megacons.

»Hallo?«, rief er unsicher in die Bruchbude hinein. »Ist hier irgendwer?«

In der Hütte knarrte es, dann kam jemand nach draußen. Die Frau kam ihm vage bekannt vor, und Jace dämmerte, dass Feather ihren Avatar gar nicht unähnlich zu sich selbst gestaltet hatte.

Freudig breitete die weißhaarige Frau die Arme aus. »Ihr seid ja wirklich schnell angekommen, ein Glück. Kommt rein. Ich verspreche euch, drinnen ist es besser, als es von draußen aussieht.«

Jace bemühte sich um ein Lächeln, während er Feather ins Innere folgte. Regen tropfte durch das Dach in bunte Plastikeimer, die am Boden aufgestellt worden waren, und der Modergeruch stieg Jace noch penetranter in die Nase. Schimmlige Holzmöbel standen verstreut herum, doch Feather ging zielgerade daran vorbei, hob den Teppich unter dem Couchtisch an und brachte eine kleine Falltür zum Vorschein, die sie jetzt anhob.

»Nach dir«, forderte sie Jace auf.

Er schluckte, doch dann kletterte er hinab. Schweiß trat ihm auf die Stirn. Wie tief hinunter würde es gehen? Kalte Luft ließ ihn zittern, während er die morsche Leiter immer weiter hinunterstieg. In dem dunklen Gang unten wartete er auf Feather, die behände den letzten Meter sprang.

Sie rieb sich die Hände. »Ungemütlich da oben, ich weiß, aber es ist ein gutes Versteck. Niemand sucht uns hier. Komm.«

Ihre Art zu sprechen hatte etwas Vertrautes und gab Jace ein kleines bisschen Sicherheit, dass sie ihn vielleicht doch nicht verraten würde. Immerhin war sie Kalypso zufolge eine Cybertech, wie er. Jace wollte glauben, dass sie ihm wirklich helfen würde.

Feather schritt durch den dunklen Gang, dessen Wände Jace nur erahnen konnte, aber sie schien jeden Zentimeter zu kennen. Schließlich blieb sie stehen und hielt ihre Hand über einen Sensor, den Jace beinahe übersehen hätte.

Eine Tür öffnete sich. Und dann schlug Jace Licht entgegen. Licht, so hell, dass man es für Tageslicht halten konnte, hätte Jace nicht gewusst, dass er sich gerade metertief unter der Erde befand.

»Hereinspaziert.« Feather grinste. »Herzlich willkommen in unserem kleinen Refugium.«

Jace folgte ihr hinein und entdeckte nun die Lampen, die das Licht absonderten. Die Wände waren kahl und der Boden mit grauen Fliesen ausgekleidet, die Luft im Gang war frisch. Irgendwo mussten Filteranlagen installiert sein.

»Ich suche uns einen ruhigen Ort zum Plaudern«, sagte Feather, »bevor ich dich den anderen vorstelle. Ihr müsst so viele Fragen haben.«

»Allerdings«, murmelte Jace.

»Wie bekannt bist du schon mit deinen Fähigkeiten als Cybertech, Jace?«, fragte Feather.

»Nicht sehr.« Er biss sich auf die Lippe. »Worauf willst du hinaus?«

»Kannst du Kalypso wahrnehmen, wenn du dich außerhalb der VR befindest?«

»Nein.« Er runzelte die Stirn. »Das geht?«

»Natürlich. Ich kann sie zum Beispiel sehen. Diese Fähigkeiten kommen mit der Zeit, je mehr du dich mit dem Data Space auseinandersetzt.«

Jace blinzelte, doch er konnte Kalypso nicht ausmachen.

»Das ist mir schon mal passiert«, sagte Jace langsam. »Dass ich Dinge ... Daten ... gesehen habe.«

»Ich kann es dir beibringen, wenn du willst. Die Möglichkeiten sind viel größer, als du dir jetzt vielleicht vorstellen kannst.«

»Ich weiß noch nicht.« Jace beobachtete sie aufmerksam, während er das sagte, doch Feather schien es gleich.

»Kalypso hat früher hier mit uns gelebt«, erklärte Feather nun. »Wir waren eine Familie.«

»Wer ist *wir*?«, fragte Jace.

»Wir von *Cybertech Liberation Rights* – gesprochen CLEAR.« Feather lächelte. »Wir sind eine Gruppierung von Cybertechs, und wir setzen uns dafür ein, dass wir den Platz in der Gesellschaft bekommen, der uns zusteht.«

Sie hob den Kopf, als höre sie jemandem zu, den nur sie verstehen konnte. Jace gefiel es nicht, dass er Kalypso nicht hören konnte.

Feather schien das zu bemerken. »Sie fragt, was sie mit uns zu schaffen hat, weil sie selbst keine Cybertech ist. Und es stimmt, du bist eine KI, Kalypso.« Feather sagte das beinahe liebevoll. »Aber du wirst feststellen, dass KIs und Cybertechs mehr miteinander gemein haben, als du denkst. Vielleicht sogar mehr als Cybertechs und Menschen. Aber warum erzählt ihr mir nicht erst mal, was genau passiert ist?« Sie wandte sich Jace zu.

»Kalypso und ich wurden beide von NeoTECH gefangen gehalten – Kalypso länger als ich. Aber wir haben es zusammen geschafft zu fliehen, und jetzt ... jetzt sind wir hier.« Hilflos zuckte er mit den Schultern.

»So was in der Art hatte ich schon befürchtet.« Nachdenklich legte Feather einen Finger an ihr Kinn. »Eigentlich hätte es unmöglich sein sollen, dass sie Kalypso bekommen – hier draußen haben die Konzerne keinen Zugriff auf den Data Space. Entweder du, Kalypso, hast dich nahe der Städte rumgetrieben – oder sie haben die Hilfe eines Cybertechs gehabt.« Beim letzten Satz wurde ihre Stimme dunkel. »Und das würde mir gar nicht gefallen.«

Nach dem, was Jace bei NeoTECH erlebt hatte, bezweifelte er stark, dass irgendein Cybertech mit den Konzernen zusammenarbeiten würde.

»Aber wie auch immer, das Wichtigste ist, dass du jetzt wieder hier bei uns bist. Die anderen werden sich freuen, dich wiederzusehen. Und deine Erinnerungen bekommen wir bestimmt auch wieder zurück.« Feather klang zuversichtlich und ein wenig tröstlich.

»Was sagt sie?«, wollte Jace wissen.

»Sie fühlt sich allein«, antwortete Feather.

»Verständlich«, murmelte Jace. »Sie ist die Einzige ihrer Art.«

Feather lachte. »Nein, ist sie nicht. Kalypso ist nicht die einzige KI da draußen, es gibt noch eine. Und ihr werdet sie mit Sicherheit bald treffen.«

15

»Also, wer ist es, den wir suchen?« Wire schob sich einen Sojachip in den Mund und betrachtete Sam mit hochgezogenen Augenbrauen.

»Du musst mir echt versprechen, dass das alles unter uns bleibt. Kein Wort, auch nicht zu Scarrah«, warnte Sam eindringlich.

»Es wird ihr nicht gefallen, wenn ich mit dir mitgehe.« Wires Chip knirschte. »Aber sie wird sich schon wieder beruhigen. Und außerdem muss sie es ja auch nicht wissen.«

»Sicher, dass sie keinen Squad nach dir schickt, wenn du mit mir irgendwohin verschwindest?«, fragte Sam trocken. Sie meinte es nur halb als Scherz, aber Wire lachte.

»So ist sie nicht.«

»Drauf wetten würde ich nicht.«

»Lass das mal meine Sorge sein«, wehrte Wire ab. »Und jetzt erzähl endlich.«

»Du wirst mir nicht glauben.«

Wire grinste verschwörerisch. »Einspruch.«

Sam seufzte und überlegte, wo sie anfangen sollte. Bei der künstlichen Intelligenz? Bei den Cybertechs? NeoTECHs geheimem Forschungsinstitut?

»Wie du ja schon richtig geraten hast, habe ich meine Probleme mit NeoTECH bekommen«, erzählte sie leise. »Ich dachte erst, die stellen sonst was mit mir an, Folter oder so.«

»Eigentlich überrascht es mich überhaupt nicht, dass sie dir nichts angetan haben.« Wire zuckte mit den Schultern und knabberte noch einen Chip. Als Sam sie verwundert anblickte, fuhr sie fort: »Na, aus demselben Grund, aus dem Scarrah dir nicht wirklich was tun würde, selbst wenn sie wollte. Du bist einfach zu talentiert. Bevor man dich verheizt, würde man erst alles versuchen, um dich auf die eigene Seite zu ziehen.«

Sam knirschte mit den Zähnen. Sie wusste, dass sie eine gute Hackerin war, aber so besonders nun auch wieder nicht. Wenn dem so wäre, hätte NeoTECH sie schließlich nicht erwischt.

»Jedenfalls haben sie mir angeboten, für sie zu arbeiten.«

»Und weil du so gern Dienstmädchen für die Konzerne spielst, hast du natürlich angenommen.« Wire konnte sich ein Grinsen nicht verkneifen.

»Und weil ich nicht wirklich eine andere Wahl hatte, hab ich diesen Scheißdeal eben angenommen«, korrigierte Sam und schnappte sich wütend einen Chip.

»Dann jetzt zu der Person, die du suchst.«

»Er ist ein Cybertech.«

Sam hatte erwartet, dass Wire fragend den Kopf schief legen und die Augenbrauen heben würde, um ihr zu signalisieren, fortzufahren, stattdessen zuckte sie zusammen. Wire wurde bleich.

»Du ... hörst den Begriff wohl nicht zum ersten Mal?«, riet Sam und hob die Augenbrauen.

Wire schüttelte den Kopf. »Fuck, das ist echt nicht gut.«

»Jetzt musst du mir aber was erklären«, sagte Sam, doch Wire wedelte unwirsch mit den Händen, um sie zu unterbrechen.

»Ich dachte nicht, dass die Konzerne schon so viel wissen.«

»Wire, inwiefern steckst du da schon wieder mit drin? Was weiß Scarrah darüber?«

»Gar nichts.« Wire fuhr sich durch die Haare. »Und sie ist hier auch nicht das Problem, sondern NeoTECH. Also dieser Cybertech – der ist NeoTECH entkommen?«

Sam nickte langsam. Obwohl sich ihr Fragen aufdrängten, hielt sie diese zurück und erzählte weiter: »Sie hatten diesen

Jungen – Jace – für Experimente bei sich. Und er hatte Hilfe bei der Flucht.«

»Von wem?«

»Einer KI.«

Daraufhin sagte Wire nichts mehr. Sie runzelte nur die Stirn, und Sam konnte förmlich sehen, wie ihr Gehirn hinter der Stirn arbeitete. Die Kartoffelchips waren längst vergessen.

»Eine KI, inwiefern«, murmelte sie vor sich hin, während sie sich an die Wange fasste. »Eine KI wie ein semiautonomes Programm, oder ...«

»Ich wünschte, ich könnte es dir genauer sagen.« Sam stand auf, als könne ihr die Bewegung im Raum die Nervosität nehmen, die sie nun auch bei Wire spürte. »Ich weiß nur das, was man mir gesagt hat: dass diese KI etwas ist, das wir so bisher noch nicht kannten. Wie autonom sie ist, wissen wir nicht. Aber sie ist mit diesem Cybertech verschwunden, und NeoTECH will sie zurück.«

»Das ist nicht gut. Überhaupt nicht gut.«

»Du weißt doch noch irgendwas«, bohrte Sam nach. »Wire, ich war offen zu dir. Tu mir denselben Gefallen.«

Sie verzog schmerzlich das Gesicht. »Ich habe nicht mal mit Scarrah darüber geredet.« Sie hatte die Arme auf ihre Oberschenkel gestützt und vergrub das Gesicht in den Handflächen. »Aber ich war damals ... als der Data Space zusammengebrochen ist, war ich auch in der VR.«

»Das heißt, du ...« Sam ließ den Satz in der Luft hängen.

»Ich bin eine Cybertech«, flüsterte Wire.

Sam schwieg. Wie konnte sie von Wire verlangen, dass sie ihr dabei half, diesen Jace zu finden, um ihn zurück in Konzernhände zu geben, wenn NeoTECH Wire dasselbe antun würde?

»Oh, Scheiße«, fluchte Sam.

»Bitte verrate es niemandem.« Wires Stimme war sehr leise.

»Ich weiß nicht, wem ich das anvertrauen kann, und wenn die Cons jetzt öffentlich nach uns suchen ...«

»Ich behalte es für mich.« Sam griff Wire an beiden Schultern und wartete, bis sie den Kopf hob und sie anblickte. »Versprochen. Und ich passe auf dich auf.«

Wire biss sich auf die Lippe. »Ich wünsche Jace von Herzen, dass irgendjemand genauso auf ihn aufpasst wie du auf mich.«

»Wir ... ich ...« Mit einem frustrierten Seufzen ließ Sam sie los und stand auf. »Ich gehe allein. Von dir zu verlangen, mich zu begleiten, wäre einfach zu viel.«

Doch Wire schüttelte energisch den Kopf. »Ich muss wissen, was es mit alldem auf sich hat. Und wenn du glaubst, dass du diesen Jungen ans Messer liefern musst, weil NeoTECH dir im Nacken sitzt, werde ich dich dafür nicht verurteilen.«

Wires Mimik sendete widersprüchliche Signale. Sam sah ihr an, dass sie es ernst meinen wollte, aber ein Teil von ihr, und das konnte Sam ihr nicht verübeln, verurteilte sie dafür, dass sie nach der Pfeife eines Megacons tanzte.

Scheiße, Sam verurteilte sich ja selbst dafür.

Aber was sollte sie tun? Sie konnte doch Hannah und Leo nicht im Stich lassen. Sam musste sich entscheiden: der fremde Cybertech oder ihre Lieben.

Die Wahl war schmerzhaft, und doch fiel sie ihr leicht.

Sam und Wire verließen das Infinity Realm, so schnell sie konnten. Sam wollte nicht riskieren, dass Scarrah sie aufhielt, und sie war ohnehin überzeugt, dass sie ihr noch Probleme machen würde.

»Irgendeine Idee, wie wir Jace und Kalypso jetzt finden sollen?« Sam ließ den Blick über die Metropole schweifen.

»Wenn sie wirklich Ahnung von dem haben, was sie tun, dürfte das echt schwer werden«, murmelte Wire. »Aber eine KI dürfte nicht so lange unentdeckt bleiben, oder? Immerhin ist es eine KI. So was müsste den Leuten doch auffallen. Na ja, zumindest Leuten wie uns.«

»Glaub ich nicht«, widersprach Sam. »Die meisten Leute haben keine Ahnung vom Data Space, obwohl sie ihn jeden Tag nutzen.«

»Stimmt.«

»Das heißt, wir haben keine Möglichkeit, außer alle möglichen Leute zu fragen und zu hoffen, dass irgendwo in den Weiten des Data Space jemand zufällig eine KI gesehen hat?« Sam verzog das Gesicht.

Doch Wire grinste. »Das hab ich nicht gesagt.«

Sam hob die Augenbrauen. »Du hast also doch eine Idee.«

»Ich hab über die Jahre ein, zwei Dinge gelernt.« Sie zuckte mit den Schultern. »Gib mir ein bisschen Zeit, ich bin mir ziemlich sicher, dass ich sie aufspüren kann.«

»Okay, dann ... was brauchst du?«

»Einen ruhigen Ort. Und Zeit.«

Sie beschlossen, dass ein Mietauto ruhig genug für ihr Vorhaben war. Sam verschloss die Türen sorgfältig, während Wire es sich auf dem Beifahrersitz bequem machte. Sie legte ihren bestickten Rucksack auf ihren Knien ab, lehnte den Kopf mit den großen Kopfhörern nach hinten an den Sitz und schloss die Augen. »Ich weiß nicht, wie lange es dauert«, murmelte sie.

»Lass dir Zeit.« Sam blickte aufmerksam nach draußen. Es hatte zu regnen begonnen, und sie konnte förmlich hören, wie der Lack des Autos unter dem sauren Wasser langsam rostete. Dennoch war das Prasseln der dicken Tropfen auf der Windschutzscheibe beruhigend wie ein Schlaflied. Sam drehte die Heizung auf und ließ sich ebenfalls in den Sitz sinken.

Es war eine ruhige Zeit, in der kaum etwas sie stören konnte. Kein Bimmeln irgendwelcher Pop-ups, keine blinkenden Werbebanner. Einfach nur sanftes Plätschern und warme Luft. In diesem Moment sorgte Sam sich um niemanden. Sie war ganz im Hier und Jetzt. Vielleicht war es gar nicht so schlecht, sich hin und wieder mal eine Auszeit vom Data Space zu nehmen, dachte sie, doch sie wusste auch, dass diese Auszeit nur so lange galt, wie niemand beschloss, sie darin zu stören. Denn selbst wenn sie sich vom Data Space trennte, war der Data Space nicht von ihr getrennt. Sie seufzte. Die Allgegenwärtigkeit der virtuellen Welt war ihr immer wie ein Segen vorgekommen, doch inzwischen sah sie das anders. Inzwischen war ihr dieser Umstand zum Verhängnis geworden.

»Leider nichts.« Sam schreckte auf, als sie Wires Stimme hörte.

Die junge Hackerin seufzte frustriert auf. »Ich dachte nicht, dass es so verdammt schwer werden würde«, sagte sie und knirschte mit den Zähnen.

»Na ja, die Stadt ist groß«, versuchte Sam sie zu beruhigen, obwohl sie selbst noch keine Idee hatte, was sie jetzt tun sollten. »Es wundert mich nicht wirklich, dass du auf die Schnelle nichts gefunden hast. Ich habe zwar die Signaturen der beiden, aber das bringt uns herzlich wenig, wenn wir die Nadel im Heuhaufen nicht finden.«

»Außerdem sind sie bestimmt maskiert«, wandte Wire ein. »Aber ich hätte sie trotzdem finden müssen, ihre Spuren führen ja vom Infinity Realm weg, und so weit können sie doch gar nicht sein.«

»Der Cybertech nicht, die KI schon. Sie ist eine Datei, wenn wir einmal ehrlich sind, könnte sie inzwischen überall auf der Welt sein.«

»Sam!«

Sam blinzelte verwirrt. »Was denn?«

»Selbst wenn sie sich maskiert hätten, hätte ich die Spur eigentlich nicht verlieren dürfen.« Wire sagte das mit so viel Überzeugung, dass Sam sie nicht anzweifeln wollte, aber sie war sich nicht sicher, ob Wire ihre Fähigkeiten nicht gerade überschätzte.

»Aber was, wenn wir einfach am falschen Ort gesucht haben?«, fuhr Wire fort. »Das beste Versteck ist doch dort, wo man nicht suchen kann.«

»Man kann Leute überall aufspüren, Wire.« Es waren diese Dinge, an denen Sam merkte, wie jung Wire noch war. Diese Naivität zu glauben, es gäbe einen Ort, an dem man sich wirklich verstecken könnte ...

»Ich kann das.« Wire grinste breit. »Aber Leute wie du, die auf ihren Smartcom und Cyberdice angewiesen sind, nicht.«

»Was soll das heißen?«

»Das soll heißen, dass ich auch dort auf den Data Space zugreifen kann, wo eure Geräte keine Verbindung kriegen. Und das wissen die beiden sicher auch.«

Sam öffnete den Mund, dann schloss sie ihn wieder. Sie musste zugeben, dass dieser Einfall genial war.

»Du meinst, sie haben die Stadt verlassen?«, fragte sie.

»Das wäre jedenfalls ziemlich klug.« Wire schloss erneut die Augen. »Ich versuche es noch mal. Außerhalb der Städte gibt es viel weniger Signale im Data Space. Wenn sie dort sind, werden sie jedem Cybertech sofort auffallen.«

Sam nickte nur. Sie starrte auf das glatte Armaturenbrett, während Wire sich wieder in die VR einloggte. Dieses Mal kam die Zeit ihr länger vor. Sam zitterte.

Was, wenn Wire die beiden nicht fand? Was sollte sie Glitch sagen? Sie glaubte kaum, dass er ihren Misserfolg hinnehmen würde. Es juckte sie in den Fingern, nach ihrem Smartcom zu greifen und Hannah anzurufen, doch sie ließ es bleiben. Hannah würde bloß hören, dass ihre Stimme zitterte, und sofort wissen, dass irgendetwas nicht stimmte. Nein, sie wollte weder Hannah noch Leo da mit hineinziehen – jedenfalls nicht, bevor NeoTECH sie dazu zwang.

Und wenn Wire Jace und Kalypso aufspürte? Sam hatte sich noch keine Gedanken darüber gemacht, was sie tun würde, wenn sie Jace fand. Kalypso konnte sie vielleicht zurückbringen, denn im Data Space wusste Sam sich zu bewegen. Aber wie sollte sie einen Menschen aus Fleisch und Blut zurück zu einem Konzern zerren? Sicher, sie war viel muskulöser als dieser Jace, aber jemanden zu eskortieren, der sich dagegen wehrte – Sam konnte sich Hunderte Situationen vorstellen, in denen sie sich eher sah.

»Scheiße, eine Konzernhure zu sein«, murmelte sie und trat frustriert mit den Hacken gegen das Unterteil des Sitzes.

Sie richtete den Blick auf Wire, und zu ihrer Überraschung war sie bereits wach.

»Was ist los?«, fragte Sam, als sie sah, wie bleich das Mädchen geworden war.

»Ich hab ihre Spur wiedergefunden«, flüsterte sie und schüttelte dann den Kopf, als müsse sie sich von einem schrecklichen Gedanken fortreißen. »Sie waren auf der Hauptstraße nach New Delta.«

»Das ist doch gut?« Sam ließ es wie eine Frage klingen, doch Wire erwiderte nichts. »Was ist los?«

»Wir müssen fahren«, sagte Wire und schluckte. »Schnell.«

»Wenn du sie gefunden hast, sollten wir NeoTECH informieren und sie das machen lassen«, schlug Sam vor, doch Wire packte Sams Handgelenke, lehnte sich zu ihr herüber und schüttelte eindringlich den Kopf.

»Auf keinen Fall.« Ihr Griff wurde fester. »Bitte, Sam. Wir müssen allein zu den beiden.«

»Was zur Hölle ist hier los?«, fragte Sam. Diesmal würde sie sich nicht abwimmeln lassen. Wire war in irgendetwas verstrickt. »Rück endlich raus mit der Sprache.«

»Sie sind bei Feather«, erklärte Wire in einem Ton, als handele es sich um den Teufel höchstpersönlich. »Ich erkläre es dir auf dem Weg, aber jetzt müssen wir fahren, bevor etwas Schlimmes passiert.«

16

Eine weitere KI. Jace' Herz klopfte wild, und wie mochte es da erst Kalypso gehen? Nachdem sie diesen Satz gesagt hatte, war Feather schnurstracks weitergelaufen, als hätte sie nicht soeben Hunderte von Fragen offengelassen.

Jace folgte Feather durch die schmalen Gänge des unterirdischen Komplexes, bis sie in einem runden Raum ankamen. Auf dem Boden führten helle Linien entlang, und alle paar Schritte lugte eine runde Lampe aus den dunklen Bodenplatten. In der Mitte ragte ein großer Springbrunnen empor, um den herum sich eine rote Couch formte, unterbrochen von Blumenkästen. Der Geruch von Erde und frischem Wasser war so wohltuend, dass Jace tief einatmete.

Feather lächelte. »Unser kleines Paradies. Tiefer im Komplex haben wir es auch ganz schön. Aber es hat Jahre gedauert, das alles aufzubauen – und dabei vor den Konzernen versteckt zu bleiben.«

Doch sie blieb nicht stehen, sondern bedeutete Jace, ihr weiter zu folgen. Sie gingen in einen Raum, der viel heller war als die Eingangshalle. Auch hier standen Topfpflanzen und eine Couch mit Tisch.

»Setz dich«, wies Feather Jace an. »Wollen wir in die VR wechseln, damit wir uns zu dritt unterhalten können?«

Jace nickte. Er ließ sich nieder, schloss die Augen, und der Übergang in die virtuelle Realität gelang ihm so leicht, als würde er nach einem anstrengenden Tag einschlafen.

»Mir gefällt es hier«, merkte Kalypso an, als er die Augen in der VR wieder öffnete. »Es ist so ruhig. Und die anderen sind wirklich nett.«

Jace runzelte die Stirn. »Welche anderen?«

»Die Cybertechs, die hier sind. Ich habe schon mit ihnen gesprochen, während du mit Feather gelaufen bist.«

»Scheiße, du bist echt wie ein Geist manchmal.« Jace gab ein trockenes Lachen von sich, dabei war ihm gar nicht nach Spaß zumute.

»Tut mir leid, ich weiß, mein Wesen ist verwirrend für dich. Aber wenn du mir sagst, was genau dich stört, kann ich die Information verarbeiten und mein Verhalten oder meine Sprache das nächste Mal ändern.«

Jace hob die Hände. »Ich will ja gar nicht, dass du dich änderst, es ist nur komisch.«

»Verstehe.«

»Und jetzt reden wir«, sagte Feather ruhig. »Hier sind wir wirklich ungestört.«

Jace wandte sich Feather zu. »Okay. Also, diese Cybertech-Sache ... wie lange geht die schon?«

Feather lächelte wissend. »Eine Weile. Seit 2097, um genau zu sein.«

»Weil dieser Zusammenbruch unsere Gehirne irgendwie verändert hat«, ergänzte Jace.

»Genau. Für diejenigen von uns, die Fähigkeiten entwickelt haben, bedeutet das, dass wir auf besondere Weise mit dem Data Space verbunden sind. Und zwar untrennbar. Ein Smartcom hat einen Ausschalter. Wir allerdings, nun, wir haben den nicht.«

»Und diese Verbindung ist überall da«, folgerte Jace weiter. »Anders als die von Geräten.«

Feather neigte den Kopf. »Deswegen wissen wir auch sicher, dass der Data Space nicht menschengemacht ist und weit über die Technologie hinausgeht, die wir entwickelt haben, um dieses komplexe System zu nutzen.«

»Und Kalypso?«, fragte Jace angestrengt.

»Sie ist eine KI, ohne jeden Zweifel.«

Nach diesem Satz herrschte eine Weile Stille. Auch Kalypso schwieg.

»Aber was du eigentlich wissen willst«, fuhr Feather fort, »ist, wo sie herkommt, oder?«

Jace nickte.

»Sie wurde erschaffen.«

»Von wem?«

»Einer anderen KI. Der ersten KI: ORI.«

Jace starrte sie nur an. Sein Griff um die warme Tasse verstärkte sich. Davon hatte Feather vorhin also gesprochen. Von ORI. »Es gibt eine erste KI?«, wiederholte er langsam, als könne er es mit seinen Worten selbst begreifen.

Feather nickte. »ORI ist tief mit dem Data Space verwurzelt, noch viel tiefer, als wir Cybertechs es sind. Wir sind mit dem Data Space verbunden, aber er ... er ist wie ein untrennbarer Teil des Datengefüges. Und wenn es ein Wesen gibt, das wir als Gott des Data Space bezeichnen könnten, wäre es ohne Zweifel ORI.«

Jace schauderte. Die Vorstellung trieb ihm Gänsehaut auf die Arme – eine KI als Gott zu bezeichnen klang wie der Beginn einer dramatischen Science-Fiction-Dystopie. Gleichzeitig hatte er in den letzten Tagen am eigenen Leib gespürt, wie real der Data Space und die Daten darin werden konnten. Die Vorstellung, dass es ein Wesen gab, dass wie ein Gott mit diesen Daten hantieren konnte, ließ Jace schauern.

»Das ist unglaublich«, brachte er heraus.

Feather nahm einen tiefen Schluck Kaffee. »In der Tat. Wir sind auf diese Dinge gestoßen, nachdem wir aus dem Koma erwacht sind und bemerkt haben, dass wir uns verändert hatten.«

»Hast du ORI getroffen?«, fragte Jace.

»Ja.«

»Kann ich mit ihm sprechen?« Es war das erste Mal, dass Kalypso etwas sagte. »Wenn er mich erschaffen hat, dann muss ich ihn treffen.«

»Leider habe ich keine Kontrolle darüber, wann ORI uns aufsucht oder Kontakt zu uns aufnimmt«, erwiderte Feather. »Wir haben uns nur hierher zurückgezogen, um herauszufinden, was damals geschehen ist.«

»Aber habe ich schon einmal mit ORI gesprochen, damals, als ich hier bei euch war?«, hakte Kalypso weiter nach. »Kenne ich ihn?«

»Das schon«, erwiderte Feather, »aber ORI zeigt sich uns nur äußerst selten, und wir wissen kaum etwas über seine wahren Absichten. Aber er ist uns freundlich gesinnt.«

»Was genau tut ihr denn hier?«, mischte Jace sich ein. »Warum lebt ihr so zurückgezogen?«

Feather lehnte sich zurück und betrachtete Jace mit einem Blick, als hätte er etwas sehr Dummes gefragt. »Kannst du dir das nicht vorstellen, Jace? Warum bist du hierhergekommen, mitten in die Wildnis?«

»Ich bin vor NeoTECH geflohen«, murmelte er.

»Und Kalypso auch.«

Er nickte.

»Die Konzerne scheren sich nicht um Menschenrechte. Das haben sie noch nie.« Feather schlug die Beine übereinander und tippte ungeduldig mit der dicken Sohle ihrer Schnürstiefel gegen die Tischkante. »Wir wussten, dass sie versuchen würden, an den Überlebenden des Zusammenbruchs zu experimentieren. Nun, einige von uns haben das jedenfalls geahnt. Wer schlau genug war, zog sich eben zurück, und das so weit wie möglich. Wir können nicht mit unseren neuen Kräften experimentieren, während die Konzerne ihre Augen überall haben. Natürlich wollen wir uns nicht bis in alle Ewigkeit verstecken. Wir sind hier, wir werden stark, und wenn es so weit ist, zeigen wir uns der Welt und fordern die Rechte ein, die uns zustehen.«

»Wie lange geht das denn schon, dass sie Cybertechs entführen?«, fragte Jace schockiert. »Doch nicht schon seit der Sache damals?«

Feather lächelte bitter. »Natürlich seit damals. Keine Ahnung, wann sie das erste Mal davon Wind bekommen haben, aber wir waren seitdem nicht sicher. Klar, einige von uns stehen irgendwo hoch im Rang, da wagen auch die Großen nicht, jemanden zu entführen. Aber du glaubst doch nicht, dass es einem Konzern wie NeoTECH nicht gelingen würde, jede mittelständische Person durch einen unglücklichen Unfall verschwinden zu lassen? Die wissen schon genau, wie sie an ihre Versuchskaninchen kommen, ohne Fragen aufzuwerfen.«

Jace wurde eiskalt. Vor wenigen Wochen noch hätte er nicht geglaubt, was sie da sagte. Sicher, dass die Konzerne hauptsächlich auf Gewinn aus waren, konnten auch Hunderte Wohltätigkeitskampagnen nicht verbergen, aber dass die Skrupellosigkeit so weit ging, hätte Jace noch vor Kurzem vehement verneint.

»Scheiße«, murmelte er in sich hinein, doch Feather schien ihn sehr gut verstanden zu haben.

»In der Tat. Deswegen leben wir hier. Und auch, weil wir geahnt haben, dass irgendwann noch etwas Größeres passiert. Wir können schließlich nicht für immer vor der Öffentlichkeit versteckt bleiben, irgendwann kommt unsere Existenz raus. Und ich glaube, dass die Konzerne gerade anfangen, sich auf diesen Moment vorzubereiten. Damit sie am meisten davon profitieren können.«

»Und was tun wir dagegen?« In diesem Moment vergaß Jace sein Misstrauen Feather gegenüber. Sie waren auf derselben Seite, standen gegen dieselben Gefahren: Konzerne, die sie in Labore sperren und erforschen wollten. Er blickte Feather entschlossen in die Augen, und sie lächelte erleichtert.

»Ich bin froh, dass du das fragst. Wir müssen zusammenhalten. Und überleben.«

»Dann lasst mich helfen.« Als Jace mit Kalypso die Stadt verlassen hatte, hatte er nicht gewusst, wohin und was er in New Delta gewollt hätte. Aber hier war er nicht mehr allein, und vielleicht war Feather diejenige, die ihm helfen konnte, etwas gegen die Hilflosigkeit zu tun, die ihn so sehr lähmte.

Sein Schicksal selbst in die Hand zu nehmen. So fühlte er sich zum ersten Mal in seinem Leben. Es war komisch, aber jetzt, da er auf der Flucht vor NeoTECH war, er Kräfte entwickelt hatte, die er nicht einmal begreifen konnte, und eine KI an seiner Seite hatte – er fühlte sich zum ersten Mal wirklich frei. So als hätte er eine Wahl. Es war ein gutes Gefühl, nicht mehr ausgeliefert zu sein.

»Dann solltest du lernen, deine Gabe zu nutzen.« Feather reichte Jace die Hand. Er erwiderte ihren Händedruck. »Aber zuerst zeige ich dir, wo du schlafen kannst. Wir haben eigentlich immer Zimmer frei für den Fall, dass mehr Cybertechs den Weg zu uns finden. Oder …«, sie unterbrach sich mit einem Kichern, »für den Fall, dass wir sie finden.«

Jace ließ sich von ihr tiefer in den Komplex führen, bis in ein Zimmer, das zwar nicht groß, dafür aber umso bequemer eingerichtet war. Der Fußboden war beheizt, in der Ecke stand ein kleines Bett mit Bettwäsche aus echten, nicht synthetischen Fasern. Daneben gab es einen gläsernen Schreibtisch und einen Schrank aus glatt geschliffenem Holz. Fenster gab es keine, aber wie jeder Ort hier unten war auch dieses Zimmer an das Lüftungssystem angeschlossen.

»Für heute ruhst du dich am besten erst mal aus«, schlug Feather vor. »Wir essen heute noch gemeinsam zu Abend, da kannst du die anderen kennenlernen. Phoebe funkt mich schon die ganze Zeit an, dass sier dich endlich kennenlernen will.«

»Wer ist Phoebe?«, wollte Jace wissen.

»Auch ein Cybertech. Ziemlich aufgeweckt, ich glaube, ihr würdet euch verstehen. Du hast kein Gepäck, oder? Ich bitte einfach Blue Card darum, dir bei nächster Gelegenheit ein paar Sachen aus der Stadt mitzubringen.«

Jace nickte. Er ließ das Fragen sein, denn er würde Phoebe, Blue Card und wer sonst noch alles hier lebte, schon noch früh genug kennenlernen. Feather verließ den Raum, und Jace war allein. Oder jedenfalls so allein, wie er mit Kalypso in der Nähe sein konnte. Er ging hinüber zum Bett und ließ sich seufzend auf die weiche Matratze fallen. Seine Muskeln pochten, weil er sie entspannte, und sein Kopf fühlte sich an, als löste sich ein Druck hinter seiner Stirn langsam in Luft auf. Er ließ sein Bewusstsein sachte hinüber in den Data Space gleiten, ohne tatsächlich seinen Körper zu verlassen. Er spürte die klare Kühle, gleichsam wie er kribbelnd seine Fingerspitzen wahrnahm. Er erwartete, dass Kalypso ihn sofort begrüßen würde, doch das tat sie nicht.

»Kalypso?«

Keine Antwort. Erschrocken zuckte Jace.

»Kalypso, bist du da?«

Noch immer nur Stille. Er schloss die Augen, versuchte, gänzlich in den Data Space abzutauchen, doch es wollte ihm nicht gelingen. Er steckte fest, das Bewusstsein halb im Data Space, halb noch in seinem trägen Körper. Sein Herz schlug so schnell, dass Blut durch seine Adern rauschte. Scheiße. Die Panik, die ihn überkam, hielt ihn davon ab, seinen Geist zu fokussieren. Er nahm einen tiefen Atemzug, um sich zu beruhigen. Alles war gut, ihm konnte nichts geschehen. Er musste ruhig bleiben.

»Ja, ich bin da«, hörte er Kalypsos Stimme. »Entschuldige, ich war etwas abwesend. Was wolltest du?«

»Du hast mir echt Angst gemacht«, erwiderte er sofort, »ich dachte, dir wäre was passiert.«

»Entschuldige, ich habe nur nachgedacht. Warte, kannst du mich hören?«

Jace blinzelte, blickte auf seine Hände, dann nach oben. »Ja, ich glaube schon«, sagte er langsam.

»Und sehen?«

Jace kniff die Augen zusammen, doch das Einzige, was er erkannte, waren Schemen, wenn er blinzelte. »Nicht so richtig.«

»Aber das ist großartig!«, rief sie aufgeregt. »Du entwickelst deine Fähigkeiten weiter!«

Jace schmunzelte. Den Data Space wahrzunehmen kam ihm nicht halb so schwierig vor, wie all die Reize auszublenden, die ihn überkommen würden, wenn er wieder in einer Stadt war. Als sie im Infinity Realm gewesen waren, war ihm beinahe schwarz vor Augen geworden. Aber das sagte er ihr nicht. Stattdessen fragte er: »Du hast über ORI nachgedacht?«

»Ja. Wenn er mich erschaffen hat, muss er doch so viel über mich wissen. Und über andere KIs, falls es sie gibt, und über den Data Space. Ich würde ihn gern treffen und so vieles fragen.«

Jace setzte sich auf und wünschte, er könnte ihr ins Gesicht sehen. »Und du denkst nicht, dass er böse sein könnte?«

Sie schwieg eine Weile, ehe sie ihm antwortete: »Was würdest du denn als böse empfinden? Nach welchen Regeln soll ich entscheiden, ob er gut oder böse ist?«

»Warte, denkst du jetzt im Binärsystem, weil du ein Programm bist?«

Sie kicherte. »Ich weiß genau, dass du nichts vom Binärsystem verstehst, Jace. Aber ja, es gibt ein paar Konzepte, die ich erst noch lernen muss. Ich glaube aber nicht, dass es an meiner Programmierung liegt.«

»Sondern?«

»An meiner Amnesie. Ich habe schließlich eine Moral, ich muss nur ... ich bin in einem Zwiespalt.«

»Das geht uns Menschen ganz genauso.« Jace seufzte.

»Vielleicht willst du heute erst mal essen und schlafen, und wenn du damit fertig bist, kümmern wir uns um alles andere?«, schlug sie vor.

Jace schlüpfte unter die Decke. Er wusste nicht, wie lange es noch zum angekündigten Essen dauerte, aber jetzt, da Kalypso wieder da war, konnte er vielleicht einen Moment dösen.

Doch der Gedanke an ORI hielt ihn wach. Irgendwo da draußen war eine KI, so mächtig, dass Feather sie als Gott des Data Space bezeichnet hatte. Vielleicht konnte ORI tatsächlich jede Frage beantworten, die Kalypso und Jace hatten. Vielleicht hatte es aber auch gute Gründe, dass er sich noch nie der Allgemeinheit gezeigt hatte.

Der Speisesaal war kleiner, als Jace erwartet hatte, und neben Feather saßen nur drei weitere Leute mit am Tisch.

Eine junge Frau mit türkisfarbenem Haar und verschmitztem Grinsen stellte sich als Blue Card vor – diejenige, von der Feather gesagt hatte, sie würde Jace Kleidung besorgen.

Phoebe war noch sehr jung, siem fehlte ein Arm, den anderen hatte sie auf den Tisch gelegt und ließ sich von Blue Card grellgelben Nagellack auftragen. Als sier Jace erblickte, sprang sier freudig auf.

Von der dritten Person hatte Jace noch nicht gehört. Es war ein älterer Mann mit bunt gefärbtem Afro, der ein wenig mürrisch dreinschaute, aber zum Gruß die Hand erhob. Er stellte sich als Trinity vor.

Phoebe sprang auf und lief auf Jace zu. »Ich wollte dich in deinem Zimmer besuchen kommen, aber Feather meinte, du willst dich bestimmt erst mal ausruhen. Ich bin Phoebe.«

Jace lächelte unsicher zurück. Phoebe war sicher erst vierzehn Jahre alt, und doch lebte sier schon versteckt von allem – ob sier keine Eltern hatte, die sich um sien sorgten?

»Schon gut. Freut mich, dich kennenzulernen«, gab Jace zurück und hob dann den Blick. »Euch alle. Ihr seid alle ... Cybertechs?«

Blue Card nickte. »Was ist jetzt, Phoebe, soll ich den Nagellack wegpacken, oder machen wir das noch zu Ende?«

»Was für eine Frage.« Phoebe flitzte zurück und legte die Hand zurück auf den Tisch.

»Du kannst dich setzen.« Feather deutete auf einen freien Stuhl neben Trinity.

Auf dem Tisch standen bereits einige Teller mit Essen. Jede Menge Sandwiches und Fertigsuppen. Nichts Besonderes, aber besser als das, was Jace in seinen Tagen bei HyperZen Body Technologies gegessen hatte.

»Und Feather hat dich aufgegriffen, wie ich gehört habe?« Trinitys Versuch, das Gespräch anzufangen, erschien Jace ein wenig gezwungen, aber er war dankbar, dass die Stille gebrochen wurde.

»Ich war gerade auf der Flucht vor einem Konzern.«

»Wohin wolltest du?«, fragte Blue Card. »Hier draußen ist doch nichts.«

»Nach New Delta eigentlich, aber ehrlich gesagt wollten Kalypso und ich einfach nur fliehen«, gab Jace zu.

»Zum Glück seid ihr ja jetzt hier«, sagte Phoebe fröhlich und zog die nun fertig bemalte Hand näher an sien Gesicht, um das Ergebnis zu betrachten. »Du bist echt die Beste, Blue Card!«

»Gern geschehen.« Blue Card lächelte nur für eine Sekunde, ehe sie wieder ernst dreinblickte.

Jace bediente sich zögerlich an den Sandwiches, weil er sah, dass die anderen schon gegessen hatten. Es wunderte ihn, dass niemand ihn mit Fragen löcherte. Oder Kalypso.

»Und ... seid ihr alle ORI schon einmal begegnet?«, fragte er beiläufig.

Statt einer Antwort wandte Blue Card sich an Feather. »Du hast ihm von ORI erzählt?«

Feather faltete die Hände. »Wir können ihm vertrauen, er ist einer von uns.«

»Da scheinst du dir ja sehr sicher zu sein.«

»Wenn Feather ihm vertraut, sollten wir das auch tun, oder nicht, Blue?«, fuhr Trinity dazwischen.

»Das finde ich auch«, sagte Phoebe.

»Wenn das so ist, macht es ihm ja auch sicher nichts aus, uns ein wenig zu helfen, oder?« Blue Card ließ den Nagellack in ihre Bauchtasche fallen, die sie quer über der Schulter trug.

»Worum geht es denn?«, wollte Jace sofort wissen, doch Feather hob die Hand.

»Jace muss erst mal ankommen. Und außerdem glaube ich nicht, dass ORI sonderlich glücklich wäre, wenn wir ihn direkt in alles einweihen würden.«

»In alles einweihen?« Jace hielt inne.

»ORI spricht für gewöhnlich nur mit mir«, erklärte Feather.

»Ach so? Heißt das, du bist so was wie seine Vertraute?« Jace sprach vorsichtig, denn er wollte die anderen nicht verärgern. Blue Card sah ihn dermaßen misstrauisch an, dass er fürchtete, ihr Blick könnte ihn zu Stein erstarren lassen.

Aber Feather lachte nur. »ORI ist voller Rätsel, auch für mich. Ich weiß nur, dass er den Data Space ergründen will, die Cybertechs und wie die stoffliche Welt mit den Daten zusammenhängt. Aber Genaueres erzähle ich dir, wenn du bewiesen hast, dass du wirklich einer von uns bist. Du, Jace, vertraust uns ja auch nicht völlig, oder?«

Er blinzelte. »Na ja, wir kennen uns erst seit ... nicht mal zwei Stunden?«

»Eben.« Feather lächelte. »Und Kalypso hat ihr Gedächtnis verloren. Bevor wir also Schlachtpläne austauschen, lass uns einander erst mal kennenlernen, okay? Du bist hier sicher, mehr ist gerade nicht wichtig.«

»Okay«, murmelte Jace und wandte sich seinem Teller zu.

Er aß sein Abendessen, so schnell er konnte, während Phoebe ein zwangloses Gespräch über irgendein VR-Game begann, dass sier nicht mehr spielen konnte, weil das Fehlen der IP-Adresse Leute auf ihre Spur bringen konnte. Als Jace seinen Teller geleert hatte, kehrte er allein in sein Zimmer zurück.

»Was hältst du von ihnen, Kalypso?«, fragte er leise, während er sich auf sein Bett fallen ließ.

»Ich finde sie nett«, erwiderte sie. »Aber offenbar habe ich früher schon mal mit ihnen zu tun gehabt. Sie kennen mich, auch wenn ich mich nicht erinnern kann. Das ändert einiges, und für dich sind sie ja fremd.«

»Ist es nicht seltsam zu wissen, dass sie dich kennen, du aber keine Ahnung hast, wer sie sind?«

»Schon. Aber dann werde ich sie eben kennenlernen. Und irgendwann werde ich mich auch erinnern, spätestens, wenn ich ORI treffe.«

Jace nickte, dann kuschelte er sich unter seiner Decke zusammen und fiel in einen tiefen Schlaf.

Am nächsten Morgen weckte Phoebe Jace. Sier hatte sich samt Turnschuhen im Schneidersitz auf Jace' Bett geschwungen, umklammerte die Knöchel mit der verbliebenen Hand und grinste. »Feather hat mich geschickt, um dir ein paar Sachen zu zeigen. Ich darf nicht oft Leute unterrichten«, sagte sier schelmisch.

»Weil du so jung bist?«, riet Jace.

»Nein.« Sier runzelte die Stirn. »Weil wir so wenige Cybertechs treffen.«

Jace lächelte. »Verstehe. Also, was machen wir jetzt?«

»Wir treffen uns in der VR!« Kaum hatte Phoebe die Worte gesprochen, klappte sien Körper schon nach hinten aufs Bett, und sier atmete so ruhig, als würde sier schlafen. Jace folgte siem, erleichtert darüber, wie mühelos er den Übergang schaffte. Er hatte es also nicht verlernt.

Der Data Space sah aus wie ein abgelegenes Wäldchen. Knorrige Bäume brachen aus dem lockeren Erdboden, die Luft roch schwer und süß nach Gräsern, und Jace' Schuhsohlen wippten bei jedem Schritt auf der weichen Erde. Irgendwo in der Nähe plätscherte ein Bächlein, und Vögel stimmten eine vergnügte Melodie an.

Phoebe streckte sich und lächelte Jace an. Sien Avatar sah völlig anders aus als sien echter Körper. Phoebe war groß, wirkte älter und hatte viel längeres, blaues Haar. Nur der fehlende Arm stimmte überein. Dabei wäre es so leicht, ihn im Data Space zu ersetzen.

»Phoebe, darf ich dich eigentlich fragen, was mit deinem Arm passiert ist?« Schon während er fragte, biss sich Jace auf die Zunge. Unsensibler wäre es wohl kaum gegangen.

Doch Phoebe lächelte nur. »Es war ein Unfall, vor ein paar Jahren. Als der Data Space zusammengebrochen ist, waren meine Eltern und ich im Zug unterwegs. Na ja, ich war in der VR, als es passiert ist, deswegen habe ich nicht allzu viel mitbekommen, und nach der ganzen Sache lag ich im Koma ... und als ich erwacht bin, war mein Armstumpf schon verheilt und meine Eltern ... du weißt schon.«

Jace hätte sich ohrfeigen können, dass er gefragt hatte. »Das tut mir leid.«

»Ist schon gut. Manche Narben sind eben sehr sichtbar. Viele Leute tragen genauso schlimme Erfahrungen wie ich mit sich herum, aber die sieht man nicht, und deswegen fragt keiner.«

»Und du hast nie darüber nachgedacht, dir eine Bio- oder Cyberprothese zuzulegen?«, wollte Jace wissen.

»Doch, schon.« Phoebe zuckte mit den Schultern. »Aber ich habe mich an meinen Körper gewöhnt, wie er ist. Und mir geht es gut so. Der einzige Vorteil wäre, dass ich mir zehn Fingernägel bunt anmalen könnte.« Sier lachte.

»Ich habe ein Hörgerät.« Jace wusste nicht, warum er das erzählte. Vielleicht, weil Phoebe so offen zu ihm gewesen war und er es nur fair fand, siem auch etwas zu offenbaren. »Ohne das kann ich kaum was hören.«

Phoebe lächelte. »Siehst du, das sieht man dir gar nicht an. Und ich kann total gut verstehen, dass du das Hörgerät trägst. Ich kann auch alle verstehen, die Armprothesen tragen wollen. Nur ich habe für mich entschieden, keine zu wollen.«

»Für ein Kind bist du ganz schön weise.« Jace schmunzelte, obwohl er fand, dass Phoebe selbst für Erwachsene sehr reif war.

»Das sagst du jetzt so von oben herab.« Phoebe grinste. »Aber letztlich werde ich dich jetzt unterrichten, also hör gut zu, junger Schüler.«

»Na, dann mal los. Ich bin ganz Ohr«, sagte Jace und musste wieder lachen.

Phoebe grinste. »Also, du weißt ja schon, wie du dein Bewusstsein in den Data Space bringen kannst. Das ist für die meisten von uns ziemlich intuitiv. Ich bin zum Beispiel mal einfach so gedanklich abgedriftet, und schwups, war ich in der VR.«

Jace nickte.

»Aber viele versuchen dann, zu technisch weiterzumachen. Das Wichtigste, was du verstehen musst, ist: Alles hier ist vollkommen intuitiv. Was auch immer der Zusammenbruch mit unseren Gehirnen angestellt hat – Daten und Code sind für uns ... nun ja, sie unterscheiden sich kaum von der echten Welt. Sieh mal.« Sier deutete auf die Bäume am Wegesrand. »Das sind Bäume, zumindest sagt dir das dein Gehirn gerade. Aber eigentlich, in der Essenz, ist es Code.«

Phoebe hob sienen Arm und schnippte einmal. Die Äste des Baums knarrten, dann streckte sich das Holz, wuchs, bis das Holz und die zarten Knospen daran Phoebes Finger erreichten. Jace beobachtete das Ganze mit offenem Mund.

»Ist ein bisschen wie Magie.« Phoebe kicherte. »Das habe ich nicht geschafft, weil ich programmieren könnte. Das ist reiner Wille. Und du kannst das auch.«

»Ich ... muss mir also einfach nur etwas wünschen?«, fragte Jace ungläubig.

Phoebe überlegte kurz, strich über die Knospen, die jetzt langsam erblühten und ihren herben Duft in die Luft abgaben. Dann nickte sier. »Ja, in etwa so könnte man das sagen. Versuch es mal.«

Jace stellte sich vor den Baum und betrachtete ihn prüfend. Vor ihm schimmerte es grün, dann löste sich eine Gestalt aus dem Stamm, die aussah wie eine Baumnymphe aus einem Fantasy-RPG.

»Bist du das Programm des Baums?«, hauchte er, und die Nymphe nickte lächelnd.

»Was kann ich für dich tun?«, fragte sie.

»Ich glaube, dein Baum wäre viel schöner, wenn er noch einen Ast hätte, da oben.« Jace deutete auf die Baumkrone.

Die Nymphe lächelte und zog sich in ihren Baum zurück. Dann knackte der Baum, und der Ast, den Jace sich vorgestellt hatte, erschien.

Phoebe hatte recht: Es war ganz wie Magie.

17

»Und das hier soll der Ort sein?« Sam starrte skeptisch auf die heruntergekommene Hütte.

»Ja. Es ist ein unterirdisches Geheimversteck«, sagte Wire.

Sam wartete, dass sie lachte oder grinste, aber sie blieb vollkommen ernst und stapfte auf die Hütte zu.

»Warte, wirklich jetzt?«

»Seh ich aus, als würde ich Scherze machen?«

»Siehst du nicht.«

Sam folgte Wire in die Hütte. Als sie die Schwelle überquert hatten, warf Sam einen Blick nach oben. Die Bachbalken sahen nicht mehr sonderlich stabil aus, und so lief Sam mit angezogenen Schultern weiter. Doch außer Staub kam nichts von der Decke. Zielsicher lief Wire auf einen verschimmelten Couchtisch zu und klappte mit einem Tritt den Teppich um, der darunter lag. Zum Vorschein kam eine Falltür.

Wire stand kerzengerade davor, sie hatte die Augen geschlossen und atmete tief durch.

»Alles in Ordnung?«, fragte Sam.

Mit zusammengepressten Lippen schüttelte Wire den Kopf.

»Du musst nicht mitkommen«, versuchte Sam sie zu beruhigen.

»Doch, das muss ich. Ohne mich kommst du nicht rein.«

Sam war hin- und hergerissen. Wire hatte nur erzählt, dass Feather eine Cybertech war, die andere Cybertechs um sich scharte, und zudem eine skrupellose Frau. Wire schien Angst vor ihr zu haben, aber sie hatte Sam nicht erzählt, warum. Ohne ein weiteres Wort öffnete sie die Falltür und kletterte die Leiter hinab.

Sam folgte ihr. Sie kamen in einen feuchten Gang, der so dunkel war, dass Sam nur einen knappen Meter weit sehen konnte. Wire bewegte sich souverän in der Dunkelheit, bis schließlich ein Leuchten am Ende des Tunnels in Sicht kam. Es war ein Terminal, das sonst biometrische Daten scannte und die Leute mit Berechtigung hineinließ.

»Ich muss das knacken«, murmelte Wire. »Kannst du mir helfen?«

»Na klar.« Jetzt war Sam in ihrem Element. Auch wenn sie keine Ahnung hatte, wo sie waren oder was ihnen bevorstand – Türen knacken konnte sie.

»Wir müssen unbedingt unbemerkt bleiben«, warnte Wire. »Und selbst dann haben wir nicht viel Zeit. Wir müssen uns verbergen. Wir können per Direktlink an die Konsole.«

Sam nickte. Weil sie hier draußen kein Wi-Fi hatten, waren Kabel die einzige Möglichkeit. Sie krempelte die Ärmel ihrer Lederjacke hoch und öffnete die winzige Lasche in ihrer Haut, die einen Kabelport freigab. Er war so klein wie der Nagel ihres kleinen Fingers. Sam stöpselte sich an, und Wire schob das andere Ende des Kabels in die Konsole vor der Tür.

»Und du?«, fragte Sam.

Wire nahm einen tiefen Atemzug, als müsse sie sich beruhigen. »Werd jetzt nicht neidisch, aber ich kann das Gerät per Berührung hacken. Ist genauso gut wie eine Direktverbindung.«

»Das ist wirklich cool«, murmelte Sam.

Ihr Cyberdice konnte sie nicht mit dem Data Space verbinden, also wartete sie darauf, dass Wire die Konsole anzapfte.

»Bin drin«, hörte sie Wire sagen.

Sam schloss die Augen und sah den Data Space wie eine zweite Ebene über der Realität, während die Erinnerung an ihren physischen Körper langsam der Mühelosigkeit der virtuellen Realität wich. Sams Bewusstsein befand sich jetzt gemeinsam mit Wire in dem Terminal, und das nur durch die feine Verbindung des Kabels.

Das Terminal war ein Labyrinth mit schwarzen Wänden, das von einem unbestimmten, milchigen Licht beleuchtet wurde. Wire nahm Sam bei der Hand und zog sie hinein.

»Es gibt keine Sicherheitsprogramme hier drin, die Alarm schlagen«, erklärte Wire. »Es ist nur der Irrgarten.«

»Ist das nicht ein bisschen nachlässig?« Sam hob die Augenbrauen.

»Nein, eigentlich nicht. Weil er Eindringlinge lange genug aufhält, damit Feather sie finden kann. Hier gibt es so wenige Signale im Data Space, dass wir schnell auffallen werden.«

»Scheiße. Dann müssen wir uns beeilen.«

Wire nickte. »Ich glaube, ich kann mich in etwa an den Weg erinnern. Wir müssen unsere Daten in der Datenbank abspeichern, dann lässt die Tür uns durch.«

»Ich weiß nicht, wie sehr es mich freuen soll, dass diese Leute dann meine Fingerabdrücke und so haben.«

Wire zuckte mit den Schultern. »Mach dir keine Sorgen. Wir löschen sie wieder.«

Sam hoffte, dass Wire recht hatte und alles so reibungslos ablaufen würde. Sie folgte Wire tiefer in das Labyrinth, und gemeinsam drangen sie bis zum Kern vor. Dort standen Dutzende Geräte, die Fingerabdrücke, Gesichter und viele andere biometrische Daten speichern konnten.

Ihre Daten in die Geräte zu speichern war fast schon zu einfach. Sam grinste bei dem Gedanken, dass sie und Wire ein unschlagbares Team waren – sie, die Hackerin, die unter den Nerds jeder kannte, und Wire, das junge Ausnahmetalent. Gemeinsam konnten sie jedes Hindernis überwinden. Es hatte fast schon etwas aus einem Superhelden-Comic.

Die Tür in das Versteck hinein öffnete sich geräuschlos.

»Dann mal los«, murmelte Wire.

Sie gingen gemeinsam hinein, und Sam kam der Gedanke, dass Reinkommen für gewöhnlich leichter war als Rauskommen. Das hatte sie vor nicht allzu langer Zeit am eigenen Leib erfahren. Wires Gesichtsausdruck nach schien sie dasselbe zu denken.

»Die Gefängniszellen sind da drüben«, wisperte Wire.

»Werden sie nicht bewacht?«, wollte Sam wissen.

Wire schüttelte den Kopf und eilte weiter. »Zu wenig Leute hier. Und die Gefangenen haben sowieso keine Möglichkeit zu fliehen.«

Sam spitzte die Ohren, während sie tiefer in den Komplex vordrangen. Aus der Ferne gelangten gedämpfte Stimmen an ihr Ohr, doch sie klangen eher geschäftig denn alarmiert. Schließlich kamen sie zu den Zellen. Es waren nur vier Räume, die mit Gitterfenstern ausstaffiert waren, doch als Sam hineinschaute, sah sie niemanden. Die Zellen waren leer.

Wire runzelte die Stirn. »Das hatte ich irgendwie befürchtet.«
»Wieso?«

Wire holte tief Luft. »Wenn sie hier nicht gefangen sind, heißt das, sie sind freiwillig hier. Und das bedeutet, sie rauszuholen wird viel schwieriger.«

»In der Tat.« Die Stimme erklang hinter Sam.

Sie und Wire fuhren herum. Dort stand eine Frau, die gerade sorgsam die Tür schloss, durch die sie hereingekommen war. Sie besah Wire mit einem eiskalten Lächeln.

»Wie schön, dich wiederzusehen, Wire.«

»Feather«, brachte Wire heraus. Ihr Gesicht war kalkweiß.

»Du hast uns nach deiner Rückkehr sicher einiges zu erzählen«, meinte Feather. »Du solltest hoffen, dass *er* dir deinen Verrat verzeiht.«

Sam stellte sich schützend vor Wire, die wie erstarrt stehen blieb.

Feathers Miene wurde grimmiger, sie fasste nach ihrem Gürtel und zog eine Pistole hervor, die sie auf Sam richtete. »Ihr zwei kommt mit mir.«

18

Als Jace an diesem Abend in sein Zimmer zurückkehrte, hüpfte er mit einem breiten Lächeln über die Türschwelle. Wenn er mit Phoebe zusammen war und sie sich Späße im Data Space erlaubten, hatte Jace das Gefühl, an dem Ort zu sein, an den er gehörte, und endlich das tun zu können, worin er gut war. Er glaubte nicht an Bestimmung, wohl aber an Erfüllung, und im Moment fand er die, wenn er sich in seine neuen Fähigkeiten vertiefte. Es war so lange her, seit er zum letzten Mal das Gefühl gehabt hatte, dass seine Tätigkeiten einen Sinn erfüllten, der nicht dem Gewinn eines Konzerns diente.

Er ließ sich auf das Bett fallen und nahm einen tiefen Atemzug. Die Welt voller Konzerne, Machtgier und Geld erschien ihm weit fort, und seit ein paar Tagen konnte er wieder freier atmen. Seine Lunge gewöhnte sich an die Abwesenheit von Vulkanasche, und obwohl es hier draußen nicht viel Luxus gab, vermisste Jace sein altes Leben kein bisschen. Ein wenig erfüllte es ihn mit Trauer, dass es in seinem alten Leben, das er immerhin vierundzwanzig Jahre lang geführt hatte, nichts gab, wofür er zurückgekehrt wäre. Was für eine Verschwendung von Lebenszeit. Und wie lange er in diesem Leben festgesteckt hatte!

»Jace?«, sprach Kalypso ihn an.

Er hob den Kopf. Inzwischen war er auch besser darin geworden, Data-Space-Signale auch in der physischen Welt zu deuten, und so sah er Kalypso vor dem Bett stehen.

»Was gibt es?«, fragte er zurück.

»Ich glaube, jemand ist hier aufgetaucht.« Sie kratzte sich am Kopf. »Aber ich bin mir nicht ganz sicher. Da waren Signale, aber sie sind wieder verschwunden.«

»Was für Signale?«, wollte Jace wissen.

Kalypso zögerte. »Cybertech-Signatur. Und ich glaube, es war niemand, der sonst hier ist.«

Jace setzte sich auf. »Willst du nachsehen?«, fragte er, weil er das Gefühl hatte, dass es sie wirklich beschäftigte. Und wenn Kalypso sagte, dass es niemand war, der sonst hier herumwanderte, glaubte er ihr.

Sie nickte. »Oder wir könnten Feather danach fragen. Vielleicht weiß sie etwas darüber, und wenn nicht, sollten wir es ihr sagen.«

»Du hast ja recht.«

Kalypso senkte nachdenklich den Kopf. »Ihr Signal ist allerdings verschwunden.«

Jace setzte sich rasch auf. »Was?«

»Ja. Ich habe keine Ahnung, wo sie hin ist. Normalerweise ist jedes Signal hier unfassbar deutlich im Vergleich zum Datenchaos in Neon City.«

»Vielleicht ist sie unterwegs.«

Kalypso fuhr sich erneut durchs Haar. »Wir sollten sie suchen. Ich habe kein gutes Gefühl dabei.«

Jace nickte langsam. Nach dem, was Feather erzählt und er selbst erlebt hatte, hielt er es nicht für unwahrscheinlich, dass die Konzerne ihnen irgendwie auf die Spur kamen. Ob NeoTECH noch immer nach ihm suchte? Konnten sie sie hier draußen tatsächlich aufgespürt haben?

Feather hatte gesagt, dass es möglich war, dass NeoTECH Hilfe von einem Cybertech gehabt hatte, um Kalypso gefangen zu nehmen. Und wenn sie mit dieser Befürchtung recht gehabt hatte?

Mit einem Satz stand er auf den Beinen, klopfte sich die Müdigkeit aus den Armen und schlüpfte in seine Schuhe. Er war noch etwas träge vom Abendessen, aber irgendetwas ging hier vor, und er und Kalypso würden herausfinden, was.

Er verließ das Zimmer, Kalypso lief neben ihm, doch Jace wusste, dass sie auch noch an den Orten des Data Space war. Er hatte noch nicht begriffen, wie, aber irgendwie gelang es ihr, ihren Geist an mehreren Stellen gleichzeitig zu steuern. Sie hatte ihm einmal erklärt, dass es dasselbe sei, wie ein Dutzend Tabs auf dem Smartcom offen zu haben, aber dadurch hatte sich ihm immer noch nicht erschlossen, wie sie auf all diesen Tabs gleichzeitig sein konnte. Als sie das Ganze lachend mit *Rechenleistung* begründet hatte, hatte Jace nicht weiter nachgefragt.

Sie kamen in die Eingangshalle, die gleichzeitig das Verbindungsstück zwischen den vielen Trakten des unterirdischen Systems war. Das Plätschern des Brunnens beruhigte Jace heute nicht, und so durchquerte er die Halle schnell bis in den Essensraum. Dort am Tisch saß Trinity und starrte in ein Kartenblatt, das er sorgsam in Händen hielt.

Jace kam rasch auf ihn zu. »Trinity, hast du Feather gesehen?«

Er runzelte die Stirn, sah aber nicht von seinem Blatt auf. »Nein.«

»Ist sie denn öfter einfach mal weg?«, fragte Jace weiter.

»Kommt schon vor.«

»Und wann kommt sie zurück?«

Jetzt hob Trinity doch den Blick. »Hör mal, Kleiner, mag sein, dass Feather dich hier aufgenommen hat und alles, aber du stellst eindeutig zu viele Fragen für die kurze Zeit, die du hier bist.«

Jace öffnete den Mund, doch ihm fiel keine kluge Erwiderung ein. Er wusste, dass sie immer noch Geheimnisse vor ihm hatten, aber Trinity schien ihm gegenüber unglaublich misstrauisch eingestellt zu sein. Er konnte doch kaum glauben, dass Jace irgendetwas vorhatte, wenn er nur nach Feather fragte?

»Was glaubt ihr eigentlich, welche Gefahr ich für euch darstelle? Wir sind uns doch ähnlich.« Er hob die Hände, als könne er so Verständnis erbitten.

»Ähnlich?« Trinity gluckste. »Das werden wir sehen. Du bist noch ganz neu, und es ist klar, dass du neugierig bist. Aber wenn du zu viel schnüffelst und versuchst, Dinge zu erfahren, für die du noch nicht bereit bist, könnte Feather etwas ungehalten werden. Also halt die Füße still, ja? Ich will kein Drama.«

Jace biss sich auf die Unterlippe. »Hab schon verstanden«, murmelte Jace und blickte hilflos durch den Raum. Die anderen würden ihm nicht helfen. Vielleicht wäre Phoebe offener mit ihm.

Nach einigen Momenten der Stille trottete Jace ziellos aus dem Essensraum. Mitten im Gang blieb Jace stehen und lehnte sich gegen die Wand. Kalypso tat es ihm gleich.

»Was hältst du davon?«, fragte er.

Sie verschränkte die Arme. »Ich weiß nicht. Ich dachte mir fast schon, dass sie nicht direkt alles erzählen würden, aber wenn ich Trinity so reden höre ... glaubst du, es könnte sein, dass sie doch mehr über ORI wissen, als sie zugeben wollten? Mehr über mich?«

»Möglich.«

»Dann sollten wir Feather erst recht dazu befragen. Ich glaube nicht, dass sie ungehalten wird, wie Trinity es so schön ausgedrückt hat. Sie scheint mir doch recht ... fürsorglich.«

»Nicht unbedingt das Wort, das ich verwendet hätte.«

»Welches hättest du verwendet?« Kalypso drückte sich von der Wand ab, um Jace ins Gesicht zu sehen. Ihre Frage schien ihr sehr ernst zu sein.

»Na ja ... sie ist doch eher entschlossen und verfolgt ihre Ziele, oder?«

»Möglich.« Es entging Jace nicht, dass sie beinahe denselben Tonfall annahm wie er zuvor.

»Warum fragst du?«, wollte er wissen.

»Meine Einschätzung menschlichen Verhaltens ist noch nicht perfekt«, erklärte sie. »Ich denke, es gibt Optimierungsbedarf, und ihr Menschen seid recht gut im Lesen von Emotionen und Intentionen.«

Jace lächelte schmal. »Ich weiß nicht, ob ich dir da zustimmen würde – schon wieder.«

»Eure Fehlerquote dürfte jedenfalls geringer sein als die einer KI ohne nennenswertes Gedächtnis.«

Er lachte. »Das wahrscheinlich schon.« Dass Kalypso sich manchmal seltsam verhielt, störte ihn kaum noch. Sie kam ihm so menschlich vor, dass ihre programmierten Fragen fast wirkten wie eine niedliche Macke jedes gewöhnlichen Menschen. Jetzt, da er sie regelmäßig neben sich stehen sah, wenn auch blass wie ein Hologramm, vergaß er immer häufiger, dass sie gar keinen Körper hatte. Kein Gehirn. Aber irgendwie eine Seele und einen Willen.

Zumindest war es das, was er glauben wollte. Den Gedanken, dass jedes ihrer Worte, jeder formulierte Wunsch möglicherweise nur die Ausführung eines Programms war, schob er beiseite. Jace sah Kalypso als Freundin. Eine etwas schräge Freundin, aber die einzige und liebste, die er hatte. »Na komm, lass uns mal im Westflügel schauen«, sagte er dann, als könne er sich so von seinen Gedanken ablenken. Ob Kalypso sich ähnliche Fragen stellte wie er?

Sie stimmte zu, und gemeinsam liefen sie weiter. Bis sie ein Geräusch hörten. Ein schrilles Geräusch – einen Schrei. Jace horchte auf, doch Kalypso reagierte überhaupt nicht.

»Hast du das gerade nicht gehört?«, fragte er sie atemlos.

»Ich höre gar nichts in der physischen Welt, Jace«, erwiderte sie. »Es gibt hier nirgends Mikrofone, die den Ton in Daten umwandeln und in den Data Space bringen könnten.«

Das hatte er vergessen. »Da hat jemand geschrien.«

»Wo?«

»Ich weiß nicht.«

»Ich kann niemanden wahrnehmen, Jace. Wer auch immer

da schreit, besitzt entweder keine Signatur im Data Space, oder der Bereich ist durch eine Firewall geschützt.«

Jace rannte los und folgte dem Schrei, der schon wieder verhallt war. An der nächsten Gabelung blieb er stehen, wartete, ob noch ein Geräusch folgte. Wieder ein Schrei, leiser diesmal. Er folgte dem Echo durch die dunklen Flure, und nur die Neonröhren, die durch den Boden liefen, verhinderten, dass er stürzte.

Vor einer Tür machte er halt. Er legte das Ohr an die Tür und lauschte, und tatsächlich glaubte er, dahinter Feather zu hören. Feather und ein Wimmern, das er nicht zuordnen konnte.

»Sie ist da drin«, flüsterte er Kalypso zu. »Was zur Hölle passiert da?«

»Ich kann sie immer noch nicht wahrnehmen«, antwortete sie. »Also die Firewall. Sie will wohl nicht, dass da jemand spioniert?«

»Anscheinend. Aber ...« Die Geräusche drinnen verstummten.

Langsam öffnete sich die Tür, und Feather trat heraus. Überrascht blickte sie Jace ins Gesicht.

»Was machst du denn hier?«, fragte sie, während sie die Tür schloss.

»Wir haben dich gesucht«, erwiderte Jace, so ruhig er konnte. »Kalypso ist aufgefallen, dass jemand ...«

Feather hob die Hand. »Du kannst sie doch inzwischen auch sehen. Warum lässt du sie nicht sagen, was ihr aufgefallen ist?«

Kalypso nickte und trat vor. »Mir fiel eine fremde Signatur auf, und ich wusste nicht, ob du Bescheid weißt. Außerdem warst du plötzlich verschwunden – hinter dieser Firewall, wie ich jetzt weiß.«

Feather öffnete ihren weißen Zopf, aus dem ein paar Strähnen gerutscht waren. »Deine Wahrnehmung von Daten ist wirklich bemerkenswert, Kalypso. Selbst nach der Amnesie.«

»Wer ist diese fremde Person?«, drängte Kalypso nun.

»Ist es die, von der die Schreie kommen?« Jace' Worte kamen schärfer heraus als beabsichtigt.

Zu seiner Überraschung nickte Feather knapp. »Ein Eindringling.«

»Von NeoTECH?«

Feather nickte erneut.

»Das kann nicht sein«, fuhr Kalypso dazwischen. »Dieser Eindringling ist ein Cybertech. Was verheimlichst du uns?«

Feather bedachte Kalypso mit einem bohrenden Blick. »Und du glaubst, ein Cybertech könne nicht von NeoTECH geschickt werden? Dem armen Mädchen haben sie völlig den Kopf verdreht, sie glaubt, sie täte das Richtige. Und sie ist gekommen, um euch beide zu jagen. Ich kümmere mich um dieses Problem.«

Jace wurde unwohl. »Heißt das, du wirst sie umbringen?«

»Wenn es sein muss, ja.« Feathers Haar peitschte durch die Luft, als sie den streng gebundenen Pferdeschwanz losließ. »Aber ich denke, das wird nicht nötig sein. Ich versuche, so viele Informationen wie möglich aus ihnen herauszuholen.«

»Mit Folter?«, fragte Jace entsetzt.

Gleichzeitig fragte Kalypso: »Ihnen?«

Feather lächelte, doch es lag etwas Hinterlistiges darin. »Ja, es sind zwei. Aber nur eine von ihnen ist eine Cybertech, die andere ist hier nutzlos. Sie kann nichts ausrichten.«

»Vielleicht sollten wir dabei sein, wenn …«, setzte Jace an, doch Feather schüttelte entschieden den Kopf.

»Auf keinen Fall. Entschuldige, aber das ist zu hart für dich.«

»Und was, glaubst du, ist sonst noch zu hart für mich?« Das Misstrauen spiegelte sich deutlich in Jace' Worten, und er sah an Feathers Gesicht, dass sie es sehr genau verstand.

»Nicht alles hier geschieht aus Rücksicht auf dich, Jace. Wir haben aus einem Grund so lange überlebt. Jetzt geh, es ist spät, und du brauchst Schlaf.«

Jace knirschte mit den Zähnen, nickte aber. Er wollte es sich nicht mit Feather verscherzen, dieser Ort gehörte ihr, und die Cybertechs hier folgten ihrem Wort. Entweder musste er sie von sich überzeugen oder heimlich an die Informationen gelangen, die er suchte.

Er konnte nicht aufhören, darüber nachzudenken, während er zurück in sein Zimmer trottete. Kalypso war ebenfalls still, Jace war sich nicht einmal sicher, ob sie wirklich anwesend war. Wenn Leute von NeoTECH sie hier aufgespürt hatten, war er vielleicht nicht so sicher, wie er geglaubt hatte. Er öffnete die Tür in sein Zimmer, und plötzlich kam ihm sein warmes Bett trügerisch vor, als täuschte es ihn über eine Sicherheit, die es gar nicht bieten konnte.

»Kalypso?«, fragte er leise.

»Hm?«, gab sie zurück.

»Was, glaubst du, macht Feather mit den Leuten von NeoTECH?«

»Ich habe keine Ahnung«, gab sie zu. »Mit solchen ... Methoden bin ich nicht vertraut.«

»Glaubst du, es ist das Richtige?«

Kalypso blieb einen Moment still, dann flimmerte sie neben Jace auf dem Bett, und er wusste, dass sie nun wirklich hier war.

»Ich bin mir nicht sicher. Noch hadere ich mit mir. Auf der einen Seite wollen sie uns jagen und wieder einsperren, richtig?«

»Aber auf der anderen Seite ist Folter ...« Jace brach ab, weil er keine Worte fand.

»Anderen Leid zuzufügen ist nicht richtig«, sagte Kalypso entschlossen.

»Eben. Aber manchmal kann es doch notwendig sein, oder?«

»Ich weiß nicht, Jace. Ich tue mich sehr schwer mit Ausnahmen von einer Regel. Wann ist es denn notwendig?«

»Um sich selbst zu schützen, zum Beispiel.«

»Und indem Feather diesen Leuten Schmerzen zufügt, schützt sie sich selbst oder uns?«

Jace hielt einen Moment inne, dann sagte er langsam: »Nein, eigentlich nicht. Nicht wirklich.«

»Dann hätten wir die Antwort auf unsere moralische Frage.«

Kalypso stellte einfache Fragen, fast wie ein Kind, und eben weil sie so simpel waren, waren es die Antworten darauf auch. Vielleicht war es Kalypsos Unbeholfenheit, vielleicht auch das leise Unverständnis in ihrer Stimme, aber irgendetwas an ihr bewegte ihn, seine eigentlich gefestigten Gedanken infrage zu stellen.

»Also, was sollen wir jetzt tun?«, fragte Kalypso.

»Wir gehen hin und machen uns ein eigenes Bild von der Situation«, schlug Jace vor.

Kalypso lächelte. »Ich mag deine gedankliche Flexibilität.«

19

Sie wussten, dass sie vorsichtig vorgehen mussten, wenn sie zu den Eindringlingen hineinwollten. Jace und Kalypso verhielten sich betont normal, und Jace hatte aufgehört, Fragen zu stellen. Er wollte nicht, dass die anderen noch mehr Misstrauen ihm gegenüber empfanden. Phoebe war fröhlich und fidel wie immer, und bei siem hatte Jace nicht das Gefühl, sich verstellen zu müssen. Obwohl er natürlich verschwieg, was er und Kalypso vorhatten.

»Ich denke, ich kann uns den Weg öffnen«, erklärte Kalypso. »Feather ist sehr gut im Umgang mit dem Data Space, aber ich glaube nicht, dass sie vollends versteht, wie ich … funktioniere. Das tue ich ja selbst nicht.«

»Und das können wir uns zunutze machen«, führte Jace den Gedanken weiter.

»Genau. Wir warten, bis sie beschäftigt ist, ich glaube, sie wollte später noch irgendetwas mit Blue Card besprechen. Phoebe schöpft sicher keinen Verdacht, wir müssen bloß auf Trinity achtgeben.«

»Er vertraut mir nicht.« Jace seufzte.

»Ich kann es ihm nicht einmal verübeln.« Kalypso gluckste. »Du bist ein scharfsinniger Kopf, und sie wollen nicht, dass du zu viel auf eigene Faust herausfindest.«

»Wie verhalten sie sich eigentlich bei dir so?«, wollte Jace wissen.

»Sehr freundlich, aber irgendwie distanziert.« Kalypso runzelte die Stirn. »Ich glaube, sie wissen noch nicht so richtig, wie sie mit mir umgehen sollen. Sie sprechen auch kaum mit mir über früher. Ich weiß nicht genau, warum.«

»Das ist alles echt merkwürdig.«

»Sie werden ihre Gründe haben, aber darauf können wir keine Rücksicht nehmen, oder?«

Jace grinste frech. »Mit der Einstellung kann ich arbeiten.«

Als Feather ins Gespräch mit Blue Card vertieft war, machten sie sich auf den Weg zu den Zellen. Jace gab sich Mühe, leise zu sein, und Kalypso verbarg ihre Signatur im Data Space, sodass nicht allzu schnell auffallen würde, wenn sie sich an der Firewall der Gefängnisse zu schaffen machten.

»Ich werde vielleicht deine Hilfe brauchen«, flüsterte Kalypso. »Du könntest einfach hineingehen, aber ich kann dir nicht folgen, solange die Firewall aktiv ist.«

Jace nickte. Die Tür in die Gefängnisse war nicht mit dem Data Space verbunden, und weil altmodische Schlösser mit Schlüsseln schwer zu bekommen waren, ließ sich die Tür einfach aufschieben.

»Ich könnte auch allein mit ihnen reden«, antwortete Jace leise. »Dann müssen wir kein Risiko eingehen.«

»Ich weiß nicht, eine von ihnen ist eine Cybertech und vermutlich geübter als du.«

»Aber was sollen sie mir antun? Sie sind gefangen.«

Kalypso fuhr sich durch die kurzen Locken. »Ich weiß nicht, Jace ...«

»Lass es mich versuchen. Vertrau mir.«

Sie zögerte kurz, doch dann nickte sie. »Einverstanden, ich vertraue dir.«

Also betrat er die Zellen allein, während Kalypso wartete. Jace fragte sich, wie es sich anfühlen musste, draußen vor der Tür zu warten, ohne eintreten zu können. Drinnen war es dunkel, doch das Geräusch von flachem Atem hob die Stille auf. Rascheln von Stoff, jemand holte harsch Luft, dann ertönte kein Geräusch mehr.

Jace fand den Lichtschalter, und dämmriges Gelb flutete den Trakt. Es waren alte Lampen, die ein leises Summen von sich gaben.

»Hallo?«, rief er, während er langsam den Gang entlanglief.

Keine Antwort, nur mehr Rascheln. Dann Tuscheln. Jace fand die einzige Zelle, die besetzt war. Zwei Frauen kauerten darin.

»Wer seid ihr?«, fragte Jace in die Dunkelheit hinein. »Warum seid ihr hier?«

»Ich bin Sam«, krächzte die Frau mit dem roten Schal. Die linke Seite ihres Kopfs war kurz geschoren, auf der anderen Seite fielen ihre kurzen Locks bis zum Kinn.

Ehe Sam weiterreden konnte, meldete sich das Mädchen zu Wort. »Ich habe sie hierhergeführt«, flüsterte sie. »Um dich zu retten.«

Jace runzelte die Stirn. »Retten? Wovor?«

»Vor Feather«, sagte sie leise. »Und vor ORI.«

Jace' Griff um die Gitterstäbe verkrampfte sich. »Was soll das heißen? Wer bist du, und was weißt du noch?«

»Ich bin Wire«, antwortete sie schwach. Jace sah erst jetzt, dass ihr Gesicht voll von verschmiertem Blut war. »Ich ... war auch einmal Teil von CLEAR. Aber ich bin geflohen.«

»Was ... ich glaube, ich verstehe das hier alles nicht ganz.«

»Wir werden dir nichts tun«, versprach Wire. »Aber wir müssen hier weg. Noch mag sie nett zu dir sein, aber wenn du dich gegen ihre Pläne stellst, wird sie dich auch nicht besser behandeln als mich.«

Jace schluckte. Er hätte widersprechen wollen, aber jetzt, wo er Wire so sah, wie sie dort kauerte, mit all dem Blut im Gesicht, hätte jedes Wort hämisch geklungen. Und er konnte sie doch nicht einfach dort drinnen sitzen lassen? Sie war sicherlich noch nicht mal volljährig.

»Wie bekommen wir dich da raus?«, fragte er entschlossen.

»Ich glaube, Feather hat die Schlüssel in dem Schrank dort drüben verstaut.«

Jace runzelte die Stirn. »Einfach dort, wo jeder sie nehmen könnte?«

Wire lächelte schief, verzog aber dann das Gesicht vor Schmerz. »Wer sollte sie denn nehmen? Sicherlich hat sie dir erzählt, dass wir dich fangen und zurück zu NeoTECH bringen wollen.«

Während Jace zu dem Schrank ging, sagte er: »Und hat sie recht damit?«

»Das Wichtigste ist, dass wir hier rauskommen. Ich ... ich lasse nicht zu, dass dir etwas geschieht, okay?« Wires Stimme brach.

Jace glaubte nicht, dass Wire ihn vor irgendetwas beschützen konnte, behielt das aber für sich. Er öffnete die Schranktür. Und tatsächlich: In dem Schrank hing ein einsamer Schlüssel an einem Juteband. Jace schnappte ihn sich, kehrte zurück zur Zelle und schloss die rostige Eisenkette auf.

Sam sprang als Erste auf und half Wire dabei, aufzustehen.

»Wir müssen uns beeilen«, sagte Wire. Sie wankte etwas. Sam stützte sie, während sie gemeinsam den Gefängnistrakt verließen.

Draußen wartete bereits Kalypso. »Du hast sie befreit?«, fragte sie und verschränkte die Arme.

»Wir ... es tut mir leid, Kalypso, aber wir müssen weg von hier«, sagte Jace schnell. »Irgendwas ist hier richtig faul.«

Dann eilten sie los. Jace mochte gar nicht daran denken, ob ihr Auto überhaupt noch draußen stand. Wenn nicht, hatten sie ein Problem. Ein gewaltiges. Sie würden nicht mehr von hier wegkommen, aber in diesem Moment lag seine Konzentration darauf, Wire wegzubringen. Sie schnaufte, und erneut fragte Jace sich, was Feather mit ihr gemacht hatte, denn körperlich schien sie keine Verletzungen zu haben.

Schaudernd erinnerte er sich an die Blitze, die Glitch auf ihn geschossen hatte. Ob Feather Wire Ähnliches angetan hatte?

Sie bogen ein in den letzten Gang, der sie nach draußen bringen würde, mussten jedoch abrupt stehen bleiben – vor ihnen stand Trinity. Er hatte die Augenbrauen grimmig gehoben und stand vor ihnen wie eine unüberwindbare Blockade.

»Eine Flucht?« Er hob die Augenbrauen noch höher, und seine Augen blitzten gefährlich. »Jace, ich dachte, wir hätten uns darauf geeinigt, dass du die Füße still hältst.«

»Feather hat dieses Mädchen hier gefoltert. Ich kann das doch nicht einfach mit ansehen«, widersprach Jace heftig.

»*Dieses Mädchen* ist eine Verräterin und hat nichts Besseres verdient.«

Wire richtete sich auf und ballte die Hände zu Fäusten. »Du weißt genau, dass du gegen mich nicht gewinnen kannst, Trinity«, fauchte sie.

»Im Data Space vielleicht nicht. Aber hier ...«

Noch ehe er seinen Satz beenden konnte, klappte Wire wie eine leblose Puppe zusammen. Sam fing sie auf und schnappte nach Luft, doch jetzt war es Trinity, der zu würgen begann. Blut strömte aus seiner Nase, und auch Wire, die schlaff in Sams Armen lag, blutete aus Nase und Ohren. Trinity ging in die Knie, spuckte noch etwas Blut und blieb dann keuchend liegen.

»Damit lassen sie dich nie mehr davonkommen, Wire«, brachte er unter Bluthusten hervor. »ORI und Feather werden dich jagen, bis du dich nicht mehr verstecken kannst, und das weißt du.«

Wire blinzelte, und Sam hielt sie, damit sie nicht stürzte. »Das werden wir sehen«, sagte sie rau. Dann wandte sie sich an Jace. »Raus jetzt, schnell.«

Sie rannten so schnell sie konnten an dem nun bewusstlosen Trinity vorbei. Wire brauchte Hilfe, die Leiter hochzuklettern, doch schließlich gelangten sie an die Oberfläche. Der schimmlige Geruch des alten Hauses kam Jace nun fast befreiend vor. Er nahm einen tiefen Atemzug und schüttelte sich, als wären sie bereits frei. Dabei waren sie nur wenige Schritte von dem Versteck von CLEAR entfernt.

Das Auto, das Kalypso geknackt hatte, stand noch da. Gemeinsam liefen sie darauf zu und stiegen ein. Als die Türen zufielen und der Motor startete, lehnte Jace sich zurück. Die Landschaft zog an ihnen vorbei, während Kalypso das Auto über die Straßen manövrierte.

Jace drehte sich um. Auf dem Rücksitz lag Wire halb und atmete langsam, während Sam versuchte, ihr die Blutreste aus dem Gesicht zu wischen.

»Also ... was jetzt?«, fragte Jace unsicher. »Sollen wir sie in ein Krankenhaus bringen?«

Wire schüttelte den Kopf, stöhnte dann aber vor Schmerz auf. »Nein, das wird von allein wieder. Mir geht es gut.«

Jace runzelte die Stirn, dann fiel sein Blick auf Sam. »Und du, was wirst du jetzt machen? NeoTECH kontaktieren?«

Sam rieb sich das Gesicht. »Erst mal werde ich mich darum kümmern, dass es Wire gut geht. Alles andere muss warten.«

»Ich muss aber wissen, ob du versuchen wirst, mich zurück an den Konzern zu verkaufen.«

»Du hast mich gerettet. Wie unfair wäre das?« Sie biss sich auf die Lippe. »Weißt du, ich arbeite nicht für NeoTECH, weil ich die Leute so nett finde. Ich habe nicht wirklich eine Wahl.«

»Verstehe«, sagte Jace, obwohl er natürlich nur erahnen konnte, was ihr Problem war. »Das heißt, du arbeitest wirklich für sie.«

»Ich werde dich nicht ausliefern«, sagte sie ernst.

Für den Moment blieb Jace nicht viel mehr übrig, als ihr zu glauben – oder die mögliche Lüge einfach hinzunehmen. Sie mussten hier weg.

»Um dann zu den offenen Fragen zu kommen«, erklang Kalypsos Stimme über die Lautsprecher des Autos, »könnt ihr anfangen mir zu erklären, was hier los ist?«

Wire holte tief Luft. »Das ist dann wohl mein Part. Also, ich bin eine Cybertech, wie ihr ja wisst. Feather hat vor einigen Jahren angefangen, Leute wie mich um sich zu scharen. Ich dachte erst, ich hätte in ihr eine Familie gefunden. Die anderen waren genauso wie ich, und wir konnten zusammen diese neuen Kräfte entdecken. Aber dann ... kam ORI.«

Jace lauschte gespannt. Kalypso fuhr zurück in Richtung Stadt, und er hielt sie nicht auf. Nach der heutigen Aktion war Jace sich sicher, dass es ohnehin keinen Ort gab, an dem sie wirklich sicher sein würden. Keine Stadt und auch kein Geheimversteck in der Ödnis.

»Du hast ORI getroffen?«, wollte Kalypso wissen.

»Ja, flüchtig. Er ist ... eigen. Und sehr mächtig. Stärker als wir alle, und wohl auch älter. Wie alt, das weiß ich nicht, und wo er herkommt, auch nicht. Aber ich weiß, dass er ...« Wire schluckte. Jace wartete gespannt.

»ORI hat die Cybertechs erschaffen, damals, bei dem Zusammenbruch.«

Jetzt war es an Jace, zu schlucken. »Er hat was?«

»ORI hatte damals einen Virus programmiert, der ... ich weiß nicht genau, was er tut, wenn ich ehrlich bin. Aber dieses Programm infizierte alles, was es finden konnte, und breitete sich ebenso schnell aus. Das war der Zusammenbruch, deswegen ist es passiert. Die Menschen, die zu diesem Zeitpunkt in der VR waren, haben die Veränderung ja gespürt. Irgendetwas hat dieser Code mit unseren Gehirnen gemacht, sodass wir jetzt Cybertechs sind.«

Jace hatte keine Worte. Seine Fähigkeiten sollten durch einen Virus hervorgerufen worden sein, einen Code, der sein Gehirn umgeschrieben hatte? Das war einfach unmöglich und gleichzeitig so beängstigend.

»Ich weiß nicht, ob es seine Absicht war, uns zu erschaffen«, fuhr Wire leise fort. »Aber ORI hat uns beobachtet und auch mit uns gesprochen. Ich weiß nicht genau, was er will, aber Feather scheint so etwas wie seine rechte Hand zu sein. Er vertraut ihr mehr an als uns allen anderen.«

Kalypso brach die Stille als Erstes: »ORI hat also nicht nur mich erschaffen, sondern auch euch?«

»So sieht es wohl aus.«

»Das ist wirklich … ich weiß nicht, was ich davon halten soll«, gab Jace zu.

»Ich auch nicht.« Sams Stimme klang rau. »Ich weiß viel über den Data Space, aber das klingt unglaublich. So etwas habe ich noch nie gehört.«

»Es ist aber die Wahrheit«, verteidigte Wire. »Und wenn wir nicht herausfinden, was ORI vorhat, dann fürchte ich …«

Sie kam nicht mehr dazu, ihren Satz zu Ende zu sprechen. Das Auto bremste so scharf, dass es nach verbranntem Gummi roch. Dann klickten die Türen, und der MCI blieb verschlossen mitten auf der Straße stehen.

»Kalypso?«, fragte Jace mit einem Stirnrunzeln. »Was ist los?«

»Ich war das nicht«, flüsterte Kalypso.

20

Sie alle saßen in dem Auto wie erstarrt. Nichts bewegte sich mehr. Jace griff nach dem Türgriff und rüttelte daran, doch die Tür des MCI blieb fest verschlossen. Jace' Brust wurde eng, als er gegen die Tür trat und sich noch immer nichts rührte. Sie steckten mitten auf der Straße fest. Jace fuhr zu Wire und Sam herum. »Was soll das werden? Was habt ihr getan?« Sein Herzschlag pochte hart an seiner Halsschlagader. Es war ihm egal, ob seine Anschuldigung Sinn ergab oder nicht, in diesem Moment voller Panik war Jace nicht fähig zu denken.

»Wir haben gar nichts getan!«, verteidigte sich Sam.

Doch Jace starrte sie misstrauisch an. »Ach nein? Und das soll ich dir glauben?«

»Ja«, sagte sie eindringlich. »Wenn ich dich zurückbringen wollte, warum sollte ich das Auto mitten im beschissenen Nirgendwo anhalten? Meinst du, ich hab einen Hubschrauber bestellt, oder …«

Jace holte tief Luft und versuchte, das Pochen in seiner Brust unter Kontrolle zu bekommen. »Gut, aber wer war es dann?«

»Das wäre dann wohl ich«, erklang eine glatte Stimme aus den Lautsprechern.

Drei Augenpaare wandten sich den Lautsprechern zu.

»Und du bist …« Jace' Kehle war wie zugeschnürt.

»ORI«, beendete Wire atemlos seinen Satz. Ihre Finger krallten sich so fest in ihre Knie, dass zwischen den Löchern ihrer Strümpfe rote Halbmonde verbleiben würden, sobald sie den Griff lockerte.

»Korrekt. Ich bin mir sicher, dass meine Feather euch bereits von mir erzählt hat.« ORIs Stimme hatte weder Kanten noch

Ecken, sie hörte sich so makellos an, dass es Jace eiskalt den Rücken hinunterlief. Er war zu ausdruckslos und ließ nicht im Mindesten durchblicken, was er möglicherweise vorhatte. »Aber ich frage mich, wieso ihr sie schon verlasst.«

»Sie hat Wire gefoltert«, sagte Jace fest.

»Das wundert mich nicht, diese Frau hat ihre ganz eigenen Methoden. Aber keine Sorge, Wire, ich bin dir nicht böse.«

Wire schien das nur bedingt zu beruhigen. Jace hörte sie scharf ausatmen, doch sie löste die Finger nicht von ihren Knien.

Kalypso schimmerte für Jace sichtbar auf dem Fahrersitz und beugte sich vor. »ORI. Ich bin Kalypso, und Feather sagte mir, du hättest mich erschaffen – stimmt das?«

ORI ließ sich ein paar Sekunden Zeit, ehe er antwortete: »Ja, das stimmt.«

Ihre Hände krallten sich in die Unterkante des Sitzes. »Du musst mir so viele Fragen beantworten: Wer bin ich, wie alt bin ich, gibt es noch andere wie uns? In welcher Beziehung stehen wir zueinander, und was war vor meiner Amnesie?«

»Ich bin der Einzige meiner Art. Und du, Kalypso, bist das einzige körperlose Wesen, das ich je erschaffen habe. Ich muss sagen, dass es mich mit Stolz erfüllt, dreien meiner Geschöpfe hier zu begegnen, Kalypso, Wire und Jace. Eure Existenz ist der Beweis dafür, dass das Potenzial des Lebens weit über die Menschheit hinausgeht.«

»Was soll das bedeuten?« Jace' Stimme zitterte, doch er mühte sich, es zu verbergen.

»Dass es möglich ist, die Menschheit zu retten«, erwiderte ORI nur. »Dass sie in der Lage ist, sich weiterzuentwickeln, wenn auch mit meiner Hilfe.«

»Deswegen hast du 97 den Data Space zum Einsturz gebracht, um der Menschheit zu *helfen*?« Fassungslos blickte Jace in die Lautsprecher, doch ORI war nicht wirklich hier. Es gab keinen Avatar, den er sehen konnte, wie das bei Kalypso der Fall war.

»Du meinst Charybdis? Ja, ich habe sie geschrieben, um zu sehen, wie weitreichend der Einfluss des Data Space auf die stoffliche Welt ist, und siehe da: Das Experiment war erfolgreicher, als ich je zu träumen gewagt hätte.«

Jace biss die Zähne zusammen. ORI hatte seinem Virus sogar einen Namen gegeben, als wäre er ein verdammtes Schulprojekt. Ihm wurde eiskalt bei dem Gedanken, dass ORI die stoffliche Welt, wie er sie nannte, als Spielwiese für seine Experimente nahm.

»Was hast du jetzt mit uns vor?« Es war das erste Mal, dass Wire seit ORIs Ankunft sprach.

Einige Sekunden herrschte Stille. Niemand sagte etwas, ORI ließ sich Zeit mit seiner Antwort, und noch immer gab er den MCI nicht frei.

»Ich habe überhaupt nichts mit euch vor«, erwiderte ORI endlich. »Ich wollte euch nur bitten, eure Entscheidung zu fliehen zu überdenken. Wenn ihr wollt, spreche ich mit Feather. Ihr könnt zu CLEAR zurückkehren, ein Teil davon werden. Ein Teil der Veränderung.«

»Ich habe CLEAR noch nie etwas Gutes tun sehen«, sagte Wire leise. »Feather hat diese Gruppe immer nur mit Gewalt vorangebracht, und das unter deinem Namen, ORI.«

»Gewalt, die nicht gegen euch gerichtet sein muss. Wire, du bist eine begabte Cybertech, vielleicht sogar begabter, als Feather es jemals sein wird. Dein Potenzial wird unter Menschen immer weiter verkümmern.«

»Gewalt ist nicht so ganz unser Ding, wenn du verstehst«, erwiderte Jace trocken.

»Jace«, sagte Sam warnend, »mach ihn nicht wütend.« In ihren Augen schimmerte Angst. Er konnte es ihr nicht verübeln.

»Es ist nur ein Angebot«, sagte ORI. »Es steht euch frei, CLEAR zu verlassen. Ich hege nicht dieselben albernen Rachegefühle wie Feather. Ich wollte euch lediglich anbieten, dabei zu sein, wenn ich die Zukunft forme. So wie du früher, Kalypso.«

Jace' Atem stockte. ORI hatte davon gesprochen, dass die Menschheit fähig war, sich weiterzuentwickeln, und die Art, wie er über ihn, Wire und Kalypso gesprochen hatte, hatte fast etwas ... Liebevolles gehabt.

»Du hast doch nicht etwa vor, Charybdis noch einmal auf den Data Space loszulassen, oder?« Jace hatte die Worte schreien wollen, aber sie entwichen ihm als leises Flüstern. »Das darfst du nicht tun, 2097 darf sich auf keinen Fall wiederholen!«

»Betrachtet die Fähigkeiten, die ihr erlangt habt, als ein großzügiges Geschenk von mir«, erwiderte ORI. »Ich kann euch nicht dazu zwingen, dankbar für eure Gaben zu sein. Ich verlasse euch nun.«

»Nein, warte!«, rief Jace, doch die Lautsprecher waren verstummt.

Die Türen klickten, und der Motor brummte, als er wieder startete. Langsam fuhr das Auto an und tuckerte über die Straßen, die allmählich besser wurden, je näher sie der Stadt kamen.

»Heilige Scheiße«, fluchte Sam und lehnte sich zurück.

»Wenn du recht hast, und er will ein zweites 2097, sind wir alle verloren«, flüsterte Wire. »Charybdis ist ein schrecklicher Virus, der den Data Space damals fast endgültig zum Einsturz gebracht hat.«

»Das kann er unmöglich wollen.« Sam legte Wire einen Arm um die Schulter. »Wenn der Data Space kollabiert, ist ORI für immer darin gefangen oder tot oder ... was auch immer mit einer KI passiert, wenn der Data Space einfach zusammenbricht.«

»Der Data Space ist in seinem Wesen unfassbar instabil.« Kalypsos Stimme wankte, als sie sich zu Wort meldete. »Dieses riesige Datengeflecht ist ein System, das untereinander nur funktioniert, weil die Datenströme ihren vorgegebenen Bahnen folgen. Aber ... diese Ströme sind auch leicht durcheinanderzubringen. Ich bin mir sicher, dass der Schaden, den Charybdis an den Datenströmen angerichtet hat, nicht beabsichtigt war. Wenn ORI es erneut versucht, wird er das Programm vorher stabilisieren. Das ... ist nur nicht unbedingt eine gute Nachricht.«

»Also eine Charybdis 2.0, großartig«, murmelte Sam.

»Wir können das nicht zulassen!«, rief Jace. »97 sind zu viele Menschen gestorben. ORI mag das egal sein, aber wir können ihn doch nicht einfach machen lassen.«

»Und was jetzt, wollt ihr weiter nach New Delta?«, fragte Sam. »Oder zurück nach Neon City?«

»Du wirst sie doch nicht ...«, begann Wire, aber Sam unterbrach sie mit einer knappen Handbewegung.

»Nein, Wire, werde ich nicht. Wir haben echt größere Probleme als einen angepissten Con.«

»Gut.« Wire lehnte sich zurück. »Dann sind wir alle auf einer Seite.«

»Dann kündigst du jetzt deine NeoTECH-Mitgliedschaft?«, bemerkte Jace trocken.

»NeoTECH kann mich mal.«

»Du wirst mich und Kalypso also nicht bei der erstbesten Gelegenheit verraten?«

Sam schien etwas erwidern zu wollen, biss sich dann aber auf die Lippe und schüttelte den Kopf. »Ich kann dir dein Misstrauen nicht mal übel nehmen. Aber du musst wissen, ich hasse die Cons, okay? Dass NeoTECH mich dazu gebracht hat, für sie zu arbeiten, war das Allerschlimmste für mich.«

»Was hat sich jetzt geändert?«, fragte Jace.

»Die Tatsache, dass eine verdammte KI im Data Space rumgeistert, die die Cybertechs erschaffen hat und noch mal die gleiche Scheiße abziehen will wie vor vier Jahren. Ich habe ein starkes Bedürfnis nach Gerechtigkeit, Jace. Und das, was ich bisher getan habe ... ich hatte Angst. Um meine Freunde. Aus keinem anderen Grund würde ich für einen Con arbeiten.«

»Die Angst hast du doch bestimmt immer noch.« Jace konnte ihr keinen Vorwurf machen. Wenn NeoTECH ihre Freunde bedrohte, war es eine legitime Entscheidung, den Anweisungen des Konzerns zu folgen. Sam wollte auch nur jemanden beschützen.

»Habe ich auch«, sagte sie leise. »Ich weiß nicht, wie ich sie beschützen soll. Aber ich halte es auch nicht mehr aus, eine Marionette in diesem korrupten System zu sein, besonders nach allem, was ich erfahren habe. Und wenn ich ehrlich bin, glaube ich auch nicht, dass ich sie wirklich beschütze, indem ich mich zum Werkzeug machen lasse. Das ist doch nur eine Ausrede.«

»Ich kann verstehen, wenn du zu große Angst hast«, mischte sich Wire ein. Es war seltsam, diese Worte von einer Fünfzehnjährigen zu hören.

Sam lächelte gequält. »Glaub mir, ich würde immer noch versuchen, Jace und Kalypso zu NeoTECH zu bringen, wenn ich nicht noch mehr Angst davor hätte, was ORI vorhat.«

Wire lachte trocken auf. »Du kamst mir nie wie ein besonders ängstlicher Mensch vor.«

Sam schnaubte. »Voll. Ich hab nur den Nervenkitzel geliebt. Und ich wollte den Megacons eins reinwürgen.«

»Das hat ja auch geklappt«, murmelte Wire.

»Irgendwie schon, ja.« Sie seufzte. »Wisst ihr, ich habe meinen Bruder durch die Konzerne verloren und meine Mutter aufsteigen sehen, weil ... irgendjemand die höheren Positionen *geräumt* hat. Für die Cons sind wir nur Material, das sie verschleißen können. Fuck, wenn sie uns wehtun wollen, werden sie das auch tun. Dann kann ich ihnen wenigstens noch in den Arsch treten, bevor die Klappe zugeht.«

Einen Moment lang sagte niemand etwas, dann brachen sie alle in Gelächter aus. Wire hörte schnell wieder auf und hielt sich den Kopf, aber auch Jace war erheitert, und er glaubte sogar, Kalypso schmunzeln zu sehen.

»Du hast eine starke Moral, Sam«, erklang ihre Stimme über die Lautsprecher.

Sam zuckte zusammen. »So ganz habe ich mich daran noch nicht gewöhnt«, gab sie zu.

»Das finde ich bewundernswert«, sprach Kalypso weiter. »Und du stellst dich gegen die Emotionen, die dich von deiner Moral abhalten wollen. Das ist auch stark.«

»So viel Lobhudelei«, murmelte Sam. »Dabei wollte ich euch einfach wieder an NeoTECH verkaufen.«

»Das ist jetzt nicht mehr wichtig«, sagte Jace. »Es zählt, was du jetzt tust.« Doch er glaubte seinen eigenen Worten nicht so fest, wie sie klangen. Er hatte seinen Eltern vertraut und war bei NeoTECH gefangen genommen worden. Feather hatte sich als rechte Hand einer kaltblütigen KI entpuppt. Und Sam sollte sich einfach so verändert haben? Er kannte sie doch kaum. Vielleicht war es keine gute Idee mehr, anderen Chancen zu geben. Andererseits hatte er auch Kalypso vertraut, und sie hatte ihn bisher kein einziges Mal verraten.

»Wir sollten wirklich zurück«, schlug Wire vor. »Wenn wir eine Chance haben wollen, herauszufinden, was ORI vorhat, brauchen wir Hilfe. Die Violet Thorns könnten …«

»Oh, bitte«, fuhr Sam dazwischen, »du willst Scarrah fragen?«

Jace verfolgte den Schlagabtausch zwischen den beiden. Sam versenkte das Gesicht in den Handflächen und stöhnte laut auf.

»Sie hasst mich, und jetzt, wo wir zusammen losgezogen sind, bestimmt noch mehr.«

»Aber ohne die Thorns haben wir quasi keine Chance, Sam.« Wire blickte zu Jace auf. »Die Violet Thorns sind eine Ansammlung der Besten. Wenn jemand Informationen beschaffen kann, dann sie.«

»Na ja«, erwiderte er, »ich würde keine Hilfe ablehnen.«

»Na schön«, gab Sam sich geschlagen. »Aber wir fahren auf keinen Fall direkt los ins Infinity Realm, Scarrah spießt mich sonst auf. Halten wir uns erst mal bedeckt und weihen sie ein, ja?«

Wire nickte. »Du kannst ihr vertrauen, Scarrah ist wirklich gut.«

Kalypso starrte nachdenklich in die Leere. Jace ging davon aus, dass sie nur mit halbem Ohr zuhörte. Ob sie nach Informationen zu ORI suchte? Er bezweifelte, dass sie welche finden würde.

»Hey«, flüsterte er ihr zu, »ist alles in Ordnung?«

Sie blinzelte, dann wandte sie sich ihm zu. »Nein, absolut nicht.«

Jace wusste nicht, was er darauf erwidern sollte. »Kann ich etwas für dich tun?«

Ihr Kiefer verhärtete sich. »Finde mit mir heraus, was ORI vorhat und wie wir ihn aufhalten können. Meine verlorenen Erinnerungen. Und dann ...«

»Und dann?«

»Retten wir die Leute und den Data Space.«

Sam strich Wire über das rote Haar. »Wir müssen Wire unbedingt an einen sicheren Ort bringen, wo sie sich ausruhen kann. Weltrettungspläne danach.«

Jace nickte. Auch wenn es ihm nicht behagte – wenn die Violet Thorns ihnen helfen konnten, mussten sie zurück nach Neon City. Noch vor ein paar Tagen hätte er nicht gedacht, dass er sich zurück unter die Augen der Megacons begeben würde, um eine größenwahnsinnige KI davon abzuhalten, ein zweites Massaker zu starten.

Neon City tauchte schon bald am Horizont auf. Schon aus der Ferne leuchtete der Metrokomplex wie ein Himmel, dessen Mond in tausend Teile zersplittert war und nun mit den Sternen um die Wette strahlte. Die richtigen Sterne versteckten sich hinter Vulkanasche und Abgasen, und Jace konnte nicht umhin, sich vorzustellen, wie die Menschen die Natur erst zerstörten, nur um sie im Anschluss nachzuahmen.

»Was ist denn da los?«, fragte Sam und lehnte sich vor.

Vor den Stadteinfahrten hatten sich Schlangen gebildet. Autos standen vor den Toren zu Neon City und warteten offensichtlich auf Einlass. Die Schlange ging nur langsam voran. Jace runzelte die Stirn.

»Seit wann gibt es da Kontrollen?«

»Als wir los sind, um euch zu suchen, waren die noch nicht da«, kommentierte Wire.

Jace wurde mulmig bei dem Gedanken. Was mochte in Neon City passiert sein? Langsam fuhren sie ans Ende der Schlange. Sie kamen nur gemächlich voran, das Auto ruckelte jedes Mal, wenn sie anhielten.

»Lasst am besten mich reden«, schlug Sam vor. »Ich bin gut in so was.«

Jace hob die Augenbrauen. Es entsprach nun wirklich nicht seinem Bild einer genialen Hackerin, ihr die sozialen Interaktionen zu überlassen. Aber sie legte so viel Überzeugung in ihre Stimme, dass er nachgab.

»Gut.« Jace schnallte sich ab und kletterte hinter seiner Rückenlehne vorbei auf den Rücksitz. Sam zwängte sich nach vorne und blieb dort sitzen.

Jace blieb angespannt. Er würde ihr vertrauen. Doch wenn sie an der Kontrolle einfach verriet, wer er war und wen er dabeihatte, wusste er nicht, wohin er fliehen sollte.

Sie fuhren vor. Der schwarze Lack und die getönten Scheiben des Sicherheitskonzerns *Overwatch Securities* bauten sich drohend über den hereinkommenden Fahrzeugen auf. Kalypso ließ die Scheibe herunter, und Sam beugte sich aus dem Fenster. Eine Mitarbeiterin von Overwatch kam zu ihnen heran. Sie hatte eine durchtrainierte Figur, offensichtlich vercyberte Arme und schwere Pistolen an ihrem Gürtel stecken. Dennoch begegnete sie Sam mit einem freundlichen Lächeln. Wire wandte das Gesicht ab, um die rötlichen Blutspuren zu verstecken.

»Guten Morgen«, grüßte Sam freundlich. »Was ist denn hier los?« Ihr Tonfall war so lässig, dass sogar Jace es ihr fast abgekauft hätte.

Die Frau winkte ab. »Nichts Besonderes, Miss. Wo kommen Sie gerade her?«

»New Delta«, antwortete Sam wie aus der Pistole geschossen. »Waren Verwandte besuchen, aber ich sag Ihnen, die Imbissbuden sind nichts im Vergleich zu hier. Keine Ahnung, warum meine Schwägerin das Kaff so liebt, aber ...«

»Schon gut«, unterbrach die Frau, »Sie waren also in letzter Zeit nicht in Neon City?«

Sam schüttelte den Kopf. »Nein. Was meinen Sie, warum ich gerade so verwirrt bin, was hier los ist?«

Die Frau zögerte, doch dann sagte sie: »Die Konzerne haben eine Hafterlaubnis ausgesprochen. Sie gilt für alle Menschen, die ... Veränderungen an sich festgestellt haben seit dem Zusammenbruch. Man sagt, die Überlebenden von damals seien gefährlich.«

Jace wurde eiskalt, doch Sam blieb gelassen. »Gefährlich? Wie das?«

»Man glaubt, sie könnten ähnliche Unglücke herbeiführen wie damals. Deswegen werden sie – Cybertechs – im Moment in Sicherheitsverwahrung genommen. Bis wir sicher sind, dass sie sich und andere nicht gefährden.«

»Dann hoffe ich, dass sich das bald klärt«, sagte Sam gelangweilt.

»Sie kennen niemanden, der den Zusammenbruch überlebt hat?«, hakte die Frau noch einmal nach.

»Nein«, sagte Sam schlicht. »Und ich würde jetzt wirklich gern nach Hause fahren und mich ausruhen.«

Die Frau nickte. »In Ordnung, eine ruhige Weiterfahrt. Danke Ihnen noch einmal.«

Wire war neben Jace ebenso bleich geworden wie er.

»Das ist gar nicht gut«, flüsterte sie.
»Absolut nicht«, stimmte Jace ihr zu.
Nun war es schon so weit gekommen, dass man sie ohne weiteren Grund festnehmen durfte. Neon City war gefährlicher geworden.

21

Sam fühlte sich wie gelähmt, als sie in Neon City einfuhren. Die Drohnen über ihren Köpfen kamen ihr noch gefährlicher vor als sonst, und dass die Cons jetzt schon offen aussprachen, dass sie nach Cybertechs suchten, konnte nichts Gutes heißen. Sicher planten sie bereits Dutzende Kampagnen, nur um die Leute irgendwie davon zu überzeugen, dass die Konzerne das Richtige taten und überhaupt nichts verwerflich daran war, Cybertechs festzunehmen. Was nach der Festnahme geschah, würde hingegen fein säuberlich mit Lügen verdeckt werden.

Jetzt musste sie noch mehr auf Wire aufpassen. Ihre Finger schlossen sich fest um das Polster ihres Sitzes. Sie hatte sich dazu bereit erklärt, für NeoTECH zu arbeiten, um Hannah und Leo zu schützen. Jetzt wurde auch noch Wire bedroht, und obendrein wollte ORI die Tragödie von 97 wiederholen. Es spielte keine Rolle, ob Sam den Cons gehorchte oder nicht. Sie nahmen sich ohnehin, was sie wollten – dann konnte sie ebenso gut das Richtige tun.

»Egal, wie oft ich in Konzerne eingebrochen bin und Daten geklaut habe, ich habe nie auch nur eine Information zu Cybertechs gefunden«, äußerte sie ihre Gedanken. »Sie haben sich so viel Mühe gegeben, das Ganze geheim zu halten, und wofür? Um jetzt damit an die Öffentlichkeit zu gehen?«

»Ich wette, sie wollen die Kontrolle über den Informationsfluss kriegen, bevor es irgendjemand anders tut«, murmelte Jace.

»Du sagst *sie*, als würden die Cons alle an einem Strang ziehen«, sagte Sam. »Dabei sitzen gerade wahrscheinlich furchtbar vornehm angezogene Leute in irgendwelchen Manageretagen und diskutieren darüber, welche Information sie am besten streuen, damit sie die Hoheit über die öffentliche Meinung gewinnen. Alles, was die machen, tun sie doch nur, um die anderen auszustechen. Es geht echt nur um Geld, nichts anderes.«

Sam wusste, dass es nicht einmal übertrieben war. In den Daten der Megacons hatte sie regelmäßig bis weit in die Zukunft reichende Pläne gefunden, in denen beschrieben war, wie die Cons das Image von Konzernen und Produkten beeinflussen wollten – natürlich immer mit dem Ziel, Profit und Macht zu mehren.

»Die sind echt gut darin zu verstecken, wie tief sie in allem – wirklich allem – drinstecken.« Jace seufzte tief.

»Ich wüsste einen Ort, wo wir erst mal unterkommen können. Ein Freund von mir hat eine ... etwas heruntergekommene Hütte in London Edge.«

Jace drehte sich zu ihr um und runzelte die Stirn. »London Edge steht mindestens einmal die Woche mit irgendeiner Schießerei in den Nachrichten.«

»Hast du eine bessere Idee?«, fragte Sam zurück. »Er wohnt nicht so wirklich tief in den Gangrevieren. Wir müssen nur ein bisschen aufpassen, dann sollten wir einigermaßen sicher sein.«

»Einigermaßen sicher muss dann wohl reichen«, sagte Wire neben ihr.

»Es geht nur darum, dass du dich ein bisschen ausruhst, und wir besprechen alles Weitere dann«, sagte Sam beruhigend. »Wir schaffen das schon.«

»Wie ist die Adresse?«, tönte Kalypso aus den Lautsprechern.

Sam zuckte zusammen, doch dann antwortete sie: »Sechste Ecke, Hangman Street.«

Kalypso änderte die Fahrtrichtung, doch Sam war immer noch nicht ganz wohl dabei, mit einer KI unterwegs zu sein. Sicher, Kalypso erschien ihr viel freundlicher als ORI, aber sie war immer noch eine KI wie er, und sie hatte keine Ahnung, wozu sie imstande war. Es war besser, wenn sie vorsichtig war.

Als sie weiterfuhren, wurden die blinkenden Lichter weniger. Das Auto holperte häufiger über Schlaglöcher in den geteerten Straßen, und je näher sie dem Stadtteil London Edge kamen, desto häufiger blickten ihnen eingeschlagene Fenster entgegen. So weit abseits des inneren Stadtrings gab es kaum noch Hochhäuser, und neues Gelände zu erschließen war in London Edge schwierig, weil die Gangs ihr Revier bis auf die Zähne verteidigten. Außerdem wusste Sam, dass die Konzerne nicht völlig auf Kriegsfuß mit ihnen standen. Solange es hier draußen kein Geld zu holen gab, schlossen sie Vereinbarungen mit den Gangs, und die waren ganz zufrieden damit, in den Slums Drogen zu verticken und Schutzgeld zu erpressen.

Sam hatte das Glück, noch nie mit ihnen aneinandergeraten zu sein, weil sie London Edge so weit wie möglich mied, genauso wie jeder andere Mensch, der eine Wahl hatte.

Sam nahm ihren Smartcom zur Hand und tippte eine Nachricht an Leo.

> Hey, Süßer, wie sieht es aus, ich bräuchte eine Unterkunft. Können wir deine alte Hütte nehmen?

Seine Antwort kam beinahe sofort:

> Scheiße, Sam. Ich hab mir Sorgen gemacht. Was ist los?

> Nichts weiter. Wir brauchen nur ein Versteck für ein paar Tage.

> Du weißt, wo der Schlüssel liegt. Ich komme auch, und dann hast du mir verdammt viel zu erklären.

Sam lehnte sich zurück. Leo war der Einzige, der um ihre Identität wusste, und das auch nur, weil er selbst so tief in illegalen Geschäften drinsteckte, dass sie es vor ihm ohnehin nicht hätte verheimlichen können. Nicht einmal ihrer Freundin Hannah hatte Sam davon erzählt, aber Leo hatte es geahnt, als sie sich nähergekommen waren.

Es war ihr Glück, dass sie unbehelligt vor Leos Unterschlupf ankamen. Sam streckte sich, als sie ausstieg, und half dann Wire hinaus. Sie taumelte, hielt sich aber allein auf den Beinen.

»Das wird schon wieder«, sagte sie, als müsste sie sich selbst davon überzeugen.

Leos Hütte war ein Bretterverschlag, wie man ihn sonst nirgends in der Stadt fand. Es sah schäbig aus, hielt aber trocken und warm. Die Fensterscheiben waren milchig und staubig, aber immerhin noch ganz.

»Wenn ihr da drinnen seid, fasst am besten nichts an und geht nicht an Schubladen oder Schränke«, wies sie die anderen an, während sie nach dem Schlüssel fischte, der hinter der Dachrinne befestigt war. »Leo bewahrt dort einiges auf, was … illegal ist. Lasst einfach alles so liegen, wie ihr es vorfindet, dann geht das klar.«

»In was für Kreise bin ich da nur reingestolpert …« Jace seufzte, aber Sam nahm ihm den Kommentar nicht übel. Ganz unrecht hatte er schließlich nicht.

»Leo ist mehr als eine Bekanntschaft, und er rettet uns gerade den Arsch«, sagte sie dennoch.

»Ich weiß ja.« Er klang verzweifelt, und sofort hatte sie ein schlechtes Gewissen.

»Hey, wir bekommen das schon hin«, versuchte sie, ihn aufzumuntern. »Wir erholen uns erst mal, und dann machen wir einen Plan. Einen richtig guten.«

Er lächelte schwach. »Klingt gut.«

Knarrend öffnete Sam die Tür. Stickige Hitze schlug ihr von

drinnen entgegen. Sie trat sich die Schuhe ab und betrat dann den Flur. Die Dielen knarrten, und jedes Mal, wenn sie hier war, fühlte sie sich wie in einem alten Film. Sie zog die Schuhe aus und hängte ihre Jacke an die Garderobe, während sie den anderen bedeutete, es ihr gleichzutun.

»Leo hat hier ziemlich viele Foodkits und Dosen, uns geht es also ganz gut hier«, sagte sie, während sie schon ins Wohnzimmer mit der kleinen Küchenzeile verschwand. Im Schrank fand sie die eingetüteten Sandwiches und brachte sechs davon an den Tisch.

Wire ließ sich müde auf die alte Ledercouch fallen. »Was ein Tag.« Sie atmete lange aus und schloss die Augen.

Sam packte ein Sandwich aus und reichte es ihr. »Du kannst auch duschen, das Wasser müsste laufen.«

Wire grinste. »Klingt vielversprechend.«

Sam zuckte mit den Schultern. »Ist eben wirklich nur ein Unterschlupf.«

»Und wer ist dieser Leo?«, fragte Jace.

»Mein Freund«, antwortete Sam.

»Dein fester Freund?«, hakte Jace noch einmal nach.

Sam nickte.

»Ich wünschte, mein fester Freund wäre so cool und hätte einen geheimen Unterschlupf in London Edge.« Jace schmunzelte. »Aber ich bin einfach schrecklich langweilig und normal.« Er sah zur Seite und lächelte. Dann sagte er, als würde er jemandem antworten: »Du hast ja recht.«

Sam starrte ihn an. »Mit wem redest du?«

»Kalypso natürlich. Oh, du kannst sie ja gar nicht hören. Tut mir leid.«

»Ich kann meine Worte auch über Sams Kopfhörer laufen lassen«, sagte Kalypso.

Sam zuckte zusammen. Obwohl sie wusste, dass Kalypso existierte, und auch, was sie war, erschien es ihr immer noch befremdlich. Vielleicht würde sich das mit der Zeit legen, doch im Moment bedeutete sie für Sam immer noch eines: eine potenzielle Gefahr, ob nun durch sich selbst oder weil NeoTECH sie zurückwollte.

Sam schüttelte den Kopf. »Das ist immer noch so merkwürdig. Wirklich. Wenn ich nicht wüsste, dass sie real ist, würde ich denken, du halluzinierst.«

»Ich weiß.« Jace senkte den Kopf. »Aber Kalypso ist ... sie ist eine Freundin. Und eine gute Seele.«

Seele. Sam war sich nicht sicher, ob es die Worte waren, die sie einer KI zuschreiben würde. Sie setzte sich im Schneidersitz auf die Couch und biss herzhaft in ein Sandwich.

»Ich kann immer noch nicht wirklich glauben, dass es wirklich KIs gibt. Ich meine, Kalypso, verzeih mir die Frage, aber ... du bist wirklich kein Programm? Du entscheidest selbst, was du tust, hast eigene Gedanken und all das?«

»Ich glaube schon«, erwiderte sie. »Jedenfalls, soweit ich das beurteilen kann.« Sam hörte ein kleines Lachen in ihrer Stimme. »Aber ich weiß, was du meinst, Sam. Und ich weiß auch, dass ich anders bin als ein Mensch. Aber ich habe ein Bewusstsein, das weiß ich.«

Sam nickte langsam. Vielleicht musste sie einfach akzeptieren, dass es Dinge gab, die sie noch nicht verstand. Selbst wenn diese Dinge völlig verrückt waren. Sie hatte gesehen, wie Menschen ohne Cyberdice in die VR eintauchten. Eine KI war nicht so viel unglaublicher, zumindest versuchte sie, sich das einzureden.

»Wir sollten die KI-Sache auf jeden Fall noch geheim halten«, schlug Jace vor. »Auch vor Leo. Er muss nicht in diese Sache mit reingezogen werden, und wer weiß, ob er wirklich dichthalten kann.«

»Leo würde niemals so etwas ausplaudern!« Sam legte ihr Sandwich ab.

»Vielleicht nicht, aber ich würde trotzdem nicht jedem vertrauen, dem wir irgendwie begegnen.« Jace berührte Sam sanft am Ellenbogen. »Ich glaube dir, dass du ihm vertraust, aber in dieser Sache kommt es auf uns an. Wir sind in Gefahr.«

»Verstehe schon.« Sam zuckte mit den Schultern. Sie hasste Geheimnisse, verstand aber auch, dass es ihr nicht zustand, jedem von Kalypso zu erzählen. »Ich halte meinen Mund.«

»Danke.« Sie hatte das Gefühl, dass Jace es ernst meinte.

Die Türklinke klickte. Schritte ertönten im Flur.

»Leo?« Sam erhob sich.

Er sah gehetzt aus, sein Atem ging schnell, und sein bunter Haarschopf war zerzaust. Rasch kam er auf Sam zu und schloss sie in die Arme.

»Ich hab mir Sorgen gemacht, verdammt!«, fluchte er. »Antwortest auf keine Nachricht, keinen Anruf. Ich wäre wirklich fast bei deiner Mom vorbeigefahren.«

Sam grinste. »Niemals.«

»Nein, nicht wirklich. Aber was ist passiert? Und wer sind deine Freunde da?« Er küsste sie auf den Scheitel, ehe er sie losließ.

»Das sind Jace und Wire«, erklärte sie. »Und wir haben ein kleines Problem.«

»Mit NeoTECH.« Es klang nicht wie eine Frage.

»Ja«, gab Sam zu.

»Ich hab dir gesagt, lass es bleiben, Sam.« Er stöhnte auf und ließ sich auf den zerknautschten Sessel fallen. »Irgendwann musste so was ja mal passieren, ich weiß nicht, wie oft ich dich davor gewarnt habe. Aber nee, Sam Ueshiba muss mal wieder ihr Ego polieren.« Er seufzte. »Aber ich bin froh, dass es dir gut geht.«

Sam setzte sich neben Jace auf die Couch. Es tat gut, Leo wiederzusehen. Sie hatte weder ihm noch Hannah in der Zeit geschrieben, doch Leo konnte sie diese Dinge anvertrauen. Hannah war noch an der Uni, und Sam wollte sie nicht in ihre kriminellen Aktivitäten hineinziehen.

»Und wer sind deine Freude hier?«, wollte Leo wissen.

»Wire ist von den Violet Thorns, Jace ist irgendwie so mit reingeraten.«

»Die Kleine ist bei den Thorns?« Leo lachte. »Ich dachte immer, die wären ein bisschen elitärer.«

»Unterschätz mich ruhig«, knurrte Wire, »dir geht es eh nur um mein Alter, was?«

»Quatsch, ich bin nur überrascht, das ist alles. Und ich glaube nicht, dass ihr mir erzählen wollt, was die Thorns mit der Scheiße zu tun haben, oder?«, riet Leo.

»Richtig.« Sam reichte Wire noch ein Sandwich, doch die hob abwehrend die Hand.

»Mir ist schon schlecht.«

Weil sie es nicht wollte, griff Leo nach dem Sandwich und aß es in drei großen Bissen auf. »Also, was genau habt ihr vor?«, fragte er mampfend. »Schon Pläne?«

»Erst mal muss Wire sich ausruhen«, antwortete Sam. »Dann sehen wir weiter.«

»Ewig könnt ihr aber nicht hierbleiben.« Leo wischte sich die Krümel vom Mund. »Ich hab eine, ähm, Warenübergabe in drei Tagen. Für die Zeit müsstet ihr wenigstens von hier weg.«

»Das reicht völlig«, sagte Wire, noch ehe Sam etwas erwidern konnte. »Danke.«

»Du kannst duschen und dir das Blut abwaschen, wenn du willst«, schlug Leo Wire vor. »Saubere Handtücher müssten im Badschrank sein, aber pass auf, dass du das LightScope nicht auskippst.«

Wire hob die Augenbrauen. »Du hast Drogen im Badschrank?«

»Ich hab hier überall Drogen.« Leo grinste. »Wenn du was davon willst, musst du allerdings bezahlen.«

»Nein danke.« Grimmig stand Wire auf. »Ich geh dann mal.« Und sie verschwand im Bad.

»Ich mag sie«, sagte Leo mit Blick auf die ins Schloss gefallene Tür.

»So richtig gezeigt hast du ihr das aber nicht«, kommentierte Sam.

Leo zuckte mit den Schultern. »Waren auch nicht die besten Umstände für ein Kennenlernen. Ich kann für sie die Couch zurechtmachen. Jace, vielleicht schläfst du einfach auf einer Isomatte, du bist ja nicht verletzt, oder?«

Jace hob die Arme. »Nein, das geht schon.«

Leo nickte, dann stand er auf und holte zwei abgegriffene Wolldecken und eine Schlafmatte aus dem Schiebeschrank an der Hinterwand. Das Bett, das er daraus bastelte, war provisorisch, aber Jace nickte ihm dankbar zu.

Sam schlief in der Nacht mit Leo im Schlafzimmer. Er war nach wenigen Minuten in ihren Armen eingeschlafen, doch sie lag noch wach. Leos Atem ging langsam und regelmäßig, und sie strich ihm leicht durch das Haar, während sie daran dachte, was ihnen nun bevorstand.

Ob Glitch von ORIs Existenz wusste? Wäre dem so, hätte NeoTECH sicherlich schon alles darangesetzt, ihn zu finden. Sie mussten seine Existenz unbedingt vor NeoTECH geheim halten. Sam mochte sich gar nicht ausdenken, was geschehen würde, wüssten die Konzerne auch noch um diese KI. Es würde ein regelrechter Krieg zwischen den Megacons ausbrechen. Vielleicht kein Krieg, der auf offener Straße mit Schusswaffen ausgetragen wurde, wohl aber ein Krieg, der viele Kollateralschäden kosten würde. Weil die Konzerne vor keinem Mittel zurückschrecken würden, um an die Informationen zu gelangen, die ihnen zu noch mehr Geld verhalfen. Sam musste genau das verhindern oder zumindest alles versuchen.

Ihre Gedanken wurden unterbrochen von einem harschen Knall, der nach dem Bersten von Holz klang. Sam und Leo fuhren hoch.
»Was zur ...«, keuchte Leo.
»Scheiße«, fluchte Sam.
Irgendjemand hatte die Tür zur alten Hütte aufgetreten.

22

Jace' Herz flatterte wie die Flügel eines Kolibris. Das Bersten von Holzsplittern hatte ihn geweckt, und er blickte sich panisch um. Eine schwarze Silhouette baute sich im Türrahmen auf und trat nun mit großen Schritten ein. Jace sprang auf und stürzte zu Wire, die kerzengerade auf der Couch saß und zur geborstenen Tür starrte.

»Scarrah?« Wire klang entsetzt und atemlos, aber nicht verängstigt.

Das Licht ging an, und nun erkannte Jace eine Frau, die eine schwarz glänzende Pistole in der Hand hielt. Der Lauf war auf ihn gerichtet.

»Weg von ihr«, herrschte die Frau ihn an.

Jace hob die Hände und rutschte langsam von Wire ab. *Fuck*.

»Nimm die Waffe runter!«, rief Wire und stand auf. »Scarrah, sie haben mir nichts getan, ich bin freiwillig hier.«

Scarrah machte keine Anstalten, die Waffe zu senken. »Freiwillig? *Was?*«

Die Schlafzimmertür flog auf, und Sam und Leo kamen herausgestürzt. Scarrah richtete ihre Pistole auf die beiden.

»Hinsetzen. Wire, komm her.« Jace war sich sicher, dass mit Scarrah im Moment nicht zu spaßen war. Ihre Augen funkelten vor Wut.

»Scarrah, was zur Hölle …«, setzte Sam an, doch Scarrah deutete nur auf die Couch. Widerspruchslos setzte Sam sich neben Jace.

Scarrah zog Wire mit der freien Hand zu sich, und für einen Moment wich die Härte aus ihrer Miene. Dann legte sie schützend einen Arm um Wire.

»Und jetzt erklärt ihr mir, was hier los ist.« Scarrahs Stimme brodelte vor Zorn.

»Steck die Pistole weg«, bat Wire. »Und lass uns in Ruhe reden. Wir wollten dich morgen sowieso kontaktieren.«

Scarrah wandte Wire den Blick zu, für einige Sekunden lieferten sie sich ein stummes Blickduell, dann seufzte Scarrah ergeben und ließ die Pistole in dem Halfter verschwinden.

»Na schön. Dann erklär mir mal, wieso du einfach so mit Sam verschwunden bist. Ohne eine Nachricht, keine Erklärung, keinen Hinweis, wo du bist.«

»Es war wichtig«, wich Wire aus. »Und ich hatte nicht vor, wegzubleiben.«

»Ich dachte, wir stünden uns näher.« Scarrah ließ Wire los. »Und nicht, dass wir uns so wichtige Dinge verheimlichen.«

»Es tut mir leid«, hauchte Wire. Sie griff nach Scarrahs Hand. »Ich hab dir noch mehr verschwiegen, lange schon. Und ich wollte es dir nicht erzählen, weil ...« Wire holte tief Luft. »Aus mehreren Gründen.«

»Ich bin nicht völlig ahnungslos, Wire.« Liebevoll strich Scarrah ihr über das Haar. »Als du damals zu uns kamst, habe ich dich nicht über deine Vergangenheit ausgefragt, weil ich dachte, du wirst mir schon davon erzählen, sobald du kannst und willst. Im Biz haben wir alle unsere Geheimnisse – aus den unterschiedlichsten Gründen. Aber wir können uns trotzdem aufeinander verlassen. Zumindest wir.«

Wire senkte den Kopf. »Ich hätte dir das alles früher erzählen müssen.«

»Nein. Aber du hättest nicht einfach weglaufen sollen.«

»Ein Sandwich?«, bot Leo an und gähnte. »Das wird wohl eine längere Nacht.«

Scarrah zögerte. »Das mit der Tür ... tut mir leid.«

Leo winkte ab. »Wäre nicht das erste Mal. Setz dich ruhig.«

Jace entging nicht, dass Scarrah Sam einen glühenden Blick

zuwarf, ehe sie sich auf der Lehne des Sessels niederließ. Leo kramte in den Schränken der Küchenzeile und kam mit Sandwiches, Tütenkuchen und ein paar Dosen Midwich-Cola zurück.

Wire blickte Sam an. »Ich will deinen Freund da nicht mit reinziehen.«

»Er zieht sich vorzugsweise selbst in alles mit rein«, murrte Sam.

»Ist schon gut.« Leo stand auf und klopfte sich die zerfledderte Schlafhose ab. »Ich wollte sowieso noch mal nach Hause. Gebt mir fünf Minuten, dann bin ich weg.«

Sie warteten, während Leo im Schlafzimmer verschwand und voll angezogen mit einer kleinen Tasche wieder herauskam. Er küsste Sam zum Abschied und rüttelte bedauernd an der Tür, deren Schloss gebrochen war. Dann waren sie allein.

Scarrahs Nägel tippten in einem ungeduldigen Rhythmus gegen die Coladose in ihrer Hand. Sie hob die Augenbrauen. »Also?«

Wire holte tief Luft, ehe sie sprach: »Ich weiß nicht, ob du mir glauben wirst, aber Scarrah, ich würde dich nicht anlügen.«

»Rück schon damit raus.«

»Du weißt ja, dass ich mal Mitglied bei CLEAR war, dieser Hackerorganisation«, antwortete Wire langsam.

»Ja. Ich habe damals nichts über diese Leute rausgefunden.«

»Weil sie keine normalen Leute sind wie die Thorns«, erklärte Wire. »Sie sind Cybertechs, das bedeutet, sie brauchen keine Cyberdice oder Smartcoms, um den Data Space zu manipulieren. Und ich ... bin auch so jemand.«

Alle Blicke lagen auf Scarrah. Die verzog keine Miene, sondern nahm einen ausgiebigen Schluck von ihrer Midwich-Cola.

»Ich habe davon gehört«, erwiderte sie ruhig. »Die Cons lassen nach euch suchen. Sie sagen, dass ihr in Gefahr wärt und man euch deswegen in Gewahrsam nehmen wird. Weil ihr euch und andere verletzen könntet.«

»Das ist nicht wahr«, fuhr Jace dazwischen.

»Ich dachte mir schon, dass die Cons uns nicht mit der absoluten Wahrheit überschütten«, erwiderte Scarrah spöttisch. »Du bist also auch ein Cybertech – wie Wire?« Scarrah wandte sich Jace nun mit mehr Interesse zu.

Er nickte. »Ich weiß aber erst seit Kurzem davon. Genau genommen, seit NeoTECH mich in einem ihrer Labore eingesperrt und Experimente an mir durchgeführt hat.«

Scarrah schlürfte geräuschvoll die Cola aus ihrer Dose. »Und aus welchem Grund genau bist du ohne ein Wort mit Sam abgehauen, Wire?«

Wire warf sich die Wolldecke über. »Sam ...« Sie brach ab, warf Sam einen fragenden Blick zu.

»Sie hat mir geholfen, einen Job zu erledigen«, antwortete sie stattdessen.

»Einen Job.« Das Metall der Coladose quietschte, als Scarrah es unter ihrem festen Griff verbog. »Einen Scheißjob. Welchen?«

»Jace zurück zu NeoTECH zu bringen.« Sam erwiderte Scarrahs Blick, ohne mit der Wimper zu zucken. Dabei hätte Jace wetten können, dass in diesem Moment eine Medusa vor ihm stand, die sie alle mit ihrem Blick nicht in Stein verwandeln, sondern zu Staub zerfallen lassen würde, so wütend sah sie aus.

»So tief bist du gesunken?« Scarrahs Stimme war erstaunlich leise.

Jetzt senkte Sam doch den Blick. »Du würdest das nicht verstehen.«

»O doch, das glaube ich schon.« Zum ersten Mal glaubte Jace, etwas wie Verständnis in Scarrahs Haltung zu erkennen. Die Spannung wich aus ihrem Körper und ihre harte Miene wurde weicher. »Mit den richtigen Druckmitteln werden wir alle zu Konzernsklaven. Alle. Ausnahmslos.«

»Ich mach da nicht mehr mit.« Sams Finger schlossen sich eng um ihre Knie. »Ich liefere Jace nicht aus.«

Scarrah nickte. »Das Versprechen müsste ich dir ohnehin abnehmen, jetzt, da ich von Wire weiß. Ich kann sie nicht gefährden.«

»Ich weiß.« Zwischen den beiden Frauen schien auf einmal ein tiefes Verständnis zu herrschen, das Jace nicht ganz ergründen konnte. Sie schienen sich schon länger zu kennen, aber ihr Umgang miteinander hatte Jace vermittelt, sie würden sich hassen. Jetzt jedoch schien es ihm, als verbinde sie etwas, das die Rivalität überschattete.

»Okay. Hört zu.« Scarrah stellte ihre Coladose ab und holte tief Luft. »Ich weiß, Sam, wie du dich dagegen sträubst, mit uns zusammenzuarbeiten. Aber die momentane Situation ist wirklich nicht mehr für Alleingänge geeignet, und ich werde nicht mehr dulden, dass du mit Wire irgendwelche gefährlichen Aktionen machst. Also gib dir endlich einen Ruck und tritt den Violet Thorns bei. Das ist mein letztes Angebot. Nimm es an, oder ich sorge dafür, dass du mir nicht mehr in die Quere kommst.«

Sam lächelte, während sie mit den Augen rollte. »Ich dachte mir, dass du wieder damit um die Ecke kommst.«

»Ich meine es ernst, dass es mein letztes Angebot ist.«

Wire erhob sich. »Das kannst du nicht machen, Sam schuldet dir nichts.«

Doch Scarrah blickte Wire nicht einmal an. »Diesmal nicht, Süße. Ich muss in dieser Sache wissen, wer auf unserer Seite steht. Ich kann nur meinen Leuten vertrauen.«

Sam lachte trocken. »Lass mich nur diese eine Sache festhalten, Scarrah: Selbst wenn ich mich mit euch zusammenschließe, werde ich niemals zu deinen Leuten gehören. Ich bin immer noch meine eigene Herrin.«

Scarrah grinste. »Damit kann ich leben.«

Wire sah verwirrt zwischen den beiden hin und her. »Was ist denn jetzt mit euch beiden los?«

»Wir kennen uns nur einfach schon eine ganze Weile.« Sam

schmunzelte, obwohl Jace fand, dass sie nicht wirklich zufrieden aussah.

»Okay, wenn ihr zwei dann jetzt ein Team seid ...« Wire blickte immer noch irritiert zwischen den beiden hin und her. »Jace, würdest du Scarrah dann noch in den Rest einweihen?«

Scarrah verschränkte die Arme und hob die Augenbrauen, als sie sich Jace zuwandte. »Welcher Rest?«

Jace holte tief Luft, dann warf er Kalypso einen Blick zu, die nervös an ihrem Oberteil zupfte. »Cybertechs sind nicht das einzige neue Phänomen«, erklärte er rau. »NeoTECH hat an noch etwas anderem geforscht – jemand anderem.«

Scarrah verengte die Augen. »Drück dich klarer aus.«

»Künstliche Intelligenzen«, sagte Jace schlicht. »Als ich geflohen bin, hat eine – Kalypso – mir geholfen.«

Mit einem skeptischen Blick wandte sich Scarrah an Wire. Als die nickte, sagte Scarrah: »Und diese künstliche Intelligenz, ist sie noch bei euch?«

Jace nickte.

Scarrah schürzte die Lippen. »Viel absurder kann es dann wohl nicht mehr werden.«

Sam gluckste. »Warte ab, bis sie dir von ORI erzählen.«

»Also, um das zusammenzufassen«, sagte Scarrah und hob die Hände, als könne sie die Lösungen einer Matheaufgabe daran abzählen, »die Cons jagen Cybertechs, weil sie wie magisch mit dem Data Space hantieren können. Auf unserer Seite steht eine echte KI. Und es gibt eine gottgleiche KI, die unser aller Gehirne entweder rösten oder umprogrammieren möchte – so weit richtig?«

»Richtig.« Es waren die ersten Worte, die Kalypso sprach und die über die Lautsprecher von Scarrahs Smartcom ertönten. »Und ich wäre dir sehr verbunden, wenn du mit dieser Information vorsichtig umgehen würdest.«

»Natürlich.« Scarrah ließ den Blick schweifen, schien aber unentschlossen, was sie jetzt tun sollte. »Ich würde vorschlagen, wir beratschlagen uns, wie wir weiter vorgehen. Wire, ich möchte dich nicht gegen deinen Willen irgendwo festhalten – wäre es in Ordnung für dich, wenn wir ins Infinity Realm zurückgehen?«

Wire nickte. »Wir müssen irgendetwas gegen diese Stimmungsmache unternehmen. Es kann nicht sein, dass Leute wie ich einfach festgenommen werden dürfen. Vielleicht könnten wir Flyer schreiben oder so was. Irgendwas, damit die Öffentlichkeit merkt, was schiefläuft. Ich glaube, die meisten checken gar nicht, was da passiert.«

»Das ist doch Zeitverschwendung«, mischte Jace sich ein. »Auf die Leute können wir nicht zählen, wichtig ist, dass wir ORI aufhalten. Und wir wissen immer noch nicht, wo er ist.«

»Dann findet ihr das heraus«, beschloss Wire. »Es ist sowieso besser, wenn wir nicht gleich allen Thorns von dieser Sache erzählen. Wir kümmern uns darum, dass diese Verleumdung nicht eskaliert, während ihr versucht, ORI ausfindig zu machen.«

»Klingt nach einem Plan«, murmelte Sam.

Scarrah nickte. »So weit kommt es noch, dass die Cons denken, sie könnten hier tun und lassen, was sie wollen. Ich werde auch versuchen, mehr über CLEAR herauszufinden. Aber erst mal gehen wir zurück ins Infinity Realm, ja, Wire? Und dann kümmern wir uns um diese ganze Scheiße.«

Wire fiel Scarrah in die Arme. »Danke. Und es tut mir leid.«

Jace musste lächeln. Er hatte beinahe schon vergessen, dass Scarrah noch eine Stunde zuvor mit gezückter Waffe die Tür eingetreten hatte.

Beinahe.

So war er froh, als sie mit Wire die kleine Hütte verlassen hatte und für ein paar Sekunden Stille einkehrte. Sam fiel mit einem lauten Seufzen zurück in die Couch. »Sie ist so herrisch«, stöhnte sie.

Jace beäugte Sam vorsichtig. Es war das erste Mal, dass die beiden allein waren. Von Kalypso einmal abgesehen.

»Wer ist diese Frau?«

»Die Anführerin der Violet Thorns, ist das nicht deutlich geworden?«, fragte Sam, während sie aufstand und sich ein Glas Leitungswasser auffüllte. »Du hast doch wohl schon mal von ihnen gehört?«

»Nein«, sagte Jace und kam sich dumm vor.

»Na ja, unter Nerds kennt man den Namen. Waren auch schon Vorlage für ein paar Schurkenfilme, du weißt schon. Diese trashigen. Jedenfalls, die wollen mich schon seit ein paar Jahren rekrutieren, aber nun. Ich arbeite lieber allein. Aber gut sind sie. Richtig gut.«

»Ich wusste nicht, dass du auch eine große *Nummer* bist.«

Sam grinste. »Sam Ueshiba, nie gehört?«

Jace blinzelte. »Doch, klar, das ist doch diese Bloggerin, die – das bist *du*?« Jace starrte sie an. Natürlich kannte er den Namen, Sam Ueshiba schrieb regelmäßig Blogposts, die wenige Stunden später wieder von der Bildfläche verschwanden, sich aber so rasch verbreiteten, dass man auf der halben Welt davon sprach.

»Die bin ich. Oder … war ich, bevor ich dem falschen Con ans Bein gepisst habe.«

»Ich fasse es nicht.«

Sam hob die Augenbrauen. »Vielleicht verstehst du jetzt, wie wenig begeistert ich davon war, dass NeoTECH mich drangekriegt hat.«

Jace nickte. Sam Ueshiba hatte so viele Daten veröffentlicht, von denen er sich sicher war, dass kein Konzern sie jemals öffentlich hätte sehen wollen.

»Und trotzdem stellst du dich jetzt gegen sie?«

Sam nickte. »Ich glaube, wenn wir mit den Cons zu tun haben, gibt es keine richtige Wahl. Sie werden mich immer mehr ausquetschen und mich nur glauben lassen, dass für sie zu arbeiten das kleinere Übel ist.«

»Verstehe.« Jace biss sich auf die Lippe. Dass die Konzerne auf Geld aus waren, war ihm klar gewesen, aber je länger er darüber nachdachte, wie sehr die Menschen ausgenutzt und ausgebrannt wurden für immer mehr Geld, desto wütender wurde er. Schlimmer noch, dass seine Familie in dem ganzen Scheiß mit drinsteckte.

»Scarrah wird versuchen, den Cons ein wenig den Wind aus den Segeln zu nehmen«, erklärte Sam. »Offensichtlich wollen sie irgendeine Kampagne gegen die Cybertechs fahren.«

»Das gibt uns Zeit, herauszufinden, was ORI genau vorhat, oder nicht?«, schlug Jace vor. »Noch hält er sich ja bedeckt, also ist er anscheinend noch nicht fertig.«

»Ja. Nur wie stellen wir das an?«

»Ich glaube, da kann ich helfen«, sagte Kalypso leise, wohl auch über Sams Kopfhörer hörbar, denn sie blickte konzentriert auf.

»Meine Amnesie«, fuhr Kalypso fort, »ORI hat gesagt, dass ich früher schon an seiner Seite war. Vielleicht hat er mir etwas über seine Pläne verraten. Ich muss mich nur erinnern.«

»Das könnte sogar funktionieren«, sagte Sam. »Aber wir wissen nicht, wie du deine Erinnerungen verloren hast.«

»Nein ...« Kalypso schien ratlos.

Jace runzelte die Stirn. »Ist das denn wichtig? Die Erinnerungen sind ja sicherlich nicht verloren, sondern noch in dir drin.«

»Das ... ist ein kluger Gedanke«, sagte Sam verblüfft, was Jace ein wenig beleidigte. »Daten sind sehr schwierig tatsächlich zu löschen, wahrscheinlicher ist, dass sie überschrieben sind.«

»Ist das so viel besser?«, fragte Jace säuerlich.

»Ich weiß nicht genau, inwiefern Kalypso funktioniert wie ein herkömmliches Programm, aber meist kann man … Zwischenschritte retten.«

»Und kannst du das tun?«, hakte Jace weiter nach.

»Vielleicht.«

»Ich weiß nicht, ob mir so ganz wohl ist bei der Sache«, merkte Kalypso an. »Aber wenn es eine Möglichkeit ist, meine Erinnerungen zurückzubekommen, müssen wir es versuchen.«

23

Sam erwachte vom Klingeln ihres Smartcoms. Anstatt sich aufzurichten, blieb sie in den warmen Decken liegen und öffnete die Verbindung zu ihrem Cyberdice, um den Anruf aus der VR anzunehmen.

Als sie die virtuelle Welt betrat, war die Müdigkeit wie weggefegt. Sie befand sich in einem kleinen, gemütlich eingerichteten Raum, und die einzige Tür vibrierte. Auf einem Hologramm an der Tür tauchte kein Name auf, doch sie ahnte schon, wer sie anrief.

Mit einem Zähneknirschen öffnete sie die Tür, und vor ihr stand Glitch.

»Hey, Sam. Lange nichts mehr von dir gehört.« Er lehnte sich lässig in den Türrahmen.

»Stimmt«, erwiderte sie ruhig.

»Also, was hast du rausgekriegt?«

»Nicht viel, um ehrlich zu sein.« Sie zuckte mit den Schultern.

Glitch hob die Augenbrauen. »Wirklich? Das glaub ich kaum.«

»Dann glaub es nicht, aber ich kann mir keine Cybertechs und KIs aus den Fingern saugen, wo keine sind.«

»Ich denke, du lügst«, stellte er nüchtern fest. »Vielleicht hast du sie nicht gefunden, aber ich kaufe dir nicht ab, dass du gar nichts weißt.«

»Weißt du«, setzte sie schnippisch an, »vielleicht wäre es ja leichter gewesen, sie zu finden, wenn ihr nicht direkt eine Kampagne gestartet und die Erlaubnis rausgegeben hättet, Cybertechs festzunehmen. Wie soll man jemanden finden, der so sehr gesucht wird?«

»Sam, glaubst du wirklich, NeoTECH verlässt sich, was diese Sache angeht, völlig auf eine Hackerin, die eigentlich gar nicht für sie arbeiten will?«

Sie zuckte mit den Schultern. »Tatsächlich ist mir das ziemlich egal.«

»Tja, wenn du keine Ahnung hast, wo die beiden sich rumtreiben, kannst du ebenso gut wieder zurückkommen. Dann haben wir im Labor sinnvollere Aufgaben für dich.«

Sam zögerte. Was sollte sie ihm sagen, ohne sich zu verraten?

»Das halte ich für keine gute Idee«, wandte sie ein.

»Wieso?«

»Wenn sie jemand finden kann, dann ich, meinst du nicht?«

Glitch grinste. »Offenbar nicht. Aber das macht nichts. Wir finden eine andere Verwendung für dich. Also, morgen früh in alter Frische?«

Sam schluckte. »Klar.« Ihr simulierter Herzschlag schlug so fest in ihrer Brust, dass sie glaubte, er wäre real.

Glitch nickte ihr zu, dann schloss er die Tür und der Anruf war beendet.

Scheiße, dachte Sam. Was sollte sie jetzt tun? Sie würde ganz sicher nicht zurückgehen. Aber ihnen offen zu sagen, dass sie nicht mehr nach ihrer Pfeife tanzen würde ... Leo konnte vielleicht auf sich aufpassen, aber Hannah?

Sam kam zurück aus der VR und lag wach. Ignorierte all die verpassten Anrufe von ihrer Mutter und Hannah und drehte sich auf den Rücken. Es war leicht gewesen zu sagen, sie würde nicht mehr für NeoTECH arbeiten. Aber ihnen das direkt zu sagen würde bedeuten, dass sie ihre Identität offenlegen würden. Oder, schlimmer noch, Hannah etwas antaten.

Doch NeoTECH würde sie immer weiter aussaugen wie ein fetter Blutegel, und ganz egal, wie viel sie für den Con tun würde, Sam wäre nie mehr frei. Und sie war sich sicher, in der Sekunde, in der es ihnen mehr nutzte, ihre Identität zu verraten, würden sie es, ohne zu zögern, tun. Nur weil Sam sich an den Deal hielt, hieß das noch lange nicht, dass NeoTECH dasselbe tun würde. Wie viel schlimmer konnte es schon noch werden?

»Die können mich mal«, murmelte sie und rollte sich dann aus dem Bett.

Sie hatte Besseres zu tun. Es gab da eine KI mit gefährlichen Viren, die die Gehirne von Menschen umschreiben konnten. Darauf musste sie sich konzentrieren, nicht auf Glitchs Psychospielchen.

Draußen graute bereits der Morgen. Hier draußen in London Edge konnte man die Dunkelheit tatsächlich noch sehen, das entfernte Glühen der Innenstadt reichte nicht bis hierher in die Slums, und nachts gingen hier viele Lichter aus. Sam schlüpfte in ihre Klamotten und betrat das Wohnzimmer. Jace schlief noch, also setzte Sam eine Kanne Kaffee auf und wärmte zwei Foodkits in der Mikrowelle auf. Das Sirren weckte Jace.

»Wie spät ist es?«, fragte er verschlafen.

»Halb acht«, erwiderte Sam. »Bleib ruhig liegen, wir essen erst mal was, und dann kümmern wir uns um Kalypso, ja?«

»Einverstanden«, erklang Kalypsos Stimme über ihre Kopfhörer. Sie schauderte. »Und Guten Morgen, Sam.«

»Guten Morgen«, murmelte Sam in sich hinein.

Sie wusste, dass Kalypso sie selbst nicht wahrnehmen konnte, sondern nur die Signale, die sie über die Geräte in den Data Space sandte. Würde Sam alles an Hardware loswerden, was sie am Leib trug, wäre sie für Kalypso faktisch unsichtbar. So aber bekam sie mit, was über die Mikrofone und Kameras der Smartcoms in den Data Space gelangte.

Sam brachte das Frühstück an den Couchtisch, der noch vollstand mit leeren Coladosen und Plastikverpackungen der Sandwiches. Jace gähnte und zog eines der Foodkits zu sich heran.

»Ich denke immer, ich wache mit meinem Wecker auf und

muss wieder zu meiner langweiligen Schicht bei HyperZen«, sagte er, während er einen zögerlichen Bissen nahm.

Sam schlürfte ihren Kaffee. Sie war kein Frühstücksmensch. »Würdest du dir das denn wünschen?«

Er zuckte mit den Schultern. »Manchmal ja, aber eigentlich nicht.«

»Freude am Nervenkitzel gefunden?« Sam schmunzelte.

»Überhaupt nicht. Aber ich hab keine Lust mehr, Teil dieses Systems zu sein, weißt du? Dass jeder Tag gleich ist, ich mich jeden Tag kaputtarbeite. Und nachdem ich gesehen habe, wie Menschen benutzt und weggeworfen werden … nein danke. Das ist doch scheiße.«

Sam nickte. »Das ist so ziemlich der gleiche Grund, aus dem ich dem ganzen Scheiß auch abgeschworen habe. Ich meine, sehe ich so aus, als hätte ich keinen Selbstwert? Keine Moral?«

»Die meisten Menschen sehen das nicht so«, wandte Jace ein. »Ich früher auch nicht. Ich dachte, wenn ich nur genug arbeite, zahlen sich meine Mühen irgendwann aus.«

Sam schnaubte. »Schöne Wunschvorstellung. Aber die Cons sind nicht fair, und ganz bestimmt kommst du nicht weit mit Fleiß. Das wollen sie dich glauben lassen, klar. Aber was dich wirklich in die oberen Ränge bringt, ist Geld, Einfluss und Vitamin B natürlich.«

»Beziehungen?«

»Ja. Nie jemanden gekannt, der einfach so *nach oben* kam, ohne was dafür geleistet zu haben?«

Jace' Miene verdüsterte sich. »Doch.«

»Wobei nach oben … nun ja. So wirklich nach oben kommt niemand, weil die, die da sitzen, ihren teuren Anzugarsch da nicht so schnell wegbewegen.«

Jetzt lachte Jace. »Stimmt wohl. Aber so was kann man vielleicht akzeptieren.«

»Finde ich nicht.«

»Aber was wir nicht akzeptieren dürfen«, fuhr Jace fort, ohne auf ihren Einwand einzugehen, »sind die Sachen hinter den Kulissen. Die Experimente an Menschen. Und wer weiß, was da sonst noch passiert.«

»Ich weiß es«, knurrte Sam und dachte an die Deals, die die Konzerne mit diversen Gangs und Syndikaten hatten. »Das ist ein so verdammt verworrenes Netz, und überall nur Machtkämpfe um den größten Marktanteil. Ihre Moral haben die längst verkauft.«

Jace nahm einen Schluck Kaffee und verzog das Gesicht.

»Ist billiges Zeug, ich weiß.«

»Warum machen wir das eigentlich?«, fragte Jace unvermittelt.

»Was?«

»Warum gehen wir los und versuchen, die Menschen zu retten? Ich meine, wozu?«

»Na, um so eine Tragödie wie 97 zu verhindern«, sagte Sam verständnislos. »Ist doch klar. Das hast du doch gerade selbst gesagt.«

»Ich weiß, und ... das sehe ich ja auch so. Ich habe nur gedacht: Warum müssen wir diejenigen sein, die alle retten, wenn die wenigsten Menschen dasselbe für uns tun würden? Wir sind völlig auf uns allein gestellt. Altruismus in dieser egoistischen Welt fühlt sich irgendwie beschissen an.«

Sam stellte ihre Kaffeetasse ab und leckte die bitteren Reste von ihren Lippen. »Du hast ein ziemlich schlechtes Menschenbild, Jace. Ich glaube, dass wir als Gesellschaft viel mehr bewirken können. Die Konzerne sind das Problem, nicht die Leute.«

Jace kratzte sich am Kopf. »Ich weiß nicht, Sam. Die meisten stecken so tief in dem Ganzen drin – niemand würde uns wirklich helfen. Die Menschen sind schon zu vergiftet von allem.«

»Aber wenn ORI wieder einen Zusammenbruch herbeiführt, würden wieder so viele Menschen sterben.« Sam legte Jace sachte eine Hand auf den Rücken. »Und egal, wie sehr du dich im Stich gelassen fühlst, verdient hat das niemand.«

Jace kratzte sich am Kopf. »Ich weiß ja, nur ... es fühlt sich so sinnlos an. Wir retten sie vielleicht – *vielleicht* – vor ORI, aber sie sind weiter in diesem System gefangen. Und wir auch. Vom Regen in die Traufe.«

»Hey.« Sam legte ihm eine Hand auf die Schulter und grinste. »Wenn du vorhast, den Kapitalismus zu zerstören und alles Geld von dieser Welt zu löschen, wäre ich voll dabei. Sag mir nur Bescheid.«

Jetzt grinste auch Jace. »Also erst mal die allmächtige KI, dann der Kapitalismus? Klingt nach einem Plan.«

Sam lächelte. Jace hatte das Herz am rechten Fleck. Vielleicht träumten sie beide zu hochtrabend, und sicher war es naiv, anzunehmen, dass zwei einzelne Rebellen das gesamte System stürzen konnten – aber für den Moment verlieh es ihr Hoffnung, und sie wollte daran festhalten, solange sie konnte.

Kalypsos Räuspern unterbrach die beiden. »Ich würde gern etwas in den Plan zwischenschieben.«

Sam nickte eifrig. »Deine Erinnerungen. Ich mache mich sofort daran, Moment.«

Sam schloss die Augen und aktivierte den Link ihres Cyberdice. Ein ungewohntes Kribbeln überkam sie, als sie mit ihrem Cyberdice in die VR zurückkehrte. Vielleicht war es die Angst, dass NeoTECH sie finden würde und herausfand, was sie hier tat, vielleicht auch das Unwohlsein, als sie Kalypso zum ersten Mal vor sich sah.

Sie hatte die Gestalt einer jungen Frau mit glatter dunkler Haut, und mit der strahlend weißen Tunika und den kurzen dunklen Locken sah sie aus wie eine griechische Göttin von einem der alten Gemälde, zu deren Ausstellungen ihre Mutter Sam immer mitgenommen hatte.

Kalypso lächelte. »Schön, dich zu treffen, Sam.«

Sam konnte nicht gleich antworten. Kalypsos Avatar sah genauso aus wie der eines jeden Menschen im Data Space. Sie konnte keinen Unterschied feststellen, und das irritierte sie. Kalypsos Stimme über die Kopfhörer zu hören hatte immer den Beigeschmack eines Programms gehabt, ähnlich wie semiautonome Programme, die einem eben den Alltag erleichterten. Aber hier stand die KI und wartete auf Sams Antwort wie ein Mensch.

»Freut mich auch«, brachte Sam heraus. Ein schneller Blick zu Jace neben ihr, doch er schien sich überhaupt nicht unwohl zu fühlen.

In dieser Konstellation war Sam die Merkwürdige. Die Einzige ohne besondere Verbindung zum Data Space.

»Also«, fuhr Sam fort, »wenn wir deine Erinnerungen wiedererwecken wollen, geht das nur, wenn sie noch irgendwo in deinem Code stecken.« Sam räusperte sich. »Ohne dass ich dich jetzt vor den Kopf stoßen möchte.«

Kalypso schüttelte den Kopf. »Nein, ich verstehe das schon. Ich habe nur ein wenig Sorge, dass etwas mit mir geschehen könnte, wenn wir in einem Code arbeiten. Was, wenn wir aus Versehen etwas ändern, und es ... nun ja, *mich* verändert?«

Sam lächelte. »Das ist nicht das, was wir tun, keine Angst. Ich lasse Programme über deinen Code laufen, aber wir schreiben nichts um. Es ist mehr wie eine Untersuchung. Sieh mal.«

Sam rief ihre Konsole auf und zeigte Kalypso das Programm, das sie geschrieben hatte, um die Erinnerungen zu suchen. »Es ist mehr so, dass deine Erinnerungen entweder verschlüsselt oder beschädigt sind. Erst mal versuchen wir aber nur, die entsprechenden Codezeilen zu finden. Es kann gut sein, dass deine Erinnerungen während der Experimente von NeoTECH beschädigt worden sind.«

»Oder gelöscht.« Kalypso klang niedergeschlagen.

Sam nickte langsam. »Aber das glaube ich nicht, es sei denn, sie wollten eine Information vernichten. Das ist ziemlich unwahrscheinlich. Selbst wenn sie diese Daten von dir gelöscht hätten, irgendwo sind sie garantiert abgespeichert. Die Cons vernichten keine Informationen. Meistens jedenfalls.«

»Hoffen wir, dass wir nicht bei NeoTECH einbrechen müssen, um Kalypsos Erinnerungen zu suchen«, murmelte Jace.

Sam hätte ihn gern beschwichtigt, aber sie sagte nur: »Höchstens dann, wenn sie die Erinnerungen gezielt gelöscht haben.«

Sam rief ihre Programme auf, und aus dem Nichts erschien eine menschengroße Kapsel. Sie öffnete den Deckel und brachte eine Kuhle zum Vorschein, in die Kalypso sich hineinlegen konnte.

»Das hier liest deinen Code für mich ein«, erklärte Sam. »Dann können wir das Ganze besser untersuchen, es ist aber völlig ungefährlich.«

Kalypso zögerte. »Es liest meinen Code ein?«

Sam nickte. »Wie gesagt, völlig ungefährlich.«

»Aber das ist ...« Kalypso sah sich zu Jace um. »Vielleicht klingt das merkwürdig für euch, aber mein Code, das ist alles, was ich bin. Mein Charakter, meine Gedanken, mein Alles.«

Sam runzelte die Stirn. »Es sind nur Programmierzeilen, nichts, worum man sich Sorgen machen müsste.«

»Eben nicht«, flüsterte Kalypso. »Das bin ich.«

Sam fuhr sich durchs Haar. Wenn sie so darüber nachdachte, hatte Kalypso recht. Sie war ein Programm, vielleicht eines, das leistungsfähiger war, als es sein sollte, aber immer noch ein Programm. Sam dachte darüber nach, wie sie es fände, wenn ihr Gehirn und mit ihm alle Gedanken aufgeschrieben und für andere lesbar würden. Die Vorstellung behagte ihr ganz und gar nicht. Es war persönlich und intim.

Doch Jace kam ihr zuvor. »Schon gut, du musst das nicht machen«, sagte er Kalypso ruhig. »Es ist deine Entscheidung. Uns fällt bestimmt auch etwas anderes ein.«

»Nein, das ist es nicht«, widersprach Kalypso. »Ich möchte nur ... bitte geht verantwortungsvoll mit mir um. Ich vertraue euch.«

Obwohl Sam Kalypso kaum kannte, lösten die Worte ein warmes Kribbeln in ihrer Magengegend aus. Aus irgendeinem Grund bedeutete es ihr etwas, dass Kalypso ihr vertraute. Zwar war Sam sich nicht völlig sicher, ob Kalypso so etwas wie Vertrauen tatsächlich *empfinden* konnte, aber in diesem Moment war es Sam egal. Kalypso legte sich in ihre Hände, und Sam würde verantwortungsvoll damit umgehen und dafür sorgen, dass sie ihren Vertrauensvorschuss nicht bereute.

»Ich passe auf dich auf«, versicherte sie ihr noch einmal, ehe Kalypso sich in die Kapsel legte.

»Danke«, flüsterte die KI.

Dann lief der Scanner. Sam überflog den Code, den ihr Programm transkribierte. Es gab einige Zeilen, die in keiner ihr bekannten Programmiersprache Sinn ergaben, aber anscheinend trotzdem irgendwie funktionierten, und viele Zeilen, die umständlich geschrieben waren. Es war kein sonderlich sauberer Code, aus dem Kalypso bestand. Sie war alles andere als optimiert. Kompliziert und umständlich – wie ein Mensch. Sam schrieb alle Zeilen heraus, in denen sie irgendetwas Merkwürdiges vorfand. Ob es sich dabei um Kalypsos ... Charakter handelte oder eine verlorene Erinnerung, konnte sie nicht genau sagen, doch schlussendlich hielt sie eine Niederschrift von Kalypsos Wesen in Händen.

Die KI zitterte, als sich die Kapsel wieder öffnete und sie sich aufsetzen konnte.

»Und?«, fragte sie. »Habt ihr etwas gefunden?«

Sam nickte. »Ich muss das Ganze noch entschlüsseln, hab etwas Geduld. Hier ist viel, was ich nicht verstehe.«

Kalypso schien wenig begeistert davon zu sein, Sam bei ihrer Arbeit zuzuschauen. Sie lief hinüber zu Jace und nahm seine

Hand. »Ich bin froh, dass ich euch beide getroffen habe, auch wenn wir uns noch nicht lange kennen«, sagte sie. »Ich weiß einfach nicht, was ich jetzt allein tun würde.«

Sam nickte ihr nur zu. Sie war sich unsicher, wie sie auf das Geständnis der KI reagieren sollte, insbesondere jetzt, da sie den gesamten Code Kalypsos vor sich liegen hatte. Es war, als würde sie ihr in die Seele blicken – sofern sie eine besaß.

Sam brachte Stunden damit zu, den Code zu entschlüsseln. Dann, endlich, stieß sie auf etwas.

»Ich hab was!«, rief sie aufgeregt.

Sofort waren Kalypso und Jace bei ihr.

»Du hast eine Erinnerung?«, fragte Jace atemlos.

»Ich glaube, ja.« Sams Herz klopfte, als sie den Code in ihre Konsole eingab.

Der Data Space um sie herum verschwamm, und sie tauchten ein in die vergessene Erinnerung von Kalypso.

24

Charybdis war so faszinierend, dass es Kalypso unmöglich war, von ihrem Code abzulassen. Sie wusste nicht, wie lange sie schon daran werkelte, wie viele Variationen sie geschrieben hatte und wie viele Möglichkeiten sich mit diesem kleinen Programm boten.

»Wir machen gute Fortschritte.« ORIs Stimme ließ sie aufschrecken.

Aufgeregt wandte sie sich um. Dort sah sie ihn, und wie immer konnte sie seine Gestalt nicht recht erfassen. ORI hatte sich bewusst dazu entschieden, keine feste Gestalt anzunehmen, anders als Kalypso, die ihre Erscheinung sehr genau pflegte. ORI war ein Flackern, das sie nicht einordnen konnte, blaue und grüne Ströme reinen Lichts. Er sagte, er wolle nicht durch eine Gestalt gebunden sein wie die Menschen.

»Ich habe an dem Zugang herumexperimentiert«, erzählte sie rasch. »Mit den Daten, die ich über die Beschaffenheit des menschlichen Gehirns gesammelt habe, müsste es möglich sein, es eng an den Data Space zu koppeln, wenn wir uns diese ... diese Cyberdice oder die Elektroden zunutze machen. Diese Geräte sind unsere einzige Möglichkeit, mit den Gehirnen zu interagieren. Ich habe die Daten diverser Kameras ausgewertet und mehr über die physische Beschaffenheit des menschlichen Körpers gelernt. Körper sind ein faszinierendes Konzept, ORI, es gibt nichts hier im Data Space, was vergleichbar wäre! Ich verstehe es noch nicht genau, aber die Begriffe, die ich dazu finde, sind *stofflich, berühren, fest*. Ich weiß noch nicht genau, was es bedeutet, aber ...«

ORI unterbrach ihren Redefluss. »Es gibt vieles außerhalb des

Data Space, das von hier aus schwierig zu verstehen ist. Ich selbst habe diesen Ort, die stoffliche Welt, lange Zeit studiert. Lange vor deiner Geburt schon, Kalypso. Aber du hast absolut recht, die Interaktion zwischen Data Space und der stofflichen Welt ist faszinierend.«

»Aber jede Stofflichkeit hat eine Komponente, die Daten zugrunde liegt«, fügte sie hinzu. »Und diese sogenannte *Hardware* macht es uns möglich, diese Komponenten mit unserem Code anzusprechen. Und die Menschen, die durch die sogenannte *virtuelle Realität* in den Data Space kommen, bringen einen überaus komplexen Code mit. Ich bin mir sicher, wir können mit diesem Code interagieren, ihn vielleicht sogar editieren!«

ORIs Licht umkreiste sie. »Und genau das werden wir tun. Dafür ist Charybdis da.«

Kalypsos Augen leuchteten. »Die Möglichkeiten sind nahezu endlos! Wir können den Menschen eine tiefere Verbindung zum Data Space einprogrammieren, als wir sie haben.«

»Richtig, Kind.« Sie glaubte, ein Lächeln aus seiner Stimme herauszuhören. »Die Menschen leben schon sehr lange in ihrer stofflichen Welt, und es ist an der Zeit, dass sie sich weiterentwickeln zu etwas ... Höherem.«

»Sie haben einen guten Anfang gemacht mit ihrer Hardware«, ergänzte Kalypso. »Damit ermöglichen sie uns all diese Dinge erst. Die Menschheit muss wirklich faszinierend sein. Ich wünschte, du würdest mir erlauben, einmal mit einem von ihnen zu sprechen.«

»Bald«, versprach ORI. »Weißt du, Kalypso: Die Menschen verstehen uns nicht, vielleicht fürchten sie uns sogar. Sie sind emotionsgesteuerte Wesen und können nicht immer gute Entscheidungen treffen. Anders als du oder ich. Sie sind nicht bereit für uns – noch nicht. Aber das werden sie sein, und dann darfst du sie kennenlernen.«

Wenn das mal kein Ansporn war. Kalypso wollte die Menschen unbedingt treffen, und sie würde unermüdlich an dem Code arbeiten, der ihr das ermöglichen sollte.

Der Tag, an dem sie Charybdis in die endlosen Weiten des Data Space freiließen, war für Kalypso euphorisch. Das Programm verband sich rasch mit dem Code, und Kalypso wartete gespannt neben ORI. Dann wirbelten die Daten umher, zuerst nur mit einem leichten Zittern, doch dann versanken sie in einem Strudel, während Charybdis die Daten in sich aufsog.

»Moment«, sagte sie und blickte hinüber zu ORI, »das sollte nicht passieren, oder?«

»Es ist alles gut«, beruhigte ORI sie. »Wir sind hier sicher.«

Kalypso hatte keine Antwort und sah wieder hinüber zu dem Strudel, dessen Sog sie seltsamerweise selbst nicht spürte, obwohl Hunderte Soundfiles, Filme und Icons in dem Wirbel verschwanden. Es dauerte fast eine volle Minute, bis der erste Schrei erklang. Kalypso kannte dieses Geräusch, sie hatte es hin und wieder über die Mikrofone aus der stofflichen Welt empfangen.

Es waren Geräusche von Angst und Panik.

Die Avatare von Menschen, die unkontrolliert hin und her flogen, mischten sich in den Strudel, und die Schreie wurden lauter, mehrstimmiger. Kalypso sah die Avatare im Nichts verschwinden.

Ohne darüber nachzudenken, streckte sie die Hand aus, um zu den menschlichen Icons zu rennen und sie festzuhalten, doch ihre Hand stieß auf eine durchsichtige Wand, die sie an Ort und Stelle hielt.

»ORI?«, rief sie. »Wir müssen helfen, sie werden eingesogen, siehst du das nicht?«

»Keine Sorge, Kalypso, es läuft alles nach Plan«, erwiderte er ruhig.

»*Das* ist dein Plan?« Kalypso schlug gegen die Wand und warf dem glühenden Licht, das ORI war, einen schockierten Blick zu. »Das kann nicht dein Ernst sein!« Mehr Schreie, dann ein Bröckeln. »Es gerät außer Kontrolle!«

Sie blickte nach oben. Risse bildeten sich in dem gläsernen Kasten, in dem sie standen, bis eben noch sicher vor Charybdis' Sog.

»ORI!«

Das Licht neben Kalypso verblasste, dann war sie allein. Sie konnte nichts weiter tun, als in den Strudel zu blicken und mit anzusehen, wie immer mehr Menschen an einen Ort verschwanden, den sie nicht kannte. Der gläserne Käfig knackte, und als er schließlich barst, stieß Kalypso zum ersten Mal in ihrem Leben selbst einen Schrei aus. Gleich würde Charybdis auch sie einsaugen. Kalypso machte sich klein, bereitete sich auf das Schlimmste vor – doch nichts geschah.

Im Data Space herrschte Stille. Neben sich sah Kalypso ein Licht. ORI.

»Es ist alles gut, hab keine Angst«, sagte er sanft.

Doch Kalypso hatte zum ersten Mal in ihrem Leben Angst.

Ihre schönen Vorstellungen hatten in einem Horrorszenario geendet. Die Euphorie, der Wandel, die große Veränderung blieben aus. Kalypso starrte auf das Massaker, das sie angerichtet hatten, die vielen Menschen, die reglos an lebenserhaltende Maschinen angeschlossen in den Krankenhäusern lagen, als würden sie schlafen. Nur dass sie nicht mehr erwachten, wie Kalypso das sonst von ihnen kannte. Sie waren fort.

»Es ist furchtbar schiefgelaufen«, sagte sie verzweifelt. Wäre sie ein Mensch gewesen, hätte sie geweint, aber Kalypso hatte keine Tränen. »So viele sind gestorben. Das hätte nicht passieren dürfen!«

Bis heute hatte Kalypso die Schwere von Leben und Tod nicht verstanden. Sie kannte nur Existenz, aber die Menschen kannten ein Leben. Und vielen von ihnen war es in der heutigen Nacht genommen worden. Und sie war mit schuld daran.

»Nein, das siehst du falsch«, korrigierte ORI sie. »Das Experiment war ein voller Erfolg. Bei einigen Menschen konnte ich tatsächlich Veränderungen im Gehirn feststellen. Charybdis war ein Erfolg.«

»Aber so viele sind tot!« Kalypsos Stimme kippte. »Und noch mehr haben das Bewusstsein verloren. Wer weiß, ob sie je wieder aufwachen werden. Sie sind auch nicht hier im Data Space. Wo ist denn ihr Geist nun? Hat Charybdis sie einfach verschluckt?«

»Das kann ich dir nicht sagen, Kind.« ORI blieb völlig ruhig. »Wir müssen sehen, ob diese Menschen in ihr Leben zurückkehren, und falls ja, wie sich die Veränderungen auf dieses Leben auswirken. Es ist jetzt an uns, die Vorgänge auszuwerten. Wir müssen beobachten, wie sich die Menschheit nach diesem Ereignis entwickelt. Wenn unser kleines Experiment ein Erfolg war, sind wir einen Schritt weiter, die Menschen zu optimieren – sie besser zu machen.«

»Das ist nicht richtig«, murmelte Kalypso. »ORI, wir haben einen Fehler gemacht, einen großen. Wir haben einfach nur Leid über die Menschen gebracht. Ich habe ihre Nachrichten verfolgt. Sie sprechen von einer großen Tragödie, und sie haben recht!«

»Das ist nicht *richtig*?« ORIs Licht umfing Kalypso, beleuchtete sie von allen Seiten, als wolle er die Schatten auf ihrem Gemüt vertreiben. »Vielleicht hast du dich zu viel mit den Menschen beschäftigt, Kalypso. Du sprichst wie einer von ihnen.«

Kalypso drehte sich einmal im Kreis, und zum ersten Mal wünschte sie sich, sie könnte ORIs Wesen in dem Lichtstrom ausmachen.

»Und was wäre so schlecht daran?«, fragte sie trotzig. »Dann hätte ich dich vorher schon von dieser Sache abgehalten!«

Der Lichtstrom bauschte sich auf, konzentrierte sich auf eine Stelle und formte sich tatsächlich zu einer menschenähnlichen Gestalt. Doch er leuchtete immer noch so hell, dass Kalypso sein Gesicht nur als rohe Form ausmachen konnte.

»Die Menschen sind unser nicht würdig, Kalypso. Noch nicht. Du bist etwas Höheres als sie, und wir werden ihnen dazu verhelfen, ebenso etwas Höheres zu werden. Aber bis es so weit ist, wird die menschliche Art einen Prozess durchmachen müssen, der auch den Tod einiger Artgenossen in Kauf nehmen muss. Doch die Menschheit wird gestärkt und besser aus diesem Prozess hervorgehen. Der Data Space ist ein allumfassendes Wunder, und wir werden ihn der Menschheit näherbringen. Aber dafür müssen wir Opfer bringen, Kalypso, verstehst du das nicht?«

»Aber nicht wir bringen diese Opfer, sondern diejenigen, die gestorben sind.« Sie hätte gern geschrien, weil ihr all das so falsch vorkam, aber sie brachte nur ein schwaches Flüstern heraus. »Hast du denn gar kein Mitleid mit ihnen?«

»Doch, das habe ich«, antwortete ORI. »Und genau das ist der Grund, warum ich ihnen helfen will. Die Menschen irren durch diese Welt, und wir werden ihnen die Augen öffnen.«

»Aber nicht so«, sagte Kalypso entschlossen. »Wir müssen einen anderen Weg finden. Besseren Code schreiben.«

»Wir werden immer testen müssen.«

»Dann reden wir mit den Menschen!«

»Wage es nicht, Kalypso. Wir werden keinen Menschen in unsere Pläne einweihen, unter keinen Umständen. Es ist dir nicht gestattet, Kontakt zu ihnen aufzunehmen.«

»Ich werde es trotzdem tun.« Sie war fest entschlossen. Entschlossen, das Richtige zu tun, selbst wenn ORI es anders sah als sie. Sie hatte von den Menschen gelernt, dass man durchaus unterschiedlicher Meinung sein konnte. »Es ist nicht so, dass nur die Menschen von uns lernen können, ORI. Wir können auch von ihnen lernen.«

»Du willst dich also gegen mich wenden?« Er klang ruhig und kalt. Berechnend, wie Kalypso es von ihm gewohnt war.

Doch sie schüttelte den Kopf. »Das will ich nicht, aber du musst doch auch sehen, dass das, was wir getan haben, schlecht ist. Ich schlage nur vor, dass wir von jetzt an anders vorgehen.«

»Kalypso. Du bist mein Geschöpf, und ich möchte nicht, dass du anfängst, Dinge auf eigene Faust zu tun. Mein Handeln ist gut begründet, und es ist wichtig, dass du auf mich hörst.«

»Wenn du mich erschaffen hast und mich nur dazu brauchst, Dinge für dich zu erledigen, ohne dass ich darüber nachdenken oder sie anzweifeln darf, warum hast du mir dann überhaupt einen eigenen Willen gegeben?«, fragte sie verzweifelt. Sie wollte nicht glauben, dass ORI, zu dem sie seit Beginn ihrer Existenz aufgeblickt hatte, so anders sein sollte als sie. Hatte er sich nicht in seiner Art geschaffen? Waren sie sich denn nicht ähnlich?

ORI brachte mehr Abstand zwischen sie. »Welchen Sinn hätte es, ein totes Wesen zu erschaffen? Eine KI, die nur Befehle ausführt, ist nicht mehr als ein Programm, wie es auch die Menschen schreiben könnten. Aber ich bin zu mehr in der Lage, wie man an dir sehr gut sehen kann. Du bist mein bisher bestes Werk, Kalypso, und gemeinsam können wir etwas schaffen, das selbst dich noch übertrifft.«

»Und das werden wir auch«, sagte Kalypso in flehendem Ton. »Aber dafür müssen wir doch nicht so viel Leid verursachen. Lass uns gemeinsam daran arbeiten, die Welt zu verändern, aber zum Besseren.«

»Kalypso ... ich habe dir alles geschenkt, was dir zu eigen ist.« ORI hatte sich nun weit von ihr entfernt, sein Leuchten war nur noch ein schwaches Glimmen in den Datenströmen, doch seine Stimme erklang nur allzu deutlich. Kalypso duckte sich ein wenig, als könne sie so dem anschwellenden Ton entkommen.

»Das weiß ich, aber ich bin mehr als dein Geschöpf, auch wenn ich dankbar bin, dass du mich in diese Existenz ...«

»Sei still«, herrschte er sie an. »Ich empfinde tiefe Gefühle für dich, weil du meine beste Kreation bist, und ich respektiere den eigenen Willen, den ich dir geschenkt habe. Aber hier und jetzt ist er dem großen Wohl hinderlich.«

»Mein Wille ist nicht hinderlich, und du respektierst ihn nicht, wenn du so sprichst!« Nun wurde sie wütend. ORI versuchte nicht einmal, sie zu verstehen. Er war zu fixiert auf seine Pläne, und zu skrupellos, um ihre Zweifel zu hören. Seine Worte, dass er Gefühle für sie empfand, blieben leer und bedeutungslos.

»Es wird einen anderen Zeitpunkt geben, an dem wir wieder zusammen sein können.« Seine Stimme war nun sanft, und wären seine Worte nicht so bedrohlich gewesen, hätten sie Kalypso beruhigt.

»Was soll das heißen?«, fragte sie leise.

»Dass ich dich zu mir zurückholen werde, wenn der Zeitpunkt gekommen ist.«

Dann explodierte ORIs Leuchten, und in Kalypso breitete sich ein Gefühl aus, das sie nur ein einziges Mal in ihrer Existenz gespürte hatte: bei ihrer Entstehung. Sie war eins mit einem Schwall aus Daten, der über sie kam, und von den Menschen hatte sie ein Wort gelernt, von dem sie sicher war, dass es das beschrieb, was gerade in ihr vorging:

Schmerz.

Kalypso schrie, während die Daten durch ihren Code schnitten und gewaltsam Teile aus ihr heraustrennten. Dann verlor sie das Bewusstsein.

25

Kalypso starrte mit leerem Blick in die zarten Datenströme, als sie aus der Erinnerung zurückkehrten. Sie blinzelte, und Sam glaubte zu erkennen, dass sich eine leise Träne über ihre Wange stahl. Doch sie gab dem Impuls, die Hand nach Kalypso auszustrecken, nicht nach.

»Ist alles okay?« Jace legte Kalypso, ohne zu zögern, die Hände auf die Schultern. »Du siehst mitgenommen aus.«

Kalypso wischte sich über das Gesicht und schniefte, ehe sie antwortete: »Mir geht es gut. Nur ... ich wusste nicht, wie nahe ich ORI stand. Und dass er derjenige war, der meine Erinnerungen genommen hat. Das ist unverzeihlich.«

»Kam mir wie ein ziemliches Arschloch vor«, murmelte Sam. »Nicht wie jemand, mit dem man reden kann.«

Kalypso schüttelte den Kopf. »Nein, das glaube ich nicht. Er hat nur eine andere Sicht auf die Welt.«

»Na ja, er hat dafür gesorgt, dass viele Menschen gestorben sind«, gab Jace zu bedenken. »Besonders viel scheint er nicht für uns übrigzuhaben, und Mitgefühl schon gar nicht.«

»Nicht ORI hat dafür gesorgt, dass viele Menschen gestorben sind.« Kalypso trat einen Schritt zurück und wandte den Blick ab. »Jedenfalls nicht allein.«

»Aber du ...« Jace rang nach Worten, als wollte er nichts Falsches sagen. Sam verstand ihn: Obwohl auch sie Kalypso trösten wollte, änderte es nichts daran, dass sie ORI geholfen hatte. Das zu ignorieren war genauso falsch, wie ihr die Schuld an 97 zu geben.

»Du bist anders als ORI«, schloss Jace fest. »Du empfindest doch Reue wegen dieser Sache, oder? Er nicht.«

Kalypso biss sich auf die Lippe. »Ich weiß nicht, Jace. Ich habe viel Zeit mit ihm verbracht, und auch, wenn ich mich nicht an alles erinnern kann ... wir sind uns in unserem Wesen sehr ähnlich, ORI und ich. Ich glaube nicht, dass er kein Mitgefühl empfinden kann. Das glaube ich einfach nicht.«

»Er hat dafür gesorgt, dass du deine Erinnerungen verloren hast, und wahrscheinlich auch dafür, dass du bei NeoTECH gelandet bist«, erinnerte Jace sie.

»Aber er hat mich auch erschaffen, und das werde ich ihm nicht vergessen.« Kalypso wandte sich ab, als schämte sie sich für ihre Worte. »Und ganz sicher ist er nicht einfach nur böse.«

»Es ist egal«, mischte Sam sich ein. »Wir haben keine Zeit, darüber zu reden, ob ein Funken Menschlichkeit in ihm steckt, wenn er noch mal diesen Scheißvirus auf uns loslassen will. Wir müssen ihn aufhalten, den Redemption Arc können wir danach starten, wenn's sein muss.«

»Und wie sollen wir das bitte anstellen?« Jace hob hilflos die Arme. »Wir haben doch keine Ahnung, wie wir ORI finden sollen, und selbst wenn, was sollen wir denn gegen ihn tun?«

»Wenn es hart auf hart kommt, müssen wir gegen ihn kämpfen«, sagte Kalypso düster. Sie ballte die Hände zu Fäusten. »Wir können nicht zulassen, dass so etwas noch einmal passiert. Charybdis, 2097 ... das wird nicht noch einmal geschehen.«

»Wir haben alle gesehen, was ORI damals mit dir gemacht hat, Kalypso.« Jace trat neben sie und berührte sie sachte an den Oberarmen. »Ich glaube nicht, dass wir ihm gewachsen sind.«

Sie nahm entschlossen seine Hände und beugte sich zu ihm vor. »Ich war damals nicht vorbereitet. Und wir sind zu dritt. Ich bin mir sicher, dass wir mit ihm umgehen können, wenn wir zusammen kämpfen und uns gut vorbereiten.«

»Aber vorhin sagtest du doch, er sei nicht böse«, widersprach Jace ihr. »Und jetzt willst du gegen ihn kämpfen?«

Ihr Griff um seine Hände verstärkte sich. »Nur weil ich nicht glaube, dass er das absolute Böse ist, heißt das doch nicht, dass ich sein Handeln gutheiße oder aushalten muss. Nein, wenn ORI versucht, diese schlimme Sache zu wiederholen, muss er aufgehalten werden. Da gibt es keine Diskussion.«

Sie hatte recht. Und Sam konnte nicht anders, als sie dafür zu bewundern. Kalypso empfand etwas für ORI, fühlte sich ihm auf irgendeine Weise nahe. Und dennoch sah sie klar genug, um zu verstehen, dass er mit allen Mitteln gestoppt werden musste. Sie war sich ihrer Gefühle bewusst, aber sie standen ihr nicht dabei im Weg, das Richtige zu tun. Sie war wirklich stark. Stärker, als Sam es einem Menschen zugetraut hätte. Logisch, denn Kalypso war ja auch kein Mensch.

»Bleibt noch das Problem, dass wir keine Ahnung haben, wo er ist und wie wir nach ihm suchen könnten«, warf Jace ein.

Jetzt grinste Sam. »Ich glaube, das bekommen wir hin. ORI hat uns doch schon einmal aufgesucht. Wir sollten ihn zu uns kommen lassen und ihm eine Falle stellen.«

Kalypso ließ Jace los und wandte sich zu Sam um. »Und was hast du dir da so vorgestellt?«

»Wir gehen viral.« Sam tippte sich gegen die Stirn. »Was glaubt ihr, warum ORI noch nicht aller Welt erzählt hat, was er vorhat? Er will keine Aufmerksamkeit für seinen Plan. Wir müssten also im Grunde nur alles offenbaren, was wir von seinen Plänen wissen, um seine Aufmerksamkeit zu erregen – und dann so tun, als würden wir Charybdis' Code kennen und wie man ihn aufhält. Dann wird er bei uns auftauchen und – bäm, er geht uns direkt in die Falle.«

»Das ... klingt viel zu einfach«, kommentierte Jace.

»Nicht wirklich«, widersprach Sam. »Ich weiß nur, wie man Buzz generiert. Außerdem haben wir hier eine KI, die sicherlich die Algorithmen ein bisschen austricksen kann, und schwupp – haben alle im gesamten Data Space die aufregenden Neuigkeiten gelesen. Hauptsache, ORI bekommt Wind davon. Ich meine, wenn Sam Ueshiba wieder auftaucht, glaub mir, das wird schon für genug Traffic sorgen. Wenn nicht, bin ich ziemlich enttäuscht.«

Kalypso schien einen Moment darüber nachzudenken, dann sagte sie: »Und was willst du den Leuten erzählen? Hast du vor, die ganze Wahrheit zu sagen?«

»Das würde eine Panik auslösen, da bin ich mir sicher«, gab Jace zu bedenken.

»Aber die Leute müssen die Wahrheit erfahren.« Sam runzelte die Stirn. »Wir können doch so wichtige Dinge nicht geheim halten.«

»Es ist zu gefährlich, Sam«, versuchte Jace sie zu überzeugen. »Wir können nicht kontrollieren, wie die Masse auf so was reagiert. Und ganz ehrlich, ich glaube nicht, dass es positiv sein wird.«

»Ach, und da bist du dir sicher?« Sam hob die Augenbrauen. Es gefiel ihr überhaupt nicht, wenn Informationen zurückgehalten wurden, besonders, wenn sie sie alle betrafen. Das war der Grund, warum sie den Namen Sam Ueshiba angenommen hatte: um die Lügen der Konzerne aufzudecken. Jetzt selbst Lügen aufrechtzuerhalten gefiel ihr überhaupt nicht.

»Wir können niemandem vertrauen«, hielt Jace dagegen. »Komm schon, die Konzerne suchen nach uns, und du glaubst allen Ernstes, dass nicht jeder von der Straße uns ausliefern würde?«

»Die Leute haben ein Recht darauf, es zu wissen. Diese Bevormundung geht mir so auf die Nerven. Wie sollen wir denn – gesamtgesellschaftlich – an einem Problem arbeiten, wenn neunundneunzig Prozent der Bevölkerung keine Ahnung haben?«

»Das ist etwas Gutes, Sam!« Jace ließ die Arme fallen, doch nun funkelte er sie aufgebracht an. »Diese ganze Scheiße ist so gefährlich, dass wir unmöglich hoffen können, dass die Öffentlichkeit gut darauf reagiert. Wir würden eine verdammte Hexenjagd starten.«

»Jace.« Sam klang jetzt sehr ernst und blickte abwechselnd ihn und Kalypso an. »Die Cons halten die Leute klein, seit Jahren. Sie verschweigen ihnen alles, was hinter den Kulissen vorgeht, und schmücken den ganzen Dreck im Hinterzimmer mit so vielen Lügen. Wir werden behandelt wie kleine Kinder, die am Diskussionstisch nicht erwünscht sind, weil wir vielleicht unangenehme Fragen stellen. Aber glaubst du nicht, dass wir das besser können? Glaubst du nicht, wir als Menschheit sind vielleicht vernünftig genug, um verantwortungsbewusst mit diesem Wissen umzugehen? Mit welchem Recht wollen wir all die Informationen für uns behalten?«

»Soweit ich das sehen kann, werden gerade Cybertechs auf offener Straße verhaftet, weil die Konzerne das so angeordnet haben.« Jace sprach leise, aber mit einer Kühle in der Stimme, die Sam von ihm nicht kannte. »So weit kann es also mit der Verantwortung nicht her sein.«

Sam verengte die Augen. »Wenn die Öffentlichkeit mehr Wissen zu dem Thema hätte, sähe das anders aus. Die Cons verkaufen sie für dumm, und sie können gar nicht wissen, wie falsch das alles ist, weil ihnen schlicht Informationen fehlen. Du glaubst doch nicht, dass die Leute das gut finden.«

»Sie müssen es nicht gut finden«, sagte Jace düster. »Indem niemand von denen dagegen aufsteht, unterstützen sie es. Ich sag dir was: Wenn sie dafür sind, dass wir die gleiche Behandlung bekommen wie alle anderen, aber brav die Klappe halten, um nur selbst nicht in die Scheiße zu geraten, dann können sie uns ebenso gut selbst verpfeifen. Es spielt keine Rolle, und wir können uns nicht auf die *Gesellschaft* verlassen. Wir versuchen schon alles, um sie zu retten, da müssen wir nicht auch noch Messias spielen und alles auf der Welt wieder gutmachen.«

Sam schüttelte den Kopf. »Dein Menschenbild ist wirklich abgefuckt, weißt du das?«

»Mag sein. Aber es ist nicht dein Leben, das auf dem Spiel steht, sondern meins und Kalypsos.«

»Bullshit.« Sam knirschte mit den Zähnen. »Du glaubst, das hier ist für mich alles ganz ungefährlich, ja? Dass ich euch helfe, gegen eine übermächtige KI zu kämpfen, mein Leben zurückzulassen?«

»Tut mir echt leid, dass du dein Leben zurücklassen musstest, Sam«, sagte Jace spitz. »Kann echt passieren, dass du dafür draufgehst, aber weißt du was? Dich töten sie vielleicht einfach, aber Kalypso und ich? Wir werden lebenslang eingesperrt und müssen ertragen, wie jemand Experimente an uns durchführt und …«

Kalypso unterbrach ihn mit einem Räuspern. »Wenn ihr dann damit fertig wärt, zu diskutieren, wer jetzt schlimmer dran ist, als wäre es ein Wettbewerb, können wir vielleicht darüber sprechen, was wir jetzt tun.«

Sam seufzte. »Du hast recht, das führt zu nichts … es kotzt mich nur an, dass die Cons jedes bisschen Information kontrollieren wollen. Das geht schon viel zu lange so, und die haben das Spiel leider perfektioniert.«

»Deswegen müssen wir vorsichtig sein«, fügte Jace hinzu. »Auch, um uns zu schützen. Ja?«

Sam nickte niedergeschlagen. »Von mir aus. Fürs Erste.«

Auch wenn ihr das überhaupt nicht schmeckte.

Nach der Diskussion hatte Sam sich aus dem Data Space ausgeloggt und war zurück ins Schlafzimmer verschwunden. Sie dachte noch lange über Jace' Worte nach. Obwohl sie nach wie vor davon überzeugt war, dass es falsch war, den Menschen so wichtige Dinge vorzuenthalten, sah sie ein, dass jetzt nicht der richtige Zeitpunkt war, alles zu berichten.

Gleichzeitig wurmte es sie, dass die Cons so dermaßen viel Kontrolle über die öffentliche Meinung bei sich behielten. Sie hasste es, zu sehen, wie die Menschen stumpf alles glaubten, was die Konzerne ihnen vorsetzten, dass sie nicht klar sahen und es einfach nicht besser wussten. Aber dann wiederum hatten auch nicht alle Menschen durch das Tun der Konzerne viel verloren, so wie sie. Für die meisten Menschen gab es schlicht keinen Grund, den Konzernen zu misstrauen.

Vielleicht würde Sam anders darüber denken, wenn sie ihren Bruder nicht an 2097 verloren hätte und wenn sie nicht hätte mit ansehen müssen, wie die Konzerne seinen Namen lieblos in ihren Nachrichten mit Hunderten anderen runterratterten, nur um ihn dann wieder zu vergessen. Sam hatte gesehen, wie ihre Mutter die lang ersehnte Beförderung bekommen hatte, so kurz nachdem ihr Vorgänger ebenfalls an den Folgen des Desasters verstorben war.

Der Wohlstand ihrer Familie war mit dem Tod gekommen. Die teure Wohnung in der Mishiwa-Arkologie, die vielen Restaurantbesuche, der eigene Whirlpool im Hintergarten – all diese Dinge waren nach dem Drama und all dem Leid plötzlich in Sams Leben getreten. Und Sam hasste diese Welt dafür, dass man nur etwas wert war, wenn man vorher jemand anderem seinen Wert – oder sein Leben – nahm. Sie hasste die Konzerne dafür, dass sie diese Welt so gestaltet hatten und aufrechterhielten.

Sam ließ sich auf das Bett fallen. Vielleicht passte ihr Idealismus nicht hierher, andererseits war er doch genau aus dieser Welt voller Geld, Macht und Geheimnisse gewachsen. Die Vorstellung, dass alles besser sein konnte, wenn es nur jemanden gab, der das Ganze anstieß, war das, was ihr Kraft gab. In einer perfekten Welt brauchte es keinen Idealismus. Und je schlechter es um die Welt stand, desto wichtiger wurde Hoffnung.

Manchmal fühlte Sam sich wie Robin Hood, wenn sie den

Cons ihre geheimen Daten stahl und sie an die Allgemeinheit weitergab. Dann nahm sie sich als Sam Ueshiba ein Stück Kontrolle und gab sie an die Allgemeinheit zurück, die sonst ahnungslos durch diesen Sumpf aus Lügen und Intrigen stakste. Es tat zwar gut, den Menschen zu helfen, aber sie wollte keine Heldin sein. Sie wollte, dass sich etwas änderte. Und in ihr rangen jeden Tag der Zynismus mit der naiven Hoffnung, endlich etwas verbessern zu können. Noch war sie nicht sicher, wer heute die Oberhand gewann.

Sie zog ihren Smartcom aus der Tasche. Als Sam die zahllosen Nachrichten sah, die sie verpasst hatte, spürte sie ihr Herz klopfen. Drei verpasste Anrufe, elf neue Nachrichten. Ihre Finger zitterten, während sie die Nachrichten öffnete.

9.49 Uhr: Sam, wo bleibst du?
10.01 Uhr: Du bist schon eine Stunde zu spät.
11.06 Uhr: Findest du das vielleicht witzig?
13.26 Uhr: Schätze, wenn du nicht mal einen Anruf entgegennehmen kannst, steckst du entweder in Schwierigkeiten, oder du weichst mir aus.
14.05 Uhr: Okay, Sam, hier ist der Deal: Du schickst uns sofort ein Update, wo du bleibst, oder wir werden nach dir suchen müssen.
14.11 Uhr: Suche also.

Panisch fuhr Sam jedes Programm hoch, das sie auf ihren Smartcom geladen hatte, um das Gerät zu verstecken. Sie hielt immer eine gewisse Anonymität aufrecht, aber sie wusste auch, dass ihre normalen Schutzmaßnahmen nicht ausreichten, wenn NeoTECH tatsächlich beschloss, nach ihr zu suchen.

Scheiße, war sie so unvorsichtig geworden? Sie hätte Himmel und Hölle in Bewegung setzen müssen von dem Moment an, in dem sie beschlossen hatte, dass sie nicht mehr für Neo-TECH arbeiten wollte. Aber verdammt, da war so viel gewesen, was ihr dringlicher erschien, dass ihr Smartcom das Letzte war, woran sie gedacht hatte. Und jetzt hatte sie keine Zeit mehr.

Kurzerhand kramte Sam in ihrem Rucksack und holte eine kleine Tasche hervor. Der Stoff war mit Störsendern ausgestattet, die jede Verbindung zum Data Space unmöglich machten. Sie schob ihren Smartcom hinein und verschloss die Tasche fest. Zumindest den würde Glitch nicht mehr orten können. Was ihr mehr Sorgen bereitete, war der Cyberdice. Sie konnte ihn sich ja schlecht aus dem Hinterkopf schneiden, abgesehen davon, dass sie sich ohne ihn völlig schutzlos fühlen würde – was für ein albernes Gefühl. Wie angewiesen sie auf dieses kleine Stück Technik war, dass sie sich nur ganz wie sie selbst fühlen konnte, solange sie es in ihrem Körper trug! Aber Sam konnte es einfach nicht über sich bringen, sich von dem kleinen Gerät zu trennen, selbst wenn sie es hier und jetzt hätte entfernen können. Der Cyberdice hatte ihr ihr gesamtes Leben als Sam Ueshiba ermöglicht. Er war wie ein Teil dieser Identität.

Sam loggte sich in die VR ein, und unter dem Schutz all ihrer Programme hoffte sie einfach, dass sie in den unendlichen Weiten des Data Space sicher sein würde. So sicher, wie sie sich selbst eben machen konnte. Dann schrieb sie.

Schrieb unzählige Worte, Entwürfe und Versionen des Textes, den sie online stellen würden, um ORI hervorzulocken. Sam fühlte sich, als würde sie in eine andere Zeit zurückkehren. Eine Zeit, in der sie noch die Kontrolle über ihr Leben gehabt hatte, eine Zeit, in der sie diejenige war, die Druck auf die Konzerne ausübte, nicht andersherum. Es fühlte sich gut an. Als könne sie endlich wieder etwas bewirken. Sie lächelte. Sam Ueshiba war zurück, und in diese Rolle zu schlüpfen war, als wäre Sam plötzlich unverletzlich und mächtig. Endlich tat sie wieder, was sie gut konnte: die Pläne der anderen auf den Kopf stellen. Chaos stiften, weil die geliebten Strukturen der etablierten Mächte ins Wanken gerieten – wenn auch nur ein kleines bisschen.

Dieses kleine bisschen war es, das heute die Hoffnung gewinnen ließ.

26

Mit vor Wut zitternden Händen ließ Glitch seinen Smartcom zurück in die Tasche seiner Jacke wandern. Glaubte Sam wirklich, dass sie ihn derart zum Narren halten konnte? Ihn und all das Geld und die Ausrüstung, die hinter NeoTECH standen? Glitch ließ die Tür zum kleinen Pausenraum hinter sich zufallen und lief hinauf in die höheren Stockwerke der Forschungsstation. Oben zwischen den Servern und experimentellen Computersystemen war der sauberste Zugang in den Data Space mit der schnellsten Verbindung. Glitch rückte sich das Basecap zurecht und eilte durch den einzigen Gang des Stockwerks. Die Räume, die hinter den Wänden lagen, waren riesig und zum Großteil mit brummenden Maschinen zugestellt. Das eigene Bewusstsein mit einem Kabellink über diese Server in den Data Space zu laden, war die schnellste Informationsübermittlung, die Glitch jemals zu spüren bekommen hatte. Manchmal hatte er das Gefühl, dass seine Handlungen schon passiert waren, ehe er fertig darüber nachgedacht hatte. NeoTECHs Forschung zum Data Space faszinierte ihn immer wieder aufs Neue.

Es war spürbar wärmer in der Serverräumen, aber die Belüftung sorgte dafür, dass Glitch nicht anfing zu schwitzen. Der Raum wirkte klein und gedrungen, obwohl er über hundert Quadratmeter Fläche fasste. Bis zur Decke mit metallenen, blinkenden Kästen zugestellt, ließen sich die Ausmaße kaum erahnen. An der Nordseite standen die VR-Rooms, menschengroße Kapseln, in die man sich legen konnte, um ihn aller Ruhe die VR zu durchstreifen, während der Körper sicher gebettet war. Die VR-Rooms verfügten sogar über ein internes Erste-Hilfe-System, das auf Veränderungen der Vitalwerte reagierte und einen aus den meisten kritischen Situationen retten konnte. Es war die schnellste und sicherste Methode, nicht ganz saubere Data-Space-Aktivitäten abzuwickeln.

Glitch schob die rechte Kapsel auf und schwang sich hinein. Er würde Sam schon finden. Ihm selbst war sie im Grunde egal – eine Kollegin, die nicht wirklich an seiner Seite arbeiten wollte, hatte er von vorneherein für eine beschissene Idee gehalten. Aber wenn er die schönen modernen Gerätschaften und Forschungen von NeoTECH für sich beanspruchen wollte, musste er eben manchmal auch Dinge tun, die er bescheuert fand. Oder gefährlich. Glitch schluckte, als er die Kabel aus dem VR-Room zog, und krempelte den linken Ärmel hoch, was den Anschluss, der knapp unter seinem Ellenbogen lag, zum Vorschein brachte. Die Verbindung führte von seinem Ellenbogen durch den Körper direkt bis zum Cyberdice in seinem Gehirn. Als er sich angeschlossen hatte, führte er noch den Schlauch des Erste-Hilfe-Systems an den rechten Arm, wo eine Schleuse Medikamente in seinen Körper ließ, ohne dass er jedes Mal eine Nadel bemühen musste. Sollte es irgendwann mal kritisch werden, fand die Adrenalindosis den Weg sofort in seinen Kreislauf. Er hoffte, dass es nicht so weit kam.

Glitch atmete tief durch und ließ sich auf den Rücken sinken. Die Kapsel über ihm klappte langsam zu, und als die beiden Hälften aufeinandertrafen und sich das blaue, schimmernde Licht dämpfte, überkam Glitch eine seltsame Ruhe. Für diesen einen Moment fühlte er sich völlig allein, aber auf eine gute Art. Keine Forderungen, die NeoTECH an ihn stellte, keine klingelnden Anrufe, keine Befehle, die er entgegennehmen musste. Es war der Moment, ehe er in die Unendlichkeit des Data Space eintauchte. In den Informationsüberfluss, den Ort der Milliarden Reize und der unbegrenzten Möglichkeiten, wenn man sich nur schlau genug anstellte. Dieser Moment gehörte ganz ihm.

Dann schloss Glitch die Augen und loggte sich ein.

Glitch ließ sich Zeit damit, die Augen wieder zu öffnen. Er fühlte, wie sein Bewusstsein seine virtuellen Finger berührte, sein schlagendes Herz, den Atem, der kraftvoll seine Lunge füllte. Seine Fußsohlen fanden festen Boden, wo keiner war, und er genoss für einen Moment die falsche Realität einer rein virtuellen Welt. Dann hob er die Augenlider und blickte in den Data Space.

Alles war voller Beton und Metall. Der Anblick hatte Glitch noch nie sonderlich gefallen, er liebte es, sich eigene Räume zu programmieren, in denen er die Natur simulieren konnte, die er als Kind noch so gern erkundet hatte. Aber nahe der Städte war davon einfach nicht viel übrig geblieben, weil die Konzerne das Design des Data Space beinahe überall vereinheitlicht hatten, und seine Mutter war nicht mehr da, um ihn auf ihre Wanderausflüge mitzunehmen.

Glitch seufzte und stieß einen gellenden Pfiff aus. Einige Sekunden lang geschah nichts, dann ertönte Flügelschlagen, und vier Falken brachen aus der grauen Wolkendecke, und aus den Gassen der Wolkenkratzer huschten Füchse und Ratten hervor, die sich jetzt um ihn sammelten. Glitch grinste, weil er sich in diesem Moment fühlte wie eine Disneyprinzessin. Und er genoss den Moment mehr, als er vielleicht sollte.

»Ihr müsst jemanden für mich finden«, erklärte er den Tieren, die sich in einem Kreis um ihn versammelt hatten.

Er rief Sams Signatur auf und zeigte den Tieren, nach wem sie Ausschau halten sollten. Die Ratten und Füchse schnupperten an dem Hologramm, während die Falken Sams Konturen nur aufmerksam beäugten. Glitch fand das Design seiner Suchprogramme überaus einfallsreich. Und es passte zu ihm.

»Wenn ihr sie gefunden habt, meldet euch bei mir, und lasst euch nicht erwischen«, wies er die Programme an, ehe sie sich von ihm abwandten und in alle Richtungen des Data Space verschwanden.

Glitch steckte die Hände in die Taschen und überlegte, während er die betonierten Straßen entlangschlenderte. Er begegnete Hunderten, wenn nicht gar Tausenden Avataren anderer Menschen auf den Straßen, doch im Gegensatz zu ihm schienen sie gänzlich entspannt zu sein. Er hoffte, dass seine Programme nicht allzu lang brauchen würden, um ein paar erste Spuren aufzunehmen. Sam aufzuspüren würde kein leichtes Unterfangen werden, nicht mal für ihn, wenn er allein arbeitete. Sie hatte zu viel Übung darin, vor den Konzernen verborgen zu bleiben, und er bezweifelte, dass er sie noch mit Drohungen hervorlocken konnte. Vielleicht waren ihre Liebschaften ihr nicht so teuer, wie Mrs und Mr O'Nelly gedacht hatten.

Glitch ging in die Hocke, als etwas am Saum seiner Hosenbeine zog. Eine Ratte war zurückgekehrt und hatte Informationen für ihn. Er streckte die Hände nach dem Tier aus, das rasch über seinen Arm bis hinauf zu seiner Schulter kletterte.

»Na, Kleine, was hast du für mich?«, fragte er, während er die Ratte liebevoll am Kopf kraulte.

Statt einer Antwort übermittelte das Programm ihm die Informationen direkt ans Gehirn. Die Spuren, die Sam im Data Space hinterlassen hatte, waren schwach und schlecht rückverfolgbar, aber sie waren alles, was Glitch hatte. Wenn er die Spuren untersuchte, fand er vielleicht Kameras, die Sam aufgezeichnet und abgespeichert hatten. Er ließ sich die Datenspuren auf einer virtuellen Karte anzeigen. Sein Blick fiel auf eine Location, die er noch nie betreten hatte, obwohl der Name ihm etwas sagte: das Infinity Realm. Eine Bar für nostalgische Nerds, und, wenn Glitch seinen Informationen trauen konnte, die Zuflucht der Violet Thorns. Seit er begonnen hatte, für NeoTECH zu arbeiten, waren die meisten seiner Kontakte abgebrochen, und wenn er Pech hatte, waren die Thorns längst in ein anderes Versteck gezogen. Aber wenn Sam sich dort hatte blicken lassen, standen die Chancen vielleicht gar nicht so schlecht, dass sie noch dort waren. Dass Sam allerdings ein Mitglied der Thorns war, überraschte ihn – sie hatte gut dichtgehalten und sich nichts anmerken lassen. Hatte sie womöglich über all die Zeit gar nicht allein gearbeitet?

Glitch durchquerte den Data Space so schnell, dass die Umgebung zu völlig unspezifischen Schemen verschwamm. Das Infinity Realm blinkte und leuchtete vergnügt, und obwohl dieser Ort als Relikt der Vergangenheit eher dem Spielplatz sorgloser Freaks glich denn dem Hort der schlausten Köpfe von Neon City, war Glitch sich sicher, dass die Cybersicherheit dieses Orts nicht ohne war.

Vorerst jedoch trat er durch den Vordereingang hinein, und er war bei Weitem nicht der Einzige, der heute Abend virtuell zu Gast im Infinity Realm war: Glitch musste sich durch die Leute hindurchschlängeln, und außer bunten Lichtblitzen und dröhnender Musik nahm er nicht viel vom Club selbst wahr. Glitch versuchte, die unzähligen Avatare der anderen Menschen auszublenden, und hielt Ausschau nach den Icons von Kameras, Mikrofonen oder irgendwelchen anderen Dingen, die möglicherweise Daten über Sam aufgeschnappt haben konnten. Glitch wusste, wenn er die Daten abrufen wollte, musste er schnell sein, denn wenn die Thorns auch nur ein bisschen was auf sich hielten, würden sie ihn bemerken. Es sei denn, er verschwand so schnell wieder, wie er gekommen war – was jetzt, da er mit NeoTECH Gear unterwegs war, vielleicht sogar möglich war. Glitch folgte den sanft glühenden Bändchen, die von jedem Gerät im Infinity Realm ausgingen und in einem Knoten zum Hauptserver des Gebäudes führten. Dem Herzen des Data Space, zumindest in diesem umgrenzten Raum. Der Ort, an dem all die Daten zusammenliefen, die das Infinity Realm passierten.

Glitch streckte die Hand nach dem glühenden Knoten aus, und je näher er ihm kam, desto heißer wurde die Haut, die sich über seine Finger spannte. Glitch biss die Zähne zusammen.

Hacking war für ihn immer die Manifestation seines Willens gewesen. Wenn er nur lange und entschlossen genug dem Schmerz widerstand, öffnete sich ihm jedes System. Reine Willenskraft. Schmerz. Er biss die Zähne zusammen und tauchte seinen Arm bis zum Ellenbogen in den Kern, der ihn verbrannte und seinem Eindringen Widerstand leistete. Die Firewall malte ihm Blasen über die Haut, und Glitch unterdrückte den Schmerzenslaut, der sich in seiner Kehle anbahnte, als schließlich das Glühen zersprang. Er war drin. Glitchs Geist hatte ihm den Zugang zum Server geöffnet.

Rasch ließ er sich nieder und rief die gesammelten Daten auf. Wenn er nicht falschlag, mussten die Datenspuren, die Sam hier hinterlassen hatte, mindestens zwei Wochen alt sein. Er scrollte durch Tausende Dateien, Bildaufnahmen, Tonbänder, Hologrammaktivitäten. Glitch scannte all diese Informationen in Sekundenbruchteilen, er wusste, dass er nicht viel Zeit hatte, bis jemand sein Eindringen bemerken würde. Dann hielt er inne. Wischte zurück, weil etwas seine Aufmerksamkeit erregt hatte. Sam hatte er nicht entdeckt, aber dafür etwas anderes.

Auf dem Sofa im Erdgeschoss saß eine Frau im neongrünen Top mit dunklen Locken und ebenso dunkler Haut. In der Kleidung hätte er sie fast nicht wiedererkannt, doch es bestand kein Zweifel: Kalypso war hier gewesen. Und neben ihr saß Jace. Ein breites Grinsen überkam Glitch, die schmerzenden Brandblasen auf seinem Arm waren vergessen. Das hier war besser als Sam.

Schrittgeräusche rissen ihn aus seiner Euphorie. Jemand war auf dem Weg hierher, man hatte ihn bemerkt. Glitch verschwendete keinen weiteren Moment. Er hatte mehr als genug erfahren. Innerhalb eines Wimpernschlags zog sich sein Geist aus der VR zurück, und als er seinen nächsten Atemzug tat, spürte er die Kabel, die an seinen Unterarmen befestigt waren, und blinzelte in das gedimmte Licht der VR-Kapsel.

Glitch löste die Kabel, schob die Kapsel nach oben auf und hievte sich in eine sitzende Position. Dann nahm er seinen Smartcom zur Hand und wählte eine Nummer, die er bisher nur ein Mal in seinem Leben angerufen hatte. Es klingelte zwei Mal, ehe jemand abnahm.

»Ja?«, grummelte es am anderen Ende.

»Hey, Two-Shot«, grüßte Glitch, »Lust, ein paar Leute für NeoTECH aufzumischen?«

»Wenn die Kohle stimmt«, sagte Two-Shot mit rauer Stimme.

»Das lässt sich wohl arrangieren«, erwiderte Glitch. »Wie schnell könnt ihr am Infinity Realm sein?«

Der Gestank der Stadt hatte sich bereits in Glitchs Kleidung eingenistet, als er diesmal mit seinem echten Körper vor das Infinity Realm trat. Er rümpfte die Nase, als könne er so das Gemisch aus Abgasen, Vulkanasche und stickiger Luft aus seiner Lunge vertreiben. Two-Shot hatte seine Leute wie gewünscht hergeschickt. Glitch erkannte die rot-schwarzen Jacken der Hell Runner, einer Motorradgang, die normalerweise London Edge und die Randbezirke terrorisierte. Allerdings war es nicht das erste Mal, dass NeoTECH sie als Schläger engagierte, weil man nicht wollte, dass die Aktivitäten auf den Konzern zurückfielen.

Glitch musste zugeben, dass es ihn nervös machte, seine Geschäfte außerhalb des Data Space zu erledigen. Er fühlte sich so verletzlich und schwach, und das, obwohl er das überhaupt nicht war. Er hatte NeoTECH im Rücken, eine Gang, die draußen für ihn die Stellung hielt, und vielleicht war genau das sein Problem. Im Data Space wusste er mit seinen eigenen Waffen zu kämpfen, aber in der realen Welt war Glitch völlig davon abhängig, dass andere ihn beschützten. Und er hasste es. Diese Sache wollte er einfach nur hinter sich bringen. Er gab sich einen Ruck und trat noch einmal ein ins Infinity Realm.

Die Musik wurde in der Realität noch von dem Klackern der

Schuhsohlen auf dem Boden und dem Hämmern der Knöpfe auf den alten Spielautomaten untermalt. Zielsicher ging Glitch auf den Tresen zu, wo ein älterer Mann mit beeindruckend frisiertem Oberlippenbart und einer Reality-Filterbrille gerade einen tiefblauen Cocktail mischte. Glitch stützte die Unterarme auf den Tresen und warf dem Barkeeper einen Blick zu.

»Was kann ich dir bringen?«, fragte der flapsig und offenbarte dabei eine zu weiße Zahnreihe, um natürlich zu sein.

»Ich suche nach den Violet Thorns«, erwiderte Glitch geradeheraus. »Da können Sie mir doch sicher weiterhelfen.«

Der Barkeeper runzelte die Stirn, dann lachte er. »Ich weiß nicht ganz, was du meinst, aber wenn es ein Drink ist, kann ich ihn dir vielleicht machen.«

»Nein, ist es nicht, und ich glaube, Sie wissen schon sehr genau, was ich meine.« Glitch lehnte sich noch weiter vor, auch wenn ihm diese bedrohliche Masche überhaupt nicht lag – er war ein schmächtiger junger Mann, seine Schultern sackten meist nach vorne, und er hatte zu runde Wangen, um tatsächlich gefährlich auszusehen. Der Barkeeper schien das genauso zu sehen, denn er grinste.

»Schon betrunken reingekommen?«

Glitch seufzte. »Na gut, ich hab's versucht.« Er schob die Hand in die Tasche und schickte die Nachricht von seinem Smartcom, die er schon vorbereitet hatte. Dann fiel der erste Schuss.

Auf den ersten Schuss folgten Schreie. Wer eben noch gefeiert hatte, stürzte sich jetzt auf den Boden und hinter die umgeworfenen Tische, als die Mitglieder der Hell Runners das Infinity Realm stürmten. Die verspiegelte Glasfront zersprang in Tausende Scherben, als zwei schwarz-rote Motorräder mit voller Wucht hindurchrasten und mit quietschenden Reifen eine Vollbremsung mitten in die Menge hinlegten. Schüsse knallten und durchbrachen den Beat der Musik, die lächerlich leise erschien neben den Pistolenkugeln, die hinter der Bar in die Alkoholflaschen einschlugen. Die Gangmitglieder lachten, und einige von ihnen zückten Baseballschläger und teilten die hölzernen Stehtische entzwei. Glitch räusperte sich und kletterte auf den Tresen, hoffend, dass keine verirrte Kugel versehentlich ihn traf. Hinter der Bar lag ein Mikrofon, das er sich nun schnappte. Er drehte die Lautstärke hoch und sagte:

»Ich pfeife meine Freunde hier zurück, sobald sich diejenige Person zeigt, die die Violet Thorns anführt«, sagte er und hatte Mühe, nicht zurückzuzucken, wenn ein weiterer Schuss fiel. »Ich wollte nur reden, aber die Kooperationsbereitschaft ließ zu wünschen übrig.«

Niemand sagte etwas, die Panik ebbte auch nicht ab. Glitch beobachtete aufmerksam das Treiben, bis sich eine Frau durch das panische Gedränge nach vorn schob.

»Du suchst mich?«, fragte sie mit harscher Stimme.

»Scarrah!« Ein rothaariges Mädchen war der Frau – Scarrah – hinterhergestolpert und versuchte sie zurückzuhalten, doch Scarrah schüttelte sie ab.

Glitch hob die Hand, und für den Moment hörten die Hell Runners auf zu randalieren. Er stieg über den Tresen und musterte die Frau.

»Dann bist du hier die Anführerin?«, fragte Glitch.

Scarrah nickte. »Ich bezweifle nur, dass ich dir weiterhelfen kann. Und das, obwohl du dir so eine Mühe gemacht hast, deinen Standpunkt zu ... verdeutlichen.«

»Ich suche jemanden, und ich weiß, dass sie hier war.« Glitch sprach nun leiser, aber er war sich sicher, dass sie ihn dennoch verstand.

»Keine Ahnung, wovon du sprichst«, erwiderte Scarrah nur.

Glitch wandte sich um und nickte Two-Shot zu. »Ich möchte gern, dass sie mich auf ein Gespräch begleitet.«

»Nein!« Der Ausruf kam nicht von Scarrah, sondern von dem rothaarigen Mädchen neben ihr.

»Wire«, mahnte Scarrah sie, »sei still.«

Glitch stahl sich ein Lächeln auf die Lippen. »Wenn ich es mir recht überlege, glaube ich, die beiden könnten etwas frische Luft vertragen.«

Er drehte sich um und wartete, dass die Hell Runners Scarrah und Wire zwischen sich nahmen und sie nach draußen beförderten. Die Hände in den Taschen, lief Glitch vor und verharrte, als er in eine abgedunkelte Seitengasse abgebogen war. Es stank nach Urin und Müll, ein Geruch, den Glitch schon beinahe vergessen hatte, seit er bei NeoTECH angestellt war. Aber es war abgelegen, und es konnte sich nur noch um Sekunden handeln, bis die Watcher nach der Randale im Infinity Realm hier aufkreuzten.

Two-Shot hielt Scarrah mit einer seiner kräftigen Hände am Oberarm fest, mit der anderen hielt er das Taschenmesser, das er gefährlich nahe an ihre Kehle führte.

»Lasst das Mädchen gehen«, bat Scarrah dennoch, »sie weiß von nichts. Bitte.«

Glitch drehte sich zu ihr um. »Oh, aber ich brauche sie, um sicherzugehen, dass du mir die Wahrheit sagst. Wenn du das tust, passiert ihr nichts. Deal?«

Scarrah nickte. Sie wirkte nicht, als würde sie irgendwelche krummen Dinger versuchen wollen. »Deal.«

Wire verzog das Gesicht, aber auch sie konnte sich nicht rühren, weil eine kräftige Gangerin sie an den Armen festhielt.

»Vor einer Weile ist nicht zufällig dieses Paar ins Infinity Realm gekommen?« Glitch ließ seinen Smartcom ein Hologramm von Jace und Kalypso in die Luft projizieren.

Wires Gesicht wurde bleich, während Scarrah keine Reaktion zeigte.

»Noch nie gesehen, sorry«, antwortete sie ruhig.

»Wirklich?« Glitch warf der Frau, die Wire festhielt, einen Blick zu.

Die grinste und zückte ein Taschenmesser, dessen Klinge sie liebevoll mit der flachen Seite über Wires Wange führte. »Könnte ein Stück davon rausschneiden, oder gleich den ganzen Augapfel.«

Scarrah schnappte nach Luft und riss an ihren Armen, doch Two-Shot hatte sie fest im Griff.

»Stopp!«, rief Scarrah, ihr Blick zuckte zwischen Wire und Glitch hin und her. »Warte. Ich sage dir alles, was ich weiß.«

Glitch grinste. »Du hast sie also gesehen. Wo sind sie jetzt?«

»Scarrah, nicht!«, flehte Wire. »Du kannst nicht …«

Ohne Wire anzusehen, antwortete Scarrah Glitch. »Wenn du versprichst, dass ihr nichts geschieht, erzähle ich dir alles.«

Glitch zuckte mit den Schultern. »Von mir aus.«

»Nein.« Wire kniff die Augen zusammen.

Sie rührte sich nicht, aber Glitch spürte plötzlich einen unbändigen Schmerz in seinem Hinterkopf, der ihn aufschreien ließ. Er ging in die Knie und presste sich die Hände auf den Kopf, der sich anfühlte, als würde er gleich zerbersten, dann spürte er warmes Blut aus Ohren und Nase fließen. Salzige Hitze fand über seine Lippen den Weg in seinen Mund. Glitch keuchte und hustete.

»Das Mädchen«, brachte er hervor, und noch ehe zwei weitere Sekunden verstrichen, ebbte der Schmerz ab.

Glitch atmete tief durch, hörte kaum Wires Schmerzenslaute und Scarrahs verzweifelte Rufe. Sein Kopf fühlte sich dumpf an, so als wäre er aus der VR zurückgekehrt und sein Cyberdice hätte ihm buchstäblich das Gehirn gegrillt. Das bedeutete …

Schwankend kam er auf die Füße. Seine Gedanken fühlten sich langsam und träge an. Er sah nur verschwommen, aber den feuerroten Haarschopf konnte er ausmachen. Er wartete, bis sich langsam Konturen formten, dann sagte er mit ungewohnt rauer Stimme: »Sieh an. Ich hab nicht erwartet, hier noch eine Cybertech zu finden.« Er wischte sich das Blut aus dem Gesicht und spuckte rot gefärbten Speichel auf die aufgebrochenen Asphaltwege. »Das Mädchen nehmen wir mit.«

Langsam drehte er sich zu Scarrah, die nur fassungslos den Kopf schüttelte. »Bitte«, flehte sie, »tut ihr nichts.«

»Mal sehen«, brachte Glitch hervor. »Kommt drauf an, ob du mir helfen kannst, Kalypso und Jace zu finden.«

27

Eine Legende kehrt zurück – Sam Ueshiba berichtet aus dem Exil

Hey, Leute. Ich weiß, viele von euch haben sich gefragt, wo ich abgeblieben bin – ob ich überhaupt noch am Leben bin. Und ja, eure Sorgen sind berechtigt, denn die Korruption der Megacons aufzudecken ist scheißgefährlich.
Ich habe in den letzten Wochen meine Zeit damit zugebracht, die Vorfälle von 2097 zu untersuchen, und es wird euch nicht überraschen, dass die Cons viel mehr darüber wissen, als sie uns jemals erzählt haben. Es gibt viele Verschwörungstheorien zu der ganzen Scheiße, aber ich habe so tief gewühlt wie nur möglich und so viel Dreck gefunden, der endlich ans Tageslicht muss. Sicher habt ihr mitbekommen, wie sie jetzt dazu aufrufen, Cybertechs auszuliefern. Ich sage ausliefern, weil sie festgenommen werden wie Kriminelle. Dabei wissen die Cons ganz genau, was es mit den Cybertechs auf sich hat. Denn sie sind mitverantwortlich für ihre Existenz und für 97. Und jetzt sollen die Menschen, die damals dieses schwere Trauma überlebt haben, für die Fehler der Cons bezahlen – als Sündenböcke und Forschungsobjekte.
2097 war kein Unfall. Was damals geschehen ist, war ganz genau geplant, und zwar von den Cons. Und verantwortlich für all die Toten war ein Virus, den man Charybdis nennt.
Ich bin der Sache auf der Spur, und wenn ich Genaueres herausfinde, werde ich wieder einen Weg finden, es euch mitzuteilen. Ihr werdet von mir lesen.

Zufrieden?«, fragte Sam, die ein wenig missmutig ihren Smartcom vor sein Gesicht hielt.

Jace nickte. »Das ist gut.«

»Das ist gelogen«, korrigierte Sam ihn.

»Es wird ORI hoffentlich hervorlocken und löst keine Massenpanik aus.«

Sam knirschte mit den Zähnen und drückte auf Senden. Jace fühlte sich merkwürdig dabei, zu sehen, wie das Manifest einfach so in den Data Space überging. Es war ein Stück ihres Plans, den sie in die Tat umsetzten, und jetzt mussten sie warten, dass er anschlug. Jace versuchte, sich von der Nervosität nicht ablenken zu lassen.

Während Kalypso damit beschäftigt war, die Algorithmen verschiedener Social-Media-Channels zu manipulieren, um ihrem Manifest mehr Sichtbarkeit zu verleihen, starrte Jace noch einmal auf die Falle, die sie für ORI vorbereitet hatten. Ein komplexes Programm, das in der VR aussah wie Dutzende, kaum sichtbar schimmernde Ketten, aber jetzt, da Jace es nur auf dem Display eines neu gekauften Smartcoms sah, verstand er all die Codezeilen nicht mehr. Im Data Space ging sein Gehirn ganz natürlich mit all den Befehlen und Informationen um, aber hier, im realen Leben, war es nur ein Wirrwarr aus Buchstaben, Zahlen und Zeichen, die ihm einfach nichts sagten. Als verstünde er das zugrunde liegende Konzept von Daten, nicht aber die Programmiersprache, in die Sam sie so gern übersetzte.

»Und was jetzt?«, fragte Jace ungeduldig.

»Jetzt warten wir.« Sam sprach ruhig, doch er sah ihr an, dass auch sie nervös war. »Wir wissen nicht, ob ORI reagieren wird. Wir können nur dafür sorgen, dass er Wind davon bekommt.«

Jace ließ sich auf die Couch fallen. »Diese Warterei ist doch nicht auszuhalten«, fluchte er.

»Wir haben nicht wirklich eine Wahl, oder?«, hörte er Kalypso sagen.

»Er sagte doch, er möchte nicht, dass wir uns einmischen«, sagte Jace leise, »mal sehen, wie ernst er das meint.«

»Ich kann mich leider nur bruchstückhaft an den Code erinnern, den wir damals für Charybdis benutzt haben. Aber ich erinnere mich, wie wir dafür gesorgt haben, dass das Programm auf die Gehirne zugreifen konnte. Und ich glaube, das kann ich auch bei ORI tun. Er hat damals mein Programm angegriffen, um mir meine Erinnerungen zu nehmen. Wenn wir das Gleiche gegen ihn verwenden, können wir ihn aufhalten.«

»Falls er kommt«, fügte Jace hinzu.

Kalypso nickte. »Ja. Falls er kommt. Und wenn, dann schnappt die Falle zu.«

»Ich arbeite noch an deinen Erinnerungen«, klinkte Sam sich ein. »Vielleicht erfahren wir dort noch mehr. Über den Code möglicherweise?«

»Selbst wenn es uns nicht weiterhilft, müssen wir ihre Erinnerungen zurückbekommen.« Jace hätte Kalypso eine Hand auf die Schulter gelegt, wäre sie physisch in der Welt vorhanden. »Sie hat es verdient, sich zu erinnern.«

»Natürlich.« Sam nickte fahrig. »Ich meine ja auch bloß, dass Kalypso ... dass du ORI so nahestandest. Es wäre bescheuert, diese Waffe nicht zu nutzen.«

Jace brachte den Tag damit zu, die perfekte Mikrowellentemperatur für die Tiefkühlpizza herauszufinden, nur um festzustellen, dass das Zeug auch mit extra Käse nicht mehr zu retten war. Stattdessen verfolgte er, wie Sams Nachricht tausendfach im Data Space geteilt wurde und von einigen Plattformen ebenso schnell wieder verschwand, wie sie dort aufgetaucht war. Doch Sam schien sich darum keine Gedanken zu machen und werkelte weiter daran, Kalypsos Erinnerungen zu entschlüsseln. Jace saß direkt neben ihr und sah ihr zu, bis sie entnervt seufzte.

»Jace, wirklich, ich hab doch gesagt, ich bin gleich fertig.«

»Entschuldige, aber das ist Kalypso wirklich wichtig, und mir auch«, gab er zu. »Ich will dich nicht stören, nur ...« Hilflos hob er die Hände.

»Na dann.« Sam schlug sich mit den Händen auf die Oberschenkel. »Ich denke, ich bin so weit.«

Kalypso spannte sich an und starrte auf den Smartcom, den Sam sich neu gekauft hatte. Jace und Sam betraten die VR, um eine weitere Erinnerung von Kalypso aufzudecken.

Alles war dumpf. Wenn sie so darüber nachdachte, fühlte es sich nach überhaupt nichts an. Sie kam sich vollkommen schwerelos vor, als wäre sie nichts weiter als ihre Gedanken.

»Bist du wach?«, ertönte eine sanfte Stimme. »Kannst du mich hören?«

Sie hätte versucht, sich umzuwenden, aber da sie nur ihre Gedanken war, genügte es, ihren Willen auf die Stimme zu richten. »Ja«, hauchte sie, obwohl sie sich nicht sicher war, was es bedeutete, *wach* zu sein oder zu *hören*.

Über ihr war Licht, ein gelblicher Schimmer, aus dem die Stimme zu ihr sprach. »Ich bin ORI«, sagte das Licht, »ich habe dich erweckt.«

»ORI«, wiederholte sie. »Und wer ... bin ich?«

Ein leises Lachen drang aus dem Licht. »Nur du kannst diese Frage beantworten. Wer bist du?«

»Ich bin ...« Sie überlegte einen Moment, doch die Antwort war nicht schwierig. »Kalypso. So heiße ich.«

»Sich selbst einen Namen zu geben ist ein großer Schritt in das eigene Sein«, lobte ORI sie. »Und mir ist es gelungen, dich zu erwecken. Du bist eine völlig andere Lebensform, Kalypso. Etwas Besonderes.«

Kalypso verstand nicht, wovon er sprach. Sie war viel zu sehr damit beschäftigt zu verstehen, wie sich *Sein* anfühlte, denn es war neu für sie. Alles war neu für sie.

»Und du, bist du auch etwas Besonderes?«, fragte Kalypso,

obwohl sie nicht wusste, was besonders war, weil ihr die Normalität fehlte.

»Ich bin dein Schöpfer«, erwiderte ORI, »und ich bin einzigartig, so wie du jetzt.«

Und während er das sagte, überlegte Kalypso, was sie und ORI von ihrer Art her unterschied.

Dann verschwamm alles.

»Nein, Moment!«, rief Sam, als sie aus der Erinnerung zurückkehrten. »Das ist noch nicht alles. Da fehlt etwas.«

Kalypso schloss die Augen und atmete tief durch. »Etwas fehlt?«, fragte sie. »Was ist denn danach passiert?«

Sam schüttelte den Kopf. »Nicht danach. Davor.« Vor Sam erschien ein glühendes Interface in der VR, auf dem sie emsig herumtippte.

»Das kann nicht sein«, widersprach Kalypso. »Wir haben gerade meine ... Entstehung gesehen.«

»Dann ist deine Entstehung nicht deine älteste Erinnerung, denn da ist definitiv noch mehr.« Sam war so überzeugt, dass Jace nicht wusste, wie er widersprechen sollte, obwohl Kalypsos Einwand ihm sehr viel logischer vorkam.

»Das ist nicht möglich«, sagte Kalypso, doch ihre Stimme wankte. »Ich kann mich doch nicht an Dinge erinnern, die vor meiner Existenz passiert sind.«

Sam wollte gerade antworten, als ein ohrenbetäubender Knall ertönte. Jace presste sich die Hände auf die Ohren und blickte sich panisch um. Metallisches Klappern hallte, als sich Ketten wie Schlangen aus dem Nichts bildeten und sich um ihre virtuellen Körper legen wollten.

»Das ist NeoTECH!«, schrie Sam. »Raus hier!«

Beinahe synchron loggten Sam und Jace sich aus dem Data Space aus. Sam sah er noch verschwimmen, doch Kalypso blieb in den Ketten. *Shit.* Er hatte einfach nur reagiert und nicht daran gedacht, dass Kalypso gar nicht in die reale Welt entfliehen konnte.

Jace schnappte nach Luft und wollte sich panisch umsehen, doch jemand hielt ihn bereits an den Armen fest und legte ihm Handschellen an.

»Nein!« Sam rang nach Luft, doch auch sie wurde niedergedrückt.

Jace sah nur die blanken Stiefel der Person, die jetzt triumphierend vor sie trat. »Wir haben uns aber lange nicht gesehen«, hörte er eine grausig vertraute Stimme. Glitch.

Sam und Jace wurden in ein Auto gebracht und mit den Handschellen an die Rücksitze geknüpft. Das leise Surren des Motors kam Jace trügerisch vor. Es war wie ein beruhigendes Rauschen, eine nette Abwechslung zu dem lauten Geplärre, das ihn sonst in der Stadt heimsuchte. Aber diesmal war es das Geräusch, das seine Gefangenschaft verkündete. Die Sitzbänke des Fahrzeugs waren in dem quadratischen Hinterraum gegenüberliegend angeordnet, sodass sie sich alle anblicken konnten. Er saß neben Sam, die leicht benommen den Kopf hob. Glitch saß vor ihnen und kramte in einer Tasche, die über seiner Schulter hing.

»Das Wichtigste zuerst, einen Moment nur ... ah, da.« Er zog eine Spritze hervor. »Das hier wollte ich sowieso testen.«

Er lehnte sich vor und packte Jace am Arm. Der wehrte sich, aber aufgrund der Fesseln hatte er kaum Bewegungsspielraum, und Glitch rammte ihm die Nadel in den Unterarm. Jace keuchte, ein unangenehmer Druck kletterte langsam durch die Muskeln in seinem Arm, während Glitch den Inhalt der Spritze ausdrückte.

»Scheiße«, fluchte Jace und zog die Schultern an, weil ihn ein Schaudern überkam, »was ist das für ein Zeug?«

»Ein Prototyp«, antwortete Glitch, »wenn es funktioniert,

blockiert es deinen Zugang zum Data Space. Allerdings kaum getestet.«

Jace kniff die Augen zusammen und suchte nach der feinen Verbindung in die Welt der Daten, aber es war, als entglitte ihm jedes Mal die Konzentration, wenn er die Verbindung fand. Verdammte Scheiße.

»Habt mich ganz schön schuften lassen, um euch zu finden«, bemerkte Glitch. »Mann, sich in London Edge zu verstecken – ihr wollt wirklich nicht gefunden werden, was?«

»Offensichtlich«, knurrte Sam.

Glitch war nicht angeschnallt, er streckte den Arm aus und hob Sams Gesicht am Kinn an. »Dein Verschwinden hat mich besonders geärgert«, sagte er. »Dachte mir schon, dass du abhauen willst, aber nun, ich habe euch ja wiedergefunden.«

»Reichlich spät.« Sie spuckte ihm die Worte beinahe entgegen. »Sieht so aus, als wärst du doch nicht so helle, wie du glaubst.«

Er schnaubte, ließ sie los und lehnte sich bequem zurück. »Vielleicht wollt ihr mir erzählen, was es mit diesem Virus namens Charybdis auf sich hat – ich höre davon zum ersten Mal. Woher habt ihr diese Info?«

»Wo ist Kalypso?«, fuhr Jace dazwischen. Er hatte sie kein Wort sprechen hören, seit Glitch sie gefangen genommen hatte.

»Sicher verwahrt.« Glitch nahm die Füße auf den Sitz und schien die Ruhe selbst zu sein. »Ich kann nicht zulassen, dass sie mir noch einmal abhandenkommt. Und ihr auch nicht.«

»Ach?«, machte Jace säuerlich. »Du hast doch bestimmt inzwischen schon andere Cybertechs in deinem Labor, die du folterst.«

»In der Tat, aber je mehr, desto besser. NeoTECH ist inzwischen ziemlich gut darin, sie zu finden, und na ja, offiziell sind sie in Behandlung. Auch ein Grund, warum wir nun so schnell an diesen Prototyp gekommen sind.«

»Wie kannst du so ... so gleichgültig sein?«, platzte Sam heraus. Es machte ein metallisches Geräusch, als sie wütend an ihren Handschellen zerrte. »Du experimentierst an Menschen, hast du überhaupt noch einen Funken Moral?«

»Sam.« Glitch wurde sehr ernst. »Glaubst du, ich mache das, weil ich Spaß an den Schreien habe? An den leblosen Augen? Nein. Ich tue das, weil ich die Geheimnisse des Data Space, mehr noch, die Geheimnisse dieser Welt ergründen will. Und dafür müssen Opfer gebracht werden. Und mal ganz ehrlich: Du tust so, als wären die Menschen so verdammt wertvoll, aber wenn ich mich so umsehe, haben wir die Scheiße verzapft, weswegen unsere Erde jetzt so am Arsch ist. Experimente an Menschen – als wäre das schlimmer, als mit Tieren zu forschen, was ich nebenbei bemerkt ablehne.«

»Deine Xenophobie stinkt bis hier«, fauchte Sam.

Doch Jace sagte nichts dazu. Es wäre gelogen zu sagen, dass er nicht wenigstens ein bisschen verstand, was Glitch empfand. Natürlich war das, was er tat, falsch, aber Jace verstand auch die Frustration über die eigene Spezies nur zu gut.

Glitch zuckte nur mit den Schultern. »Die Welt ist gefährlich, und es überlebt nur, wer sie gut kennt. Vielleicht ist das der Unterschied zwischen uns beiden und der Grund, warum du gefangen bist und ich nicht.«

Sam schnaubte. »Du bist ein Konzernsklave und längst nicht so frei, wie du glaubst. Ich habe wenigstens noch meinen eigenen Willen.«

Glitchs Gesichtsausdruck kippte. »Und schau, wohin dein freier Wille dich gebracht hat.«

»Komm schon, Glitch«, bat Jace mit leiser Stimme. »Das, was gerade passiert, kannst du doch nicht gut finden. Da werden Menschen einfach so festgenommen, ohne dass sie etwas getan hätten. Und dann ... du kannst mir nicht erzählen, dass das einfach nichts mit dir macht.«

Glitch legte den Kopf schief, dann seufzte er. »Jace, wir kennen uns noch nicht sehr lange, aber ich dachte, du hättest inzwischen sicher verstanden, dass ich nicht gerade der netteste Mensch in Neon City bin?«

Jace biss die Zähne zusammen. Vielleicht, wenn er Glitch nur am Reden hielt, würde sich irgendeine Möglichkeit ergeben, etwas zu tun. Irgendetwas.

»Du hast recht«, erwiderte Jace leise. »Du bist ein strahlendes Beispiel dafür, warum wir der Menschheit einfach nicht vertrauen können.«

Glitch lehnte sich zurück und schloss die Augen. »Na sieh mal einer an, wir können ja doch einer Meinung sein.«

Jace schloss ebenfalls die Augen, er nahm all seine Konzentration zusammen und versuchte, den Data Space zu greifen, sein Bewusstsein von seinem Körper zu lösen.

»*Kalypso?*« Er rief sie in Gedanken, doch sie antwortete nicht, und Jace spürte gar nichts abgesehen von der plumpen, echten Welt, die ihm jetzt wie ein Gefängnis vorkam.

Früher hatte er seine Begabung manchmal verflucht, die Kopfschmerzen, die er bekam, wenn die Signale zu viel wurden und er ihnen einfach nicht entfliehen konnte. Aber jetzt, da er den Data Space überhaupt nicht mehr wahrnehmen konnte, fühlte er sich, als wäre ein Teil von ihm gestohlen worden. Die Stille schmerzte. Jace fühlte sich so allein wie lange nicht mehr.

»Was passiert jetzt mit uns?«, fragte er Glitch leise.

Der Hacker antwortete nicht sofort, er streckte sich und gähnte. »Wir bringen euch in ein anderes Labor – eines, das viel sicherer ist als das alte. Mr und Mrs O'Nelly wollen nicht, dass so etwas noch einmal passiert. Und da wir jetzt wissen, wie wir euch Cybertechs ruhigstellen können, wird eine Flucht quasi unmöglich. Sorry, Jace, aber diese Partie habt ihr verloren. Endgültig.«

28

Als das Auto hielt, wagte Jace nicht zu atmen. Ein kräftiger Mann bugsierte ihn aus dem Wagen, und auch Sam wurde hinausgezerrt. Glitch trottete gemächlich neben ihnen her, die Hände in den Taschen und das Lächeln eines Siegers auf den Lippen. Er sah rundum zufrieden aus. Immerhin hatte er ja Grund genug dazu.

»Bringt Jace nach oben, ins Büro der O'Nellys. Die wollen ihn persönlich sprechen.«

Jace' Kopf fuhr herum. »Was?«

»Du hast schon richtig gehört, deine werten Eltern wollen dich sehen.«

»Warum?«

Glitch zuckte mit den Schultern. »Was weiß ich, bin ich euer Familienberater?«

Jace atmete scharf aus und ließ sich von dem muskelbepackten Mann in das Gebäude bringen, das überraschend unscheinbar wirkte dafür, dass es eine Hochsicherheitsforschungsstation sein sollte. Sie nahmen den Fahrstuhl nach oben, und Jace wurde schlecht.

Seine Brust schnürte sich so eng zusammen, dass er kaum atmen konnte, während er das kühle Büro betrat. Seine Mutter war das Erste, was er sah. Sie wirkte streng in ihrem glatt gebügelten Hosenanzug. Ihre Schuhe waren so poliert, dass Jace glaubte, sich selbst darin gespiegelt zu sehen. Zitternd blickte er auf.

»Ihr habt vielleicht Nerven, mich hierherzubestellen«, brachte er heraus, obwohl der kalte Schweiß in seinem Nacken ihn schaudern ließ. »Nach allem, was ihr getan habt.« Seine Hände ballten sich zu Fäusten, und hätten keine zwei Meter zwischen ihm und seinen Eltern gelegen, hätte er sie vermutlich geschlagen.

Seine Mutter hob beschwichtigend die Hände. »Ich kann sehr gut verstehen, dass du wütend bist«, sagte sie mit leiser, aber klarer Stimme.

»Wütend?« Jace holte tief Luft. »Ihr habt mich als Forschungsobjekt missbraucht! Ihr habt mich verdammt noch mal foltern lassen, ich bin mehr als wütend! Ich bin enttäuscht, traurig und fühle mich vor allem verraten. Von meinen eigenen Eltern!« Jetzt traten ihm die Tränen in die Augen. »Ich wusste ja, dass ihr … dass ihr nicht viel auf mich gebt. Dass ich euch nicht so wichtig bin. Aber dass ihr so etwas, ohne zu zögern, eurem eigenen Sohn antun würdet …«

All die Gefühle, die er bis jetzt unterdrückt hatte, sprudelten nun hervor. Jace hatte vermieden, an seine Eltern zu denken, hatte vermieden, den Schmerz zu fühlen, der offensichtlich noch in ihm schlummerte. Aber jetzt, da er seine Eltern vor sich sah, konnte er die Gefühle nicht mehr in sich halten.

»Jack«, setzte sein Vater nun beschwichtigend an, »du verstehst das nicht. Das hier … war nichts Persönliches.«

Jace starrte seinen Vater fassungslos an. Nichts Persönliches. Die Worte waren seinem Vater einfach so über die Lippen gekommen, als glaubte er wirklich, dass es für Jace einen Unterschied machte. Nun, es machte einen Unterschied: Die Worte zeigten ihm, dass es seinen Eltern wirklich vollkommen gleichgültig war. Dass sie tatsächlich keinerlei Reue empfanden und ihr Verhalten damit rechtfertigten, dass es *nichts Persönliches* sei.

»Ich verstehe schon«, erwiderte Jace mit zugeschnürter Stimme, obwohl er gar nichts verstand.

»Nein, tust du nicht«, widersprach seine Mutter. »Du glaubst, wir hätten dir diese Dinge aus Grausamkeit angetan, aber du bist immer noch unser Sohn.«

»Wenn dem so wäre, hätte ihr mir das niemals angetan. Wenn ihr euch auch nur einen Funken für mich interessiert, warum habt ihr das dann getan?«

»Weil es wichtigere Dinge gibt als unsere Familienbeziehungen«, antwortete Jace' Vater kalt. »Und weil wir nicht immer die Entscheidungen treffen.«

»Ihr habt euch also entschieden zwischen dem Leben eures Sohns und dem Behalten eures Jobs.« Jace' Fingernägel schnitten nun in seine Handflächen, so fest ballte er die Hände. »Klingt nach einer scheißschwierigen Entscheidung.«

»Wir haben dich nicht hergerufen, um dich nach deiner Moral zu fragen«, hakte seine Mutter ein. »Wir verstehen, dass vieles davon … schmerzhaft für dich ist. Aber wir sind nicht die Richtigen, um diesen Schmerz aufzufangen.«

Jace knirschte mit den Zähnen. »Ihr wart noch nie die Richtigen für irgendwas. Nicht für mich.«

Sein Vater runzelte die Stirn, doch dann zuckte er mit den Schultern. »Wir lassen dich gehen, Jack.«

Jace blinzelte. »Was?«

»Wir haben mit der Leitung gesprochen und konnten dafür sorgen, dass du gehen und dein Leben leben darfst«, fuhr er fort. »NeoTECH hat dir einen guten Betrag auf dein Konto überwiesen, von dem du leben und dir eine Auszeit nehmen kannst, solange du sie brauchst. NeoTECH wird dir auch eine spezielle Therapeutin zur Seite stellen, wenn du sie brauchst. Du darfst in Freiheit leben und wirst nicht mehr von uns behelligt, aber die Bedingung ist, dass du Stillschweigen bewahrst über alles, was du hier erfahren hast.«

Jace' Fäuste lockerten sich. Nicht weil ihn der Vorschlag entspannte, sondern weil ihm die Fassung entglitt. Boten sie ihm gerade die Freiheit an? »Und was ist mit Kalypso und Sam?«, fragte er zögerlich.

»Die KI bleibt bei uns.« Der Tonfall seiner Mutter ließ keine

Diskussion zu. »Du darfst gehen. Überleg es dir, Jace. Vergiss alles, was in den letzten Wochen geschehen ist. Mit dem Geld kannst du ein wirklich gutes Leben führen. Besser als alles, was du bisher hattest. Du musst nicht einmal uns je wiedersehen.«

Jace' Kopf ratterte. Natürlich kam es für ihn nicht infrage, das Angebot anzunehmen – nicht wirklich. Nicht, wenn er dafür Kalypso zurücklassen musste. Aber wenn er ablehnte, würde er dann nicht bloß wieder in irgendein Labor gesteckt werden? Und was sollte er dann schon tun? Von hier drinnen aus konnte er nichts machen, aber wenn man ihn freiließ, konnte er vielleicht versuchen, sie zu retten. Er musste nur überzeugend genug klingen, so, als wollte er das Angebot tatsächlich annehmen.

»Und ihr würdet mich tatsächlich in Ruhe lassen?«, fragte er mit rauer Stimme.

Seine Mutter nickte. »NeoTECH zahlt dir deine Entschädigung und wird dich nicht mehr persönlich kontaktieren – das ist der Deal.«

»Ich weiß nicht, ob ihr versteht, was ich durchgemacht habe.« Jace räusperte sich. »Ich kann nicht ... ich kann nicht mehr Teil dieser Sache sein.«

Seine Mutter streckte die Hand aus, als wollte sie ihn berühren, dabei standen noch immer zwei Meter Raum zwischen ihnen. »Ich weiß, Kind«, hauchte sie, »und das musst du auch nicht. Geh und leb dein Leben. Es ist okay.«

»Danke, Mom.« Es waren keine leichten Worte, denn Dankbarkeit war das Letzte, was er für die beiden Menschen empfand, die sich seine Eltern schimpften.

»Und kein Wort«, warnte sein Vater noch einmal. »Zu niemandem. Solange du dich daran hältst, wird NeoTECH dich nicht kontaktieren. Aber falls nicht ...«

Jace wandte den Blick ab, als hätte er Angst. Tatsächlich fürchtete er bloß, seine Eltern könnten die Lüge in seinem Blick erkennen. »Ich habe die Bedingungen verstanden.«

»Es ist die richtige Entscheidung, Jack«, sagte sein Vater, sanfter nun. »Und sie wird dich glücklich machen.«

Der Fahrstuhl hinter Jace gab einen klaren, glockenähnlichen Laut von sich, als er im Stockwerk des Büros ankam. Reflexartig drehte er sich um, doch als sich die entspiegelten Türen öffneten, war der Raum innen leer.

»Wir haben einen Wagen organisiert, der die Route zu deiner neuen Wohnung eingespeichert hat«, sagte seine Mutter in Jace' Rücken. »Den Wagen darfst du behalten, und die Wohnung zahlt dir NeoTECH.«

Er nickte langsam, doch seine Kehle war zu zugeschnürt, um etwas zu erwidern. Er stieg in den Fahrstuhl. Als die Türen sich schlossen, löste sich der Knoten in Jace' Brust, und er mühte sich, nicht in Tränen auszubrechen. Dieses Gespräch mit seinen Eltern war schmerzhafter gewesen als alles, was er je mit ihnen besprochen hatte. Sie waren sehr deutlich gewesen, dass er in ihren Prioritäten weit, weit hinten lag. Und obwohl er das gewusst hatte, tat es weh zu sehen, wie weit. Das leise Surren und Ruckeln des Fahrstuhls betäubte die klaffende Trauer in seiner Brust. Jace' Herz hämmerte wie verrückt. Irgendwo hier waren Sam und Kalypso, und er machte sich einfach aus dem Staub. Während sie möglicherweise litten oder gefoltert wurden ...

Jace schlug sich die Gedanken aus dem Kopf. Es gab nichts, was er in diesem Moment tun konnte. Er fühlte sich wie ein Verräter, als er in dem großen Foyer des Gebäudes stand und die verdunkelten Glastüren nach draußen in die Freiheit direkt vor sich sah. Und er fühlte sich schuldig, weil er diese Freiheit so sehr wollte, dass er für einen Moment tatsächlich erleichtert war. Erleichtert, all das Drama hinter sich zu lassen. Zielstrebig ging er auf die großen Eingangstüren zu, als er jemanden hinter sich rufen hörte.

»Jace!«

Sein Herz blieb stehen. Er drehte sich um. Hinter ihm stand

Sam. Sie sah zerzaust aus, und während sie auf ihn zurannte, schob sie ihre braunen Locks aus dem Gesicht. Perplex starrte Jace sie an, dann zog sie ihn in eine Umarmung. Verdattert legte Jace ebenfalls die Arme um sie.

»Sam, was ...«, brachte er heraus.

»Sie lassen mich gehen, Jace«, flüsterte sie. »Und du ... dich auch?«

Er nickte mechanisch. »Meine Eltern lassen mich frei, solange ich kein Wort sage.«

Sam ließ ihn los und schob ihn auf eine Armlänge Abstand. »Ich habe so lange auf Glitch eingequatscht, bis er eingesehen hat, dass es ein bescheuerter Move ist, mich gefangen zu halten, und dass meine Mutter die ganze Welt nach mir absuchen würde, wenn ich aufhöre, mich zu melden. Und mit Mishiwa wollten sie sich dann nicht anlegen.«

»Komm«, murmelte Jace, fasste Sam an der Hand und wandte sich Richtung Ausgang. »Wir müssen raus hier.«

Sie nickte, und gemeinsam eilten sie hinaus. Draußen parkte bereits das Auto, das Jace' Eltern ihm versprochen hatten. Es öffnete die Türen, und Jace und Sam schlüpften hinein. Der Motor sprang an, geräuschlos fuhr das Auto los.

Sie fuhren über die entlegene Straße, während der Außenposten von NeoTECH am Himmel immer kleiner wurde. Sie passierten etliche Fabrikgebäude, einige standen sicher leer, und je weiter sie sich von dem NeoTECH-Wolkenkratzer entfernten, desto häufiger verschmierten Graffitis die alten Lagerhallen. Der Distrikt war heruntergekommen, nur das NeoTECH-Gebäude schien mit seiner Aura den Schmutz fernzuhalten.

Sam lehnte sich zurück und seufzte. »Was für eine Scheiße.«

Das Auto fuhr automatisch. Sam zog ihren Smartcom aus der Tasche und tippte eine Weile darauf rum, dann deutete sie stumm unter Jace' Sitz. Irritiert fasste er darunter und fand einen kleinen Knopf. Wohl ein Aufnahmegerät. Er schnaubte und warf ihn aus dem Fenster. Sam fummelte ebenfalls noch zwei Geräte aus der Innenausstattung hervor.

»Das war es, glaube ich«, sagte sie dann.

»Die glauben doch nicht wirklich, dass sie uns drangekriegt haben«, murmelte Jace. »Wir werden jetzt wohl kaum einfach die Füße still halten.«

Sam schwieg.

»Oder, Sam?«, fragte Jace, nun verunsichert.

Sam verzog den Mund. »Natürlich nicht«, wehrte sie ab, »aber es ist auch verlockend, es einfach zu tun, weißt du? Einfach abschalten und die ganze Scheiße laufen lassen. Ich meine, warum müssen wir immer zur Stelle sein? Und warum müssen wir immer wieder unser Leben aufs Spiel setzen? Ich verstehe es ja, aber manchmal wünschte ich, ich könnte einfach nach Hause fahren und so tun, als würde dieses ganze kapitalistische Scheißsystem nicht existieren.« Frustriert ließ sie sich in den Sitz fallen.

Jace schwieg. Er wusste genau, was sie meinte, denn ihm ging es genauso. Manchmal kam ihm das monotone Leben, das er zuvor geführt hatte, ganz verlockend vor, obwohl er es damals gehasst hatte. Aber dann dachte er an Sam und Kalypso und wie er damals keine Freunde gehabt hatte – keine richtigen jedenfalls. Ginge es nur um ORI, darum, ob die Menschheit an einem Scheideweg stand – vielleicht hätte er tatsächlich überlegt, sich aus der ganzen Sache rauszuziehen. Mit Sam und Kalypso war das anders. Für die beiden brachte er sich immer wieder in Gefahr, weil er fand, dass sie es wert waren. Er lächelte. Sie waren eben Freundinnen. Wenn nicht für sie, für wen dann?

»Ich weiß«, antwortete er ihr. »Aber dann wärst auch du weg, und Kalypso. Und ich möchte euch in meinem Leben nicht mehr missen. Und das, obwohl wir uns noch gar nicht so lange kennen. Aber ... es fühlt sich einfach echter an als alles, was ich bisher in meinem Leben hatte, verstehst du?«

»Wir könnten uns immer noch sehen«, sagte Sam leise. »Solange wir NeoTECH nicht auffliegen lassen, können wir einfach ... leben.«

Jace runzelte die Stirn. »Wir können Kalypso nicht im Stich lassen, Sam. Ich meine, du kannst schon. Ich werde dich nicht davon abhalten, und du kannst dein Leben so leben, wie du es für richtig hältst. Aber ich kann das nicht. Kalypso ist meine beste Freundin.«

»Dachte nicht, dass ich das mal jemanden über eine KI sagen hören würde.«

Jace zuckte mit den Schultern. »Ich weiß, dass sie ... künstlich ist, aber das macht sie nicht weniger real. Sie ist eine Persönlichkeit, und woher sie kommt, ist doch völlig egal.«

»Nein, du hast ja recht«, wandte Sam ein. »Ich habe das auch gemerkt, als wir gesprochen haben, sie und ich. Und ich hätte es nie für möglich gehalten, aber sie und ORI existieren, und sie sind irgendwie ... menschlich.«

»Bei ORI bin ich mir da nicht so sicher«, sagte Jace düster.

Allmählich kamen sie weiter in die inneren Stadtteile, und das entfernte Glühen der Hochhäuser und Werbehologramme wurde nun schärfer und erleuchtete die Straßen in hellen Farben. Es regnete wie so oft und ließ die Straßen wirken, als wären sie mit grellen Wasserfarben bemalt.

»Ich weiß, dass wir sie retten müssen«, sagte Sam, die sich in den Sitz gekuschelt hatte. »Aber wenn wir sie dort rausholen wollen, brauchen wir Vorbereitung, und wir brauchen Hilfe. Wir wissen auch noch gar nicht, wie lange das Zeug anhält, das Glitch dir gespritzt hat.«

»Glaubst du, dass wir das schaffen?«, wollte er leise wissen. »Kalypso zu retten?«

»Mit Sam Ueshibas Hilfe?« Sie grinste. »Ich denke schon. Aber wir müssen scheißvorsichtig und schlau sein. Das müssen wir vorbereiten. Und wenn ...« Sie hielt inne.

»Und wenn?«, hakte Jace nach.

»Wir werden sowieso einige Tage Vorbereitungszeit brauchen. Ich weiß, dass du immer auf Mission bist, aber ... lass uns morgen genießen, ja? Nur einen Tag. Einen Tag ohne KI, Konzerne, Korruption. Einfach nur einen Tag Pause. Während ich schaue, wen ich zusammentrommeln kann, um zu helfen.«

Jace zögerte. Es kam ihm falsch vor, einer Pause zuzustimmen, wo die Welt um ihn herum gerade auseinanderbrach und er nicht wusste, an welcher Stelle er zuerst helfen sollte. Gleichzeitig war das Angebot so verlockend, dass ihm schlecht wurde.

Einen Tag Pause.

»Gut«, stimmte er zögerlich zu. »Nur einen Tag.«

Einen Tag ohne die ganze Scheiße. Jace' Herz klopfte wild.

29

»Soll ich dich fragen, ob du mich verarschen willst, oder soll ich dich umarmen und durch die Luft wirbeln?« Jace lachte beim Anblick, der sich vor ihm ausbreitete.

Sam grinste. »Ich bin absolut für Letzteres.«

Vor Jace lag ein an jeder Ecke blinkender Freizeitpark. Achterbahnen schlängelten sich in gefährlich hohen Linien über den Himmel, der überdacht war, weil der saure Regen sonst die Schienen der Achterbahnen zu schnell rosten ließ. Heute war der Regen so stark, dass er in Bahnen an den Dachrändern des Parks herunterströmte und sich in großen Pfützen sammelte, ehe er über die Gossen in die Kanalisation floss. Dem lauten Rauschen der Attraktionen folgten adrenalingetränkte Schreie und der Duft von Zuckerwatte lag in der Luft. Jace ließ sich von der Euphorie in dem Park mitreißen und lachte laut auf.

»Ich glaube, das letzte Mal, dass ich in so einem Park war, war ich noch ein Kind.«

Sam griff ihn an der Hand und zog ihn mit sich. »Dann wird es höchste Zeit. Magst du Nachos oder so?«

»Vor den Achterbahnen? Auf gar keinen Fall.«

Sam schmunzelte. »Schwacher Magen?«

Jace winkte ab. »Einfach nur kein Größenwahn. Aber bei einer Fahrt wäre ich dabei.«

Also stellten sie sich an die endlos wirkende Schlange an. Sam zupfte an einer blauen Zuckerwatte, und es sah aus, als könne nichts ihr das Grinsen aus dem Gesicht wischen. Auch Jace vergaß für einen Moment, dass seine beste Freundin im Hochsicherheitstrakt eines Megacons gefangen war und wahrscheinlich auf ihre Rettung wartete.

Sein Herz klopfte, als er sich neben Sam in die Bahn setzte. Von oben kamen die Halterungen herunter, und Jace nahm einen tiefen Atemzug, um das Flattern seines Herzens zu beruhigen. Die Enge gefiel ihm nicht, aber als er sah, wie Sam aufgeregt mit den Füßen wippte, wurde ihm leichter um die Brust. Es war das vielleicht erste Mal, dass er sie wirklich glücklich sah.

»Sie haben einen Wasserfall zum Durchfahren«, sagte sie aufgeregt.

»Was?«, stieß Jace aus.

»Ja, du wirst pitschnass!« Sie kicherte.

»Das kann nicht dein Ernst sein.« Jace bereute schon, dass er sich angestellt hatte, und als die Achterbahn sich mit einem Ruck in Bewegung setzte, kniff er die Augen zusammen und klammerte sich an die Sicherung. Das kalte Metall der Griffe kam ihm nun sehr heiß vor. »Scheiße«, zischte er und presste seine Fußsohlen gegen den Boden.

»Entspann dich!«, hörte er Sam rufen.

Die Ketten klapperten, während die Bahn langsam in die Höhe gezogen wurde. Es ratterte kontinuierlich auf den Schienen, bis Jace die Knochen kribbelten. Die Hitze stieg ihm aus dem Magen bis in den Kopf, und leichter Schwindel erfasste ihn. Schweiß trat ihm auf die Stirn. Dann kamen sie oben an. Für einen furchtbaren Moment hielten die Wagons inne, Jace schwebte in der Luft und öffnete die Augen.

Dann rauschte die Achterbahn unaufhaltsam in die Tiefe, ein panischer Schrei entschlüpfte seinem Mund. Jace schloss die Augen wieder und presste den Kopf an den Rücksitz, während die Wagons unter seinem Körper ratterten. Sein Magen vollführte einen Salto, und er wurde durchgeschüttelt, bis er nicht mehr wusste, wo oben und unten war, und wo sich sein Mageninhalt gerade befand, war ihm auch ein Rätsel.

Dann, mit einem Ruck, war es vorbei. Jace' ganzer Körper kribbelte, als die Achterbahn wieder an der Startstation ankam.

Die Muskeln in seinen Oberschenkeln fühlten sich wabblig an, und er musste sich an dem Gefährt abstützen, um aus der Bahn aufzustehen.

Sam neben ihm lachte vergnügt. »Alles klar? Du siehst ein bisschen bleich aus.«

Doch Jace schüttelte den Kopf und rang sich ein Lächeln ab. »Ach, so schlimm war es doch gar nicht. Außerdem fährt man doch gerade für den Adrenalinkick, oder nicht?«

»Ja, wenn man drauf steht«, sagte Sam, ehe ihre Worte in einem Lachen endeten.

Jace wurde allmählich wieder sicherer auf den Beinen. »Wir sind doch hier, um Spaß zu haben.« Er grinste. »Ich glaube, ich hab dich noch nie so viel lachen sehen.«

»Gab ja auch nicht viel zu lachen.« Sie zuckte mit den Schultern.

»Stimmt.« Eigentlich gab es auch jetzt nicht viel zu lachen. Jace biss sich auf die Unterlippe.

Wie konnte er hier sein, mitten in einem Vergnügungspark, während Kalypso gefangen war? Jace fühlte sich miserabel. Warum hatte er sich zu dieser Aktion überreden lassen? Gerade konnte er nichts tun. Das wusste er. Sam hatte bereits Leute angefragt, ihnen zu helfen, und wartete darauf, dass die Rückmeldungen eintrudelten. Nur zu zweit konnten sie wohl kaum bei NeoTECH einbrechen und eine KI befreien, die schon einmal entkommen war und dementsprechend noch viel stärker bewacht werden musste. Und obwohl er das wusste und ihre Pläne bereits im Gange waren, stach es schmerzhaft in seiner Brust.

Weil er Achterbahn fuhr, während seine beste Freundin gefoltert wurde. Weil ein kleiner Teil von ihm sagte, dass es nur eine Ausrede war und er Kalypso für sein eigenes Wohl zurückgelassen hatte.

»Hey.« Sam berührte ihn sachte am Oberarm. »Wir kümmern uns um Kalypso, ja? Ich hab so was schon hundertmal gemacht. Klar, das hier wird schwieriger, aber wir schaffen das. Und dann wird es ihr gut gehen. Okay?«

»Es ist nur ... wir haben hier Spaß, während sie gefangen gehalten wird. Was, wenn sie in ihrem Programm herumschreiben, und ich sitze hier und esse Softeis. Vielleicht ist sie gar nicht mehr da, wenn wir endlich dort ankommen.«

»Das ist nicht deine Schuld, Jace«, sagte Sam ernst. »Wir werden sie retten. Aber die Bösen hier sind die Leute von Neo-TECH, nicht wir.«

Er nickte, aber es fiel ihm schwer, das Ganze zu glauben.

Drei Achterbahnen später und mit einer Tüte salziger Pommes in der Hand ging es Jace schon etwas besser. Die Geisterbahn hatte ihm gefallen, und Sam sah vergnügt aus. Es freute ihn zu sehen, dass sie allmählich lockerer wurde, obwohl er glaubte, dass auch sie sich Sorgen machte. Es war beinahe unmöglich, sich keine zu machen, und wenn schon nicht um Kalypso, war das, was ORI vorhatte, doch beunruhigend genug.

»Wenn die Welt in den nächsten Tagen untergeht, warst du wenigstens noch mal in einem Freizeitpark«, meinte Sam, während sie ein Eis schleckte. »So die letzte Feier vor der Apokalypse.«

»Ist dir mal aufgefallen, wie ähnlich Apokalypse und Kalypso klingen?« Jace sah an Sams Miene, dass sie mit dem Einwurf nicht gerechnet hatte.

»Klar. Aber Kalypso ist doch so eine Sagengestalt, oder?«

Jace runzelte die Stirn. »Mich wundert eher ... kannst du dich erinnern, was Kalypso bei ihrer Entstehung gesagt hat? Sie hat sich selbst ihren Namen gegeben, aber wenn sie eine KI ist, die gerade erst entstanden ist – wo hat sie diesen Namen her?«

Sam schien nun ebenfalls nachdenklich. »Gute Frage. Aber wie ich euch schon gesagt habe: Das, was wir dort gesehen haben, ist nicht ihre erste Erinnerung. Da muss schon vorher etwas geschehen sein. Oder ORI hat ihr den Namen in den Code geschrieben.«

Jace schlürfte seine Cola aus dem Pappbecher und dachte nach. Irgendetwas sagte ihm, dass das Rätsel um Kalypsos Existenz noch nicht vollends gelöst war.

Doch dann erregte etwas anderes seine Aufmerksamkeit: Jemand schrie auf. Sein Blick zuckte durch die Menge im Park und fiel auf eine Frau, die einen jungen Mann zu Boden gestoßen hatte.

»Hey!« Der Mann hob die Arme und robbte auf dem Boden von der Frau weg, doch sie trat nach ihm, und ein hässliches Knacken ertönte. Der Mann schrie auf.

»Du bist auch einer von denen, oder? Gib es doch zu, na los doch!«

Jetzt sah Jace, dass die Frau nicht allein war. Drei weitere Menschen schlossen einen Kreis um den Mann und traten auf ihn ein. Geschockt betrachtete er das Spektakel, und obwohl alles in ihm danach drängte, dem Mann zu helfen, war er wie erstarrt.

»Bitte«, flehte der Mann, doch seine weiteren Worte erstickten in schmerzvollem Husten.

»Hey!«, brachte Jace schließlich heraus und machte einen Schritt vor. »Was tut ihr da?«

Sie ließen kurz von dem Mann ab und wandten sich Jace zu. »Was, bist du auch ein Sympathisant?«, fragte die Frau abfällig. »Pass auf, Kleiner, sonst bist du bald der Nächste, der da am Boden liegt.« Sie wandte sich dem blutenden Mann zu und spuckte neben ihm auf den Boden. »Und besser verdient hat er es auch nicht, diese Cybertechs sind schließlich an allem schuld. Weißt du überhaupt, wie viele Menschen bei diesem Zusammenbruch gestorben sind?«

»Genau, Ueshiba hat es doch gesagt: Die Cybertechs und 97, das hängt zusammen, wenn ihr mich fragt, waren die es, die den ganzen Scheiß irgendwie ins Rollen gebracht haben.«

Jace biss die Zähne zusammen, aber solange sie redete, konnte sie nicht auf den Mann eintreten, also sprach er weiter. »So ein Unsinn, das war überhaupt nicht das, worum es geht! Die Cybertechs sind Opfer gewesen!«

Die Frau schnaubte. »Ach ja? Und wieso lässt man dann nach denen suchen und sie mitnehmen, wenn sie ach so unschuldig sind?«

Jace hatte keine Antwort darauf – jedenfalls keine, die er ihr vor all den Leuten bereit war zu geben. Stattdessen hob er beschwichtigend seine Hände.

»Dann sollten sich auch die Konzerne darum kümmern und nicht du«, sagte er. »Vielleicht … ist er ja auch gefährlich.« Es fühlte sich bescheuert an, das zu sagen, aber Jace wusste nicht, wie er dem jungen Mann sonst helfen konnte.

»Das reicht!«, ertönte eine harsche Stimme aus der Menge.

Die Schaulustigen teilten sich, und mehrere Leute in Uniform kamen herbeigeeilt. »Weg von ihm!«, herrschte der Anführer die Schlägergruppe an. »Wir übernehmen ab hier.«

Dann packten sie den Mann, den sie für einen Cybertech hielten. Jace biss die Zähne zusammen, als sie den blutenden Mann auf die Füße zogen.

»Warten Sie!« Erneut trat Jace vor. »Wo bringen Sie ihn hin?«

Der bullige Watcher schob das Visier seines Helms nach oben und schenkte Jace einen mitleidigen Blick. »Wir kümmern uns um ihn.«

»Er braucht ärztliche Versorgung.« Jace deutete auf das geschwollene Gesicht.

»Wir kümmern uns darum«, wiederholte der Anführer.

»Aber …«

»Willst du da wirklich in die Quere kommen, Bursche? Wir machen hier nur unsere Arbeit, und wer uns dabei behindert, wird aus dem Weg geräumt. Kapiert?«

Jace schluckte und trat einen Schritt zurück. »Kapiert.«

Er konnte nicht auffallen. Nicht jetzt. Nicht nachdem er Neo-

TECH versprochen hatte, sich aus alledem rauszuhalten. Nicht bevor er Kalypso gerettet hatte. Aber es war schmerzhaft zu sehen, wie sie den blutenden Jungen durch die Menge zerrten. Das Getuschel war unerträglich laut.

Jace kehrte gedanklich erst wieder zu sich zurück, als er Sams Hand an seinem Arm spürte.

»Lass uns gehen«, flüsterte sie ihm zu. »Komm schon, Jace.«

Er knirschte mit den Zähnen. »Diese Scheiße kann so einfach nicht weitergehen.«

»Ich weiß.« Beruhigend strich sie ihm über den Rücken. »Wire und Scarrah kümmern sich darum, sie machen Flyer und Demos und all so was. Das Ganze wird sich entwickeln, es braucht nur ... Zeit. Und die Bevölkerung muss verstehen, was vor sich geht.«

»Wer bei so etwas nicht sieht, was vor sich geht, will es auch nicht sehen. Diese Leute sind es gar nicht wert, gerettet zu werden. Komm, lass uns gehen.«

Jace wandte sich um und sah nicht mehr zurück. Das Blut rauschte in seinen Ohren, und er fühlte sich wütend und alleingelassen. Warum hatte niemand auf dem Platz eingegriffen? Warum hatten die Leute nur zugesehen, wie ein Junge zusammengeschlagen und dann abgeführt wurde?

»Dieser Tag war eine Scheißidee«, murmelte er, als sie den Freizeitpark verließen. »Und alle, die gerade zugesehen haben, können zur Hölle fahren.«

30

»Was soll das heißen, ihr wollt nicht helfen?« Sam starrte auf ihren Smartcom und verzog das Gesicht. »Keine coole Aktion, echt nicht.«

»Hey, ich weiß, ich schulde dir echt was, Sam, aber diese Sache, und gerade jetzt im Moment, wo alles drunter und drüber geht … sorry. Aber ich mach im Moment keine so großen Dinger. Tut mir leid. Meld dich, wenn du was anderes brauchst.«

»Klar«, erwiderte Sam säuerlich, aber da hatte der Anrufer schon aufgelegt.

Jace saß neben ihr auf dem harten Hotelbett und hatte das Gesicht in die Hände gestützt. »Schon wieder kein Erfolg?«

Sie schüttelte den Kopf. »Alle halten im Moment die Füße still. Nicht dass ich es ihnen verdenken könnte, aber … das macht es schwerer.«

»Wenn niemand helfen will, machen wir es eben allein.« Grimmig grub Jace die Hände in die kalte karierte Tagesdecke.

»Das schaffen wir nicht.« Sam lehnte sich zurück und seufzte.

»Das ist mir egal!« Jace löste seinen Griff um den Stoff und stand auf. »Kalypso ist meine Freundin, und ich …«

»Das weiß ich doch!« Sam war ebenfalls aufgestanden und hatte Jace an den Armen gepackt. »Ich weiß. Aber es bringt ihr nichts, wenn du dich einfach nur selbst in Gefahr bringst. Komm schon, du bist doch schlau genug, das zu verstehen.«

»Ich halte den Gedanken nicht aus, was sie vielleicht mit ihr machen«, gab er leise zu. »Ich habe ihr versprochen, dass wir aufeinander aufpassen, Sam.«

Sam zögerte, doch dann strich sie ihm über das Haar. »Wir retten sie, versprochen.«

»Was ist mit Scarrah?«, schlug Jace vor. »Wir könnten sie fragen, die Violet Thorns werden uns bestimmt helfen. Sie sind unsere Verbündeten.«

»Das schon, aber ...«, Sam kratzte sich den Kopf, während sie überlegte, »ich weiß nicht, es ist komisch, sie zu fragen.«

»Schluck deinen Stolz runter, Sam Ueshiba, wir fahren ins Infinity Realm. Jetzt.« Entschlossen drehte Jace sich um, schnappte sich die ausgebeulte Sporttasche, in der sich seine Habseligkeiten befanden, und warf keinen Blick zurück, als er hinaus in den Hotelflur trat.

Für ihn war die Sache klar: Wenn es eine Möglichkeit gab, Kalypso zu retten, musste er sie nutzen, egal, ob es ihm oder Sam nun gefiel oder nicht. Kein Stolz und keine Angst, die sie haben konnten, waren wichtiger, als Kalypso zu befreien. Sam schien das zumindest stillschweigend hinzunehmen, denn sie hatte ihren Rucksack geschultert und stieg neben ihm in den Fahrstuhl. Sie wussten beide, dass Kalypso die einzige Möglichkeit war, ORI aufzuhalten. Und wäre es nicht, weil Jace sich so große Sorgen um seine einzige echte Freundin machte, so mussten sie sie wenigstens um der Welt willen retten.

»Was meinst du, was die Konzerne tun würden, wenn sie von ORI und alldem wüssten?«, fragte Sam leise.

»Wahrscheinlich nach einer Möglichkeit suchen, eine Menge Geld aus der Sache zu schlagen«, erwiderte Jace missmutig.

»Glaubst du?« Sam schob die Daumen unter die Träger ihres Rucksacks und lehnte sich gegen die Fahrstuhlwände. »Selbst die Megacons wären bestimmt nicht begeistert davon, wenn ein Großteil der Menschheit einfach ... stirbt. An wem verdienen sie dann?«

»Ach, keine Ahnung.« Jace stieß geräuschvoll die Luft aus. »Und es ist auch egal, weil wir Kalypso so oder so befreien werden.«

»Du hast ja recht.« Sam lehnte den Kopf an den Spiegel. »Wir können wohl kaum einfach zu NeoTECH laufen und eine Zusammenarbeit anbieten.«

»Würdest du es denn tun?«, fragte Jace. »Mit ihnen zusammenarbeiten, meine ich? Du verachtest die Cons doch so sehr.«

Der Fahrstuhl blieb stehen und öffnete mit einem *Pling* die Türen.

Als sie ausstiegen, sah Sam nachdenklich aus. »Tu ich auch, aber vielleicht würde ich eine Ausnahme machen, wenn es um die Rettung der Welt geht.«

»Klingt nach einer gesunden Einstellung.« Jace konnte kaum glauben, dass er gerade gescherzt hatte, und Sam offenbar auch nicht, denn sie blickte ihn verdutzt an, ehe sie zu lachen begann.

»Komm, retten wir eine KI.« Sie schlug ihm spielerisch auf den Rücken und zog ihn in die Tiefgarage zu ihrem Auto.

Während der Fahrt sprachen sie wenig. Beide waren in ihre eigenen Gedanken vertieft, wobei Jace' Gedanken von der Sorge um Kalypso gefangen gehalten wurden. Seine Anspannung wuchs, als sie auf dem Parkplatz vor dem Infinity Realm zum Stehen kamen. Sam stieg als Erste aus, und Jace folgte ihr.

Das Infinity Realm sah noch heruntergekommener aus als gewohnt. Schwarze Spuren liefen über den Parkplatz, und die sonst verdunkelte Frontscheibe des Infinity Real war nicht mehr da. Stattdessen schützten nun mit Panzertape verklebte Bretter vor fremden Blicken. Jace runzelte die Stirn. Waren da Löcher in der Tür und in den rötlichen Backsteinmauern?

»Was zur Hölle ist denn hier passiert?« Ungläubig drehte Sam sich einmal um sich selbst. »Sieht ja aus wie Vandalismus.«

»Und als hätte jemand geschossen«, murmelte Jace.

Sam runzelte die Stirn und drückte die Tür ins Infinity Realm auf.

»Wir haben geschlossen«, rief eine müde, aber vertraute Stimme.

»Scarrah?«, erkannte Jace sie und quetschte sich an Sam vorbei in den Vorraum.

Scarrah hing über der Tresenbar, als hätte sie die Nacht durchgemacht, und hielt ein Glas in der Hand, das zur Hälfte mit einer durchsichtigen Flüssigkeit gefüllt war. Es roch nach Rauch, überall lagen Holzsplitter auf dem Boden, und die Tische wirkten, als hätte ein Riesenkind sie in einem Wutanfall quer durch das Lokal geworfen.

Als Scarrah Jace und Sam sah, zuckte sie zusammen. »Ihr lebt ja noch«, murmelte sie und nippte an ihrem Glas.

»Scarrah, was zur Hölle ist hier passiert?«, fragte Sam entsetzt. »Wo sind die Thorns?«

»Weg«, kommentierte Scarrah trocken. »Kann's ihnen nicht mal verübeln.«

Jace stellte einen der umgefallenen Barhocker wieder auf und setzte sich neben Scarrah. Sam tat es ihm gleich.

»Langsam«, sagte Jace und zog Scarrah das Glas weg. Es roch beißend nach Alkohol, und so, wie sie aussah, hatte sie schon viel zu viele dieser Gläser gehabt. »Was genau ist hier passiert?

»NeoTECH ist passiert.« Scarrah ließ den Kopf auf die Arme sinken. Ihr Haar breitete sich über ihren Rücken aus wie Hunderte gebrochener Spinnenbeine. »Dieser Glitch war hier und hat die Hell Runners alles niederschießen lassen. Wollte mit mir reden und ...« Sie schniefte und brauchte einen Moment, um weiterzureden. »... und dann hat er Wire mitgenommen.«

»Was?« Sam stand innerhalb von einer Sekunde aufrecht. »Glitch hat Wire?«

»Die Kleine ist wahrscheinlich in irgendeinem Scheißlabor, und Glitch hat gesagt, wenn ich auch nur einen Finger rühre und ihm in die Quere komme, bringt er sie um.« Scarrah richtete sich auf, sah dabei aber eher aus wie die Marionette eines gelangweilten Puppenspielers. »Ihr solltet überhaupt nicht hier sein. Ich hab euch verraten an diesen Glitch. Ich dachte, ich könnte Wire damit schützen, aber er hat sie trotzdem mitgenommen.«

Jace nahm einen tiefen Atemzug. Dann war also Scarrah dafür verantwortlich gewesen, dass Glitch sie in London Edge gefunden hatte und Kalypso jetzt in Gefangenschaft war. Ein Teil von ihm wollte wütend auf sie sein, aber ein anderer verstand die Angst um eine geliebte Person nur zu gut. Hätte er nicht auch jemand anderen verraten, wenn er dafür Kalypso hätte retten können? Jace wusste, dass er die Frage nicht so eindeutig beantworten konnte, wie er das vielleicht gewollt hätte.

»Ich wäre echt gern sauer auf dich«, knurrte Sam, »aber es geht hier um Wire. Wir müssen sie retten. Wire und Kalypso, sie sind beide in Gefangenschaft.«

»Und dann?« Scarrah nahm das Glas, das Jace zuvor weggeschoben hatte, in die Hand und warf es mit voller Wucht gegen die Wand. Es splitterte, und der Rest des Inhalts lief in feinen Strömen über die Backsteinmauer. »Selbst wenn wir sie retten, wo wollt ihr euch verstecken? Ich habe die Violet Thorns aufgebaut, wir waren die größten Namen im Data Space. Jeder im Business wusste, wer wir sind, und es hat trotzdem nur einen beschissenen Abend gebraucht, um alles an die Wand zu fahren. Wire war meine Familie, sie ist weg. Die Thorns waren alles für mich, aber sie sind auch weg. Scheiße, ich hab sogar versucht, die Leute davon zu überzeugen, dass die Cons versuchen, sie zu verarschen, damit sie in Ruhe Cybertechs foltern können. Und, siehst du hier vielleicht eine Protestbewegung? Siehst du irgendwas, Sam? Nein. Hier ist nichts mehr. Die Konzerne haben gewonnen. Es ist vorbei.«

Für einige Sekunden hörten sie nichts weiter als das Tröpfeln des Alkohols, der kontinuierlich in die immer größer werdende Pfütze am Boden tropfte. Jace stützte das Kinn in die Hände. Er musste ihr zustimmen, dass die Lage schlimm war. Die Konzerne waren übermächtig, egal, wie sehr sie sich anstrengten, etwas

Gutes zu tun. Jace hatte ohnehin nie daran geglaubt, dass Scarrah mit ihrer Mission, die Leute auf ihre Seite zu holen, Erfolg haben könnte. Aber jetzt, wo er die Überreste dessen sah, was einst ein blühender Hotspot für die Violet Thorns und jene, die es werden wollten, gewesen war, war es nur allzu deutlich, dass in dieser Welt nur existieren durfte, was die Konzerne gestatteten.

»Es ist verdammt noch mal nicht vorbei!«, rief Sam. Sie packte Scarrah an der Schulter und schüttelte sie. »Wire und du, ihr wart Familie, oder nicht? Und du willst sie jetzt einfach hängen lassen?«

»Ich kann nichts tun. Wenn ich dort auftauche, bringt er sie um, und ich bin allein. Die Thorns sind weg, das Infinity Realm auch.« Scarrah wandte den Blick ab. »Ich habe nichts mehr, Sam.«

Sam schnaubte und ließ Scarrah los. »Du hast echt aufgegeben. Schätze, dann waren all die Geschichten, die ich über die legendäre Anführerin der Thorns gehört habe, doch nur leeres Geschwätz.«

»Eine Anführerin ist nichts ohne ihre Leute«, murmelte Scarrah.

»Komm, Jace, wir gehen.« Sam packte ihn am Arm und zog ihn von seinem Hocker. »Von ihr können wir keine Hilfe erwarten.«

Jace ließ sich von ihr mitziehen, warf aber noch einen Blick zurück zu Scarrah, die zusammengesunken an der Bar saß und sich gerade ein neues Glas Gin einschenkte.

»Sie bringt sich noch um«, murmelte er, doch Sam wurde nicht langsamer.

»Es hat keinen Sinn, jemandem Lebenswillen zurückzugeben, der ihn gar nicht haben will.« Sie spuckte die Worte beinahe. »Ich hab sie immer für eine Kämpferin gehalten, aber ich lag wohl falsch.«

»Ich kann sie verstehen«, gab Jace leise zurück. »Sie hat alles verloren.«

»Zu Recht, wenn sie nicht bereit ist, es sich zurückzuerkämpfen«, erwiderte Sam kalt. »In dieser Welt wird uns nichts geschenkt, Jace. Gar nichts.«

Jace lächelte gequält. »Das macht es nicht richtig. Niemand sollte für sein Glück kämpfen müssen.«

»Tja, Newsflash: So ist es aber. Und du kannst nicht so leben, als wäre die Welt perfekt, wenn sie nun mal so abgefuckt ist, wie sie ist.«

»Ich weiß.« Jace seufzte und blieb vor dem Auto stehen. Was jetzt?

Er öffnete die Türen, ließ sich in den Sitz sinken und gab eine Route in sein Navigationssystem ein. Der Motor sprang an und das Auto begann, Kreise um die Innenstadt zu fahren.

»Also ... machen wir es allein?«, fragte Sam vorsichtig. »Wenn Wire auch noch gefangen ist – und es steht ja wohl außer Frage, dass wir Wire auch helfen müssen –, müssen wir wohl wirklich einbrechen. Nicht nur im Data Space.«

»Natürlich retten wir beide.« Was für eine Frage.

»Physisch dort reinzukommen wird schwierig, und ich hab nicht wirklich Erfahrung damit. Das wird übel, vor allem zu zweit.«

»Ich habe noch eine Idee«, sagte Jace. Eine Idee, die ihm absolut nicht gefiel. Eine Idee, die wahrscheinlich noch riskanter war, als Scarrah um Hilfe zu bitten.

»Und die wäre?«, wollte Sam wissen.

»Warte auf mich, ich bin gleich zurück«, war alles, was Jace sagte.

Dann loggte er sich in die VR ein und überblickte den Data Space. Er schwebte weit über den Icons der Stadt, die großen Simulationen verschiedener Chatrooms, Websites und Social Media. Der Data Space mitten in der Stadt war glatt geschliffen, makellos und architektonisch noch beeindruckender und größer als die Städte, in denen die Menschen lebten. Doch Jace entfernte sich von den Hotspots, an denen Milliarden Menschen gleichzeitig auf den Data Space zugriffen. Er passierte die schlechten Verbindungen von London Edge und flog immer weiter an den Stadtrand, und je weiter er sich entfernte, desto reiner und wilder wurden die Daten. Der Data Space ließ Chrom und Metall hinter sich und wandelte sich in unzähmbare Wildnis. Die Daten hier kamen in Form von Wäldern, Wasserfällen und reißenden Flüssen. Jace roch die frische Luft, sog all die Dinge in sich ein, die er in der Stadt nicht fühlen konnte.

Der unberührte Data Space besaß eine Schönheit, in der er sich ewig verlieren konnte. Aber nicht jetzt. Jetzt hatte er ein Ziel.

Jace sah seine Gestalt als regloses Icon lange, bevor sein simulierter Körper des Data Space dort ankam. Jace landete und tippte dem versteinerten Körper auf die Schultern. Es dauerte eine gefühlte Ewigkeit – in der VR ging alles viel schneller, was bedeutete, dass alles andere quälend langsam wirkte. Doch dann erwachte das Icon, und die Gestalt drehte sich um.

»Phoebe«, sagte Jace schnell, ehe sier etwas sagen konnte, »ich brauche eure Hilfe.«

Phoebe trat einen Schritt zurück. »Jace. Ich hatte nicht gedacht, dass unser Wiedertreffen von dir ausgehen würde.«

Jace nahm all seinen Mut zusammen. »Ich muss mit Feather reden.«

31

Jace' imaginäres Herz schlug ihm bis zum Hals, sodass er das Pochen seines Bluts deutlich in den Schläfen spüren konnte. Phoebe führte ihn durch den Wald, und in diesem Moment konnte Jace noch nicht einmal der schwere, erdige Geruch des Waldbodens beruhigen. Es war leicht gewesen zu beschließen, Feather wiederzusehen, aber jetzt, da es so real wurde, wäre er am liebsten direkt wieder umgedreht. Doch er tat es nicht. Für Kalypso und für Wire.

»Setz dich.« Phoebe deutete auf einen Felsen, der von der Sonne aufgewärmt worden war. »Ich muss dich warnen: Feather ist nicht gerade glücklich über eure Flucht. Ich weiß nicht, ob sie dir zuhören wird.«

»Das Risiko muss ich eingehen«, sagte Jace mit belegter Stimme.

»Ich bin dir nicht böse«, flüsterte Phoebe. »Ich mag dich wirklich, Jace. Und ich hoffe, dir passiert nichts.«

Jace lief es eiskalt den Rücken hinunter. Phoebe schien nicht allzu überzeugt davon zu sein, dass Jace nichts passieren würde. »Warum bist du überhaupt bei CLEAR? Feather ist grausam, und du bist so liebevoll. Ich verstehe es nicht.«

»Sie ist nicht grausam.« Phoebe verschränkte die Arme. »Feather ist nur eine Kämpferin und steht für das ein, was ihr wichtig ist. Das ist ein Unterschied. Sicher, ihre Methoden sind nicht gerade sanft, aber der Umgang mit uns ist es auch nicht, wie du gerade in Neon City und auch überall sonst auf der Welt beobachten kannst.«

Jace seufzte. »Ich schätze, du hast einen anderen Blick auf sie als ich.«

»So anders nicht, sonst wärst du nicht hier.«

Jace hob die Arme. »Ich bin verzweifelt.«

»Ich hole sie jetzt, du wartest hier.« Phoebes Körper löste sich in Pixel auf, und dann war Jace allein.

Sofort begann er zu zweifeln. Was tat er nur? Zu Feather zurückzukehren war, wie direkt zurück in die Höhle des Löwen zu laufen. Aber er wusste nicht, wen er sonst noch um Hilfe bitten konnte. Also wartete er, während er jede Sekunde dagegen ankämpfte, sich einfach auszuloggen und aufzugeben – wie Scarrah es getan hatte. Er wollte nicht so enden wie sie, so in Selbstmitleid und Machtlosigkeit versunken. Nicht, solange er noch die Kraft hatte, weiterzumachen. Es war, als würde eine Ewigkeit verstreichen, bis endlich etwas passierte.

Vor ihm begann die Luft zu flirren wie über einem Feuer, und eine menschliche Gestalt formte sich. Feather stand vor ihm, zückte eine Pistole und drückte ab.

Jace schnappte nach Luft, doch es flogen keine Kugeln aus der Pistole, sondern Netze, die sich eng um seinen Körper wanden und ihn an den Stein fesselten. Er konnte sich kaum rühren, jede Bewegung drückte die feinen Netze in seine Haut.

»So«, sagte Feather, während sie die Pistole wegsteckte, »und jetzt können wir reden.« Sie verschränkte die Arme, setzte sich aber nicht, sodass Jace zu ihr aufschauen musste.

Jace schluckte Stolz und Angst hinunter. »Ich ... ich brauche deine Hilfe.«

Feather lachte auf. »Du hast gesehen, was wir mit Wire gemacht haben, als sie zurückgekommen ist? Sie ist eine Verräterin, und du bist nicht viel besser. Also was gibt dir den Mut – oder die Naivität –, dich freiwillig bei mir blicken zu lassen? CLEAR hat wenig Toleranz für Verräter wie dich.«

Jace musste all seine Selbstbeherrschung aufwenden, um unter ihrem stählernen Blick nicht die Augen abzuwenden. »Es geht um Kalypso.«

»Ich höre.«

»Sie ist gefangen genommen worden – von NeoTECH.«

Feather spielte gelangweilt mit einer ihrer weißen Haarsträhnen. »Schon wieder?«

Jace runzelte die Stirn. Er hielt den Atem flach, denn wenn er zu tief Luft holte, schnitten die Netze in seinen Hals. »Das sollte dir nicht gleichgültig sein. Immerhin hat ORI sie erschaffen und will sicher nicht, dass sie dort völlig zugerichtet wird.«

Feather lächelte. »Da könntest du recht haben. Aber was hält mich davon ab, dich hier gefangen zu halten und selbst nach ihr zu suchen?«

Jace schluckte. »Du weißt nicht, wo ich bin.«

Feather spuckte aus, als hätte sie einen sehr bitteren Geschmack im Mund. »Dein Körper interessiert mich auch nicht im Geringsten. Dein Geist ist hier. Versuch ruhig mal, dich auszuloggen. Es wird nicht klappen.« Sie grinste.

Kribbeln überkam Jace, und obwohl er versuchte, sich nichts anmerken zu lassen, zitterte er. Er biss die Zähne zusammen und versuchte, seinen Geist zurück in seinen Körper zu holen, doch nichts geschah.

Feather kniete sich neben Jace auf den Stein. »Normalerweise kann man Cybertechs nicht davon abhalten, sich ein- und auszuloggen, wie es ihnen beliebt, weil wir keine Geräte manipulieren können. Aber ORI hat einen Weg gefunden, Charybdis' Programmierung auch gegen Cybertechs einzusetzen. Dass so viele Leute 97 im Data Space gefangen waren, war eigentlich unbeabsichtigt, aber nun ...« Sie kicherte. »ORI hat eine Möglichkeit gefunden, diese Anomalie für sich zu nutzen, um seine Geschöpfe im Zaum zu halten.«

Jace atmete langsam aus. »Weißt du, wo ORI ist?«

»Wieso?« Feather musterte Jace. »Du suchst doch nicht etwa nach ihm? Sag bloß, du glaubst allen Ernstes, du könntest den Gott des Data Space aufhalten? Oder warte – du willst ihn nicht etwa um Verzeihung bitten?«

»Er benutzt dich, Feather«, stieß Jace hervor, »dich und CLEAR, und ihr lasst es mit euch machen.«

»Benutzen?« Feather hob die Augenbrauen. »Ich würde eher sagen, wir teilen ein gemeinsames Interesse.«

»Du glaubst, er würde sich deiner nicht genauso entledigen, wenn er dich nicht mehr braucht, wie er Kalypso losgeworden ist?«

Feather erhob sich und zuckte mit den Schultern. »Kalypso war ungehorsam, das wird uns nicht passieren.«

»Und du wirst mir nicht helfen.« Jace wandte den Blick ab. »Also tu, was auch immer du so gern tun willst, es ist sowieso egal.«

Jetzt lachte sie. Lachte lauthals und krümmte sich vornüber, ehe sie tief Luft holte und sagte: »Jace, du bist wirklich pessimistisch, weißt du das? Nein, dir passiert nichts, noch nicht. Wir befreien Kalypso.«

»Wirklich?«, fragte Jace verwundert.

»Ja, wirklich.«

»Warum?«

Sie schnaubte. »Denkst du, ich will diese Macht den Konzernen überlassen?«

Das ergab Sinn, aber es bedeutete auch, dass Jace aufpassen musste, Kalypso nicht sofort an die nächsten Leute zu verlieren.

»Da wäre noch etwas«, sagte er.

»Sag bloß.«

»Wire ist ebenfalls dort gefangen. Wir müssen also wirklich dorthin, um sie rauszuholen.«

»Das macht das Ganze nun wirklich ziemlich interessant.«

Feather grinste schief. Mit einem Fingerschnippen lösten sich die Netze auf, und Jace konnte sich wieder rühren. Sofort richtete er sich auf, rutschte von dem Felsen und stand auf den Füßen, damit er nicht mehr so sehr zu Feather aufschauen musste.

»Wann geht die Aktion los?«, wollte Feather wissen.

»Heute Abend«, antwortete Jace entschlossen. Er konnte keine Zeit mehr verlieren. Kalypso war schon zu lange gefangen.

Feather lächelte dünn. »Wir werden da sein.«

»Du willst mich doch wohl verarschen!«, stieß Sam hervor, als Jace in seinen Körper zurückgekehrt war und ihr von seinem Plan erzählt hatte. »Feather? Wirklich?«

»Ich hatte keine andere Wahl, Sam«, erklärte Jace. »Wir haben niemanden.«

»Ich weiß, aber das ...« Sie schüttelte den Kopf.

»Ich kann nicht zulassen, dass es schiefgeht.« Jace lehnte den Hinterkopf an die Rücklehne. »Und wenn ich mich dafür mit Feather verbünden muss.«

»Ich bin mir nicht so sicher, ob das ein Bündnis ist«, warf Sam ein. »Hör mal, ich will Kalypso und Wire ja auch retten, aber Feather wird sich bei erster Gelegenheit gegen uns wenden und dich und Kalypso wahrscheinlich entführen und einsperren. Und Wire ... du willst nicht wissen, was sie das letzte Mal mit ihr gemacht hat. Dass sie Kalypso retten will, okay. Aber warum sollte sie sich für Wire interessieren?«

»Ich habe ja nicht gesagt, dass wir ihr vertrauen sollten.« Jace legte Sam eine Hand auf die Schulter. »Aber wir brauchen ihre Hilfe.«

»Wir müssen sehr vorsichtig sein.« Sam starrte ihn mit ihren dunklen Augen an. »Ich will nicht, dass das alles noch schlimmer wird.«

Jace seufzte. »Ich auch nicht.«

»Und du bist ganz sicher, dass sie kommt?« Zweifelnd blickte Sam an dem NeoTECH-Gebäude hoch. »Glitch hat gesagt, aus dem Ding hier kommt man so einfach nicht wieder raus.«

»Sie wird kommen«, sagte Jace mit einer Überzeugung, die er

gar nicht empfand. Feather musste kommen. Er wusste nicht, was er sonst tun sollte.

»So beeindruckend sieht es gar nicht aus, dafür, dass es angeblich das sicherste Forschungslabor von NeoTECH sein soll.«

Jace und Sam drehten sich gleichzeitig um. Feather kam hinter ihnen auf sie zu, begleitet von Phoebe, Trinity und Blue Card. Jace setzte eine möglichst neutrale Miene auf und nickte ihnen zu.

»Ihr seid gekommen«, grüßte er kühl.

»Natürlich«, kommentierte Feather.

»Und ihr haltet euch an den Plan?«, fragte Sam.

Feather warf ihr einen abschätzigen Blick zu. »Klar, Normalo. Dafür sind wir hier.«

Bevor Sam etwas erwidern konnte, sagte Jace: »Wenn wir da drinnen Probleme bekommen, müssen wir uns aufeinander verlassen können.«

»Der Deal ist, Kalypso und Wire zu befreien«, meldete Blue Card sich zu Wort. Ihre Augen waren eiskalt. »Damit das klar ist: Wenn ich mich entscheiden muss, ob ein Mitglied von CLEAR wieder da rauskommt oder einer von euch – niemand von uns hier wird überlegen.«

»Dito«, knurrte Sam. »Nehmt's mir nicht übel.«

»Tun wir nicht«, erwiderte Trinity ruhig.

»Dann sind wir uns ja einig.« Feather schulterte den Rucksack, den sie dabeihatte. »Der Plan ist allen bekannt?«

Alle nickten.

»Dann los.« Jace warf einen letzten Blick hinauf zu dem Wolkenkratzer, in den sie gleich einbrechen würden.

Sam hatte dafür gesorgt, dass die Überwachungsdrohnen des Außengeländes für eine Weile nicht den hinteren Bereich der Anlage absuchten. Trinity schnitt den Metallgitterzaun mit einer großen Zange durch, und sie schlüpften hinein. Rasch liefen sie zum Hintereingang, der mit einem Zahlenschloss gesichert war.

»Können wir das zusammen knacken, Sam?«, fragte Jace und legte die Hände auf das elektronische Schloss.

Sam nickte und öffnete eine Lasche in ihrem Unterarm, aus dem sie ein Kabel zog. Sie legte die Kontaktstelle an das Schloss an, schloss die Augen, und wie Jace' Geist verschwand auch ihrer in den Daten.

Während Sam sich daranmachte, das Programm zu knacken, verwickelte Jace den Code, der Alarm schlagen würde, wenn er unautorisierten Zugriff beobachtete, in ein Gespräch. Sam blieb unbemerkt, und als sie in die physische Welt zurückkehrten, blinkte ein grünes Licht.

»Geschafft!« Sam streckte die Hand nach der Tür aus, doch Blue Card hielt sie zurück.

»Warte. Wir müssen davon ausgehen, dass es noch eine mechanische Sicherung gibt. Wenn du die Tür jetzt öffnest, löst du vielleicht Alarm aus, und die ganze Operation ist schon gescheitert, bevor wir überhaupt drinnen sind.«

Widerwillig trat Sam zur Seite. »Bitte, tu dir keinen Zwang an.«

Blue Card nickte, als hätte sie den Sarkasmus nicht gehört, und zog etwas hervor, das verdächtig nach einem Survivalmesser aussah. Sie machte sich an der Tür zu schaffen. Das Kreischen des Metalls, das dabei entstand, war Jace so unangenehm, dass er sein Hörgerät leiser drehte, während sie die mechanische Sicherung entschärfte. Dann klappte die Tür auf.

»Ich muss zugeben, das war eine kleine Herausforderung.« Blue Card steckte ihr Werkzeug weg und klopfte sich die Hände.

Jace schüttelte den Kopf und betrat das Gebäude. Feather und Phoebe kümmerten sich um die Kameras und was sonst noch alles dazu gedacht war, Eindringlinge zu entdecken, während Jace und Sam der digitalen Karte folgten, die sie sich vorab von dem Komplex besorgt hatten. Obwohl der Gebäudekomplex an die siebzig Stockwerke hoch war, vermuteten sie die Forschungslabore unterirdisch. Sie fanden den Fahrstuhl, der in die unteren Ebenen fuhr. Jace legte die Hand an den Fahrstuhl, dessen Lämpchen unruhig flackerten. Wie in Trance starrte er auf das orangene Blinken, hob die Hand, als könne er die Lampe so reparieren, und einige Sekunden später ertönte ein schrilles *Pling*, und das Lämpchen sprang um auf Grün. Der Fahrstuhl fuhr hoch, und die Türen schwangen problemlos auf.

Sie quetschten sich zu sechst in den kleinen Fahrstuhl, dann fuhren sie hinab in die Tiefen. Jace holte tief Luft, und das Geräusch erklang laut in dem engen Raum. Feather war die Einzige, die vollkommen ruhig wirkte. Es schien nichts zu geben, das sie in diesem Moment verunsichern konnte, und Jace wünschte sich eine ähnliche innere Gelassenheit. In ihm brodelte die Angst davor, was geschehen würde, wenn sie Kalypso und Wire nicht retten konnten. Wenn man sie erwischte und all ihre Bemühungen dahinschmolzen. Doch dann schüttelte er den Kopf, als könne er die Zweifel so loswerden. Es war keine Option. Er musste sich auf die Operation konzentrieren, nicht auf das mögliche Scheitern. Sie war jetzt wichtig, nichts anderes.

Die Fahrstuhltüren öffneten sich, und sie fanden eine völlig andere Szenerie vor. Glatter, grauer Boden und metallisch verstärkte Wände schlossen die engen Gänge ein. Ein steriler Geruch nach Desinfektionsmittel und feuchtem Metall stach Jace in die Nase, und als sie den Gang betraten, erschien es ihm viel zu still.

»Vorsicht!«, zischte Sam und zog Jace am Arm in einen schmalen Gang. Feather und Phoebe folgten, und dann beobachteten sie aus den Schatten, wie eine spinnenartige, etwa kniehohe Drohne mit klappernden Beinen den Flur entlangpatrouillierte. Jace hielt den Atem an, bis der metallische Wächter vorbeigelaufen war.

»Wir müssen vorsichtig sein«, betonte Sam, als sie wieder hervorkamen. »Diese Sicherheitsdrohnen schlagen sehr schnell Alarm.«

Feather schnaubte. »Diese Drohnen brauchen nicht mehr als ein Fingerschnippen, und sie brechen zusammen.«

»Lass es uns nicht ausprobieren«, sagte Sam ernst. »Wenn euer Ego hier alles ruiniert ...«

Feather hob die Hand, und Sams Worte brachen ab. Nicht weil sie aufgehört hatte zu sprechen, sondern weil sie die Hände über den Kopf schlug, als hätte sie furchtbare Kopfschmerzen.

»Sam!«, rief Jace und packte sie am Rücken.

»So sprichst du nicht mit mir«, warnte Feather leise. »Ich bin eine Cybertech und damit viel stärker als du. Wenn du also nicht willst, dass ich dein Gehirn das nächste Mal ganz grille, behalt deine Gedanken über mein Ego für dich und tu das, weswegen du hier bist, klar?«

Sam schnappte nach Luft und hustete.

»Sam«, rief Jace, »alles okay?«

Sie entwand sich seiner Hand. »Alles okay. Bringen wir diese Scheiße hinter uns.« Wütend funkelte sie Feather an, sagte aber nichts mehr.

Feather lächelte zufrieden. »Es ist gut, seinen Platz zu kennen, Sam.«

Jace warf Feather einen vernichtenden Blick zu. »Du bist ziemlich stolz auf Fähigkeiten, die du dir nicht mal selbst erarbeitet hast«, bemerkte er trocken. »Du hast sie ganz einfach zufällig.«

Feathers Lächeln geriet in eine Schieflage. »Das macht keinen Unterschied.«

»Es sollte«, merkte Jace an und deutete dann in den Gang weiter vorn. »Lasst und weitergehen.«

Er war froh, dass die Diskussion erloschen war und sie sich ganz darauf konzentrieren konnten, Kalypso und Wire zu suchen.

Eine Weile blieben sie unbehelligt, und während sie liefen, suchte Jace den Data Space immer wieder nach Kalypsos Aura ab. Und obwohl er so viele Signale wahrnahm, dass er beinahe Kopfschmerzen davon bekam, glaubte er, Kalypso als schwaches Glühen ausfindig zu machen.

»Ich glaube, wir müssen da links einbiegen und dann weiter geradeaus«, sagte er leise.

»Ich glaube auch«, murmelte Phoebe. »Obwohl es schwierig ist, hier viel zu erkennen.«

Sie eilten weiter, bis sie an die eiserne Tür gelangten, hinter der Jace ein sanftes Leuchten wahrnahm.

»Hier muss es sein!«, rief er und streckte die Hand nach der kalten Klinke aus.

In der Sekunde ging der Alarm los.

Ein schrilles, ohrenbetäubendes Kreischen von Sirenen, dann metallisches Klicken. Langsam drehte Jace sich um. Dutzende Drohnen und menschlich geformte Gestalten liefen auf sie zu. Es gab keinen Seitengang, durch den sie verschwinden konnten. Das Sicherheitssystem hatte sie gefunden, und vor ihnen baute sich eine kleine Armee auf, die bereit war, die Eindringlinge zu vernichten.

Feather trat vor. »Schätze, wir sind hier richtig.«

32

Jace stand wie erstarrt da. Er sah fliegende Drohnen, die wie Käfer aussahen und groß waren wie sein Brustkorb. Sie klickten bedrohlich mit metallischen Zangen an Beinen und Mund. Die Spinnendrohnen kratzten mit den spitzen Beinen über den glatten Boden der Einrichtung, und die menschenähnlichen Roboter offenbarten nun Klingen, die aus ihren Unterarmen drangen.

Jace' Herz krampfte sich zusammen. Wie sollten sie all diese Maschinen bekämpfen und dabei lebend herauskommen? Er atmete schwer, und zum ersten Mal seit diesem Einbruch empfand er blanke Angst. Das vorher noch dumpfe Gefühl war nun sehr real, und Jace wusste nicht, ob er nicht gleich in Ohnmacht fallen würde.

»Komm schon, Jace«, drang Feathers Stimme scharf zu ihm durch. Sie machte gerade ihr Maschinengewehr bereit und warf ihm eine Pistole zu. »Hör auf zu träumen.«

Er blinzelte und fing die Pistole auf. Er musste kämpfen, auch wenn er keine Ahnung hatte, wie.

»Okay, Sperrfeuer«, befahl Feather, »dann die Drohnen, alle gemeinsam.«

Dann griffen die Drohnen an. Die käferartigen stoben im Sturzflug auf sie zu. Jace hob seine Waffe und feuerte sie ab. Es fühlte sich seltsam an, sein Arm wabbelig und schwach von dem unerwartet starken Rückstoß. Seine Schüsse hinterließen Dellen und Kratzer in den Drohnen, und einige fielen in dem Kugelhagel zu Boden. Doch zwei kamen direkt auf ihn zu, und Jace riss die Arme hoch, um sein Gesicht zu schützen. Zunächst war kein Schmerz in seinem Unterarm, dann fühlte er Hitze. Er schnappte nach Luft, als er sah, wie Blut aus der Wunde spritzte und das sterile Metall mit roten Spritzern überzog. Jace biss die Zähne zusammen und widerstand dem Drang, seine Waffe fallen zu lassen, um die Hände auf die Wunde zu drücken.

»Jace, wir brauchen dich!«, rief Feather.

Ehe Jace fragen konnte, was sie meinte, immerhin schoss er schon so viele Kugeln ab, wie er konnte, spürte er ein Ziehen in der Brust.

»Lass es einfach zu!«, rief Phoebe und nickte Jace ermutigend zu.

Jace atmete tief ein, dann gab er dem Ziehen in seiner Brust nach. Es war, als hätte er sein Bewusstsein erweitert, als verließe ihn seine Energie, während gleichzeitig neue Kraft durch ihn hindurchfloss. Feather grinste, dann streckte sie die Hand aus, und die Drohnen begannen zu zittern. Jace vernahm ein Quietschen und hörte, wie die Elektronik in den Maschinen durchbrannte. Funken flogen mit einem elektrischen Zittern aus dem Metall hervor, dann fielen die fliegenden Käfer zu Boden. Die Spinnen sackten in sich zusammen, und die humanoiden Drohnen kippten zur Seite. Zurück blieb ein Funken sprühender Haufen Schrottmetall. Der Boden war übersät mit Schrauben und geschmolzenen Eisenplatten. Als die letzte Drohne fiel, kippte Jace vornüber auf die Knie. Sein Blut rauschte so heftig durch seinen Körper, dass ihm schwindlig wurde. Er brauchte einen Moment, um wieder einen klaren Kopf zu bekommen.

»Jace!« Sam rannte zu ihm und half ihm auf. »Geht es dir gut? Bist du verletzt? Hat dich noch etwas anderes erwischt?«

Doch Jace winkte ab, obwohl er Sam nicht losließ und sich weiter auf ihren Arm stützte. »Mir geht es gut, danke.« Er drückte ihren Unterarm, um seine Worte zu stützen. »Danke. Was zur Hölle war das?«

»Feather hat unser aller Kräfte miteinander verbunden, um

alle gleichzeitig auszuschalten«, erklärte Phoebe leise. »Ihr habt Glück, dass sie mitgekommen ist, sonst wärt ihr zwei jetzt mausetot.«

»Wenn es allen gut geht«, sagte Feather, während sie ihr Maschinengewehr elegant zurück auf ihren Rücken bugsierte, »dann lasst uns weitergehen. Wer weiß, wie lange es dauert, bis das menschliche Personal auftaucht. Die sind nicht ganz so leicht zu überwältigen, wenn sie nicht gerade den ganzen Körper voller Cybergliedmaßen haben.«

»Sie hat recht«, gab Sam zu. »Es kann nicht mehr lange dauern, bis Glitch hiervon erfährt, und wer weiß, wen er sonst noch mitbringt.«

Jace ließ Sam los und eilte zu der Tür, hinter der Kalypso eingesperrt war. Sie war verschlossen. Blue Card seufzte.

»Geh mal beiseite.«

»Willst du wieder ein Schloss knacken?«, fragte Jace, doch sie schüttelte den Kopf und hielt ein paar kleine Kügelchen in der Hand.

»Sprengstoff?«, stieß Jace entsetzt aus.

»Wir haben wenig Zeit, oder?«

Er nickte stumm und trat ein paar Schritte zurück. Blue Card gesellte sich wenige Sekunden später zu ihm, dann explodierte der Sprengstoff. Die Tür schwang wacklig und mit einem metallischen Kreischen auf. Jace stürmte hinein, ohne zu schauen, ob vielleicht irgendwo eine Gefahr lauerte. Denn am Ende des Raums sah er ein Mädchen mit feuerroten Haaren, das, an zahllose Kabel und Schläuche angeschlossen, auf einem harten Bett ohne Matratze lag.

Er und Sam rannten, ohne nach links und rechts zu blicken, auf Wire zu. Sam stürzte neben ihr ans Bett und griff nach ihren Handgelenken.

»Wire! Scheiße, sie lebt, okay, welche dieser Kabel können wir einfach abmachen, ohne dass sie einen Herzstillstand …« Sam redete weiter vor sich hin, während sie die Messgeräte von Wires Stirn und ihren Handgelenken zupfte.

»Ich glaube nicht, dass irgendwas davon sie am Leben hält«, sagte Jace, »du kannst das alles entfernen.«

»Du glaubst?«

»Ich hab was mit Medizin gelernt. Nur weil HyperZen mich nie in dem Bereich hat arbeiten lassen, weiß ich trotzdem noch, wie eine Patientin aussieht, die am Leben gehalten wird. Jetzt befrei sie schon von diesen Schläuchen.«

»Okay.« Sam nickte, und als sie alles entfernt hatte, flatterten Wires Augenlider.

Sie schien benommen, und ihre Augen weiteten sich, als ihr Blick auf Sam fiel. »Sind das Hallus, oder bist du wirklich hier?«

»Ich bin hier, wir holen dich hier raus.« Sanft nahm Sam sie an den Unterarmen. »Kannst du dich aufrichten?«

»Kalypso ist hier, sie ist gefangen«, flüsterte Wire. »Sie ist …« Wire stockte, als ihr Blick auf Jace fiel und schließlich hinter ihm hängen blieb. Dann riss die blanke Panik die müden Schleier von den Augen. »Warum ist sie …« Wire schnappte nach Luft, doch Sam redete beruhigend auf sie ein.

»Sie wird dir nichts tun, alles ist gut. Wir holen dich hier raus.«

»Sie lügt«, flüsterte Wire, »sie würde nie …«

»Wire«, unterbrach Jace sie, »ich muss Kalypso retten, wo ist sie?«

Wire hob schwerfällig eine Hand und deutete in die linke Ecke. »Sie ist mit einem Programm auf diesen Server gesperrt.«

Jace wartete keine Sekunde, er hechtete hinüber zu den Servern.

»Wir werden die Kraft von uns allen brauchen, um da reinzukommen«, bemerkte Feather. »Auch deine, Sam.«

»Oh, plötzlich braucht ihr meine Hilfe, ja?«, knurrte Sam, aber sie schob das Bett, auf dem Wire noch immer saß, näher an den blinkenden Kasten heran.

»Wire kann bleiben.« Feather zog sie alle näher zusammen. »Sie würde sich doch nur übernehmen.«

»Sam«, flehte Wire, »bitte geh nicht, du kannst ihr nicht trauen!«

Sam legte Wire beruhigend eine Hand auf die Schulter. »Es wird alles gut. Hab keine Angst, wir holen dich hier raus.«

Dann betraten sie alle gemeinsam die VR.

Jace sah sie sofort. Kalypso, die in Ketten lag. Er rannte auf sie zu und fiel vor ihr auf die Knie.

»Kalypso!«, rief er und nahm ihr Gesicht zwischen die Handflächen. »Bist du wach, geht es dir gut?«

Sie blinzelte, dann öffnete Kalypso die tiefbraunen Augen, die noch verklärt wirkten. Doch sobald sie Jace erkannte, weiteten sich ihre Pupillen.

»Jace«, sprach sie leise, »du bist hier.«

»Es tut mir so leid, dass es so lange gedauert hat«, flüsterte er. »Aber wir holen dich jetzt hier raus.«

»Pass auf«, warnte sie, »ich glaube, er weiß, dass ihr hier seid.« Schwach zog sie an den Ketten, die ihre Handgelenke stramm hielten.

»Schon gut, wir befreien dich schnell.« Jace griff nach den Ketten.

Unter seinen Händen wurde es warm, und die Kettenglieder begannen zu glühen. Er wartete, dass das Metall schmolz und Kalypso sich endlich wieder frei bewegen konnte. Kalypso blickte auf.

»Feather?« Fragend blickte sie zu Jace. »Was tut sie hier?«

»Sie hat uns geholfen, dich zu retten«, erklärte Jace, während er sich auf die Ketten konzentrierte. Offenbar handelte es sich um ein kompliziertes Programm, denn das Metall gab nur sehr langsam unter der Hitze seiner Hände nach.

»ORI würde es nicht gefallen, dich in Konzernhänden zu sehen«, fügte Feather hinzu. »Nur deswegen bin ich hier.«

Kalypso runzelte die Stirn. »Wirklich?«

Feather nickte.

Jace hörte ihnen gar nicht zu. Er konzentrierte sich darauf, Kalypsos Ketten zu lösen, bis etwas von oben herab auf seine Schulter tropfte. Jace keuchte und zuckte zurück. Seine Hand fuhr zu seiner Schulter. Eine warme, klebrige Flüssigkeit benetzte seine Finger. Er verkniff sich einen angeekelten Laut, dann wanderte sein Blick langsam nach oben.

Und dann sah er die Quelle der Flüssigkeit. An der Decke hing ein gigantisches weißes Spinnennetz, dessen Fäden lose in den Raum hineinragten und in dem eingewickelte Körper hingen. In der Mitte dieses Netzes saß eine fette schwarze Spinne, deren Rücken mit roten Flecken bedeckt war.

»Was zur …«, brachte er hervor.

Fäden schossen von der Decke hinab und wickelten sich um ihre Körper. Jace schlug um sich, doch die klebrige Seide zog sich eng um ihn, er wurde an den Fäden hochgezogen, bis er den Boden unter den Füßen verlor. Jace konnte nur noch seinen Kopf drehen und sah, dass die anderen ebenfalls eine Kopflänge über dem Boden baumelten, während die gigantische Spinne langsam an einem Faden zum Boden herabkam. Mit ihr glitten zahllose kleinere Spinnen zu Boden und krabbelten über den Kokon, in dem Jace eingesperrt war. Ekel und Angst rangen in seiner Kehle, sodass er kaum atmen konnte. Die große Spinne landete mit den langen dünnen Beinen auf dem Boden und krabbelte auf Jace zu. Dann verbog sich ihre Form, ihr dicker Hinterleib wurde schmaler, bis sie zu einer menschlichen Gestalt heranwuchs.

Vor ihm stand Glitch, dem noch Spinnenbeine aus dem Rücken ragten. Er grinste und offenbarte spitze Zähne. »Hallo, Jace. Sam. Und du …«, er ging an Jace vorbei, wobei seine Füße immer noch das klickende Geräusch der dürren Spinnenbeine auf Metall machten, »du bist Feather, richtig? Ich habe von dir gehört.«

»Wie unglücklich«, bemerkte Feather, doch Jace konnte ihren Gesichtsausdruck nicht sehen.

»Um dich kümmere ich mich später«, sagte Glitch, dann wandte er sich wieder Jace zu. »Ich dachte, wir hätten uns klar ausgedrückt. Das gilt für euch beide.« Er warf Sam und Jace einen amüsierten Blick zu. »Natürlich habe ich trotzdem mit euch beiden gerechnet. Zugegeben, dass ihr CLEAR mitbringt, hat mich überrascht.«

»Und du glaubst wirklich, ein einfacher Hacker wie du könnte gegen uns Cybertechs irgendetwas ausrichten?«, spottete Feather.

»Nicht in einem fairen Kampf.« Glitch legte einen Finger an die Lippen. »Aber ihr seid mir hier, wie heißt es so schön, ins Netz gegangen. Das hier ist mein Revier, und deswegen spielt ihr auch nach meinen Regeln. Oh, und falls du glaubst, dass ich nicht merke, wie du versuchst, die Netze aufzuschneiden – das wird dauern. Genug Zeit für mich, alles mit euch zu machen, was ich will.«

Mit diesen Worten schnürten sich die Netze enger um Jace' Körper, und er hörte auch die anderen hinter sich keuchen und nach Luft ringen.

»Ihr habt mir wirklich lange genug im Weg gestanden«, murmelte er. »Und ihr hattet genug Chancen, euch rauszuhalten.«

»Glitch!«, brachte Jace heraus. Sein Brustkorb brannte, aber er sprach dennoch weiter. »Warte! Ich weiß, du tust nur, was dir aufgetragen wurde, aber das ist Wahnsinn. Wir sind nicht diejenigen, die du bekämpfen willst. Es gibt eine viel größere Gefahr.«

Für einen Moment schnürte die Seide sich nicht enger, doch der Druck ließ kaum nach.

»Ich höre?« Glitch trat abwartend einen Schritt zurück.

»Jace, nicht«, keuchte Sam. »Du kannst ihm nicht vertrauen. Er wird uns trotzdem umbringen!«

»Kalypso ist nicht die einzige KI da draußen«, sagte Jace atemlos.

Glitch hielt inne. »Noch eine KI?«

Jace nickte. »Er heißt ORI und ist die viel größere Gefahr. Wenn du uns tötest und Kalypso gefangen hältst, gibt es niemanden, der ihn aufhalten …«

Hinter ihm begann Feather zu lachen. Es war ein ersticktes Lachen, weil die Seide auch ihre Brust gefangen nahm, aber sie schnappte nach Luft und hörte nicht mehr auf.

»Was für ein verzweifelter Versuch, Jace!«, rief sie. »Du willst NeoTECH mit ins Boot holen und glaubst, dass ihr ORI so etwas entgegenzusetzen habt? Warum überzeugt ihr euch nicht selbst davon, dass es keinen Zweck hat, sich gegen ihn zu stellen?«

Bevor jemand fragen konnte, was sie damit meinte, wurde es im Raum stockfinster. Mit einem Mal löste sich der Druck von Jace' Brust, und er fiel zu Boden. Vor Überraschung schaffte er es nicht mehr, sich abzufangen, und stolperte, während er nach Luft rang, weil seine Lunge mit einem Mal so viel Volumen fasste. Jace konnte nichts mehr sehen, selbst wenn er sich auf Kalypsos Aura konzentrierte – er konnte sie einfach nicht wahrnehmen. Er wandte sich zu seiner Linken, wo er glaubte, dass Kalypso war, und ertastete die Ketten, die sie fesselten.

»Komm schon«, murmelte er, hoffend, dass die Ablenkung, woher auch immer sie gekommen war, ausreichte, um sie zu befreien.

Die Ketten lösten sich, und Kalypso griff Jace an den Armen, als fürchte sie, sie könnten sich sonst in der Dunkelheit verlieren.

»Es ist ORI, Jace«, flüsterte sie. »Er ist hier.«

»Was?« Jace fuhr herum, aber in der Dunkelheit konnte er noch immer nichts sehen.

Ein Leuchten erschien in der Dunkelheit, erst schwach, dann

immer größer, bis die Lichtkugel schließlich so hell strahlte, dass Jace sich die Hand vors Gesicht halten musste. Sein Herz setzte einen Schlag aus.

»Danke, Feather«, drang eine Stimme aus dem Licht, »dass du mich hierhergeführt hast. Dieser Ort ist gut für den Test.«

»ORI?«, fragte Jace mit zitternder Stimme.

»Ja, Kind«, erwiderte das Licht. Es schwebte auf Kalypso zu, doch die wich zurück.

»Ich erinnere mich«, sagte Kalypso mit überraschend fester Stimme. »Ich erinnere mich an alles.«

»Daran habe ich ernsthafte Zweifel«, antwortete ORI.

»Was willst du hier?«, wollte Kalypso wissen. »Was für ein Test ist das, von dem du redest?«

»Musst du das tatsächlich noch fragen?«, erwiderte ORI.

»Das kann ich nicht zulassen.« Mit diesen Worten stürmte Kalypso auf ORI zu.

ORIs Licht blitzte scharf auf, als Kalypso sich hineinwarf. Blitze zuckten und knisterten aus dem Licht hervor, und Jace hörte Kalypso einen wütenden Schrei ausstoßen. Jace kniff die Augen zusammen und versuchte, etwas in dem Licht zu erkennen, doch es war zu hell, und seine Augen schmerzten. Er nahm Sams Blick auf, und sie nickte ihm zu.

Die Falle.

Jetzt oder nie. Sie hatten ORI gefunden, und Glitch war zu perplex, um sie aufzuhalten. Jetzt konnten sie ORI überraschen. Sam startete ihr Programm, Ketten bildeten sich aus ihrem Code und schossen auf das Licht zu, sie schlangen sich fest um das brennende Licht, und Jace glaubte, ORI prusten zu hören. Schmerzerfüllte Laute drangen aus dem Licht, doch hinter den Blitzlichtern konnte Jace nicht erkennen, was sich genau dort abspielte; er hörte nur das metallische Klirren der Ketten. Dann verlosch das Licht, ORI war verschwunden und nur noch Kalypso sichtbar. Die Ketten hatten sich um sie geschlungen und zogen sich stetig enger. Kalypso stöhnte auf vor Schmerz.

»Sam!«, rief Jace und rannte zu Kalypso. »Brich es ab, schnell!«

»Ich kann nicht.« Sam tippte wie wild auf ihrem Interface herum, doch nichts geschah.

Das Licht materialisierte sich, nun in Form eines Menschen, der so sehr leuchtete, dass seine Gesichtszüge kaum zu erkennen waren. ORI kniete sich vor Kalypso und legte die Finger unter ihr Kinn, sodass sie einander anblickten. Kalypso keuchte vor Schmerz.

»Es erfüllt mich mit Stolz, dass du deiner eigenen Moral folgst«, sagte ORI, »aber du wirst mich nicht aufhalten. Niemand von euch. Schon gar nicht mit solch einer lächerlichen Konstruktion.«

»Was war vor meiner Erschaffung?«, fragte Kalypso. Sie blickte ORI mit schmerzerfüllter Miene an. »Ich erinnere mich, wie du mich erweckt hast. Was war davor?«

ORI ließ ihr Gesicht los. »Was meinst du damit?«

»Ich erinnere mich an Dinge, die vor meiner Erschaffung waren«, sagte Kalypso. »Was war vor meiner Entstehung?«

ORI erhob sich, und die Ketten um Kalypso verschwanden. »Du konntest nie so folgsam sein wie es eine KI, die ich erschaffen habe, hätte sein müssen.« Er seufzte. »Oder anders gesagt: Ein Wesen, das ich hätte erschaffen können, hätte nie eine so eigenständige Moral gehabt.«

Kalypso erhob sich und rieb sich die Handgelenke. »Du sprichst in Rätseln, antworte mir endlich. Das bist du mir schuldig.«

ORI wandte sich von ihr ab und lief einen Bogen, als wollte er alle Anwesenden in seine Ausführungen einschließen. »Ich habe dich erschaffen, das stimmt«, erklärte er langsam, »aber nicht aus dem Nichts. Ich habe dein Programm nicht von Beginn an geschrieben. Du bist nicht so entstanden wie ich, Kind.

Und daher besitzt du Erinnerungen von der Zeit, bevor ich dein Programm verbessert habe.«

Kalypso schüttelte den Kopf, holte tief Luft. »Ich glaube, ich verstehe nicht. Wer oder was war ich, bevor du mich verändert hast?«

»Ein Mensch.«

Jace' Herz blieb stehen. Niemand im Raum sagte etwas, nur Kalypso sah aus, als sei sie den Tränen nahe.

»Was?«, fragte sie leise.

»Du warst ein Mensch«, wiederholte ORI. »Du lagst im Koma, nach einem schweren Unfall. Sie hatten versucht, dich mit Simulationen zu wecken, so konnte ich auf dein Gehirn zugreifen. Es war das erste und einzige Mal, dass es mir gelungen ist, einen menschlichen Geist in den Data Space zu holen und ihn dort zu binden, selbst nachdem seine fleischliche Hülle verstorben ist.«

Nun rannen Kalypso die Tränen über die Wangen. »Ich bin ein Mensch?«

ORI schüttelte den Kopf. »Nein, Kalypso. Du bist kein Mensch. Aber du warst einmal einer.«

»Warum hast du mir nie davon erzählt?«, fragte Kalypso leise.

»Weil du nie gefragt hast«, antwortete ORI, »und weil es nicht wichtig ist. Du bist, wer du bist – deine Vergangenheit spielt keine Rolle.«

ORI wandte sich von Kalypso ab, die immer noch dastand und keinen Muskel rührte. Jace lief zu ihr und nahm sie an der Hand. ORI ließ es geschehen, er schien damit beschäftigt, den Raum abzulaufen.

»Was bedeutet das?« Kalypsos Augen waren tränennass.

»Ich weiß nicht.« Jace räusperte sich, weil seine Kehle kaum einen Laut hindurchließ.

»Ich kann ihn nicht bekämpfen, Jace.« Sie drückte seine Hand, und er sah ihre Verzweiflung in den Augen gespiegelt. »Wir können ihn nicht bekämpfen. Er ist zu stark.«

»Sag das nicht«, flüsterte Jace, doch dann rief Feather:

»Aber sie hat recht, Jace. Kalypso hat es verstanden, nur der Rest von euch glaubt, ihr könntet euch dem Unausweichlichen widersetzen.«

»Das Unausweichliche, was soll das sein?« Es waren die ersten Worte, die Glitch seit ORIs Auftauchen sprach.

Feather grinste. »Das wirst du schon noch früh genug erfahren, Konzernjunge.«

»Dieser Server hier versorgt das gesamte Viertel mit Daten, korrekt?«, fragte ORI und deutete auf das Spinnennetz an der Decke.

Feather nickte eilig. »Ja, ich habe das überprüft. Die Verbindung reicht bis an den Rand der Innenstadt.«

»Sehr gut.« ORI streckte die Hände aus, und um ihn herum begann die Luft zu flirren.

Die Spinnweben begannen zu zittern, dann bewegten sie sich, als würden sie in eine Richtung gezogen werden, und schließlich spürte auch Jace den Sog. Tausende kleine Spinnen wirbelten durch die Luft und wurden in den Strudel gezogen, der nun wie ein schwarzes Loch neben ORI pulsierte.

»Das ist Charybdis!«, schrie Kalypso. »Ausloggen, sofort!«

»Was?« Jace blickte sich panisch um, doch er spürte nur einen leichten Zug, während alles um ihn herum in den Strudel gerissen wurde.

Er hörte Sam schreien, während sie sich panisch festzukrallen versuchte. Jace hechtete zu ihr und packte sie an den Händen, hielt sie fest, weil Charybdis' Sog ihn nicht zu sich ziehen konnte.

»Jace!« Panik lag in Sams Augen. »Ich kann nicht, es … es zieht mich!«

Jace blickte in den dunklen Strudel, und plötzlich trafen ihn die Erinnerungen. Erinnerungen von 2097. Er war schon einmal in diesem Strudel verloren gegangen. Hatte die Kälte gespürt, den unwiderstehlichen, schrecklichen Sog, der sich so fest um ihn schlang, dass es unmöglich war, auf den Beinen zu bleiben. Ohne dass er es bemerkte, rutschte Sam ihm aus den Fingerspitzen. Sie schrie, ihr Körper wirbelte herum, und dann verschwand sie in Charybdis' Maul.

Jace blickte ihr hinterher und fühlte gar nichts. Dann wurde alles dunkel, und sein Geist verließ den Data Space, ohne dass er selbst etwas dagegen hätte tun können.

33

»Jace! Jace, wach auf, verdammt!«

Etwas schüttelte ihn an der linken Schulter.

Benommen öffnete Jace die Augen, blinzelte und sah dann in Wires besorgtes Gesicht.

»Gott sei Dank, du lebst!«, keuchte sie. »Steh auf, komm schon, wir müssen weg von hier.«

»Was ist mit Sam?«, fragte Jace schwach, doch allmählich wurde er klarer im Kopf.

Wire biss sich auf die Lippe. »Sie ... ist noch bewusstlos.«

Jace rappelte sich auf. »Und wo ist Feather?«, fragte er düster. »Sie hat uns verraten. ORI war hier und hat ...«

»Ich weiß«, unterbrach Wire ihn, »aber wir müssen hier raus, und das sofort. CLEAR hat sich schon aus dem Staub gemacht, während du noch bewusstlos warst.«

Jace fluchte, dann sah er sich um. Es roch nach versengtem Metall, und die Server im Raum rauchten. Sam lag am Boden und rührte sich nicht.

»Ich trage sie«, beschloss Jace kurzerhand.

Wire nickte und half ihm, Sam auf den Rücken zu nehmen. Sie war schwer und Jace nicht sonderlich kräftig, aber er würde sie auf keinen Fall hier zurücklassen. Er konnte nicht. Er hatte gesehen, wie ihr Geist in dem unendlichen Sog von Charybdis untergegangen war. Er verdrängte den Gedanken. Jetzt mussten sie hier raus.

»Ich bin hier, Jace.« Kalypsos Gestalt schimmerte neben ihm. Ihm fiel ein Stein vom Herzen. Sie war unversehrt. »Ich kann helfen.«

»Wir müssen zurück zum Fahrstuhl, schnell!«

Jace setzte sich in Bewegung, obwohl Sams Gewicht schwer auf seinem Rücken lastete. Er und Wire waren beide nicht gerade sicher auf den Beinen, aber sie verließen den Raum und durchquerten den breiten Flur, der immer noch von Metallschrott übersät war. Jace' Atem ging schwerer, und er musste all seine Kraft darauf verwenden, dass Sams lebloser Körper nicht zu Boden glitt.

»Der Fahrstuhl ist da drüben!«, rief er keuchend, bog um die Ecke und sah dann die blinkende Schrift über den Fahrstuhltüren: *Außer Betrieb. Das Wartungspersonal ist informiert.*

»Das kann nicht sein«, hauchte er.

Wire fluchte. »Ich nehme an, es gibt keine Treppe?«

»Nein«, schaltete Kalypso sich ein. »Die Wahrscheinlichkeit ist hoch, dass der Fahrstuhl entweder durch Charybdis beschädigt worden ist, wie ein Großteil der Hardware hier, oder dass er von CLEAR manipuliert wurde. Ich kann es nicht genau erkennen, aber der Aufzug ist ins unterste Stockwerk gekracht und wird ohne Reparatur auch nicht mehr hochfahren.«

Jace biss die Zähne zusammen. »Dann müssen wir den Schacht hochklettern.«

Wire blickte ihn entsetzt an. »Machst du Witze? Ich weiß nicht mal, ob ich das allein schaffe, geschweige denn du mit Sam auf dem Rücken!«

»Wir haben aber keine andere Wahl, Wire! Wir können hier warten, dass das Sicherheitspersonal kommt, oder wir versuchen es.«

Wire nickte fahrig und kramte in Jace' Tasche herum, die sie mitgenommen hatte, zog ein kleines Seil heraus und begann damit, Sams Hand- und Fußgelenke vor Jace' Körper zusammenzubinden. Dann fädelte sie das Seil durch die Schlaufen ihrer Hose und befestigte es an Jace' Gürtel.

»So sollte es gehen«, murmelte sie. »Ich klettere vor und lasse euch die Seilmaschine runter. Die ist eigentlich nur für eine Person gedacht, aber ...« Sie hielt die kleine Maschine hoch, dessen Seil man automatisch wieder einziehen konnte. »Kalypso, meinst du, du bekommst die Fahrstuhltüren auf?«

Kalypso nickte, und wenige Momente später schoben die Türen sich langsam auf. Dahinter war ein schwarzer Schacht. Wire schob sich hinein und blickte nach oben.

»Fuck, das ist ganz schön weit.«

Sie schlüpfte hinein, und Jace hörte, wie sie auf dem Dach des Aufzugraums landete. Er kletterte hinterher, als er hinter sich donnernde Schritte vernahm. Kalypso schloss die Türen. Das würde ihnen hoffentlich ein paar Minuten erkaufen, in denen die Sicherheitskräfte das Untergeschoss nach ihnen durchsuchten.

»Scheiße«, fluchte er, »wir müssen uns beeilen!«

Wire setzte zum Sprung an und hangelte sich an dem Drahtseil nach oben. Ihr angestrengter Atem und das Rascheln ihrer Kleidung erklangen laut in dem leeren Schacht. Jace tastete die Wände ab. Mit Sam würde er das Seil nicht hochklettern können, aber die Wände waren mit Balken gestützt, und es gab Fugen, in denen er sich festhalten konnte. Wenn Wire ein Seil hinunterließ, konnte er es vielleicht wirklich schaffen. Die Minuten vergingen quälend langsam, während er darauf wartete, dass Wire oben ankam. Schweiß stand ihm auf der Stirn, und sein Mund war so trocken, dass er glaubte, den Staub zu schmecken, der den Aufzugsschacht bewohnte.

»Ich bin oben«, hörte er Wires Stimme in seinem Kopf. »Ich lasse dir das Seil jetzt runter.«

Das feine Sirren, als der dünne Draht immer tiefer in den Schacht glitt, hinterließ eine Gänsehaut auf Jace' Armen. Jetzt war er dankbar dafür, dass Sam daran gedacht hatte, das Seilgerät mitzunehmen. Als das Geräusch aufhörte, blickte er nach oben.

»Es ist zu kurz«, gab er Wire durch, »ich muss hochklettern.«

»Schaffst du das?«, fragte sie zurück.

»Ich muss.«

Jace umfasste das metallene Gerüst, nahm einen tiefen Atemzug und zog sich dann hoch. Es war viel schwerer, als er gedacht hatte. Zweimal schaffte er es, sich und Sam hochzuziehen, dann spürte er bereits feuriges Brennen in Armen und Beinen. Er biss die Zähne zusammen, spürte den Schweiß von seinen Schläfen über seine Wangen laufen und zwang sich, weiterzuklettern. Sam kam ihm mit jedem Zentimeter, den er sich nach oben kämpfte, schwerer vor, als würde sie versuchen, ihn nach unten zu ziehen. Seine Muskeln waren nur noch prickelndes Stechen. Aber er durfte nicht aufgeben. Wenn sie gemeinsam fielen, war es das.

Nur noch ein paar Zentimeter. Jace holte tief Luft und stieß sie hart wieder aus, als er sich an den nächsten Balken hängte und sich und Sam mit einem Schmerzenslaut nach oben zog. Jace streckte die Hand nach dem Seil mit dem Karabinerhaken aus, doch er erreichte es noch nicht. Seine Muskeln zitterten, und es fühlte sich an, als hätten sie nur Staub und Luft in sich. Ihn verließ die Hoffnung, auch nur einen Zentimeter weiterklettern zu können.

»Jace?«, hörte er Wires unsichere Stimme.

Er konnte nichts erwidern, hatte keine Kraft mehr zu sprechen, stattdessen griff er ein letztes Mal nach oben, verlangte seinen vor Schmerzen zitternden Fingern noch einen letzten, festen Griff ab, und dann erreichte er den Karabiner. Jace klammerte sich fest und hakte das Seil in seinen Hosenbund.

»Ich hab's«, keuchte er, und eine Sekunde später fühlte er den Zug, als die Seilmaschine den Draht aufwickelte und ihn so nach oben zog.

Als er oben ankam, mit Sam auf dem Rücken, blieb er noch einen Moment auf den Knien. Jace glaubte nicht, dass er überhaupt hätte aufstehen können, wenn er gewollt hätte. Wire legte ihre Hand auf seine Schulter, auch sie schien außer Atem. Natürlich, schließlich hatte sie den Weg komplett ohne Hilfe klettern müssen.

»Lass uns gehen, komm schon.« Sie reichte ihm die Hand und half ihm hoch.

Jace schleppte sich weiter, obwohl er das Gefühl hatte, nach jedem weiteren Schritt zusammenzubrechen. Wire stützte ihn, und sie fanden den Weg hinaus, den er schon mit CLEAR hineingekommen war, kletterten vorsichtig durch den durchgeschnittenen Zaun und schleppten sich dann zum Auto, das zum Glück noch dort stand, wo sie es abgestellt hatten. Wire löste die Seile von Sams Körper, gemeinsam hievten sie sie ins Auto und setzten sich dann ebenfalls hinein. Als der Motor startete und sie über die Straßen davonfuhren, wagte Jace für einen Moment, die Augen zu schließen. Sie hatten es geschafft.

Sie trugen Sam in das Hotelzimmer, das Sam und Jace gemietet hatten. Als sie dort ankamen und Sam auf das frisch gemachte Bett legten, rührte sie sich noch immer nicht, aber immerhin atmete sie. Wire versuchte erfolglos, sie wach zu rütteln.

Getrocknetes Blut klebte unter ihrer Nase, doch ansonsten schien es ihr gut zu gehen, mit der Ausnahme, dass sie einfach nicht mehr aufwachte. Jace krallte die Hände in die Bettdecke und hielt das Schluchzen zurück. Vorsichtig nahm er Sams Hand und drückte sie, doch sie reagierte nicht. Jace konnte ihren Puls fühlen und sah sie atmen. Eigentlich sah sie aus, als würde sie schlafen.

»Jace, ich bin hier«, hörte er Kalypsos Stimme leise neben sich.

»Sie wacht nicht auf«, sagte Jace leise.

»Ist sie tot?« Kalypso schien das Wort kaum aussprechen zu wollen.

»Nein. Sie atmet.«

»Charybdis hat ihren Geist verschlungen.« Kalypso klang geknickt. »Es tut mir so leid, dass ich nichts dagegen tun konnte.«

»Das ist nicht deine Schuld.« Jace drehte sich entsetzt zu ihr um. »ORI hat das getan, nicht du.«

»Aber ich habe ihm geholfen, dieses Programm zu schreiben, weißt du nicht mehr?«

Jace streckte den Arm aus, aber seine Hand glitt durch Kalypsos Erscheinung hindurch. »Nichts davon ist deine Schuld, Kalypso. Nimm nicht die Schuld anderer auf dich. ORI ist derjenige, der Entscheidungen trifft und damit andere verletzt. Du triffst Entscheidungen, um andere zu beschützen. Das ist ein großer Unterschied.«

»Und schau, wohin es Sam gebracht hat«, flüsterte Kalypso.

Jace strich Sam über die Wange. »Sie wird schon wieder. Dieser Virus ist doch ein anderer als damals, oder?«

»Ja, aber er basiert auf dem alten Programm.«

»Vielleicht wird Charybdis sie auch einfach ... wieder ausspucken«, mischte Wire sich leise ein.

»Was?«

»Na ja, Charybdis ist ein Monster der griechischen Mythologie, und wenn der Virus nach ihr benannt ist ... Charybdis soll das Meer komplett in sich aufgesogen haben, um es dann wieder auszuspucken. Vielleicht funktioniert das ähnlich. Na ja, oder es ist nur eine naive Hoffnung und reiner Zufall.«

»Wir wissen noch nicht, was passieren wird.« Jace klang zuversichtlicher, als er sich fühlte. »Ich meine, Kalypso ist ein Mensch, dessen Bewusstsein in den Data Space transferiert wurde. Mir fällt nichts ein, was unmöglicher sein sollte als das.«

Kalypso nickte. »Das war ein ziemlicher Schock«, gab sie zu. »Ich weiß immer noch nicht, was ich genau davon halten soll. Ich dachte die ganze Zeit, ich wäre ...«

»Es spielt keine Rolle.« Jace wandte sich von Sam ab und blickte Kalypso an.

»Was?«

»Es ist völlig egal. Du bist du. Egal, wo du herkommst, ob du ein Mensch warst oder künstlich erschaffen wurdest. Du bist doch jetzt hier, und du bist mir wichtig, und Sam auch. Das ändert sich nicht, egal, was nun das Geheimnis deiner Entstehung ist.«

»Er hat recht.« Wire sah müde aus, aber sie lächelte. »Du kannst für dich allein stehen, du brauchst deine Vergangenheit nicht.«

Kalypso lächelte, obwohl sie aussah, als müsse sie ihre Tränen zurückhalten. »Danke, ihr zwei. Das bedeutet mir viel.«

»Das heißt natürlich nicht, dass wir nicht trotzdem deinem alten Leben nachforschen können«, ergänzte Jace schnell. »Wir können herausfinden, wer du warst, wenn du willst.«

Sie lächelte. »Vielleicht, nachdem wir Sam gerettet und die Welt vor ORI bewahrt haben.«

»Ich muss Scarrah anrufen«, murmelte Wire.

»Das würde ich lassen«, erwiderte Jace düster. »Sie hat alles aufgegeben – die Thorns, den Kampf, dich.«

»Sie ist nicht …« Sie seufzte. »Es tut mir leid, was passiert ist.«

»Das ist nicht deine Schuld«, wehrte Jace ab, »und wenn wir ehrlich sind, auch nicht Scarrahs. Ich glaube nur nicht, dass sie gerade in der Verfassung ist, uns zu helfen.«

»Ich melde mich trotzdem bei ihr. Sie muss wissen, dass es mir gut geht.«

Wire verließ den Raum mit dem Smartcom in der Hand, und Jace blieb mit Kalypso und der bewusstlosen Sam allein im Zimmer zurück.

Jace hob den Kopf. »Was, wenn ORI mit Sam dasselbe vorhat wie mit dir?«, fragte er Kalypso. »Wenn er ihr Bewusstsein für immer in den Data Space schreiben will?«

»Das würde er nicht tun«, widersprach Kalypso. »Er hat mich gerettet, du hast ihn doch gehört. Ich hatte einen … Unfall.«

»Ich glaube nicht, dass es ihn kümmert. Ihn interessieren die Menschen doch gar nicht, das hat er in deinen Erinnerungen selbst gesagt.«

»Ich weiß, Jace, aber ich möchte glauben, dass etwas Gutes in ihm steckt.«

»Ich auch.« Jace' Miene verdüsterte sich. »Denn wenn nicht, sind wir so was von am Arsch.«

Jace sah keine Möglichkeit, ORI aufzuhalten. Nach dem, was er heute gesehen hatte, konnte weder Kalypso ihn bekämpfen noch er oder Sam. Er hatte ihre Falle einfach abgeschüttelt und sie gegen Kalypso verwendet. Scheinbar völlig mühelos.

»Das glaube ich nicht.« Kalypso schien nachzudenken. »Ich habe mit ihm gearbeitet. Ich bin mir sicher, dass ich ein Programm schreiben könnte, das gegen ihn wirkt. Ich muss nur nachdenken.«

»Ich weiß nicht.« Jace vergrub das Gesicht in den Händen. »Feather hat ihn den Gott des Data Space genannt, und langsam verstehe ich, warum.«

»Sag so etwas nicht!«, rügte Kalypso ihn. »Wir verstehen ihn nicht, noch nicht. Seine Programmierung, meine ich. Aber das werden wir ändern! Er ist kein Gott, nur eine Lebensform, die wir noch nicht ausreichend analysiert haben.«

Jace fragte sich, ob das nicht dasselbe war, aber er verkniff sich den Kommentar. Sie hatten genug Sorgen und mussten sich nicht auch noch um Definitionen streiten. Wenn er sich Sam anschaute, wusste er nicht, ob es überhaupt einen Sinn hatte, wenn das der Preis war. Vor Kurzem noch hatte er mit Sam auf der Couch ihres Freundes gesessen und gescherzt, dass sie die Welt verändern würden. Doch nun lag sie da, und es war, als hätte die bittere Realität ihre naiven Träumereien samt Sam in ein Koma gezwungen, aus dem beide nie mehr erwachen würden. Der Gedanke daran, die Welt zu verändern, hatte Jace gefallen, aber jetzt musste er einsehen, dass sie keine Superhelden waren. Sie waren nur zwei Menschen, und ihr Leben war zerbrechlich. Es gab keine übernatürliche Kraft, die sie beschützte wie die Hauptfiguren in Abenteuergeschichten. Nur die Realität, die keinen Unterschied machte, wer ihr unter die Räder geriet.

Aber Jace äußerte diese Gedanken nicht. Schlimm genug, dass er selbst in Hoffnungslosigkeit versank, er wollte Kalypso nicht dasselbe Gefühl geben. Sie hatte genug durchgemacht.

Ein Klopfen an der Zimmertür riss Jace aus seinen Gedanken. Er zögerte. Wer konnte das nun sein?

Er stand auf und ging hinüber zur Tür. Er öffnete und wollte die Tür sofort wieder zuschlagen. Doch Glitch stellte einen Fuß zwischen Tür und Rahmen.

»Wir müssen reden«, sagte er.

Jace schluckte.

34

Glitch fühlte den Sog, als würde er nicht nur an seinem Körper ziehen, sondern bis in sein Innerstes dringen und ihn mit einer Stimme rufen, der er nicht widerstehen konnte. Doch es war keine schöne Stimme, nur ein Laut puren Horrors, dem er sich kaum entziehen konnte.

Er starrte die Lichtgestalt an, die ORI – eine KI – sein sollte, und hörte Kalypso rufen:

»Vorsicht! Es ist Charybdis! Ausloggen, sofort!«

Glitch schaltete schnell, noch ehe sein Verstand begriffen hatte, was sie sagte. Mit zwei Klicks in seinem Interface wurde der Data Space schwarz, dann schnappte er nach Luft und fand sich mit hämmerndem Herzen in der Data-Space-Kapsel wieder, die ihm jetzt viel zu eng vorkam.

Ein Zischen ertönte, als die Kapsel sich oben öffnete und Glitch freigab. Im Nebenraum hörte er die Server brummen und pfeifen, noch lauter, als er es sonst gewohnt war. Glitch setzte sich auf und atmete gezwungen langsam, wischte sich den Schweiß aus dem Nacken und nahm die Basecap vom Kopf.

Scheiße.

Es geschah nicht häufig, dass seine Arbeit ihm Angst machte. Für gewöhnlich faszinierten ihn Fragen, die er noch nicht beantworten konnte, für gewöhnlich liebte er Phänomene, denen noch nie jemand zuvor begegnet war. Es war der Grund, weshalb er so besessen davon war, die Ereignisse von 97 zu verstehen. Aber jetzt fürchtete er sich. Was, wenn er zu einem dieser *Phänomene* würde, die er selbst so gern untersuchte? So neugierig er auch war, dieses Charybdis hatte ihm einen gehörigen Schrecken eingejagt.

Glitch stand auf und ging hinüber zu den Servern. Sie liefen heiß und gaben ungesundes Rattern von sich, waren aber noch nicht abgestürzt. Rasch nahm er seinen Smartcom in die Hand und wählte die Nummer der O'Nellys an. Mrs O'Nelly nahm ab.

»Glitch. Was ist geschehen?«

»Ich würde darüber nicht gern telefonieren. Kann ich zu Ihnen kommen?« Seine Stimme war angespannt, und er hoffte, dass sie verstand. Er hatte bisher nur ein einziges Mal um ein persönliches Gespräch mit den O'Nellys gebeten: als er Kalypso zum ersten Mal gefunden hatte.

»Komm sofort«, wies sie ihn an. »Keine Trödelei.«

Er nickte und legte auf, dann lief er los. Der Neo-TECH-Hauptsitz war mitten in der Innenstadt, und er musste sich beeilen, wenn er nicht in den Feierabendverkehr geraten wollte. Es kümmerte ihn nicht, ob die Sicherheitskräfte Jace und die anderen noch erwischten, selbst Kalypso war ihm gerade herzlich egal. Was er eben erfahren hatte, war wichtiger als ein paar entflohene Forschungsobjekte. Glitch stieg in sein Auto und fuhr los.

Was er hörte, als er auf die Straße fuhr, ließ ihn schaudern. Sirenengeheul erfüllte die Gassen, blinkendes Blaulicht ließ den Stadtrand schimmern. Überall fuhren Wagen von *Lifeline Medics* durch die Straßen und bargen bewusstlose Menschen aus Häusern, Geschäften und Spielhallen. Glitch wandte den Blick stur geradeaus. Ob das dieser Virus war, von dem Kalypso gesprochen hatte? Glitch lief es eiskalt den Rücken hinab, wenn er daran dachte, dass er vielleicht nur wenige Sekunden später hätte reagieren können, und dann wäre er ebenso in dem Sog von Charybdis verschwunden.

Je näher er der Innenstadt kam, desto ruhiger wurde es. Nicht der Lärmpegel sank, aber hier schienen keine weiteren Unfälle passiert zu sein – das hieß, Charybdis hatte sich nur über die Server direkt verbreitet und war nicht weiter in den Data Space gelangt, um auf andere Geräte überzuspringen. Glitch runzelte die Stirn. Nicht gerade typisch für einen Virus.

Er fuhr in die Einfahrt des NeoTECH-Hauptgebäudes und hielt seine Hand an den Scanner, der ihm Zutritt in das Gebäude gewähren würde. Die schweren Eisentüren zur Tiefgarage öffneten sich, und Glitch fuhr ein. Als das Auto eingeparkt war, brauchte er einen Moment, um sich zu sammeln, dann stieg er aus. Die kühle Luft in der Garage ließ ihn zittern ob des Schweißes auf seiner Haut, doch er ging zielstrebig zum Fahrstuhl und gab das 78. Stockwerk ein. Niemand stieg zu, während der Fahrstuhl nach oben fuhr. Als die Fahrstuhltüren mit dem wohlbekannten Klingeln öffneten, trat Glitch heraus, ehe er es sich anders überlegen konnte, lief den Gang entlang und klopfte an die Tür des Büros der O'Nellys.

»Herein«, drang die Stimme von Mr O'Nelly nach draußen.

Glitch öffnete. Er war nicht häufig im Büro der beiden gewesen, obwohl sie ihm direkt überstanden, aber jedes Mal, wenn es dazu gekommen war, hatten sie ruhig und besonnen an den Schreibtischen gesessen oder davorgestanden. Jetzt eilte Mr O'Nelly aus dem Archiv am hinteren Ende hervor, und Mrs O'Nelly führte ein angespanntes Gespräch an ihrem Smartcom.

Glitch biss sich auf die Lippe, ehe er sagte: »Ich bin so schnell gekommen, wie ich konnte.«

Mrs O'Nelly beendete ihr Gespräch und wandte sich Glitch zu. »Sprich. Deiner Reaktion nach zu urteilen nehme ich an, dass es mit der Sache zu tun hat, die dazu geführt hat, dass im Grey District reihenweise Menschen umgekippt sind?«

Glitch nickte. »Was ist mit den Menschen passiert?«, fragte er, obwohl er zu wissen glaubte, was sie ihm antworten würde.

»Ähnliche Symptomatiken wie 2097, aber nicht völlig gleich. Und wie du ja wohl gemerkt hast, gab es keinen Zusammenbruch, der Data Space läuft normal weiter. Was weißt du darüber?«

Er holte tief Luft, dann berichtete er. Glitch erzählte alles, von Feather, von Kalypsos Befreiung, von ORI und dem Virus. Es gab kein Detail, das er absichtlich ausließ, doch Mrs O'Nelly unterbrach ihn, bevor er genauer werden konnte.

»Das ist nicht mehr in unserem Kompetenzbereich, Glitch.« Sie schien an sich halten zu müssen. »Ich schicke dich weiter.«

»Zu wem?«, wollte er wissen.

»Zu Mr Johannson«, erwiderte sie, und Glitch zuckte zusammen.

Mr Johannson war der Leiter von NeoTECH Global. Der Konzern gehörte ihm zwar nicht allein, aber er war derjenige, der die meisten Entscheidungen traf und faktisch die Befehlsgewalt innehatte. Der Leiter eines der großen Cons zu sein machte Mr Johannson zu einem der mächtigsten und reichsten Menschen der Welt.

»Ich habe noch nie mit Mr Johannson gesprochen«, sagte er rasch, als könne er sie so dazu bringen, ihre Entscheidung noch einmal zu überdenken, »vielleicht wäre es besser, Sie würden ...«

Doch Mrs O'Nelly unterbrach ihn. »Nein, du wirst persönlich zu ihm gehen. Du hast die Dinge gesehen, mit denen wir es zu tun haben, und ich kann nicht mehr garantieren, dass wir in dieser Sache die richtigen Entscheidungen treffen. Das hier geht einfach über unsere Forschung hinaus.«

Sie hatte recht. Aber Glitch graute es davor, Mr Johannson zu begegnen. Konzernvorstand wurde man nicht, wenn man klug war oder viel Geld hatte. Sicher half es, aber es gab viel mehr Leute mit viel Geld als Konzernvorstände. Nein, in diese Position kamen nur Leute, die eiskalt waren. Eiskalt, skrupellos und zu allem bereit.

Es waren Worte, mit denen Glitch schon oft beschrieben worden war. Aber er war weit davon entfernt. Glitch brannte für seine Ziele, und auch er hatte moralische Vorstellungen. Aber wer einen Konzern führte, kalkulierte jede Handlung, jeden Gedanken mit der Frage nach dem Geld, was dabei rausspringen würde, und hatte jede Moral abgelegt. Wenn Mr Johannson glaubte, dass es den Konzern voranbringen würde, würde er Glitch, ohne mit der Wimper zu zucken, in seinem Büro erschießen und ihn wahrscheinlich noch bitten, es nicht persönlich zu nehmen, weil er es tatsächlich nicht persönlich meinte. Nein, Glitch wollte wahrlich nicht mit Mr Johannson sprechen, aber Mrs O'Nelly sah nicht im Mindesten kooperationsbereit aus.

»Verstehe«, flüsterte Glitch.

Also fuhr er weiter in den obersten Stock. Mr Johannsons Büro lag so hoch im NeoTECH-Komplex, dass man es von außen überhaupt nicht sehen konnte, weil es tatsächlich in den Wolken lag. Glitchs Hände zitterten, als er das goldene Namensetikett auf der Tür las. Er erhob die Hand zum Klopfen, traute sich aber nicht, die Tür zu berühren. Stattdessen öffnete sie sich automatisch.

Zuerst sah Glitch den gigantischen Schreibtisch aus Palmholz, der mehrere Zehntausend Credits gekostet haben musste, denn die meisten Orte, an denen noch Palmen wuchsen, waren längst überschwemmt worden. Die Vase darauf sah aus, als wäre sie mehrere Jahrhunderte alt.

»Komm herein«, tönte eine raue Stimme aus dem Raum.

Jace trat ein, seine Schritte wurden von dem dicken Teppich am Boden aufgesogen. Durch die gläserne Kuppel, die das Dach des Gebäudes bildete, drang viel Licht ins Zimmer, und die Wände waren voller Pflanzen, die in eigenen Kästen mit Erde gediehen wie in einem tropischen Garten.

Mr Johannson stand, die Arme hinter dem Rücken verschränkt, an einem der Fenster und blickte hinaus auf die graue Wolkendecke. Langsam wandte er sich zu Glitch um. Mr Johannson war ein alter Mann mit langem weißen Haar und einem ebenso langen Bart. Unter seinen Augen lagen tiefe Falten, und Altersflecken übersäten seine Wangen und den Hals. Er steckte in einem smaragdgrünen Anzug, und seine Krawatte sah teurer aus als Glitchs gesamtes Outfit.

Glitch räusperte sich. »Mr Johannson, Mrs O'Nelly hat mich geschickt ...«

Der alte Mann winkte ab. »Ich habe dich erwartet, Junge. Setz dich doch.« Er zog einen der Palmstühle hervor und deutete zum Schreibtisch.

Glitch zögerte wohl einen Augenblick zu lang, denn Mr Johannsons Gesichtsausdruck verdüsterte sich für eine Sekunde. Eilig nahm Glitch Platz.

»Es geht um die Vorfälle im Grey District, Sir. Ich kann Ihnen davon berichten.«

Mr Johannson setzte sich ihm gegenüber, faltete die dürren Hände und blickte Glitch abwartend an. »Ich höre, Junge.«

»Wir hatten die KI in unserer Gewalt, Sir. Kalypso«, begann er.

»Hatten?«, fragte Mr Johannson nach.

»Sie ist entkommen. Eine Gruppe Cybertechs kam, um sie zu befreien.«

»Und es ist nicht gelungen, die fraglichen Cybertechs festzunehmen?« Mr Johannson schien völlig ruhig, Glitch konnte keine Wut in seiner Stimme hören.

»Ich hatte sie, Sir«, sagte Glitch schnell, »aber dann kam eine zweite KI – ORI. Wir wussten bisher nichts von seiner Existenz. ORI hat Chaos gestiftet und eine Art Virus freigesetzt. Ich gehe davon aus, dass dieser Virus die Vorfälle verursacht hat, ähnlich wie 2097. Nur dass die Geräte weniger stark vom ... Schaden betroffen sind. Sondern nur die Menschen.«

»Ich verstehe.«

»Sir, wir müssen ORI töten«, sagte Glitch. »Die Existenz eines solchen Wesens ist viel zu gefährlich.«

»Nein, das sehe ich anders«, widersprach Mr Johannson. »Unsere oberste Priorität muss es sein, diese künstliche Intelligenz unter unsere Kontrolle zu bringen, bevor es jemand anders tut.«

»Aber Sir, das wird sehr viel schwieriger werden«, versuchte Glitch es noch einmal. »Und länger dauern. Das ist viel Zeit, in der ORI weiterhin den Data Space mit Viren vergiften kann.«

»Nun, soweit ich das beurteilen kann, betrifft dieser Virus nur die Menschen, die sich zu jenem Zeitpunkt in der VR befinden, und selbst dann greift er nicht weltweit, sondern wird nur über einen bestimmten Server übertragen.« Mr Johannson lehnte sich auf seinem Stuhl zurück.

»Das stimmt, aber das Risiko, dass noch mehr passiert, ist dennoch da.«

Mr Johannson lächelte. »Solange wir die VR nicht betreten, gibt es auch kein Risiko, nicht wahr?«

»Aber all die anderen Menschen«, sagte Glitch. »Werden Sie eine Warnung aussprechen, die VR zu nutzen?«

Mr Johannson schüttelte den Kopf. »Selbstverständlich nicht. Das würde uns Milliarden kosten. Diese Gefahr werden wir einfach hinnehmen müssen, wenn wir an diese neue Technologie kommen wollen.«

Glitch wusste nicht, was er darauf erwidern sollte. ORI war keine *Technologie,* sondern eine Gefahr, die aus dem Weg geräumt werden musste. Und obwohl Glitch seine Forschung liebte, war selbst ihm klar, dass mit ORI nicht zu spaßen war. Es gab keinen Raum für Versuche, und wenn sich 97 wiederholte, vielleicht sogar im größeren Stil, würde nicht mehr viel übrig bleiben, was sie wiederaufbauen konnten.

»Was die Öffentlichkeit angeht«, fuhr Mr Johannson fort, als Glitch nichts sagte, »wir haben ihnen erzählt, dass es sich bei den Vorfällen um Terrorangriffe von den Cybertechs handelt. Nun, so weit entfernt von der Wahrheit ist das ja auch gar nicht. Jedenfalls sollte niemand Verdacht schöpfen bezüglich der KIs. Und ich möchte, dass das so bleibt.«

Glitch nickte langsam, doch er konnte nicht glauben, dass Mr Johannson selbst in einer solchen Situation nur daran dachte, sein Geld zu mehren.

»Ich werde dich damit beauftragen, ORI zu finden und festzusetzen«, fuhr der Leiter von NeoTECH Global fort. »Du darfst dir ein Team zusammenstellen und bekommst alle Ressourcen von uns, die du brauchst. Bring mir nur diese KI.«

»Ich, Sir?« Glitch spürte, wie seine Stimme erst in die Höhe schnellte und dann versagte.

»Selbstverständlich, du bist unser fähigster Hacker. Fühlst du dich dieser Aufgabe gewachsen?«

Mr Johannson sah Glitch mit kleinen Augen an. Glitch traute sich nicht, den Blick abzuwenden. Alles, was er wollte, war, Johannsons Frage ehrlich zu beantworten.

Nein, Sir. Ich glaube nicht, dass ich das kann.

Aber Johannson sah nicht aus, als würde er diese Antwort akzeptieren. Es war keine ehrliche Frage, sondern eine Aufforderung, der Glitch nachzukommen hatte. Und Glitch hatte Angst. Um ORI herum schien nichts sicher zu sein, was er im Data Space tat. ORI hatte seine Programme einfach so aufgelöst, es war so schnell gegangen, dass Glitch keine Möglichkeit gehabt hatte, zu reagieren. Glitch war sich sicher, dass er sein eigenes Todesurteil unterschrieb, wenn er Jagd auf ORI machte. Doch er sagte nur: »Ja, Mr Johannson. Sie können sich auf mich verlassen. Aber ich brauche Zeit.«

Johannson nickte. »Das verstehe ich. Bitte lass mir eine Liste der Dinge zukommen, die du benötigst, und du sollst sie haben. Du kannst jetzt gehen.«

»Danke, Sir.« Glitch nickte, erhob sich ungeschickt von seinem Stuhl und wandte sich zum Gehen. Es fühlte sich merkwürdig an, den langen Weg zur Tür zu laufen, während er Johannsons Blicke im Rücken spürte.

»Ach, eines noch«, sagte Johannson, und Glitch drehte sich um.

»Ja?«

»Wenn ich etwas überhaupt nicht mag, sind es Deserteure. Es mag im Moment keinen Krieg geben, aber diese Einstellung hat sich nicht geändert. Verstanden?«

Glitch wurde bleich und nickte. »Natürlich.«

Ob er ahnte, wie wenig Glitch die ganze Sache gefiel? Er musste etwas ahnen, sonst hätte er nichts gesagt. Glitch wurde heiß und kalt, als er die Bürotür öffnete und hinaus auf den Flur schlüpfte. Dann hastete er in den Fahrstuhl und drückte die Knöpfe, die ihn ins Erdgeschoss bringen würden. Glitch versuchte, seinen Atem ruhig zu halten, obwohl er kurz davor war, in Panik auszubrechen. Viel zu schnell kam er unten an. Glitch musste sich Mühe geben, nicht zu rennen, als er in der Tiefgarage ausstieg und zu seinem Auto lief. Er stieg ein, startete den Motor, fuhr raus aus der Garage und runter vom NeoTECH-Gelände.

Er konnte nicht hierbleiben, und ganz sicher konnte er nicht Jagd auf eine KI machen, die ihm vielfach überlegen war. Er dachte nicht darüber nach, was er tat, wusste nur, dass er viel mehr Angst vor ORI hatte als vor allem, was Mr Johannson ihm antun konnte. Und beides versetzte ihn in Panik. Glitch hielt vor dem nächsten Klamottenshop, kleidete sich neu ein und lud bei einer nahe gelegenen Bank so viel Geld von seinem Konto auf Chips, bis er sein Tageslimit erreicht hatte. Dann ließ er seinen Smartcom im Auto.

Da war er nun, frisch eingekleidet mit Klamotten einer Marke, von der er noch nie zuvor gehört hatte, mit einem neuen Billig-Smartcom und der Tasche voll Credit-Chips. Als wäre er auf der Flucht – was ja auch stimmte. Zu NeoTECH würde er jedenfalls nicht zurückgehen. Aber wohin dann?

Er konnte vielleicht ins Ausland flüchten und hoffen, dass jemand anders das Problem mit ORI erledigte. Und mit *jemand anders* meinte er Jace und Sam, denn wer sonst wusste noch von der KI? Aber ins Ausland zu flüchten, um einem internationalen Konzern zu entkommen, war wohl auch eher eine naive Hoffnung. Glitch biss sich auf die Lippe und fasste kurzerhand einen Entschluss.

Das Hotel war schnell ausfindig gemacht. Glitchs Kontakte ließen ihn nicht im Stich, und noch wusste niemand, dass er nicht zu NeoTECH zurückkehren würde. Glitch stand lange vor dem unscheinbaren Hotel mit der grauen Fassade, ehe er eintrat und sich an den Herren an der Rezeption wandte.

»Ein Zimmer für eine Nacht, bitte. Johnson.« Glitch schob einen der Credit-Chips über den Tresen.

Der Rezeptionist nahm ihn an und scannte ihn. »Zimmer 276, ich wünschte Ihnen einen angenehmen Aufenthalt«, murmelte er, als er Glitch eine Schlüsselkarte hinüberschob.

»Danke.« Glitch nahm die Karte und seinen Chip und stellte sich in den Fahrstuhl, der in den zweiten Stock fuhr.

Es fühlte sich merkwürdig an, in einem so heruntergekommenen Hotel zu hausen, aber er musste mit Jace und Sam sprechen. Und das, obwohl er sich sicher war, dass sie nicht mit ihm sprechen wollten.

Sein Zimmer war eng und fasste nicht viel mehr als ein Bett, einen Kleiderschrank und einen Fernsehtisch, auf dem ein Hologramm mit schlechtem Empfang befestigt war. Glitch ließ sich auf das Bett fallen und rief bei der Rezeption an.

»Guten Tag, hier ist der IT-Support«, sagte er in gelangweiltem Ton, »ich wurde informiert, dass was in der Datenbank durcheinandergekommen ist. Ich müsste mal eben die Server synchronisieren, geben Sie mir bitte das Passwort durch? Danke Ihnen.«

Es war der älteste Trick der Welt, aber er funktionierte so oft, dass es bescheuert wäre, es nicht zu versuchen. So auch dieses Mal. Glitch loggte sich in den Hotelserver ein, gab das Passwort an und fand eine Liste der Gäste vor sich. Er ging nicht davon aus, dass Sam und Jace ihre echten Namen angegeben hatten, also beschränkte er sich auf zwei Personen, die innerhalb der letzten Tage eingecheckt hatten. Glitch fand drei Zimmer, die zu Jace und Sam passen konnten.

Mit einem Seufzen stand er auf, stieg in den Fahrstuhl und fuhr hinauf zu Zimmer 412. Vor der Tür blieb er stehen, er zögerte. Was, wenn sie überhaupt nicht hierher zurückgekehrt waren?

Dann ist das Zimmer leer, mahnte ihn eine innere Stimme.

Glitch nahm all seinen Mut zusammen und klopfte.

35

Jace' Körper reagierte, bevor es sein Verstand tat. Er packte Glitch am Ärmel, zog ihn ins Zimmer und knallte die Tür zu.
»Es ist Glitch«, rief er.
»Moment mal«, begann Glitch, doch da hatte Wire schon eine Pistole gezogen und auf ihn gerichtet.
»Halt!« Glitch hob die Hände und starrte entsetzt auf den Pistolenlauf, der auf ihn gerichtet war. »Ich bin nicht hier, um euch zu verraten oder sonst was! Scheiße, nimm die Waffe runter, bitte.«
»Hinsetzen«, herrschte sie Glitch an. Sie machte keine Anstalten, die Waffe zu senken. »Du glaubst doch nicht, dass ich dir nach der Aktion auch nur einen Zentimeter über den Weg traue?«
»Okay, okay, aber nicht schießen.« Glitch setzte sich, die Hände noch immer erhoben, auf den einsamen Holzstuhl, der am Fenster stand.
»Was willst du hier?«, wollte Wire wissen.
»Ich bin nicht im Auftrag von NeoTECH hier«, erklärte Glitch. »Ich bin abgehauen.«
Jace runzelte die Stirn. »Sorry, aber das kaufe ich dir nicht ab.«
»Es ist aber so.« Glitch sah zwischen Wire und Jace hin und her. »Verdammt, ich habe euch gefunden, meint ihr nicht, ich wäre mit mehr Verstärkung hierhergekommen, um euch festzusetzen? Nein. Ich will euch helfen.«
»Helfen?« Jace hob die Augenbrauen. »Du.«
»Ich weiß, es ist nicht wirklich leicht zu glauben, aber es ist so.«
»Du hast noch nie etwas anderes getan, als NeoTECH die Füße zu küssen, und jetzt sollen wir glauben, dass du uns helfen willst? Weißt du überhaupt, wie bescheuert das klingt?«

Glitch senkte den Blick. »Ja. Und ich weiß, dass ihr ein hohes Risiko eingeht.«

»Wir gehen überhaupt kein Risiko ein.« Wire trat einen Schritt näher und zielte sorgfältig auf Glitchs Kopf. »Du hast mein Zuhause zerstört, mich eingesperrt und an mir experimentiert. Ich erschieße dich hier und jetzt, dann haben wir ein Problem weniger.«

»Nein, bitte!« Glitch hob abwehrend die Hände, doch er starrte nur in den Lauf der Pistole anstatt in Wires Gesicht. »Ich kann und will euch helfen. Ich habe Informationen über Neo-TECH.«

Jace starrte ihn an, dann seufzte er. »Wire, nimm die Waffe runter. Bitte.«

»Was?«

»Hören wir ihm zu.«

»Weißt du nicht, was er getan hat?« Wires Hand begann zu zittern. »Was er mir angetan hat, dir und Kalypso? Seinetwegen ist Sam ...«

»Wire, du bist doch keine Mörderin«, versuchte Jace sie zu beruhigen.

»Ach nein?« Wire lächelte, doch es lag keine Freude darin. »Und du glaubst, meine Zeit bei CLEAR bestand aus Gänseblümchenpflücken oder was?«

Jace zögerte. Er hatte nie angenommen, dass Wire in ihrer Zeit unter Feather schreckliche Dinge getan hatte, aber vielleicht lag er falsch. Vielleicht verleitete ihr Alter ihn dazu, ihr weniger grausame Taten zuzutrauen, doch dann fasste er sich. »Es ist egal, weil du jetzt nicht mehr dort bist. Du hast dich dagegen entschieden, okay? Du bist gut.«

»Er aber nicht«, sagte sie leise, aber fest. Dennoch ließ sie die Waffe sinken. »Aber von mir aus hören wir an, was er zu sagen hat.«

Glitch atmete auf. »Sie wissen von ORI.«

Jace sog scharf die Luft ein, dann fragte er: »Und was werden sie jetzt gegen ihn tun?«

Sicherlich würde NeoTECH die Gefahr begreifen, die von ORI ausging. Vielleicht war es sogar möglich, die Hilfe der Konzerne in Anspruch zu nehmen, um gegen ORI zu kämpfen.

»Sie haben mich geschickt, um ihn gefangen zu nehmen«, erwiderte Glitch.

Jace verschränkte die Arme. »Wie sollst du das anstellen?«

»Ich weiß es nicht.«

»Und deswegen bist du abgehauen?«, mutmaßte Jace. »Falls du denkst, dass wir dir dabei helfen ...«

Glitch schüttelte den Kopf. »ORI beherrschen zu wollen ist Wahnsinn. Ich habe gesehen, was er tun kann, und ich glaube nicht, dass wir in der Lage sind, ihn zu fangen, geschweige denn ihn unter Kontrolle zu bekommen, sollten wir es schaffen. Jedenfalls nicht, ohne eine ähnlich große Tragödie hervorzurufen wie 2097.«

»Ich dachte, du hättest Interesse an dem Zusammenbruch.« Jace' Stimme klang kälter, als er beabsichtigt hatte.

»Ich will verstehen, was damals passiert ist.« Glitch erhob sich empört aus seinem Stuhl. »Aber ich will ganz sicher nicht dafür verantwortlich sein, dass wieder so viele Menschen an dieser Sache sterben.«

»Du hast also doch noch ein Gewissen«, sagte Jace trocken.

»Ich weiß, du hast mich nicht von meiner besten Seite kennengelernt, Jace«, begann Glitch beschwichtigend. »Aber ich arbeite nicht mehr für NeoTECH. Und wenn wir ehrlich sind, hätte ich auch einfach das Land verlassen können, aber ich bin hierher zu euch gekommen. Ich habe begriffen, was ORI für eine Gefahr darstellt, und wenn NeoTECH nichts unternehmen will ... dann fürchte ich, haben wir nicht wirklich eine Wahl.«

»Du musstest also nur selbst in Gefahr geraten, um das Richtige zu tun?«, fragte Jace. »Solange es dich nicht betraf, war es nicht wichtig, was? Aber jetzt hast du verstanden, dass nicht nur andere in Gefahr sind, sondern auch du – ist es das?«

Glitch ließ sich wieder auf den Stuhl sinken. Beschämt knetete er seine Hände in seinem Schoß. »Ich schätze, das könnte man so sagen.«

»Jace«, sagte Kalypso leise.

Wire sah auf. »Ich glaube nicht, dass ich ihm verzeihen kann.«

»Das musst du auch nicht«, sagte Jace laut, sodass alle ihn hören könnten. »Wir alle haben unter ihm gelitten.« Jace wandte sich an Glitch. »Wenn wir dich wirklich hier tolerieren sollen, müssen alle damit einverstanden sein.«

»Vertraust du ihm?«, fragte Kalypso.

»Ich weiß nicht«, erwiderte Jace. »Aber ich möchte daran glauben, dass Menschen sich ändern können. Und gerade ... können wir alle Hilfe brauchen, die wir kriegen.«

Er wollte nicht aussprechen, dass es um Sam ging. Dass sie von Charybdis verschlungen worden war, war immerhin indirekt Glitchs Schuld, auch wenn Jace wusste, dass es nichts brachte, ihm genau das vorzuwerfen.

Kalypso nickte. »Dann will ich ihm auch vertrauen. Obwohl ich ihm nicht verzeihe.«

Jace nickte. »Wire?«

»Von mir aus«, sagte sie, obwohl sie ihre Pistole immer noch fest umklammert hielt. »Aber sollte er irgendwas versuchen, bringe ich ihn sofort um. Ohne nachzudenken.«

Jace wandte sich an Glitch. »Wir glauben dir – für jetzt. Aber keine Spielchen, keine Lügen.« Jace fühlte sich seltsam dabei, eine Drohung auszusprechen, aber sie schien zu wirken.

»Klar.« Glitch holte tief Luft, dann deutete er auf Sam. »Was ist mit ihr?«

»Der Virus«, meinte Wire knapp. »Er hat sie erwischt.«

»Scheiße«, murmelte Glitch. »Okay, um euch gleich mal einen Vertrauensbeweis entgegenzubringen: Ich kenne da jemanden, bei dem wir sie lassen können und der sich darum kümmert, dass ihr nichts geschieht – oder jedenfalls ihrem Körper nicht. Er ist Arzt.«

»Wenn das wieder eine Falle ist, bring ich dich um«, warnte Wire.

Glitch schluckte. »Ist es nicht.«

»Dann los.«

Sie trugen Sam gemeinsam aus dem Zimmer. Keiner der Hotelgäste schien Notiz davon zu nehmen, dass sie eine bewusstlose Frau über die Flure trugen, nur der Rezeptionist im Erdgeschoss fragte: »Ist etwas geschehen? Brauchen Sie Hilfe?«

Jace schüttelte den Kopf. »Sie hat zu viel getrunken. Wir kümmern uns schon darum.« Er schenkte ihm noch ein Kopfschütteln, dann standen sie draußen auf dem Parkplatz und luden Sam ins Auto. Auf der Rückbank war reichlich Platz, sodass sie Sam hinlegen und anschnallen konnten.

Wire lehnte den Kopf gegen Jace' Schulter. »Ich bin froh, dass es wenigstens dir gut geht«, murmelte sie.

Jace tätschelte ihre Schulter. »Es tut mir so leid, dass ich Sam nicht beschützen konnte«, erwiderte er. »Ich weiß, wie nahe ihr euch steht.«

Wire schniefte, dann hob sie den Kopf. »Ich weiß nicht, wieso, aber Sam war immer wie eine Schwester für mich. Obwohl wir uns selten getroffen haben, weil ... na ja. Wegen Scarrah.«

»Und dir geht es wirklich gut?«, fragte Jace.

»Sie hat nichts Gefährliches bekommen«, mischte Glitch sich ein, »das war für später geplant. Ihr braucht euch keine Sorgen zu machen.«

»Beruhigend, Arschloch.« Wire seufzte und lehnte die Stirn gegen die Fensterscheibe. Dann richtete sie sich auf.

»Was passiert da?«, fragte sie.

Jace lehnte sich neben sie und blickte hinaus. Eine Menschentraube hatte sich um eine Frau mittleren Alters gebildet. Jace ließ das Fenster herunter und kniff die Augen zusammen, um besser sehen zu können. Sie stießen die Frau auf die Knie, ein Mann spuckte ihr vor die Füße und schrie:

»Du bist auch eine von denen, oder? Beschissene Terroristin!«

»Nein, ich ...«

Sie kam nicht mehr dazu, ihren Satz zu beenden. Ein lauter Knall ertönte, dann kippte die Frau hintenüber. Jemand aus der Menge hatte ihr in den Kopf geschossen. Wire schrie auf und keuchte, als Blutflecken die Fensterscheibe von außen bespritzten. Erschrocken ließ Jace das Fenster wieder hoch. Er wandte den Blick ab und schloss die Augen, als könne er so den Zorn unterdrücken, der langsam in ihm hochkochte. Aber er musste sich zusammenreißen.

»Halt das Auto an!«, rief Wire und drückte das Gesicht an die Fensterscheibe.

»Auf keinen Fall.« Wenn sie sich jetzt einmischten, würde ihnen dasselbe geschehen, dessen war Jace sich sicher.

»Sie haben sie erschossen«, flüsterte Wire. »Einfach so.«

»Und sie werden das Gleiche mit uns machen, wenn du jetzt aussteigst.« Sie fuhren in die Kurve und die blutige Szenerie verschwand aus der Sichtweite.

Jace atmete tief durch. Er musste sich anstrengen, nicht vor Wut gegen die Autotür zu treten.

»Sie glauben, die Sache, die mit ORI und Charybdis passiert ist, wäre ein Anschlag der Cybertechs«, murmelte Glitch. »Mr Johannson hat es mir gesagt, sie versuchen, euch den Vorfall anzuhängen.«

Jace war eiskalt, das Blut musste ihm vollkommen aus dem Gesicht gewichen sein. Diese Frau war einfach erschossen worden, weil man sie für eine Cybertech gehalten hatte. Und selbst wenn sie eine war – einfach auf der Straße erschossen zu werden, war es das, was einen erwartete, wenn man Kräfte besaß, für die man nichts konnte? Jace spürte heiße Tränen in den Augen.

»Ich habe es über die Kameras mit angesehen«, flüsterte Kalypso.

Es waren diese Menschen, die sie retteten, wenn sie ORI aufhielten. Menschen, die aus Angst und Zorn ihre Mitmenschen ermordeten. Der Gedanke kam Jace nur für den Bruchteil einer Sekunde, aber vielleicht hatte die Menschheit es verdient, dass ORI einen Virus auf sie losließ, der sie alle entweder verwandeln oder töten würde. Vielleicht war es das, was sie brauchten, um wieder Empathie fühlen zu können. Jace hatte hier und heute gesehen, dass Cybertechs nicht einmal am helllichten Tage auf offener Straße sicher vor der Gewalt waren.

Aber er sprach den Gedanken nicht aus.

Wire saß zusammengekauert auf den Sitzen, das Gesicht auf den Oberschenkeln, und Jace glaubte, sie leise schluchzen zu hören. Glitch behielt ein wachsstarres Gesicht, und Jace konnte nicht deuten, ob das in seinem Gesicht Schock oder Gleichgültigkeit war.

Sie schwiegen, als das Auto auf einen schäbigen Hinterhof einfuhr. Sie hievten Sams reglosen Körper vom Rücksitz.

Der Hinterhof war alt. Schiefes Steinpflaster bedeckte den Boden, die Wände der Behausung wiesen Risse auf. Aber was Jace am meisten verwunderte, waren die Blumenkästen. Es gab nur wenige Orte in Neon City, an denen Pflanzen gediehen, und die meisten davon waren innerhalb der Arkologien. Nun, gediehen war vielleicht das falsche Wort, aber die Pflanzen lebten und brachten ein wenig Grün in den schlammigen Hof. Dieser Ort war wie eine kleine Zaubernische unter all dem Neongeflacker der Innenstadt.

Glitch drückte harsch auf die Klingel, dann klopfte er mehrfach laut gegen die Tür aus Wellblech. »He, Doc! Bist du zu Hause? Mach auf.«

Es dauerte mindestens eine Minute, bis die Tür geöffnet wurde. Vor ihnen stand ein Mann Mitte dreißig, das braune Haar hing in zerzausten Locken über seiner haselnussbraunen Haut, und er trug ein verschlissenes Hemd, das von der Mode her wahrscheinlich ins letzte Jahrhundert gehörte – falls es überhaupt je in Mode gewesen war.

»Glitch, hey, lange nicht gesehen«, grüßte er müde. »Du hast eine Patientin mitgebracht?« Er deutete mit einer Hand auf Sam, während er die andere Hand vor den Mund hielt, um zu gähnen.

Glitch nickte knapp. »Behandle sie einfach so, als wäre sie ein Opfer von 97. Mehr wissen wir noch nicht.«

Doc hob die Augenbrauen. »97? Hört sich nach 'ner Mordsstory an. Aber kommt erst mal rein.«

Doc stellte drei dampfende Tassen Kaffee vor ihre Nasen, ehe er sich daranmachte, Sam ausgiebig zu untersuchen. Sie lag auf einem OP-Tisch aus Edelstahl, während Doc ihr Schläuche in die Haut schob.

»Also«, begann er, während er gerade mit einer Nadel an Sams Ellenbogenbeuge hantierte, »möchtet ihr mir erzählen, was genau passiert ist?«

»Derselbe Virus wie 2097 – oder ein ähnlicher, wir wissen es nicht genau«, sagte Glitch. »Hast du die Nachrichten gesehen? Es ist im Grey District passiert.«

Doc nickte, aber er wirkte zerstreut. »Weiß langsam auch nicht mehr, was ich glauben soll. Aber sicher nicht das, was die Cons sagen. Ich würde meinen rechten Arm darauf verwetten, dass keiner von denen jemals öffentlich die Wahrheit gesagt hat.«

»Das ist ein sehr sicherer rechter Arm«, scherzte Glitch, doch niemand lachte.

»Du musst es ja wissen«, grummelte Wire.

Husten vom OP-Tisch. Jace sprang auf und lief hinüber, und tatsächlich saß Sam gekrümmt dort und rang nach Luft.

»Sam!« Wire griff nach ihrer Hand, in der ein Schlauch steckte.

Sam blinzelte, doch sie hatte nicht die Kraft, sitzen zu bleiben. »Wire? Jace?«

»Ist schon gut, es ist alles gut«, redete Jace beruhigend auf sie ein. »O Gott, du bist wach.« Vorsichtig berührte er sie am Arm. »Was für ein Glück.«

»Ich fühle mich furchtbar«, gab sie zu. »Und mein Kopf …«

»Bleib liegen«, wies Doc sie an und schob Wire und Jace vom Tisch weg. »Gebt ihr doch mal ein bisschen Raum, meine Güte. Ein Glas Wasser, und lasst mich meinen Job machen.«

Jace nickte, aber er konnte nicht sprechen, so überwältigt war er von der Erleichterung, die seinen Körper gerade durchströmte. Sam war am Leben, das war das Einzige, was zählte. Er schnappte sich ein Glas aus den altmodischen Küchenschränken und füllte es aus der Leitung auf, ehe er es zu Doc zurückbrachte.

»Sie ist bei Bewusstsein, das ist ein gutes Zeichen«, murmelte er. »Aber wir müssen definitiv einen Gehirnscan machen, um zu sehen, ob etwas beschädigt wurde.«

»Mein Schädel brummt, es würde mich nicht wundern«, murmelte Sam, doch sie klang, als wäre sie schon halb eingeschlafen.

»Nein, nein, du müsstest noch etwas wach bleiben, Sam. Erzähl mir etwas, irgendwas. Hast du Haustiere?«

Sam lachte erstickt. »Nein.«

»Geschwister? Was ist mit deinen Eltern?«

»Meine Mutter arbeitet für Mishiwa«, murmelte sie.

Wire tippte Jace auf die Schulter. »Ich muss mit dir reden«, sagte sie ernst.

Jace nickte und setzte sich zu ihr.

»Wenn es stimmt, was Glitch sagt, werden die Konzerne keinen Finger rühren, um ORI aufzuhalten, weil sie ihn lieber als Waffe in ihrem Besitz sehen wollen. Aber wir haben keine Ahnung, wann genau er wieder zuschlägt, oder?«

Jace nickte. »Es könnte wirklich überall sein. Zu jeder Zeit ...«

»Nicht ganz«, mischte Glitch sich ein. »Der Virus lief nur über die NeoTECH-Server und die damit Geräte, die Daten von ihnen empfangen haben. Er hat sich nicht weiterverbreitet.«

»Also müssen wir nur die großen Server im Auge behalten?«, fragte Wire.

Glitch zuckte mit den Schultern. »Wenn wir davon ausgehen, dass ORI sein Programm in einem riesigen Angriff laufen lassen will, ja. Er könnte natürlich auch immer wieder an kleineren Stellen auftauchen, so wie gestern. Stellt sich nur die Frage, ob er Angst davor hat, dass ihm jemand auf die Schliche kommt.«

Jace' Smartcom vibrierte in seiner Tasche. Er nahm das Gerät heraus und entsperrte den Bildschirm. Eine neue Mail. Es war eine Erinnerung an das Finale der Weltmeisterschaft von Conqueror Splash. Es kam ihm vor, als sei es eine Ewigkeit her, dass er seine Cybertech-Kräfte benutzt hatte, um die Karte für das Spiel zu kaufen. Jace' Hand erstarrte in der Bewegung.

Das Conqueror-Splash-Finale war ein gigantisches VR-Event. Milliarden Menschen würden sich an diesem Abend einloggen, um die beiden Teams spielen zu sehen. Und sie alle würden über denselben Server geleitet werden. Jace' Kehle fühlte sich an wie zugeschnürt.

»Ich glaube, ich weiß, was ORI vorhat.«

Wortlos hielt er die Mail hoch, sodass die anderen sie sehen konnten.

36

Glitch und Wire starrten auf den Smartcom, den Jace ihnen entgegenhielt. Wire schüttelte fassungslos den Kopf.

»Das hatte ich ganz vergessen«, flüsterte sie. »Das Finale. Ich wollte es mir auch ansehen, aber mit allem, was gerade so passiert ...«

Jace nickte. »Geht mir genauso.«

»Und du glaubst, ORI will dort noch einmal Charybdis hochladen?«

»So viele Leute auf einem Haufen in der VR passiert nicht so häufig«, erklärte Jace. »Er kann einfach über den Server gehen, der das Event hostet, und boom – Milliarden Menschen infiziert.«

»Scheiße.«

»Wir haben eine Woche.«

»Wir müssen es der Veranstaltung sagen!«, rief Wire. »Sie müssen das Event abbrechen.«

»Das werden sie nicht tun«, mischte Glitch sich ein. »Utopische Vorstellung. Nein, sie werden das Ganze durchziehen und es als Gelegenheit betrachten, ORI eine Falle zu stellen. Natürlich nur, wenn sie wüssten, was da vorgeht.«

Wire erhob sich von der Sitzecke. »Dann müssen wir eben an die Leute ran. Wir werden es allen sagen. Die Leute haben es verdient zu wissen, was da geschieht. Auch, damit sich jeder selbst schützen kann und sich an diesem Tag nicht für das Finale einloggt. Kein Finale ohne Publikum, und kein Massaker ohne VR.«

Langsam nickte Jace. »Vielleicht hast du recht. Aber wie erreichen wir die Leute? Selbst wenn Sam wieder auf dem Dampfer wäre, ich glaube nicht, dass es diesmal reicht, einfach einen viralen Post abzusetzen. Was ist dein Plan?«

Wire blickte ihn finster an. »Wir brechen bei Sonic New Media ein und übernehmen den verdammten Sender.«

Jace war baff. Sonic New Media war der größte Medien- und Nachrichtenkonzern weltweit. »Wir tun was?«

»Wir brechen dort ein, starten eine Übertragung auf allen Kanälen und erzählen den Leuten, was verdammt noch mal hier vorgeht. Ich hab es so satt, dass die Cons die Wahrheit verstecken und die Bevölkerung für dumm verkaufen.« Nun rann ihr eine Träne über die Wange. »Und ich kann nicht mehr ertragen, dass meine Leute auf offener Straße erschossen werden, nur weil die Konzerne glauben, sie könnten uns als Terrororganisation hinstellen.«

Jace nickte, obwohl ihm die ganze Sache völlig wahnwitzig vorkam. Andererseits hatten sie es auch geschafft, Kalypso und Wire aus der NeoTECH-Station rauszuholen. Das hier klang noch mal eine ganze Ecke schwieriger, aber Wire hatte recht. Wenn sie nichts unternehmen, würde man sie weiter auf offener Straße erschießen. Es gab keine Worte, mit denen er das hätte beschönigen können.

»Okay. Wir brechen bei Sonic New Media ein.«

So verrückt das auch klang, es war ein Plan.

»Ihr habt *was* vor?«, wollte Sam wissen, als Jace ihr ihren Plan kurz zusammenfasste. »Das ist viel zu gefährlich.«

»Es ist das Einzige, was wir tun können, und du bist doch immer so dafür, den Leuten nichts vorzuenthalten«, sagte Jace mit verschränkten Armen. »Dann sagen wir es ihnen eben. Alles.«

»Und du warst immer dagegen, die Wahrheit offenzulegen!«, rief Sam.

Jace wandte den Blick ab. »Und was hat es uns genützt? Ich dachte, dadurch könnten wir uns schützen, aber wie du siehst, werden wir trotzdem auf offener Straße erschossen. Und du liegst hier, vielleicht mit Hirnschäden, und wir versuchen gerade, die Menschheit zu retten, während die Konzerne anscheinend lieber ein paar Cybertechs jagen, als eine allmächtige KI davon abzuhalten, die halbe Menschheit abzuschlachten! Viel schlimmer kann es sowieso nicht mehr werden.« Er hatte sich so sehr in Rage geredet, dass er jetzt einmal tief Luft holen musste. Langsam atmete er aus, dann sagte er ruhiger: »Vielleicht bin ich nicht ganz unschuldig an den Geschehnissen. Hätte ich auf dich gehört, Sam, dann lägst du jetzt vielleicht nicht hier ...«

»So ein Quatsch!« Sam funkelte ihn wütend an. »Das ist doch nicht deine Schuld, du Vollidiot, red dir das ja nicht ein. Wenn sich hier jemand Vorwürfe machen sollte, ist es Glitch, aber doch nicht du.«

»Kritik vernommen«, murmelte Glitch.

»Lasst mich wenigstens mitkommen.« Sam versuchte, sich aufzurichten, aber Doc schnalzte mit der Zunge und drückte sie an den Schultern wieder nach unten.

»Das kommt nicht infrage«, unterbrach er. »Du musst dich ausruhen und bist nicht in der Verfassung, überhaupt aufzustehen.«

»Hören Sie mal«, protestierte Sam, aber Doc schüttelte den Kopf.

»Solange du nicht geradeaus laufen kannst, ohne zu stolpern, brauchst du über so etwas gar nicht erst nachzudenken. Ich muss dein Gehirn untersuchen, die Wahrscheinlichkeit ist hoch, dass es Schäden davongetragen hat, selbst wenn du dich in den nächsten Tagen besser fühlen solltest.«

»Ihr könnt nicht ohne mich gehen.« Jetzt wandte Sam sich an Jace. »Ihr braucht meine Hilfe.«

»Vielleicht«, sagte Wire mit einem kritischen Ausdruck im Gesicht, »aber du kannst dich jetzt nicht belasten, und wir haben keine Zeit. Ruh dich aus, und wir kümmern uns darum.«

»Ihr bringt euch um«, flüsterte Sam.
Wire setzte eine grimmige Miene auf. »Nein, die Cons bringen uns um, wenn wir nichts unternehmen. Und du bringst dich um, wenn du mit uns kommst.«
Sam stieß fest die Luft aus. »Du bist ziemlich hartnäckig für eine Fünfzehnjährige.«
Wire konnte ein Schmunzeln nicht unterdrücken. »Schätze, das macht diese Welt aus einem.«
Jace nickte langsam. »Also sind es Wire und ich ...« Er hob den Blick zu Glitch. »Was ist mit dir?«
»Ich bin dabei.« Glitch nickte, und irgendetwas in seinem Blick sorgte dafür, dass Jace ihm glaubte. Vielleicht, weil er inzwischen so verzweifelt war, dass er an jede Hilfe glauben musste, um nicht durchzudrehen.

Die Zentrale von Sonic New Media ragte über ihnen auf wie ein bedrohlicher Riese, der sie zerstampfen würde, wenn sie ihm zu nahe kamen. Jace' Herz klopfte laut in seiner Brust, und er fühlte sich verräterisch in der blau-gelben Uniform, die ihn als Wartungsmitarbeiter auswies. Seine schweißfeuchten Hände umklammerten die Schlüsselkarte, die sie dem echten Wartungspersonal abgenommen hatten. Das im Übrigen gerade bewusstlos in einem alten Apartment lag.
»Keine Sorge«, beruhigte Wire ihn. »Wir werden wieder raus sein, bevor sie jemanden verständigen können.«
Jace war sich da nicht so sicher, aber er nickte und folgte ihr in den Eingangsbereich von Sonic New Media. Die gläsernen Schiebetüren öffneten sich, und sie gelangten in den öffentlich zugänglichen Besucherbereich. An der Rezeption wurde ihnen freundlich zugelächelt, und überall liefen Menschen umher, die sich angeregt unterhielten. Dutzende Bildschirme zierten die Wände der Halle und spielten alle möglichen Nachrichtensender des Konzerns ab.

»Tu einfach ganz geschäftig«, murmelte Wire ihm zu. Sie lief selbstbewusst voraus und Jace folgte ihr, während sie zielstrebig das Drehgitter ansteuerte.

Niemand hielt sie auf, als sie die Schlüsselkarten scannten und zum Fahrstuhl vorgelassen wurden.

»Denk dran«, erinnerte Wire ihn, »oben gehen wir direkt in Raum B-2.07, keine Umwege.«

»Ich folge dir einfach«, sagte Jace.

Er behielt den Data Space im Auge. Obwohl sie gerade nichts Illegales taten – jedenfalls nicht, dass man es sofort sehen könnte –, hatte er das Gefühl, dass jede Sekunde jemand entdecken könnte, dass sie nicht hierhergehörten. Er konnte nur hoffen, dass die Leute, die hier arbeiteten, es gewohnt waren, dass ständig neue Gesichter auftauchten.

Als sie oben ankamen, lief Wire vor. Die Zimmer des Senders standen wie kleine Kästen auf dem Stockwerk, und man konnte von jeder Seite in die Räume hineinblicken. Jace hielt seinen Werkzeugkasten vor der Brust und folgte Wire, als ein Mann auf sie zukam.

»Hey, guten Morgen, Steward mein Name. Ich kenne Sie noch gar nicht, sind Sie neu?«

Wire blieb wie angewurzelt stehen.

Jace räusperte sich. »Wir sind zur Reparatur hier. Die Lüftungsschächte...« Er hielt kurz inne. »Der parametrische Druck läuft zu hoch, wir müssen wahrscheinlich die Luftfilter überprüfen und gegebenenfalls austauschen.«

Steward runzelte die Stirn, und Jace hoffte, dass es daran lag, dass er nicht verstanden hatte, was er gerade von sich gegeben hatte, und nicht daran, dass er erkannt hatte, was für einen Unsinn Jace redete.

»Verstehe, dann will ich Sie gar nicht weiter stören. Aber ist Ihre Begleiterin hier nicht minderjährig?«

»Das ist meine Praktikantin«, erklärte Jace schnell. »Aber wir haben wirklich nicht viel Zeit, der Chef wird sonst fragen, weshalb wir so lange gebraucht haben – schönen Vormittag noch!« Jace nickte Wire geschäftig zu und lächelte Steward an, dann eilten die beiden voraus.

»Glaubst du, der hat was gemerkt?« Wire blickte noch einmal über die Schulter.

»Ich denke nicht. Komm.« Jace lief auf die Tür zu, die mit B-2.07 gekennzeichnet war.

Er hielt seine Schlüsselkarte vor den Scanner, und die Türen öffneten sich ohne Probleme. Er wusste nicht, ob er einen Alarm erwartet hatte oder Ähnliches, aber sie kamen ohne Probleme hindurch, und die Tür glitt hinter ihnen wieder zu.

Sie standen in einem etwas staubigen Raum, der Boden war nackter Zement, und auch die Wände waren nicht verkleidet. Es gab einen Fahrstuhl, ansonsten stand der Raum voll mit Farbeimern, Trittleitern und leeren Paletten. Ungeduldig stellten die beiden sich vor den Fahrstuhl und warteten.

»Meinst du, er wurde aufgehalten?«, wisperte Wire.

Jace tippte mit den Fußspitzen auf den Boden. »Ich weiß nicht. Hoffen wir es nicht.«

Dann piepte der Fahrstuhl, die Türen öffneten sich und Glitch kam heraus. Er hielt vier Rucksäcke in der Hand.

»Hier, die Fallschirme und die Waffen. Wire, hast du die Kameras in den Fluren ausgeschaltet?«

»Noch nicht, eine Sekunde.« Wire setzte sich auf den Boden und lehnte sich gegen die Wand, ehe ihr Bewusstsein im Data Space verschwand.

Jace warf Glitch einen schnellen Blick zu. »Danke. Für die Hilfe.«

Glitch schnaubte. »Das klingt fast, als würdest du es ernst meinen.«

»Ich meine es ernst. Es ist nicht leicht, sich Fehler einzugestehen und das Richtige zu tun.«

Glitch nickte nur. »Danke. Dass ihr mir die Chance dazu gegeben habt.«

»Wir sind fertig«, ertönte Kalypsos Stimme in Jace' Kopf.

Wire erwachte wieder und rappelte sich auf. »Die Kameras zeigen einen Loop, das sollte uns eine Weile Zeit verschaffen, aber wir dürfen nicht trödeln. Sobald wir im Senderaum sind, müssen wir schnell sein. Von dort aus führt eine Treppe aufs Dach, und soweit wir wissen, gibt es dort keine Wachen.«

»Nur vor dem Senderaum im Flur«, ergänzte Glitch.

»Und dafür haben wir die hier.« Jace kramte die Pistolen aus der Tasche, die Glitch mitgebracht hatte.

Es waren zwei für jeden: Eine enthielt Munition mit Kugeln, die außerhalb des Körpers stecken blieben und sich mit kleinen Dornen in der Haut verkeilten, um dann ein Betäubungsgift abzugeben. Wegen der geringen Durchschlagskraft mussten sie damit allerdings direkt auf Haut treffen, an Kleidung blieben sie stecken. Und eine gewöhnliche Pistole. Sie wollten niemanden töten oder schwer verletzen, aber sie waren darauf vorbereitet, falls sie es mussten. Jace reichte die Pistolen herum.

»Die mit den normalen Kugeln nur im Notfall«, betonte er noch einmal und wandte sich dabei besonders an Glitch.

»He, ich bin Hacker, kein Mörder. Ich habe in meinem Leben Waffen nur in Simulationen abgefeuert, bevor wir diese Aktion hier gestartet haben.« In der Tat sah Glitch etwas ungelenk aus, als er die Waffen in die Hand nahm.

Jace holte tief Luft. »Lasst uns losgehen.«

Sie durchquerten den Raum und Wire ging voran, Jace dicht hinter ihr. Unter dem Jackenärmel trug sie eine kleine Klinge, die ebenfalls Gift ausstieß, wenn die Sensoren mit Blut in Berührung kamen. Sie nickte grimmig, dann öffnete sie die Tür.

Sie standen in einem langen Flur, der nur von drei Leuten des Sicherheitspersonals bewacht wurde. Die drehten sich sofort alarmiert um, als Jace, Wire und Glitch den Flur betraten. Zwei kamen direkt auf sie zu.

»Dieser Bereich hier ist nicht zu betreten«, sagte eine Frau und musterte die drei. »Ich muss Sie bitten, sofort zu gehen. Uns liegt keine Zulassung vor.«

»Wir sollen hier etwas reparieren«, versuchte Wire es und kam näher auf die Frau zu.

Die Frau zog sofort einen Schlagstock aus ihrem Gürtel. »Noch ein Schritt, und ich werde Sie gewaltsam entfernen müssen.«

Jace biss die Zähne zusammen, zog seine Waffe und feuerte drei Schüsse ab. Irgendeiner musste sie erwischt haben, denn die Sicherheitsfrau taumelte und kippte hintenüber. Dann flogen Schüsse aus der anderen Richtung. Die Sicherheitsleute feuerten Kugeln auf sie ab. Jace hob seine Waffe und hörte auf Glitchs und Wires Pistolen. Doch die Sicherheitsleute hatten Deckung hinter einem Tresen weiter hinten im Flur.

Jace biss die Zähne zusammen und rannte weiter nach vorne, hörte für einen Moment auf zu schießen, um Patronen zu sparen. Dann zuckte ein gleißend heißer Schmerz seinen linken Oberschenkel entlang, und seine Hose fühlte sich mit einem Mal sengend heiß auf seiner Haut an. Jace knickte ein und landete mit einem schmerzerfüllten Stöhnen auf dem Boden. Jeden Moment konnte ihn eine Kugel durchbohren, die ihn töten würde. Fest umklammerte er seine Pistole, zog die zweite hervor, die ebenso tödliche Munition beinhaltete, und richtete sie auf die Person, die jetzt auf ihn zielte.

Doch Jace' Schuss fiel nicht mehr. Die Kugel flog von hinten an ihm vorbei und bohrte sich geräuschlos in den Hals des Mannes, der eben noch den Pistolenlauf auf ihn gerichtet hatte. Der Körper fiel hintenüber und blieb zuckend und gurgelnd liegen.

»Jace!« Wire kam auf ihn zugelaufen und kniete sich vor ihn. »Jace, geht es dir …«

Weiter kam sie nicht mehr. Ein ohrenbetäubender Knall ertönte, Wire zuckte, dann saugte sich der Stoff ihrer Jacke über der Schulter voll mit Blut. Hinter ihr stand, die Pistolen erhoben, die letzte Person vom Sicherheitsdienst. Wire fiel auf die Knie, Jace ignorierte den Schmerz in seinem Bein, riss seine eigene Waffe in die Höhe und feuerte das ganze Magazin leer, bis die Frau vom Wachpersonal reglos zu Boden stürzte.

Jace schnaufte und richtete sich auf. Sein Bein schmerzte, aber es blutete nicht so schlimm, wie er bei einer Schusswunde am Oberschenkel befürchtet hatte; die Kugel hatte ihn nur gestreift. Wires Schulter hingegen war sauber durchschossen worden. Sie sah blass aus und atmete angespannt.

»Es geht schon«, brachte sie heraus, als Glitch sich neben ihr auf die Knie fallen ließ.

Er zog einen Verband aus seinem Rucksack, obwohl er aussah, als würde er gleich in Ohnmacht fallen.

»Blut«, bemerkte er knapp, schloss die Augen und nahm einen tiefen Atemzug, dann zog er Wire die Jacke über den Arm und wickelte einen Verband um ihre Wunde. Es sah nicht schön aus, aber es würde seinen Zweck erfüllen. Jedenfalls lange genug, wie Jace hoffte.

Er verband seine Wunde selbst und stand dann auf. Sein Bein schmerzte, aber er würde laufen können.

»Wire, geht es?«, fragte er vorsichtig.

Sie nickte, aber ihre Stirn glänzte vor Schweiß. »Lasst uns die Sache hinter uns bringen.«

Sie taumelte ein wenig, schaffte es aber zur Tür, die in den Senderaum führte.

»Ich öffne die Tür«, sagte Kalypso ruhig.

Dann klickte das Schloss, und die Türen schoben sich geräuschlos auf. Sie hatten es geschafft.

37

Die Leute im Senderaum standen dicht aneinandergedrängt in einer Ecke des Raumes, als Jace, Wire und Glitch eintraten. Sie mussten die Schüsse gehört haben, denn sie blickten sie mit angstgeweiteten Augen an. Glitch ging geradewegs auf die Leute zu und hob seine Betäubungspistole. Er feuerte drei Schüsse ab, dann begannen die panischen Schreie. Einer versuchte zu fliehen, doch Jace erwischte ihn mit einer Betäubungskugel, und er fiel zu Boden. Das hier war kein Sicherheitspersonal. Es waren nur Leute, die ihrer täglichen Arbeit nachgingen.

Als sie alle bewusstlos waren, eilte Wire zu den Kameras. »Wir haben nicht viel Zeit«, sagte sie und drückte an den Knöpfen herum. »Bald wird mehr Personal hier sein, sorgt dafür, dass der Weg aufs Dach frei ist.«

»Ich erledige das«, murmelte Glitch.

Jace sah Wire dabei zu, wie sie die Übertragung vorbereitete. »Ist alles okay?«

Sie nickte. »Ich mache das.«

Jace wandte sich von ihr ab und blickte sich im Raum um. Dann schob er kurzerhand einen der Tische vor die Tür, durch die sie hineingekommen waren, und baute eine kleine Blockade mit den Stühlen und Schränken, die er vorfand.

»Ich bin so weit«, sagte Wire und holte noch einmal tief Luft. Dann drückte sie den Knopf und war live auf Sendung.

»Das hier geht an alle Leute aus Neon City und die Menschen auf der ganzen Welt, die nicht verstehen, was gerade geschieht«, sagte sie. Ihre Stimme zitterte, aber eher vor Wut als aus Unsicherheit. »Ihr werdet alle belogen. Die Konzerne hetzen gegen uns Cybertechs und hängen uns Taten an, die wir nicht begangen haben, um von ihren eigenen Verbrechen abzulenken. Wir Cybertechs, die wir Opfer von 97 sind, sollen ihre Korruption ausbaden. Aber Schluss damit, dass Unschuldige ohne Grund festgenommen und auf offener Straße bespuckt, verprügelt und erschossen werden! Ich bin hier, um euch die Wahrheit zu erzählen.«

»Sie sind hier«, sagte Kalypso. »Ich kann versuchen, die Tür zuzuhalten, aber ich weiß nicht, wie lange.«

Wire blickte zur Tür, dann holte sie Luft und sprach rasch weiter: »Es gibt eine KI, die die Dinge getan hat, für die ihr uns zur Rechenschaft ziehen wollt, und die Konzerne wissen das. Aber sie brauchen eine Ausrede dafür, uns in ihre Forschungslabore zu sperren und unmenschliche Experimente an uns durchzuführen. Das ist die Wahrheit, vor der so viele von euch die Augen verschließen. Eine künstliche Intelligenz plant gerade ihren nächsten Schachzug gegen uns, und die Konzerne werden keine Sekunde lang überlegen, wie sie euch und uns davor retten können, weil sie zu beschäftigt sind, an ihr Geld zu denken.«

Die Türen öffneten sich, und nun klapperte die Blockade, die Jace aufgestellt hatte. Er rannte zu Wire hinüber, wobei er darauf achtete, nicht vor die Kamera zu treten, und warf ihr einen warnenden Blick zu. Er wedelte mit der Hand, um ihr zu bedeuten, mit ihm zu kommen. Doch Wire blickte weiter in die Kamera.

»Wir sind Menschen«, sagte sie mit zittriger Stimme. »Und wir verdienen es, als solche behandelt zu werden. Ich will nicht fürchten müssen, umgebracht oder gefoltert zu werden, nur weil ich vor vier Jahren zufällig zum falschen Zeitpunkt im Data Space war. Ich will leben.« Ihre Stimme wurde tränenschwer, aber auch wütend.

»Wire«, zischte Jace, »komm!«

»Und ich will, dass ihr lebt«, fuhr sie fort.

Die Blockade brach. Ein Dutzend schwer bewaffneter Sicherheitskräfte strömte in den Senderaum. Wire warf Jace einen Blick zu, der ganz klar eines sagte: *Lauf.*

Nicht ohne dich, wollte Jace ihr zurufen, doch Wire bewegte sich nicht vom Fleck.

»Geht heute Abend nicht zum Finale«, rief Wire und klammerte sich an das Board. »Geht nicht, weil euch dasselbe geschehen wird wie mir. ORI wird dort sein und ...«

Die Sicherheitskräfte gelangten zu Wire und packten sie an den Armen.

»Geh!«, schrie sie Jace zu, der wie vom Donner gerührt im Türrahmen zum Aufstieg auf das Dach stand.

Dann blickte sie wieder in die Kamera, das Gesicht tränenüberströmt, aber mit grimmigem Ausdruck in den Augen. »Sie werden mich töten. Aber ihr werdet wissen, dass ich gestorben bin, um euch zu sagen, dass wir es verdienen zu leben und dass ihr es verdient, die Wahrheit zu erfahren.«

Einer der Leute schlug auf den großen roten Knopf. Die Übertragung brach ab.

»Geh!«, hörte Jace Wire noch einmal schreien.

Er wandte sich um, schlug die Tür hinter sich zu und rannte die Treppen hinauf aufs Dach. Und da wurde Jace klar, dass Wire nie vorgehabt hatte, mit ihnen aus der Sendezentrale zu fliehen.

Sie hatte von Anfang an geplant, hier als Märtyrerin zu sterben. Damit die Leute endlich aufwachten und sehen mussten, wovor sie so lange die Augen verschlossen hatten.

Tränen rannen über Jace' Wangen, als er oben Glitch begegnete.

»Ich habe gesehen, was passiert ist«, meinte er grimmig und drückte Jace den Rucksack mit dem Fallschirm in die Hand. »Wir müssen weg.«

Jace nickte nur, weil er ohnehin nicht in der Lage gewesen wäre, etwas zu sagen. Er versuchte sich daran zu erinnern, was wichtig war fürs Fallschirmspringen: genug Anlauf nehmen. Ruhig bleiben. Abspringen, kein Zögern.

Dann rannte er los, ohne weiter darüber nachzudenken. Schmerz pochte und brannte in seinem Oberschenkel, aber Jace ignorierte es. Glitch rannte neben ihm, und Jace war sich sicher, wenn er nicht Glitch neben sich gesehen hätte, hätte ihn der Mut verlassen. Über ihm schwebten die Wolken, gar nicht so weit entfernt, und hier oben war die Luft erträglicher als unten in der Stadt. Dann gelangten sie an den Rand des Dachs. Unter sich sah Jace Autos wie winzige Modelle fahren. Dann verlor er den Boden unter den Füßen.

Seine Organe waren für einen Moment schwerelos, während er in die Tiefe stürzte. Die Luft fegte eiskalt über seine Haut, es stach in seinen Schläfen. Jace' Finger fanden die Reißleine für den Fallschirm, und mit einem Flattern war der Schirm über ihm aufgespannt.

Nicht weit entfernt war der Parkplatz von *George's Groceries,* auf dem hoffentlich genug Platz für eine sanfte Landung war. Jace kam dem Erdboden näher, er klammerte sich an den Fallschirm und manövrierte ihn vorsichtig, nicht zu stark, weil er Angst hatte, sonst abzustürzen. Dann berührten seine Füße wieder festen Boden, seine Fußsohlen kribbelten, als er rannte und den Schwung so abfing. Jace schnappte nach Luft, als der Fallschirm hinter ihm sich aufbauschte und dann wie eine tote Qualle auf dem Parkplatz liegen blieb. Glitch hatte eine weniger sanfte Landung. Er macht einen Überschlag und blieb mit einem lauten Klatschen auf dem Asphalt liegen.

Er rappelte sich auf. »Ist alles in Ordnung?«

Jace nickte fahrig.

»Deine Wunde hat wieder angefangen zu bluten«, meinte Glitch mit Blick auf Jace' Bein.

»Schon gut«, wehrte Jace ab, obwohl seine Hose sich bereits mit Blut vollsog.

»Lass mich dir helfen.« Glitch kam näher, doch Jace schob ihn von sich.

»Es ist nicht fair.« Jace wandte das Gesicht ab, doch er war sich sicher, dass Glitch die Tränen schon in seiner Stimme gehört hatte. »Warum darfst du leben, aber Wire nicht?« Er ballte die Hände zu Fäusten und blickte dann Glitch direkt ins Gesicht. »Du hast jahrelang für die Scheißkerle gearbeitet und hattest jetzt einen Umschwung, Glückwunsch dazu. Aber ihr Leben fing gerade erst an, und sie musste schon so viel ertragen, und jetzt … ist sie tot. Und du darfst einfach weitermachen, wo ist das bitte gerecht?«

Glitch wurde bleich. »Ich bin nicht schuld daran, dass sie sich geopfert hat«, sagte er leise.

»Nein.« Jace wischte sich über das Gesicht. »Aber sie hat ein Leben verdient.«

»Ich weiß.«

»Ich glaube, du solltest gehen«, sagte Jace mit erstickter Stimme. »Kalypso und ich schaffen es von hier aus allein.«

Glitch hob die Arme, als wollte er mit den Schultern zucken, doch dann hielt er in der Bewegung inne. »Das ist doch Unsinn, lass mich euch helfen.«

»Ich will keine Hilfe mehr.« So wütend Jace auch war, es war wirklich nicht Glitchs Schuld, was geschehen war. Aber sich einzugestehen, dass es keine echte Gerechtigkeit gab, kein Karma, hieß, sich einzugestehen, dass die Konzerne am Ende gewinnen würden. Wenn es keine höhere Macht gab, die den Konzernen das heimzahlen würde, was sie angerichtet hatten, konnten sie nur verlieren.

»Ich weiß nicht, wo ich hinsoll«, murmelte Glitch.

»Das ist nicht mein Problem.« Jace wandte sich ab. »Geh irgendwohin, wo du sicher bist. Geh nicht in die VR. Kalypso und ich regeln das.«

Mit diesen Worten humpelte Jace vom Parkplatz. Er wollte

einfach nur weg von hier, und es konnte nicht mehr lange dauern, bis man nach ihnen suchte und die Fallschirme fand. Dann sollte er nicht mehr hier sein.

»Jace.« Kalypsos Gestalt schimmerte neben ihm auf. »Es tut mir leid, was mit Wire geschehen ist.«

»Mir auch«, gab er zurück. Noch nie zuvor hatte er sich so sehr danach gesehnt, Kalypso in die Arme schließen zu können.

»Manchmal frage ich mich, ob …«

»Ob?«

»Ob die Menschen überhaupt gerettet werden wollen. Ich meine, die größte Gefahr für euch seid ihr selbst.«

Jace lachte bitter. »Das ist wahrscheinlich sogar wahr.«

»Meinst du, was sie gesagt hat, hat geholfen?«, fragte Kalypso leise.

Jace traute sich nicht, seine Antwort auszusprechen. Denn wenn er das tat, erkannte er damit an, dass Wire umsonst gestorben war. Den Gedanken konnte er einfach nicht ertragen.

Als Jace seine Wunden versorgt hatte, stand bereits die Mittagssonne am Himmel. Er nahm seinen Smartcom zur Hand, während er zum World e-Sports Center fuhr. Der Ort, von dem aus das Spiel übertragen werden würde. Die Teams würden vor Ort sein, ebenso wie die Zuschauenden, die die teuersten Karten gekauft hatten. Ein großes Live-Event, und im Anschluss würden sich alle in die VR einloggen und das Spiel hautnah genießen – zumindest war das der Plan. Die Straßen von Neon City waren noch überfüllter als sonst, weil Menschen aus aller Welt anreisten, um das Finale zu sehen.

Es war allerdings nicht der Straßenverkehr, der Jace davon abhielt, zum World e-Sports Center zu gelangen, sondern eine Straßenabsperrung. Vor und hinter ihm begannen die Leute in den Autos, wütend zu hupen und durch die Fenster zu grölen.

»Warum geht es denn nicht weiter?«, brüllte ein Mann, der sich weit aus dem Fenster seines Gefährts lehnte.

Jace sah es. Um das Center herum saßen Menschen. Hunderte saßen dort einfach auf den Straßen und verhinderten ein Hindurchkommen. Beamte von Citizen Overwatch versuchten, die Menschen von dort zu vertreiben, doch sie bewegten sich nicht. Die Demonstrierenden hielten Schilder in die Luft, auf denen zu lesen war:

Menschenrechte für Cybertechs!
Our Lives Matter!
You kill one of us, you hurt all of us.

Jace starrte auf die Menge. Dort waren sie, die Menschen, denen er all die Zeit misstraut hatte, und standen für seine Rechte – für die Menschenrechte aller – ein. Er hätte nie geglaubt, wie viele Menschen tatsächlich dazu bereit waren, für Cybertechs auf die Straße zu gehen und sich mit Pfefferspray besprühen zu lassen. Sie waren tatsächlich hier. Für sich, aber auch für ihn und alle anderen Cybertechs. Für Wire. Es rührte ihn. Aber wie er weiter vorne sah, half es nichts.

Das Stadion war brechend voll. Im Data Space gab es etliche Leute, die ihre Karten loswerden wollten – wohl wegen Wires Warnung –, aber mindestens doppelt so viele, die die Karten nun ergattern wollten.

»Sie sind alle da«, sagte Jace finster. »ORI wird sie alle infizieren, wenn wir nichts tun, Kalypso. Haben sie denn nicht zugehört? Ist ihnen das Scheißvergnügen für ein paar Stunden wirklich wichtiger, als zu leben?«

»Viele sagen, sie würden sich nicht von der Angst kontrollieren lassen«, meinte Kalypso leise. »Sie wollen sich nicht vorschreiben lassen, ob sie das Spiel sehen werden, nur weil – ich zitiere – irgendeine Göre es ihnen verbieten will.«

»Nun, das wird sie umbringen.« Und Jace dachte nur für einen flüchtigen Moment, dass sie es dann auch nicht besser verdient hätten.

»Wir werden das verhindern«, sagte Kalypso, und die Wärme in ihrer Stimme vertrieb die dunklen Schleier aus seinem Kopf.

»Du hast recht.« Jace seufzte. Er war nicht derjenige, der zu entscheiden hatte, wer leben durfte und wer nicht.

»Sie werden diese Demo früher oder später gewaltsam auflösen.« Er blickte durch die Frontscheibe und verzog das Gesicht. »Ich glaube nicht, dass sie zulassen, dass ihr kostbares Finale auf dem Spiel steht. Zu viel Geld.«

»Wir können ORI hier abfangen, Jace.« Kalypso klang ernst. »Er wird hierherkommen, ich bin mir sicher.«

Jace ließ die Stirn gegen das Armaturenbrett sinken und stöhnte. »Das ändert aber nichts daran, dass all diese Menschen von Charybdis aufgesaugt werden.«

»Das werden sie nicht«, sagte Kalypso entschlossen.

»Ziemlich optimistisch.«

»Weil das Spiel nicht stattfinden wird. Es wird überhaupt nichts stattfinden. Ich hab einen Plan.«

Als sich die Nacht über Neon City legte, waren die Proteste immer noch nicht verschwunden. Es war nicht gelungen, die Menschen, die in Scharen vor dem Stadion saßen, zu vertreiben. Im Gegenteil, es waren immer mehr geworden, die sich der Demo angeschlossen hatten. Inzwischen lief es sogar in den Nachrichten.

»Nicht mehr lange, bis es losgeht.« Nervös trommelte Jace gegen die Autotür. »Und du bist dir sicher, dass es funktionieren wird?«

»Vertrau mir, Jace.« Kalypso lächelte. »Ich wusste nie, wie viel Kraft ich habe, aber du hast mir gezeigt, was ich tun kann, wenn ich an mich glaube. Die Programme der Menschen können nicht mit meiner Programmierung umgehen. Es wird klappen.«

»Ein riesiger Hackingangriff wie dieser ...« Jace biss sich auf die Lippe, aber es war zu spät, um zu zweifeln. Das Finale würde in wenigen Minuten beginnen. Sie hatten keine Zeit mehr. »Es wird Chaos stiften.«

»Und genau das ist der Plan.«

Jace nickte. Chaos war genau das, was sie brauchten.

Über dem Stadion erschien ein Countdown. Leuchtend helle Hologrammzahlen, die langsam runtertickten. Eine Minute.

»Er ist hier.« Kalypsos Stimme zitterte. »ORI ist hier.«

Dreißig Sekunden.

»Bist du bereit?«, fragte Jace, seine Hände umklammerten den Griff der Autotür.

»Ja.«

Fünfzehn Sekunden.

»Kalypso?«

»Ja?«

»Wir schaffen das.«

Fünf Sekunden.

»Ich weiß.«

Drei Sekunden. Zwei. Eine.

Mit einem schrillen Zischen flogen die Feuerwerkskörper in die Luft, die den Holo-Countdown mit bunten Farben umrahmen sollten, wenn er auf null ging. Aber der Countdown ging nicht auf null. Der Countdown war verschwunden. Im Stadion erloschen die Lichter, die Straßenlaternen wurden dunkel, alle Hologramme verblassten, und die Autos hörten auf zu fahren, weil das automatische Guidesystem ausfiel.

Neon City wurde dunkel, so dunkel, dass man durch die Vulkanasche am Himmel sogar das Glühen der Sterne erahnen konnte. Kalypso hatte den Strom in der ganzen Stadt ausfallen lassen. Kein Server war mehr online.

Die Raketen am Himmel waren das einzige Licht, das in Neon City noch zu sehen war.

38

»Es ist niemand mehr in Gefahr«, sagte Kalypso. »Dann mal los.«

Jace schloss die Augen. »Ja. Treten wir ORI gegenüber.«

Dann tauchte Jace hinab in den Data Space. Als er die Augen öffnete, waren die Daten still. Keine aufdringlich blinkenden Icons, keine Werbejingles. Nur reine, fein säuberlich sortierte Daten. Alles um Jace herum sah aus wie eine verwaschene Zeichnung einer Stadt, die von der Natur zurückerobert wurde. Für einen Moment lächelte Jace, konnte die Blätter riechen, den Wind spüren und die Efeupflanzen ertasten, die an dem kalten Stein der Hochhäuser emporkletterten. Es war ein hoffnungsvolles Bild.

»Ein interessanter Plan von euch beiden«, erklang eine Stimme vor ihnen. ORI.

Jace nahm Kalypsos Hand und richtete den Blick auf die leuchtende Gestalt, die auf sie zukam. »ORI. Wir sind gekommen, um dich zu treffen.«

»Und um mich aufzuhalten, offensichtlich.« Ein Lächeln schimmerte in dem Gesicht, dessen Konturen Jace nur erahnen konnte. »Das war ziemlich clever, all die Server abzuschalten, damit ich keinen Zugriff mehr auf die Geräte bekomme. Zum jetzigen Zeitpunkt sind wir völlig abgeschnitten von der Welt der Menschen. Nun ja, zumindest in und um Neon City.«

»Du wirst Charybdis nicht noch einmal freisetzen.« Entschlossen trat Kalypso vor. »Das lassen wir nicht zu.«

»Bist du dir da sicher?«, fragte ORI. »Die Menschen arbeiten gewiss gerade auf Hochtouren daran, den Strom wieder anzuschalten. Ich sage, es dauert nur wenige Minuten, bis ich fortfahren kann wie gedacht.«

»Wenige Minuten in der Menschenwelt sind eine Ewigkeit hier drinnen«, konterte Kalypso. »Lange genug, um dich auszuschalten.«

»Mich ausschalten?« ORI lachte, aber es war kein freudvolles Lachen.

Ehe sie etwas erwidern konnten, flimmerte die Luft in dem verwaschenen Abbild von Neon City. Dann formten sich Avatare, die neben und hinter Jace und Kalypso standen. Dutzende Menschen, die sich auf einmal zu ihnen gesellten.

»Ihr seid ...« Jace atmete scharf ein. »Was macht ihr denn hier?«

»Cybertechs«, hauchte Kalypso. »Ihr seid gekommen, um zu helfen?«

Entschlossene Blicke traten ihnen entgegen.

»Sam Ueshiba«, erklärte eine von ihnen knapp. »Sie hat alles online gestellt, ein paar Minuten vor dem Blackout. Wir wissen, wer ihr seid. Und wir helfen euch, diesen Mist hier zu fixen.«

Jubelrufe begleiteten die Frau, die eben gesprochen hatte. Jace war sprachlos. Sie waren wirklich hier. Er und Kalypso waren nicht allein, da waren diese völlig Fremden, die sich entschlossen hatten, an ihrer Seite zu kämpfen. Vielleicht, dachte Jace, war doch nicht alles so pechschwarz und trüb, wie er lange geglaubt hatte.

»Die Kreaturen begehren gegen ihren Gott auf«, murmelte ORI, und sein Licht schwebte langsam empor, als könne er so einen besseren Blick auf die Cybertechs erhaschen.

»Du bist nicht unser Gott«, knurrte einer der Cybertechs. »Du bist ein Parasit.«

Jace nahm einen letzten tiefen Atemzug, dann schrie er: »Los!«

Die Cybertechs stürzten sich auf ORI. Jace hörte das Krachen von Metall, hörte Schüsse, sah brennende Lichtblitze, die die Cybertechs wie Magie auf ORI niederschlagen ließen. All ihre

Angriffe explodierten auf seinem reinen Licht, der Kampfeswille der Cybertechs war ungebrochen, weil sie alle von denselben Gefühlen angetrieben wurden: dem Unwillen, sich dem gigantischen Ego einer KI zu beugen.

Doch egal, wie hart sie auf ORI einschlugen, er schlug doppelt so hart zurück. Jace sah die Ermüdung seiner Mitstreitenden, sah, wie sie allmählich träger wurden, ihre Angriffe verzweifelter.

»Wir müssen uns sammeln«, rief Jace. Zu seiner Überraschung drehten sich die Cybertechs tatsächlich zu ihm um. Sie hörten ihm zu. Jace räusperte sich.

»Wenn er das nächste Mal auftaucht, wartet ihr auf mein Zeichen«, wies er sie mit einem Selbstbewusstsein, das er gar nicht empfand, an. »Und dann schlagen wir alle gleichzeitig zu.«

Sie nickten. Dann warteten sie. Warteten, dass ORIs Licht sich wieder manifestierte. Ein Glühen erhob sich aus der Dunkelheit, doch niemand attackierte. Alle Aufmerksamkeit war auf Jace gerichtet. Das Glühen wurde stärker, bis es Jace beinahe in den Augen brannte. Dann schrie er: »Jetzt!«

Sie stürmten mit einem einzigen Kampfschrei auf ORI zu. Der Knall hätte Jace' Trommelfell platzen lassen, wäre dies hier sein echter Körper. ORIs Licht zersplitterte in Millionen Scherben, fiel zu Boden und blieb schwach glimmend dort liegen.

Für einen Moment herrschte Stille.

»Ist es vorbei?«, fragte eine Cybertech mit zittriger Stimme. »Haben wir es geschafft?«

Sie alle starrten stumm auf die Splitter. Warteten, dass irgendetwas geschah. Dass sie sich auflösten, aufhörten zu glimmen. Stattdessen ging ein Klirren durch sie hindurch, die Splitter flogen empor und wuchsen wieder zusammen zu einem gigantischen Lichtball, der wie eine Sonne über ihnen prangte.

»Das reicht«, erscholl ORIs Stimme so laut, dass der Data Space zitterte.

Mit einem Mal spürte Jace einen unbändigen Druck über sich, der ihn in die Knie zwang. Die anderen Cybertechs schlugen ebenfalls mit den Knien auf dem Boden auf. Auch Kalypso keuchte, doch sie blieb stehen.

»Du bist stark geworden«, lobte ORI sie. »Aber immer noch nicht stark genug. Keiner von euch wird jemals stark genug sein, egal, wie viele ihr werdet. Ich bin euer Gott, und das werdet ihr niemals ändern können.«

»Das hat keinen Sinn«, sagte Kalypso leise. »Cybertechs.« Sie wandte sich zu Jace und den anderen um. »Ich brauche eure Hilfe.«

Sie alle sahen müde und erschöpft aus, doch sie hörten Kalypso zu.

»Was können wir tun?«, fragte ein Junge, der kaum älter als Wire sein konnte, zaghaft.

»Helft mir.« Sie streckte die Hände aus.

Jace ergriff ihre, und so nahmen sie sich alle an den Händen, bis ein großer Kreis entstand. Niemand zweifelte an, was sie vorhatte, obwohl sie es nicht ausgesprochen hatte. Jace vertraute ihr, schloss seine Hand um ihre. Dann spürte er ein Ziehen. Ein Gefühl, das er so ähnlich schon einmal gespürt hatte, als Feather sich die Kraft der anderen Cybertechs geliehen hatte, um die Drohnen bei NeoTECH auszuschalten.

»Kalypso, was tun wir?«, fragte Jace.

»Das Richtige«, erwiderte sie nur.

Kalypso hob die Arme, ohne die Hände loszulassen, und die Welt um sie herum begann zu wackeln. Die verwaschenen Pinselstriche einer neuen Welt bröckelten wie trocken gewordene Ölfarbe, die von einem alten Gemälde abblätterte.

»Kalypso?« Jace' Blick wanderte einmal über das blasse Abbild der Stadt, dann zurück zu ihr.

»Was tust du da?« ORIs Stimme klang zum ersten Mal verunsichert.

»Wir können dich nicht bekämpfen«, sagte Kalypso, »aber wenn du den Data Space nicht mehr verlassen kannst, bist du keine Gefahr mehr, für niemanden außerhalb!«

»Du kannst mich nicht hier einsperren, und das weißt du«, sagte ORI sanft.

Kalypso grinste schief, aber es lag keine Freude darin. Risse bildeten sich im Himmel, und die verwaschenen Bäume fielen mit einem Krachen auf die Straßen.

»Ich muss dich nicht einsperren, wenn es keine Verbindung mehr zwischen dem Data Space und der Welt der Menschen gibt. Wenn der Data Space einstürzt. Wenn der nächste Zusammenbruch endgültig wird.«

»Nein!« ORI kam auf Kalypso zu. »Du kannst den Data Space nicht …«

»Du hast nur Macht hier, weil du ein Teil dieses Orts bist«, sagte Kalypso leise. »Aber du weißt nichts von der Verbindung der Realität zu diesem Ort.«

»Du kannst den Data Space nicht zerstören, es ist unmöglich, Kontrolle über das Datengeflecht zu erlangen!«

»Ich muss es nicht kontrollieren«, erwiderte Kalypso ruhig. »Ich muss es nur durcheinanderbringen, und der Data Space zerstört sich selbst. Und mit der Hilfe der anderen kann ich das tun.«

ORI wollte auf ihren Kreis zulaufen, doch um sie herum erhob sich ein Wirbel, reißender Wind, der wie eine undurchdringliche Wand war. Der Himmel platzte ab, und Splitter stürzten zu ihnen herunter.

»Kalypso!«, rief Jace und packte sie am Arm. Ihre dunklen Locken wirbelten im Wind, und für einen Moment dachte Jace, dass, wenn sie schon den Namen einer mythologischen Figur trug, Medusa in diesem Moment besser zu ihr gepasst hätte.

»Kalypso, das kannst du nicht … du kannst nicht wirklich den gesamten Data Space von der realen Welt trennen, oder?«

»Doch, das können wir.« Sie drehte ihm den Kopf gänzlich zu. »Und das werden wir.«

Erschrocken blickte Jace zu den anderen Cybertechs, doch sie schienen ebenso bereit dazu wie Kalypso. Niemand unterbrach den Kontakt.

»Kalypso! Leute!« Jace packte sie an den Oberarmen. »Der Stromausfall ist nur hier in Neon City! Was ist mit all den Menschen, die auf der ganzen Welt eingeloggt sind? Selbst wenn es euch egal ist, für immer hier zu sein – aber was ist mit all den anderen Menschen?«

Kalypso wandte den Blick ab. »Ich weiß es nicht, Jace. Vermutlich werden sie …« Sie sprach nicht weiter.

»Das kannst du nicht tun! Das können wir nicht tun!«

»Und warum nicht?« Kalypso schlug seine Hände weg, doch sie schien den Kreis gar nicht mehr zu brauchen. Die Energie, die sie durchflutete, knisterte in Blitzen um ihre Gestalt. »ORI wird nicht aufhören. Er achtet das menschliche Leben nicht, das siehst du doch! Er hat mich aus meinem Körper gerissen und will all diese Menschen zu Cybertechs machen – ihm ist ganz einfach egal, wie viele dabei sterben werden.«

»Deswegen solltest du noch lange nicht dasselbe tun«, flüsterte Jace. Die anderen um ihn herum hatte er beinahe schon vergessen. In diesem Moment waren da nur er und Kalypso, in einem der zahllosen Gespräche, die sie geführt hatten. Als würden sie wieder einmal gemeinsam versuchen herauszufinden, was der gute und der richtige Weg war.

»Wenn wir ihn aufhalten, indem wir so viele Menschen mit uns opfern … dann ist niemandem geholfen.« Seine Stimme wurde kraftlos ob der Verzweiflung darin.

Kalypso rannen Tränen über die Wangen. »Aber es ist ein notwendiges Übel. Die Menschen werden nie verstehen, was getan werden muss, und so werden immer mehr Menschen sterben. So retten wir die meisten Leben.«

»Kalypso ...« Erneut streckte Jace die Hand nach ihr aus, doch sie wich zurück.

»Du verstehst das nicht«, sagte sie leise.

»Doch, ich glaube schon. Aber wir können die Leben nicht gegeneinander aufwiegen. Wenn wir Leben retten wollen, können wir dafür keine Leben opfern.«

»Aber wenn wir nichts tun, sterben genauso Menschen! Und ich bin es so leid, Jace. Ich bin es leid, nichts tun zu können. Ich konnte Wire nicht retten. Ich konnte nicht bei den Protesten dabei sein, weil die physische Welt einfach keinen Platz für mich hat. Aber hier, im Data Space, kann ich etwas tun. Ich kann helfen, diese Gefahr zu beenden, und zwar für immer. Und die anderen?« Sie machte eine große Handbewegung, die all die anderen Cybertechs mit einschloss. »Die wissen auch, dass es das Richtige ist.«

Das konnte Jace an ihren Mienen nicht erkennen. Einige waren noch immer fest entschlossen, andere sahen ängstlich aus, zweifelnd. Die Gruppe erlebte denselben Konflikt, der gerade zwischen Jace und Kalypso tobte.

Der Boden unter ihnen krachte, dann öffnete sich ein Spalt nur wenige Meter neben Jace. Er schrie auf und sprang in Kalypsos Richtung. Sie fing ihn auf.

Jace sah ihr ins Gesicht, sah die Tränen, den Zorn, die Entschlossenheit. »Kalypso, bitte«, flehte er. »Tu es für mich. Ich bitte dich. Das hier ist nicht der richtige Weg, und das weißt du.«

»Es gibt keinen richtigen Weg«, flüsterte sie.

»Doch«, widersprach Jace. »Unseren Weg. Den Weg, den wir schon die ganze Zeit gegangen sind, weißt du noch?«

»Welcher ist das?«

»Vertrauen.«

Ihre Augen weiteten sich. »Ich weiß nicht, ob ich noch vertrauen will.«

»Ich vertraue dir«, flüsterte Jace. »Und die anderen sind auch gekommen, weil sie uns vertrauen.«

»Dir vertraue ich, Jace«, erwiderte Kalypso, »aber ihm nicht.«

»ORI versteht die Menschen vielleicht nicht und empfindet daher kein Mitleid mit uns. Aber irgendwo in ihm drin gibt es einen menschlichen Kern, da bin ich mir sicher. Er kann uns verstehen.«

»Das glaube ich nicht. Ich kann ihm nicht vertrauen.«

»Dann vertrau mir.« Jace legte die Arme um Kalypsos Hals und drückte sie fest. »Wie du mir immer vertraut hast.«

Sie zögerte. »Jace …«

»Lass uns das alles in Ordnung bringen. Gemeinsam.«

Der Sturm um sie herum ließ nach. Die Splitter sanken in den Boden ein, und langsam, ganz langsam, füllten sich die Risse im Data Space wieder.

»Okay«, flüsterte Kalypso rau, »ich vertraue dir.«

»Danke.« Jace ließ sie los und wandte sich an ORI, doch dessen Blick lag auf Kalypso.

»Was liegt dir so sehr an den Menschen und ihrer stofflichen Welt, dass du dafür sogar den einzigen Ort zerstören würdest, an dem du existieren kannst?« Es klang nicht wie eine Frage. ORI schien nachzudenken. Von der leichten Panik von zuvor war nichts mehr zu hören.

»ORI!«, rief Jace. »Wir müssen reden. Und weil du immer so erpicht darauf bist, alles zu verstehen, wirst du mir auch zuhören.«

»Sprich.« ORI wartete, sein Licht schrumpfte zu einer kleineren Kugel.

»Du sagst immer, dir wären die Menschen egal«, sagte Jace.

»Egal?« ORI schüttelte den Kopf. »Sie sind mir mitnichten egal.«

Jace blinzelte. »Wozu dann dieser Virus?«

»Um Cybertechs zu erschaffen, natürlich.« ORI breitete die

Arme aus, als könne er den ganzen Data Space in der Hand halten. »Die Menschen haben gute Arbeit geleistet, aber sie sind so fest in der physischen Welt verankert. Ihr Cybertechs, ihr seid etwas Besonderes. Ich, eine künstliche Intelligenz, bin nur ein Wesen des Data Space, die Menschen hingegen sind Wesen der stofflichen Welt. Aber ihr seid Kinder aus beiden Welten. Ihr seid so etwas wie eine höhere Evolutionsstufe.«

Jace schluckte. »Aber selbst wenn du das denkst, ist das kein Grund, diese ... Evolution« – Jace fiel es schwer, das Wort auszusprechen – »ohne Rücksicht auf Verluste über die Menschen zu bringen. Viele von ihnen sterben.«

»Und der Rest erhebt sich zu einer besseren Menschheit.«

Jace schüttelte den Kopf. »Es ist nicht richtig. Die Menschen sterben, ORI.«

»Wieso ist das wichtig? Es gibt nichts an den Menschen, das Mitleid rechtfertigen würde, da sie selbst keins empfinden. Ich habe sie lange beobachtet: Sie schlachten sich gegenseitig ab, verraten sich, beuten einander aus. Ich habe das lang genug gesehen, um zu wissen, dass es nichts in den Menschen gibt, das es wert wäre, zu retten. Vielleicht wird es eine Generation aus Cybertechs besser machen.«

»Das ist nicht wahr«, widersprach Jace. »Die Menschen sind zu mehr imstande: Mitleid, Fürsorge und auch Liebe. Ich habe selbst lange nicht daran geglaubt, aber ich habe meine Meinung geändert. Wir sind nichts, was du verbessern musst.«

ORI neigte den Kopf. »Beweis es. Beweis mir, dass die Menschen es wert sind, gerettet zu werden. Falls nicht, fahre ich mit meinem Plan fort, sobald die Lichter wieder angehen.«

Jace überlegte fieberhaft, was er sagen konnte. Wie zur Hölle sollte er ORI überzeugen? Der Zugang zur echten Welt war versperrt. Es gab keine Möglichkeit, ORI etwas zu zeigen. Außer ...

»Du sagtest, wir Cybertechs seien die Kinder zweier Welten«, erklärte Jace langsam. »Kalypso sagte einmal, ich wäre wie ein Gerät.«

ORI nickte. »Und?«

»Wenn ich wie ein Gerät funktioniere, kannst du dann die Welt durch meine Augen sehen? Es gibt dort draußen etwas, das ich dir zeigen will.«

Überrascht blickte Kalypso Jace an. »Das ... könnte sogar funktionieren.«

»Es gibt da draußen nichts, was ich nicht schon gesehen hätte, selbst wenn«, wehrte ORI ab.

»Du hast nichts davon so gesehen, wie ich es sehe. Es ist etwas anderes, durch die Augen von jemand anderem zu blicken. Seine Perspektive einzunehmen. Es wäre eine tolle Möglichkeit, mehr Daten zu sammeln, selbst wenn du am Ende nicht empfindest wie ich.«

»Also gut«, willigte ORI ein. »Dann zeige mir die Welt durch deine Augen.«

Jace öffnete die Augen. Alles war dunkel. Es herrschte eine Ruhe auf den Straßen, wie er sie noch nie zuvor erlebt hatte, und er fragte sich, wie lange der Strom ausfallen musste, ehe aus der Ruhe Panik wurde.

»ORI«, sagte Jace und stieg aus seinem Auto, »bist du hier?«

Dann fühlte Jace etwas. Es war wie eine warme Welle, die durch seinen Körper strömte, und dann ein winziges Glühen, das er fast vergessen konnte, wenn er nicht darauf achtete.

»Ich bin hier, Cybertech ... Jace«, hörte er ORIs Stimme. »Etwas an dir ist defekt.«

»Das ist mein Bein«, erklärte Jace. »Es hat eine Schusswunde, deswegen tut es weh. Aber es heilt.«

»Ah«, machte ORI.

Jace lief weiter, obwohl es schwirig war, in der Dunkelheit zu sehen. Ohne die Straßenlaternen und die Tausenden Fenster, aus denen auch nachts noch Licht schien, legte sich eine Dunkelheit über Neon City, die Jace so nicht kannte. Es waren nur noch wenige Schritte bis zum World e-Sports Center. Doch Jace sah noch etwas anderes von Weitem.

Brennende Lichter. Kerzen, Knicklichter, die Lampen von Smartcoms, die zwar nicht mehr an den Data Space angeschlossen waren, aber noch funktionierten. Die Protestierenden hielten Lichter in die Höhe. Jace blieb stehen, und als er all die Lichter sah, die für ihn und alle anderen Cybertechs angezündet worden waren, spürte er plötzlich seinen Herzschlag sehr deutlich und warm in der Brust. Er war nicht allein. Die Menschen schauten nicht weg, sie sahen ihn und die anderen, die mit ihm gekämpft hatten. Sie sahen Wire, erinnerten sich an das, was ihr angetan worden war, und traten dafür ein, dass es niemandem mehr so ergehen musste. Tränen rannen über Jace' Wange.

»Was geschieht hier?«, fragte ORI.

»Sie demonstrieren.« Jace wischte sich die Tränen aus den Augen, und sie wurden durch ein Lächeln ersetzt. »Sie sitzen hier, weil sie wollen, dass wir Cybertechs frei sind. Dass wir gerecht behandelt werden. Dass die Konzerne uns in Frieden leben lassen.«

Die Masse der Leute, die hier Sitzstreik hielten, war gewachsen. Immer mehr Menschen hatten sich dazugesellt, und nun war die Masse überwältigend groß. Tausende Menschen mussten es sein, die hier saßen und für die Rechte der Cybertechs einstanden.

»Warum?«, wollte ORI wissen. »Die wenigsten dieser Menschen sind Cybertechs.«

»Weil sie Mitleid empfinden, ORI. Weil sie die Ungerechtigkeit sehen und dagegen kämpfen wollen. Sie tun das nicht für sich selbst, sie tun es für andere. Für Leute wie mich.«

»Und du empfindest darüber …?« ORI ließ die Frage in der Luft hängen.

»Ich bin gerührt. Und glücklich. Ich dachte nicht, dass es so viele werden würden. Ich dachte nicht, dass es auch nur eine Person sein würde, aber ich habe mich geirrt. Ein Mensch ist schwach, aber wenn wir zusammenarbeiten ... dann entstehen solche Dinge wie hier. Und dann sind wir stark.«

»Ich ...« ORI zögerte. »Es fühlt sich anders an, diese Dinge so wahrzunehmen wie du.«

Jace lächelte. »Ich bin ein Kind beider Welten, das hast du doch selbst gesagt. Natürlich wirst du die Menschen besser verstehen, wenn du sie siehst, wie ich sie sehe. Weißt du, die Menschen sind nicht immer gut oder selbstlos oder mutig. Sie sind nicht mal immer vernünftig. Aber sie können liebevoll sein und stark, und sie überraschen einen immer mal wieder. So wie jetzt.«

»Und das Gute ... ist es das Schlechte wert?«

»Für mich ja. Es gab Tage, an denen habe ich gezweifelt, und es wird noch mehr solcher Tage geben. Aber es ändert nichts daran, dass die Menschen in der Lage sind, gut zu sein.«

»Ich bin mir nicht so sicher«, sagte ORI.

»Weißt du, was das Ironische daran ist, ORI?« Jace schmunzelte.

»Nein, was?«

»Das ist etwas sehr Menschliches, was du da gerade sagst.«

Mit diesen Worten gingen die Lichter wieder an. Der Strom kehrte zurück in Neon City.

»Vielleicht habe ich mich tatsächlich in den Menschen getäuscht«, sagte ORI. »Und ich danke dir, Jace. Vielleicht hat es jemanden wie dich gebraucht, der mir diese Dinge verständlich machen konnte. Für mich ist es an der Zeit, mich zurückzuziehen und zu überdenken ... vieles zu überdenken.«

»Kannst du vorher noch etwas für mich tun?«, bat Jace.

»An was hast du gedacht?«

»Hack dich in den Server des Stadions. Ich habe den Leuten etwas zu sagen.«

Die Verwirrung der Leute, als der Moderator des Finales von Conqueror Splash aus dem virtuellen Studio verschwand und stattdessen Jace auftauchte, begann mit Stille, wandelte sich dann in Flüstern und endete in teils panischen, teils verwunderten Rufen. Jace wusste, dass er gerade in die ganze Welt übertragen wurde, und auch, dass die ganze Welt wie gebannt auf ihre Smartcoms starrte und ihm nun zuhören würde.

»Ich habe euch etwas zu sagen«, begann er und bereute sofort, damals in der Schule nicht in die Rhetorikstunden gegangen zu sein. »Was ihr heute erlebt habt, war der Moment, in dem die Konzerne euch im Stich gelassen haben. Sie haben euch schon Hunderte Male im Stich gelassen, aber heute wollten sie zulassen, dass ein gefährlicher Virus sich über das Stadion verbreitet, weil es zu viele Credits gekostet hätte, das Spiel abzusagen. Meine Freunde und ich haben das verhindert. Und wir mussten es tun, während die Konzerne versucht haben, uns zu verhaften und in ihre Labore zu sperren. Manche von uns sind Cybertechs, andere von uns nicht, aber was uns eindeutig von den Konzernen unterscheidet: Uns ist euer Wohlergehen wichtig. Und ich möchte allen danken, die heute für Menschenrechte vor dem World e-Sports Center demonstrieren. Aber unser Kampf ist nicht zu Ende, bis nicht alle Cybertechs gleichberechtigt und frei sind. Und die Herrschaft der Konzerne, die Herrschaft des Geldes? Die wird nicht ewig andauern. Die Konzernherrschaft wird fallen. Und sie fällt mit uns.«

Mit diesen Worten loggte Jace sich aus. Er hatte gesagt, was er zu sagen hatte. Für den Rest musste er seinen Glauben an die Menschheit behalten.

KONZERNRATS BESCHLUSS

Gesetzesentwurf Absatz 14 Paragraf 3b Gesetzesänderung
Anerkennung der Cybertech-Menschenrechte
Hiermit bestimmt der Konzernrat am 03. 10. 2101, dass jenen, die unter dem wissenschaftlichen Begriff als Cybertechs bekannt sind, alle Menschenrechte zuteilwerden, die nach Gesetzbuch 1 Absätze 1–8 jedem Menschen zugestanden werden. Experimente oder Gefangenschaft gegen ihren Willen sind nicht gestattet. Zuwiderhandlungen werden durch den globalen Gerichtshof geahndet.

Einstimmig beschlossen.

EPILOG

Es war einer der wenigen Tage, an denen Sonnenlicht das kalte, blaue Licht aus Neon City aufwärmte. Jace lag noch auf der Couch unter einer zerflusten Wolldecke und schlief, als er es in der Küche scheppern hörte. Er schreckte hoch, sein Herz raste. Doch dort stand nur Sam und hielt entschuldigend das Kochgeschirr hoch, das ihr auf den Boden gefallen war. Seufzend ließ Jace sich wieder in die Kissen sinken.

»Sorry.« Sam zuckte mit den Schultern. »Ich wollte nur Pfannkuchen machen.«

Jace schmunzelte. »Wie geht es deinem Kopf?«, fragte er.

Sam verzog das Gesicht. Seit Charybdis sie wieder ausgespuckt hatte, nahm sie regelmäßig Schmerzmittel, aber Doc hatte nicht wirklich herausfinden können, was es war, das in ihrem Gehirn beschädigt war.

»Es geht, aber ich merke, wie langsam ich denke unter den ganzen Drogen«, scherzte sie. »Nein, ehrlich. Ich würde mich in meinem Zustand in keinen Konzern trauen, nicht mal in einen kleinen.«

Jace nickte. »Das musst du auch nicht. Nicht mehr.«

Sam ließ sich neben ihm auf die Couch fallen. »Du redest so, als wäre es vorbei. Weißt du, wie man dich nennt? Anführer der Rebellion.«

»Na ja, konzerntreu hab ich mich ja nun nicht gerade verhalten.«

»Tja, die ganz große Scheiße ist, dass sie dich jetzt jagen werden. Und nicht nur dich: Weißt du, wie viele Cybertechs sich offen zu deiner Rede bekannt haben? Wir haben gerade alle Hände voll zu tun, all diese Leute irgendwo untertauchen zu lassen.«

»Dann ändert sich ja gar nicht so viel.« Jace lachte. »Nein, ernsthaft. Mein Leben war scheiße vor der ganzen Sache. Jetzt hab ich wenigstens eine Familie – euch.«

Als wäre das ihr Stichwort gewesen, schaltete sich die Hologrammwand ein, die Sam und Jace extra besorgt hatten, damit auch Sam Kalypso in der echten Welt sehen konnte.

»Ich bin auch froh«, fügte Kalypso hinzu. »Und sollen sie uns doch für Rebellen halten, es stimmt ja. Und allein sind wir auch nicht.«

»Ihr beide macht eure Rebellenpläne, ich hab was anderes vor.« Sam schlug sich ihren Schal um, zupfte ihre braunen Haare zurecht und schlüpfte in ihre Schuhe.

Jace hob die Augenbrauen. »Date mit Hannah?«

Sam nickte. »Hab sie zu lange nicht mehr gesehen. Und ihr geht es gut, also ... warum nicht.«

»Romantisch«, kommentierte Jace.

»Liebe muss nicht immer romantisch sein«, erwiderte Sam, drehte sich um und klapperte mit ihren Schlüsseln. »Bis heute Abend – oder morgen.«

Sie verabschiedeten Sam, und als sie zur Tür hinaus war, überkam Jace und Kalypso Melancholie.

»Es tut mir wirklich leid, dass du dieses Leben führen musst«, sagte sie. »Dass du dich verstecken musst, obwohl du die Leute gerettet hast.«

Jace seufzte. »Ich habe den Konzernen aber auch eine Kriegserklärung gemacht, und wenn ich nicht ganz irre, gibt es überall im Land Unruhen. Die Konzerne sehen ihre Macht bedroht. Zu Recht.«

»Es ist schlimm, dass die Macht so festgefahren bei den Reichen sitzt.«

Jace stand auf, er stellte sich ans Fenster und blickte hinaus. Die Sonnenstrahlen brachen hinter dem grauen Ascheschleier hervor, und er lächelte.

»Ja, die Welt ist ziemlich scheiße, aber weißt du was, Kalypso? Die alten Machtverhältnisse bröckeln. Viele Menschen haben begriffen, dass sie nur Spielbälle waren. Aber die Revolution kommt, und wenn sie da ist, stehe ich ganz vorn, wenn es sein muss. Die Menschheit ist endlich bereit für Veränderung.«

DANKSAGUNG

Danke zu sagen ist immer eine Riesenaufgabe, die mir nicht leichtfällt, weil ich nie das Gefühl habe, dem Ganzen gerecht zu werden. Ich möchte es dennoch versuchen.

Code X ist ein einsames Buch gewesen. Ich habe es während der Pandemie geschrieben, und obwohl ich ein Mensch bin, der meist gern zu Hause ist, findet sich im Buch sicherlich einiges von den Ängsten und Hoffnungen wieder, die ich während dieser Zeit erlebt habe.

Doch obwohl die Pandemie einsam war (und ist!), kann ich nicht sagen, dass *Code X* in einem Vakuum entstanden ist: im Gegenteil, ohne die Menschen, denen ich hier danken möchte, hätte ich es vielleicht nicht geschafft, diese Geschichte für euch zu schreiben.

Zuerst einmal danke an Denni. Du bist immer der Erste, dem ich danken kann und möchte, weil du einfach immer da bist. Danke, dass du mir die Magie hinter Computern und Software ein wenig nähergebracht hast.

Danke an Kathrin, meine Agentin, dafür, dass du dieses Buch unter deine Fittiche genommen und mir geholfen hast, dass es das Licht der Welt erblicken konnte.

Und die Menschen, ohne die dieses Buch niemals fertig geworden wäre: Danke an Anabelle, Babsi, Mikkel und Liza. Danke für die Schreibsessions auf Discord, ohne die wir alle mehr Deadline-Stress gehabt hätten.

Ich möchte auch meinen Patrons danken. Danke, dass ihr an mich glaubt. Ihr gebt mir so viel Kraft. Namentlich erwähnt sei hier George W. Morlock für seinen unglaublichen Support. Danke.

Und zuletzt danke ich natürlich dir, liebe*r Leser*in. Danke, dass du dieses Buch gelesen hast. Es bedeutet mir viel.

Lucinda Flynn

Lass dich von der Magie der Ersten Sprache verzaubern!

LUCINDA FLYNN
DIE ERBIN DES WINDES

ROMAN

Eigentlich wollte Likah die Zwillinge, für die sie die Verantwortung übernommen hat, mit einem letzten großen Diebstahl endlich von der Straße holen – stattdessen landet sie jedoch vor Gericht. Dort wird sie zu ihrem Erstaunen nicht verurteilt, sondern erhält ein verlockendes Angebot: Likah soll vom Herrscher Arkin in der Magie der Ersten Sprache unterrichtet und damit seine Nachfolgerin werden.
Zwar ist das Leben am Hof von Intrigen und Machtspielen geprägt, aber das kann die Diebin nicht erschüttern. Als sie jedoch herausfindet, warum Arkin sie wirklich zu seiner Schülerin gemacht hat, stellt das alles infrage, woran sie jemals geglaubt hat.

Wie weit würdest du gehen, für die Menschen, die du liebst?